Two Heaven

지은이 | 화연 윤희수
펴낸이 | 권순남
펴낸곳 | (주)마야·마루출판사

1판1쇄 인쇄일 | 2017년 12월 27일
1판1쇄 발행일 | 2017년 12월 29일

등록일자 | 2008년 1월 7일
등록번호 | 제310-2008-00001호

주소 | 서울시 노원구 상계 1동 1049-25 신영산업 BD 602호
대표전화 | 02-2091-0291
팩스 | 02-2091-0290
이메일 | marubooks@hanmail.net

978-89-280-8767-9(03810)

값 9,000원

* 저자와 협의하여 인지를 붙이지 않습니다.
* 잘못된 책은 교환하여 드립니다.

「이 도서의 국립중앙도서관 출판시도서목록(CIP)은 서지정보유통지원시스템 홈페이지(http://seoji.nl.go.kr)와 국가자료공동목록시스템(http://www.nl.go.kr/kolisnet)에서 이용하실 수 있습니다.」
(CIP제어번호:CIP2017034961)

MAYA & MARU ROMANCE

Two Heaven

또 다른 세상,
하나의 심장

화연 윤희수 지음

목차

프롤로그 ...007

1. 목격자 ...019

2. 묘한 인연 ...069

3. 싫으면 다른 사이로 하든가 ...132

4. 사랑의 시작과 끝 ...184

5. 잊지 말아야 할 이유 ...241

6. 사랑이 그림자처럼 발끝에 머물렀다 ...301

7. 마주 바라보기 ...356

작가 후기 ...391

Two Heaven

프롤로그

'착실하게 살다 보면 언젠가는 빛 볼 날이 올 거야.'
엄마는 늘 그렇게 말했다.

하지만 지금 가인의 현실은 빛을 보는 날보다 빚에 허덕이는 날들이 더 많았다. 긍정적 마인드를 심어 주려 애쓰던 엄마로 인해 생긴 빚이었다. 그렇다고 좌절해 암울한 삶을 살지는 않았다. 시궁창에 빠진 것도 아니고 이 정도면 그래도 괜찮은 편이었다. 적어도 굶지는 않으니까.
"이것만 전해 주면 되는 거죠?"
가끔 알바를 했던 심부름센터에서 연락이 왔다. 꽤 쏠쏠한 일이 들어왔다고 한번 해 보지 않겠냐고 하기에 가인은 일단 금액부터 물었다. 물건 하나 배달하는 데 20만 원. 쏠쏠한 정도가 아니라 과했다.

꺼림칙하긴 했지만 가인은 특별히 챙겨 주는 거라는 정 사장의 말을 믿고 해 보기로 했다. 물건 배달하는 일쯤은 가인에겐 식은 죽 먹기였다.

"그렇다니까. 워낙 받는 사람이나 주는 사람이 은밀해서 그런 거지, 일은 간단해."

"알았어요. 마치고 콜 할게요."

헬멧의 가드를 내리고 시동을 걸며 가인이 말했다. 정 사장이 오케이 사인을 보내자 가인이 오토바이를 출발시켰다. 멀어지는 가인을 배웅하던 정 사장이 낮은 한숨을 내쉬며 입맛을 다셨다.

"후우, 잘돼야 할 텐데. 걱정이네."

말은 쉬운 거라고 걱정 말라고 했지만 만만하게 볼 일은 아니었다. 물건 하나 전달하는 데 누가 20만 원이나 지불할까. 하지만 그게 전부가 아니었다. 사실은 50만 원을 받아 일부를 정 사장이 가졌다. 좀 많은 일부였다.

금액이 큰 만큼 위험부담 또한 상승한다. 물건을 배달하는 과정에서 무슨 일이 벌어질지 알 수 없었다. 그런 일에 사무실 직원을 쓸 수는 없었다. 아무 연계가 없는 가인을 시키는 게 나았다. 그래야 일이 잘못되어도 뒤탈이 없을 테니까.

가인은 빚을 갚느라 물불 안 가리고 일을 하는 편이었다.

그래서 오늘 일도 의심은 하겠지만 잘 구슬리면 하겠거니 생각하고 부른 것이다. 역시나, 정 사장의 예상이 맞았다.

"조심성도 있고 분위기 파악도 잘하는 편이니까 알아서 하겠지. 으, 춥다."

한차례 몸을 떨며 옷깃을 여민 정 사장이 서둘러 자신의 차로 걸어갔다.

"뭐야, 여기 맞아?"

불 꺼진 클럽 앞에 오토바이를 멈춰 세운 가인이 고개를 갸웃했다. 아직 초저녁이긴 했지만 다른 클럽들은 벌써 문을 열고 호객 행위를 하고 있었다.

얼마나 빨리 여자 손님을 유치하느냐가 그날의 영업을 좌우한다. 그래서 대부분의 클럽들은 직장인들의 퇴근 시간에 맞춰 오픈을 하고 조금이라도 더 많이 자기 클럽으로 데려오기 위해 홍보에 힘썼다. 그에 비해 가인이 찾은 클럽 엔카는 아예 영업을 접은 것처럼 네온사인도 없이 고요하기만 했다.

가인은 헬멧을 쓴 채로 작은 택배 상자를 들고 문 앞으로 갔다. 배달 하나에 지불하는 금액도 그랬고, 목적지도 수상했다. 이럴 땐 얼굴을 가리고 물건만 건넨 뒤, 최대한 빨리 내빼는 게 상책이었다.

"배달을 시켰으면 불이라도 좀 켜 놓지."

유리문의 손잡이를 잡고 밀자 쉽게 안으로 움직였다. 문이 열리는 걸 보면 완전히 장사를 접은 건 아닌 듯했다. 불빛이 없어 내려가는 계단이 잘 보이지 않았다. 가인이 주머니에서 휴대폰을 꺼내 손전등 기능으로 계단을 비췄다.

"정한수 씨! 정한수 씨 계십니까?"

계단 아래를 향해 수취인의 이름을 외치며 한 발 한 발 조심히 내려섰다. 누군가 왔음을 알리기 위해서였다. 그래야 저쪽에서 문을 열고 나오든 대답을 하든 할 테니까.

반쯤 내려갔을까? 아무도 없는 것처럼 정적에 휩싸인 아래에서 거짓말처럼 인기척이 들려왔다.

삐익.

문이 열리고 어둠 속에서 반쯤 몸을 드러낸 사내가 가인을 올려다보았다.

"정한수 씨?"

"내려와요."

맞다, 아니다 말도 없이 사내는 짧게 명령하고 다시 문 안으로 사라졌다. 가인이 미간을 찌푸리며 낮게 혼잣말을 중얼거렸다.

"그냥 받아 가지, 뭘 또 내려오래."

단숨에 아래까지 내려간 가인이 휴대폰으로 안을 비추며 문을 열었다. 은은한 빛이 흘러나오는 실내는 무척 고요했다. 그런 것에 비해 예상보다 사람이 많았다.

대체 무슨 일을 하던 중이기에 불도 켜지 않고 있는 것일까? 이유가 궁금했지만 물어볼 생각은 하지 않았다. 호기심이 재앙을 불러오기도 한다는 걸 가인은 잘 알고 있었다.

입구에서부터 즐비하게 선 검은 양복의 사내들은 누가 누군지 분간이 가지 않을 정도로 똑같은 모습을 하고 있었다.

망할.

훅 하고 끼쳐 오는 피 냄새에 가인이 인상을 구겼다. 헬멧을 썼음에도 불구하고 비릿한 냄새가 진하게 맡아졌다. 그만큼 많은 피가 곳곳에 묻어 있다는 의미였다. 가인이 발을 내디딜 때마다 시선이 따라붙었다. 발밑이 질척이는 게 느낌이 싸했다.

여기저기 널브러진 인간들이 종종 보이는 게 아마도 한바탕 일을 치른 듯했다. 패싸움이라도 한 모양이다. 난감하게 됐다. 아무래도 조직 폭력배들 간의 이권 다툼 현장에 자신이 들어온 것 같았다.

"정한수 씨가 누굽니까?"

가인이 차분하게 목소리를 가다듬으며 물었다. 아무도 답을 하지 않았다. 알아서 찾으라는 의미인 듯했다.

빠르게 안을 훑던 가인의 눈에 무대 조명을 받고 있는 한 인물이 잡혔다. 군림하는 왕처럼 거만하게 의자에 앉아 있는 남자에게서 거대한 아우라가 느껴졌다.

"정한수 씨?"

조금 더 다가가다 발에 뭔가가 걸리자 가인이 멈췄다. 시선을 내리자 신음을 흘리고 있는 덩치가 보였다. 덩치가 가인의 발목을 덥석 붙잡았다. 가인이 시선을 내려 덩치를 보다 발을 털어 놈의 손을 쳐 냈다. 그러곤 아무 일도 없었다는 듯 터벅터벅 무대의 사내에게로 다가갔다.

사내가 나른하게 턱을 쓸며 가인을 응시했다. 눈빛이 섬뜩하면서도 시렸다. 그 눈을 덤덤히 마주하며 가인이 들고 있던 상자를 내밀었다.

"받으세요. 여기 사인도 좀 해 주시고."

남자가 물건을 받을 생각도 하지 않고 손가락을 까닥였다. 가까이 다가오란 뜻인 것 같았다. 가인이 재킷 윗주머니에서 볼펜을 꺼내 들며 남자의 코앞으로 서슴없이 다가섰다.

"사인이요."

상자를 남자의 다리 위에 올려 두고 그녀가 배송 확인서를 내밀었다. 남자의 입술이 비스듬히 치켜 올라갔다.

"내가 정한수인지 아닌지 어떻게 알지?"

"아무도 부정을 안 하니까요."

"이런, 너무 단순한데?"

"단순한 게 맞는 경우가 많죠."

가인이 남자의 손에 볼펜을 쥐여 주었다. 살짝 스친 손끝이 차가웠다. 찬바람을 맞으며 오토바이를 타고 온 가인보다 실내에 있던 남자의 손이 더 차가웠다.

톡톡. 볼펜으로 배송 확인서를 두드리며 남자가 가인을 직시했다.

"그것 좀 벗지?"

"제 일은 물건 배송하고 확인받는 것까집니다. 헬멧 벗는 건 포함되어 있지 않습니다."

"이것 참 재미있군."

"그랬다면 다행이군요. 서비스 점수는 괜찮다는 말이니까."

남자의 시선이 가인의 손에 닿았다. 가늘고 긴 손가락이 남자 같지 않았다. 그래서 더 궁금했다. 헬멧 안의 얼굴이 어떨지.

간 큰 남자라고 해도 이런 상황에 직면하면 두려움을 느껴 몸을 사리기 마련이었다. 피로 도배를 했다고 해도 과언이 아니었다. 비릿한 피 냄새와 험악한 분위기로 보아 예사롭지 않은 상황이란 걸 알았을 텐데. 눈앞의 인물은 전혀 주눅이 들지도, 당황스러워하지도, 겁을 먹지도 않았다. 침착하다 못해 대범했다.

"내가 궁금한 건 또 못 참거든."

남자가 자세를 바로잡았다. 그에 둘의 사이가 헬멧을 사이에 두고 마주 보는 상태가 되었다. 가인이 아랫입술을 잘근 깨물었다. 일이 이상하게 꼬여 가고 있었다.

가인은 이곳을 빨리 벗어나고 싶었다. 돌아가면 정 사장의 멱살을 잡아 족칠 생각이었다. 전달만 하면 된다고 하더니 그리 쉽게 끝나지 않을 모양이다. 느낌이 좋지 않더라니. 배달할 물건이 뭔지 몰라도 예사 물건은 아닌 듯했다. 어쩐지 돈이 좀 많다 했다.

"전 제 일을……."

배달맨이 배달만 하면 됐지 굳이 헬멧을 벗고 자신을 밝힐 필요가 있냐는 말을 하고 싶었다. 하지만 가인은 말을 끝맺을 수가 없었다. 남자가 다리 위에 놓여 있던 박스를 던졌다. 가인이 반사적으로 그걸 받기 위해 손을 뻗었다. 그 손목을 남자가 낚아채 끌어당겼다. 순식간에 벌어진 일이었다.

툭. 떼구르르.

벗겨진 헬멧이 바닥에 떨어져 굴렀다. 짧은 바람머리가 불빛 아래 드러났다. 그리고 꽤 귀염성 있는 얼굴이 놀란 눈을 하고 남자를 보고 있었다. 남자가 다른 손으로 가인의 턱을 잡아 가까이 끌었다.

한 뼘.

너무 가까운 거리에 남자의 얼굴이 머물러 있었다.

신이 공을 들여 조각한 최고의 걸작. 남자를 본 가인의 머릿속에 떠오른 생각은 딱 그것이었다. 이렇게 아름다운 남자를 가인은 여태 본 적이 없었다.

"계집애 같은 미소년이거나, 보이시한 여자이거나. 둘 중 하나란 말이지."

남자의 붉은 입술이 눈앞에서 달싹거렸다.

"뭐든, 상관없이 맘에 들어."

"네?"

"밖으로 나온 네 간, 내가 사지. 얼마야?"

가인의 눈이 깜빡거렸다. 순간, 가인은 자신이 용왕이 산다는 용궁에 제 발로 들어온 토끼인 것 같은 착각을 했다. 젊고 아름다운 용왕이 대놓고 간을 내놓으라고 했다.

"지금 저더러 죽으란 소립니까?"

미간을 찌푸린 가인의 말에 용왕이 멱살을 덥석 움켜잡았다.

"왜, 싫어? 그럼 간 붙은 채로 팔든가. 네 몸 내가 살게."

싱긋이 끌어 올린 남자의 입술이 매혹적인 빛깔로 물들었다.

팟! 갑자기 사방이 밝아졌다. 누군가 실내의 등을 전부 켠 모양이다. 직선 방향에서 쏟아지는 불빛에 눈이 부셔 가인이 질끈 눈을 감았다.

"검사님, 정리 다 됐습니다."

누군가 다가오며 남자에게 말했다.

'검사?'

"그래요?"

음산하게 내뱉던 조금 전과 달리 남자의 목소리가 산뜻했다. 가인이 실눈을 떠 눈앞의 사내를 확인했다. 비릿하게 올라갔던 입매가 반듯해졌다. 사악한 미소로 가득했던 얼굴에 믿을 수 없게도 젠틀함이 담겨 있었다.

가인의 미간이 한껏 찌푸려졌다. 마치 연극이 끝난 후 무대를 내려오는 배우처럼 남자의 표정이 순식간에 바뀌어 있었다. 조직폭력배라고 생각했던 남자의 정체가 검사였다니. 그를 바라보는 가인의 눈에 의심이 가득했다.

"거짓말."

혼잣말처럼 가인이 중얼거렸다. 다른 곳을 향했던 남자의 시선이 가인에게 머물렀다. 그가 매끄럽게 입술 끝을 끌어올렸다. 그러곤 어이없게도 한쪽 눈을 찡긋거렸다. 그에 가인의 인상이 팍 구겨졌다.

"훗."

가벼운 웃음소리가 그의 붉은 입술 사이로 흘러나왔다. 그녀의 반응이 재미있었던 모양이다. 남자가 잡았던 멱살을 놓고 구겨진 옷가지를 손끝으로 정리해 주곤 의자를 뒤로 뺐다. 일어나기 편한 위치를 잡기 위해 그런 것이다.

자리에서 일어난 그가 바닥에 떨어져 있던 상자를 집어 올렸다. 그가 가인에게 상자를 흔들어 보였다.

"이건 제가 가져가겠습니다."

언제 반말을 했나 싶게 그의 말투는 상당히 정중했다. 허하고 가인의 입이 벌어졌다.

그가 품에서 명함을 꺼내 가인에게 내밀었다. 명함과 그를 가인이 번갈아 봤다. 이걸 왜 내가 받아야 하나 하는 표정이었다. 남자가 그녀를 향해 상체를 기울였다. 그러곤 받을 생각이 없어 보이는 가인의 손을 그가 잡아 그 위에 명함을 올려 쥐여 주었다.

"연락할 일이 있을지도 모르니까, 가지고 계시죠."

 그런 일은 절대 없을 거라고 가인이 눈빛으로 말했다. 남자는 별다른 반응 없이 가인의 손을 놓고 상체를 일으켰다. 자박자박 남자가 가인의 옆을 스쳐 지나는 발소리가 들렸다. 그가 가뿐히 무대에서 내려갔다.

"이 아가씨만 빼고 쓰레기 다 수거해서 철수합니다."

"네."

 남자의 말에 홀에 대기 중이던 사람들이 일사불란하게 움직였다. 멍하니 멀어지는 남자를 돌아보다 가인이 명함으로 시선을 내렸다. 남자의 이름은 정한수가 아니었다.

"강진욱 검사?"

 진욱이 사라진 문으로 가인이 시선을 옮겼다. 잘근, 가인이 습관처럼 아랫입술을 깨물었다. 가만히 생각해 보니 진욱의 행동에는 숨겨진 의미가 있었다.

"날 떠본 거였어?"

 간이 나왔네, 마네 하며 몸을 사겠다고 한 건 가인을 자극하려고 한 말이 분명했다. 놈들과 한패인지 아닌지 알아보기 위해서. 헬멧을 벗겨 얼굴을 확인한 것도 같은 맥락이었을 것이다.

"하아, 이거 은근히 기분 나쁘네?"

자리를 털고 일어나 가인이 헬멧을 주워 들었다. 그러곤 명함을 뒷주머니에 챙겨 넣었다. 주인에게 전달되지 못한 물건은 증거품으로 가져갔다곤 하지만 분명 배달은 했으니 비용은 받아야 했다.

"정 사장이 못 주겠다고 하면 대신 받아 내러 갈 거니까 딱 기다려요, 강진욱 검사님."

씩씩거리며 가인이 어수선한 홀을 지나 입구로 걸어갔다.

1. 목격자

 살인의 현장처럼 음산했던 클럽의 분위기는 불을 켠 후 확연히 달라져 있었다. 여기저기 뻗어 있던 자들은 수습에 나선 사람들의 손길에 신음 소리를 내며 정신을 차렸다. 조폭답지 않게 맞고 기절을 했던 것 같다.
 각박한 세상에서 살아남으려 안간힘을 쓰다 보니 이래저래 느는 건 잔머리였다. 불빛에 비친 제 신발에 피가 묻어 있었다. 입구 쪽에 쓰러져 있던 남자의 팔에 가인이 신발을 문지르자 끙끙거리는 소리를 냈다. 가인은 모른 척 시치미를 떼고 서둘러 그곳을 빠져나왔다.
 그길로 곧장 정 사장을 찾아갔다. 무슨 일이든 정산은 정확하고 깔끔하게 끝낸다는 것이 가인의 룰이었다.

다행히 가인이 진욱을 찾아갈 일은 없었다. 정 사장은 무시무시한 얼굴로 신발에 피를 묻히고 돌아온 가인을 보자마자 배달료를 지급했다. 조폭과 관련된 일이었음을 명시하며 가인이 위험수당까지 챙겨 정 사장의 사무실을 나섰다.

"내가 영감 꼼수를 한두 번 겪어 보나? 더 받아 낼 게 있을 걸 아니까 위험을 무릅쓰고 간 거지. 날 아직도 모르시나 그래?"

오토바이에 올라 시동을 걸며 가인이 피식 웃었다.

가인의 오토바이가 시원스레 도로 위를 질주했다. 어둠이 짙게 내리기 시작한 거리 위로 화려한 불빛들이 쏟아져 내렸다. 휘황찬란한 네온사인과 꺼질 줄 모르는 건물의 불빛들이 어둠을 질식시키려는 듯 환하게 빛을 뿜어내고 있었다.

바람을 가르며 시원스레 달리던 가인의 오토바이가 멈춘 곳은 유흥가에 위치한 노래주점 앞이었다. 그녀가 뒷주머니에서 휴대폰을 꺼내 들었다. 휴대폰과 함께 같이 끌려 나온 종이가 땅바닥에 툭 떨어졌다. 가인이 그것을 주워 들며 단축 번호를 눌렀다. 종이가 진욱의 명함임을 확인한 가인이 그것을 노래주점 입간판에 꽂았다.

자신보다 더 유용하게 쓸 사람이 가져가겠지 하며 꽂힌 명함을 손가락으로 튕겼다.

"어. 나 앞이야."

상대방이 전화를 받자마자 가인이 용건을 말했다. 시끄러운 음악 소리와 괴성이 휴대폰 너머로 들려왔다. 이어 상큼발랄한 은주의 목소리가 곁들여졌다.

-금방 내려갈게.

은주가 전화를 끊는 소리를 듣고 가인이 휴대폰의 종료 버튼을 눌렀다. 계단을 급하게 내려오는 소리가 들렸다. 가인이 몸을 돌려 건물을 응시했다. 3층에서 내려오는 여자의 힐과 다리가 보였다.

"다친다. 뛰지 말라니까."

높은 힐을 신고 항상 뛰어다니는 은주가 가인은 늘 걱정스러웠다. 매번 잔소리처럼 조심하라고 해도 알겠다는 말뿐이다.

"인이야!"

2층 창문으로 은주가 얼굴을 보이며 반갑게 손을 흔들었다. 마주 손을 흔들며 가인이 낮게 웃었다. 금방 내려올 걸 굳이 중간에 저렇게 인사를 한다. 가인이 얼른 내려오라는 손짓을 해 보이자 은주가 손으로 오케이 사인을 하곤 계단으로 방향을 틀었다.

가인이 있는 곳으로 내려온 은주가 양팔을 벌려 와락 그녀를 끌어안았다. 그 탓에 가인의 몸이 뒤로 조금 휘청거렸다.

"아휴, 술 냄새. 대체 얼마나 마신 거야?"

"어머! 나 조금밖에 안 마셨어."

진한 술 냄새에 비해 혀는 꼬이지 않은 것 같았다. 대신 얼굴이 약간 상기되어 있었다. 가인이 은주를 바로 세우며 눈을 가늘게 떴다.

"반병은 마셨네."

"와아, 대박. 너 신 내렸어? 어떻게 그걸 딱 맞히니?"

"하은주 절친 노릇 하루 이틀인가? 척하면 척이지."

"정말 넌 나에 대해 모르는 게 없다니까."

친근함을 과시하듯 또다시 애정 공세를 펼치려는 은주의 손길을 피해 가인이 옆으로 한 발 옮겨 섰다. 이번에 잡히면 볼에 뽀뽀를 하려 들 게 뻔했다. 노래주점 앞에서 여자끼리 그러는 건 좀 곤란했다. 전혀 그런 사이가 아님에도 이상한 의심을 살 수도 있었다.

"용건만 간단히. 나도 바쁜 몸이야."

"에이, 매정하게."

예쁘게 눈을 흘기며 은주가 주머니에서 봉투를 꺼내 내밀었다. 그것을 바라보는 가인의 눈빛이 그리 편치 않았다.

"또야?"

"미안해."

엷은 미소를 띤 은주의 얼굴을 가만히 바라보다 가인이 한숨과 함께 봉투를 받아 들었다.

"어디 있는데?"

"학교 도서관이래. 거기 적힌 번호로 전화해서 전해 주면 돼."

"하아."

"인아."

나지막이 가인의 이름을 부르며 은주가 그녀의 소매를 잡고 작게 흔들었다. 여전히 밝은 미소를 짓고 있었지만, 가인의 눈에는 그 미소가 무척 애처로워 보였다. 부드럽게 은주의 손을 감싸 다독이며 가인이 고개를 끄덕였다.

"알았어. 아무 말 안 하고 주고만 올게."

"고마워. 넌 역시 내 베스트 프렌드야."

"얘, 너 안 들어오고 뭐 해. 룸에서 찾고 난리야."

3층 창문을 통해 노래주점 주인이 은주에게 빨리 들어오라고 재촉을 해 댔다. 은주가 가인의 소매를 놓고 서둘러 계단으로 걸어가며 손을 흔들었다.

"부탁해. 나중에 봐."

급한 인사를 남기고 은주가 계단을 빠르게 올라갔다. 그 모습을 가인이 걱정스럽게 지켜보았다. 저러다 다리라도 삐면 어쩌나 걱정스러웠다. 용케 그 높은 힐을 신고도 계단을 훌쩍훌쩍 뛰어올라 가게로 들어가는 은주의 모습에 가인이 피식 웃었다.

늘 단화만 신는 가인이 보기에는 항상 아슬아슬했지만, 정작 은주는 아무렇지 않게 잘만 뛰어다녔다. 술을 마셨을 때의 은주는 볼 때마다 위태로웠다. 하지만 비틀거리면서도 넘어지지 않는 게 항상 신기했다.

시선을 내려 봉투를 보는 가인의 눈빛이 서늘했다. 그녀가 혀를 짧게 차며 봉투를 점퍼 안주머니에 넣었다. 내키진 않지만 은주의 부탁을 외면할 수는 없었다. 보내는 것이 돈이니 아무에게나 시킬 수는 없고 가장 신뢰하는 가인에게 매번 부탁을 하는 것이다.

돈의 종착지는 은주의 남동생이었다. 직접 줘도 되지만 가인을 통하는 데에는 다 이유가 있었다. 물론 가인으로서는 도무지 이해 못 할 이유이긴 하지만.

명석한 두뇌를 자랑하던 은주의 남동생은 집안의 희망을 먹고 자라 의대에 갔고, 그 동생의 학비를 마련하기 위해 은주는 다니던 옷가게를 그만두고 노래주점의 도우미로 나서게 되었다. 가족이란 이름으로 희생을 강요하는 건 너무나도 잔인했다. 한 사람의 찬란한 미래를 위해 다른 한 사람의 인생을 짓밟는 행위니까.

오토바이에 올라탄 가인이 헬멧으로 어두운 얼굴을 가렸다. 그녀의 오토바이가 목적지를 향해 달렸다.

은주의 동생은 다른 때와 마찬가지로 당연하다는 듯 봉투를 받아 갔다. 봉투를 전달하는 가인에게 인사도 없이, 은주의 안부조차 묻지 않았다.

한마디 쏘아붙이고 싶은 걸 은주를 봐서 참았다. 자신을 사람 취급도 하지 않는 동생이었지만 은주는 늘 동생을 자랑스러워했다. 딱히 잘하는 게 없는 자신과 달리 똑똑한 동생을 부러워하기도 했다.

"내가 보기에 인성은 은주 네가 갑이다."

먼저 사람이 돼야지. 자신을 위해 희생하는 누나를 부끄러워하며 만나려고 하지도 않으면서 돈은 시시때때로 요구하는 은주의 동생이 가인은 너무 가증스러웠다.

돌아가기 전 가인은 휴대폰으로 은주에게 톡을 보냈다.

[임무 완수. 2시쯤 데리러 갈게.]

은주는 가인의 룸메이트이기도 했다. 휴대폰을 주머니에 넣고 오토바이를 몰아 집으로 향했다. 2시까지는 아직 네 시간이나 남아 있었다. 샤워를 하고 잠깐 눈을 붙인 뒤에 일어나 은주를 데리러 갈 생각이었다.

현관문을 열고 안으로 들어서는 가인의 발걸음마다 피곤이 덕지덕지 묻어났다. 점퍼를 벗어 옷걸이에 걸고 휴대폰을 꺼내 책상 위에 올려놓았다. 곧장 욕실로 걸어가 옷을 벗었다. 샤워를 하며 가인이 피가 묻은 신발을 떠올렸다. 가지러 갈까 하다가 귀찮아 관뒀다. 일단은 잠을 좀 자고 은주를 데려온 후 씻어도 될 것 같았다.

욕실을 나온 가인이 침대에 그대로 몸을 뉘었다. 무겁게 내려앉는 눈을 겨우 떠 알람을 맞췄다. 오늘 하루가 무척 길었다.

따리리. 따리리.

정적을 뚫고 들려오는 알람 소리에 곤히 잠에 빠져 있던 가인이 몸을 뒤척였다. 눈꺼풀을 들어 올리는 가인의 미간에 주름이 잡혔다. 눈이 뻑뻑했다. 흐릿하게 보이는 알람시계를 집어 버튼을 눌렀다.

다시 정적이 찾아왔다. 눈을 손등으로 비벼 피로를 떨쳐내려 애쓰며 가인이 상체를 일으켜 세웠다. 간단히 세수를 하고 집을 나서면 2시가 조금 못 돼서 노래주점 앞에 도착할 수 있었다.

휴대폰을 챙겨 들던 가인이 확인하지 못한 톡을 발견했다. 은주로부터 온 것이었다.

[개인 손님 받았어. 3시 조금 넘어서 마칠 것 같아.]

가끔씩 조용하게 혼자 술을 마시러 오는 손님들이 있었다. 그런 사람들을 은주는 개인 손님이라고 했다.

"피곤하게 또 혼자서 뒷정리하겠네."

원래 영업시간은 2시까지였다. 이런 경우엔 선금을 받고 주인이 먼저 퇴근을 했다. 그러면 은주가 가게 문을 닫곤 했다. 시간이 조금 애매했다. 출출한 김에 가게 근처 포장마차에서 간단하게 요기를 하며 기다리면 될 것 같았다.

갑작스럽게 찾아온 가을 날씨에 아침저녁으로 바람이 쌀쌀했다. 점퍼를 걸치고 은주에게 줄 겉옷을 챙겨 가인이 집을 나섰다.

포장마차 근처에 오토바이를 세운 가인이 헬멧을 벗어 올려 두고 머리를 가볍게 손으로 헝클었다. 익숙한 듯 포장마차 안으로 들어서며 그녀가 테이블에 앉았다.

"이모, 여기 우동 한 그릇이요."

얼마 안 있어 김이 모락모락 피어오르는 우동이 가인 앞에 놓였다. 나무젓가락을 쪼개 우동을 집어 올려 후후 입바람을 불었다. 후루룩 입 안으로 빨아들인 면발을 가인이 천천히 곱씹었다. 씹어 삼킬 것도 없는 면이었지만 될 수 있으면 느리게 먹으려 했다.

은주가 마치려면 아직 시간이 40분 정도 남아 있었다. 그 시간이면 좀 과장을 더해 우동이 수제비 크기로 불어 있지 않을까 싶지만, 맛보다는 배를 채우고 시간을 때우는 게 목적이라 가인에겐 그다지 큰 영향을 미치진 않았다. 다만, 면발 하나하나를 세면서 먹어도 양이 적어 시간이 남아돌 것 같아 그게 염려스러웠다.

남은 시간은 또 어떻게 때우나.

다른 테이블에선 술을 마시며 안주를 곁들이고 있었다. 시간 때우기엔 술만 한 것이 없을 테지만, 가인은 술을 아예 마실 줄 몰랐다. 대신 그녀 몫까지 넘치게 마시고 있는 룸메이트 덕분에 냄새는 질리게 맡고 있었다.

그녀가 반쯤 우동을 비웠을 때 누군가 포장마차 안으로 들어와 앞 테이블에 앉았다.

"이모, 여기 우동 한 그릇이요."

낯익은 목소리에 가인의 젓가락질이 멈췄다. 자신과 똑같은 멘트를 날리고 물을 컵에 따르는 남자에게 가인의 시선이 머물렀다. 역시 안면이 있는 얼굴이다. 그것도 매우 강렬하게 인상이 남은 사람이었다.

물을 마시던 남자가 가인을 포착한 모양이다. 그의 눈이 뭔가를 발견했을 때의 눈빛을 보이며 가인을 담아냈다. 컵을 내려놓는 남자의 입술이 매력적인 호선을 그려 내고 있었다.

남자의 이름은 강진욱. 불과 몇 시간 전에 가인을 농락했던 검사란 놈이다.

진욱이 손을 들어 반갑게 흔들었다. 미간을 움찔하며 가인이 뒤를 좌우로 돌아봤다. 다른 사람에게 인사를 하는 거라 생각해서였다. 그게 아니라 가인에게 한 거라면 진욱의 머리가 정상이 아닌 게 분명했다.

정신 나간 말을 지껄이며 조폭과 한패가 아닌지 떠보던 작자가 언제 그랬냐는 듯 동네 친분 있는 오빠처럼 반갑게 인사를 하다니. 평범한 사람이라면 절대 하지 않을 행동이었다.

상대를 하지 말아야지.

가인이 못 본 척 시선을 내리고 다시 우동을 먹기 시작했다. 저런 부류는 상종을 안 하는 게 상책이었다. 괜히 엮이면 골치만 아파진다. 쓸데없는 인연은 만들지 말자. 이게 27년을 살아오며 그녀가 터득한 생존 법칙이었다.

탁. 바로 앞에서 인기척이 들렸다. 우동을 씹던 가인의 시선 안으로 손등에 뼈가 도드라진 남자의 커다란 손이 들어왔다.

"이모, 합석할게요. 여기로 주세요."

진욱이 정겹게 말하며 테이블을 손끝으로 톡톡 두드렸다. 주인이 가져온 우동 그릇이 가인과 같은 테이블 위에 올려졌다.

꿀꺽. 가인이 몇 번 씹지 않은 우동을 그대로 목으로 넘겼다. 뻔뻔한 건지 넉살이 좋은 건지 도통 가늠이 되지 않는 남자였다. 진욱이 나무젓가락을 쪼개 손으로 비비며 입맛을 다셨다.

"역시 새벽에 출출할 땐 여기 우동이. 캬."

혀로 입천장을 차는 소리를 내며 진욱이 엄지를 척 들어 보였다. 누가 보면 둘이 대단한 친분을 가지고 있는 것으로 착각할 만큼 진욱의 행동은 격이 없었다. 가인의 한쪽 볼이 부풀었다. 그녀가 혀로 볼을 굴려 그런 것이다. 뭔가가 마음에 들지 않을 때 나오는 버릇이었다.

후루룩. 후루룩.

연이어 면발을 맛나게 빨아들이며 진욱이 싱글거렸다. 미간을 찡그린 가인이 고개를 절레절레 흔들며 입을 열었다.

"엄청나게 맛있나 보네요?"

무뚝뚝한 말투로 가인이 묻자 진욱이 젓가락으로 그녀의

우동 그릇을 톡톡 두드렸다. 그녀의 눈동자가 우동 그릇으로 향했다가 진욱에게로 돌아갔다. 무슨 뜻이냐 묻는 눈빛에 진욱이 싱긋 웃으며 말했다.

"먹어 봤으니 알겠네요. 엄청 맛난 거. 마저 먹죠?"

천연덕스러운 그의 대답에 또다시 가인의 왼쪽 볼이 부풀었다. 그의 태도와 웃는 낯이 썩 마음에 들지 않았다. 그녀가 불편한 심기를 숨김없이 드러냈다.

"제가 아무하고나 겸상하는 사람이 아니라서."

어서 다른 자리로 가란 말이었다. 일부러 말끝을 흘리며 눈짓으로 그가 원래 앉았던 자리를 가리켰다. 하지만 진욱은 전혀 자리를 옮길 생각이 없는 듯했다. 그녀의 눈동자가 살벌하게 움직이는 걸 못 본 척 진욱이 우동 그릇을 들어 입으로 가져갔다.

"이거지. 이거. 국물이 완전 죽여주거든."

"저기요."

좋게 말해선 안 되겠다 싶어 가인이 인상을 팍 구기며 딱딱하게 말했다. 진욱이 그릇을 내려놓으며 감탄스런 표정을 지어 보였다.

"MSG 궁극의 맛이거든, 이게."

그의 말에 가인의 눈썹이 움찔거렸다. 감탄사와 MSG는 전혀 어울리지 않는 조합이었다. 언뜻 그의 말뜻을 제대로 알아듣지 못한 가인이 고개를 갸웃하는 사이 진욱이 손가락으로 제 입술을 쓸며 그녀를 지그시 응시했다. 그의 시선을 느낀 가인이 그를 마주 보았다.

"안 그래요?"

매력적으로 입꼬리를 끌어 올리며 그가 물었다. 답을 바라고 물은 건 아닌 듯 그가 주머니에서 지갑을 꺼내 지폐를 테이블 위에 올려놓았다. 자리에서 일어나는 그에게 가인의 시선이 뒤따랐다.

"편하게 마저 드세요."

진욱이 가인에게서 시선을 거뒀다. 그가 포장마차를 나서며 주인에게 말했다.

"돈 두고 가요. 저 테이블 계산은 제가 다 했어요."

가인의 시선이 테이블 위 지폐로 옮겨졌다. 5천 원 한 장이었다. 그의 말대로 정확히 우동 두 그릇 값이었다. 그의 그릇에는 아직 반이 넘는 면이 남아 있었다. 뻔뻔하다 싶을 정도로 태연하더니 정작 먹은 건 얼마 되지 않았다.

"출출하다더니, 뭘 또 남기냐?"

다른 자리로 가서 먹으라고 했지 아예 가라는 뜻은 아니었다. 제대로 먹지도 못하고 간 게 자기 탓인 것 같아 괜스레 미안했다. 입술을 잘근 깨물었다가 놓으며 가인이 젓가락을 우동 그릇에 넣었다.

"다 자업자득이지, 뭐."

뜻하지 않은 만남이었지만 어쩌면 진욱도 조금 놀라지 않았을까 싶었다. 가인이 혼자인 게 안돼 보였거나, 아까의 일이 마음에 걸렸거나. 대충 그런 이유로 얼굴에 철판을 깔고 합석을 하고 말을 건넨 건 아닐까?

"아, 몰라. 계산도 자기 마음대로 한 건데, 내가 왜 신경을 써."

잡생각을 떨쳐 버리려 머리를 한 번 흔들고는 가인이 우동을 집어 입으로 가져갔다. 덕분에 시간은 잘 흘러간 것 같았다. 천천히 곱씹을 필요 없이 우동을 먹고 자리에서 일어나니 3시에 가까워져 있었다.

계산을 하지 않고 그냥 나오려니 뭔가 이상했다. 테이블을 돌아보자 주인이 아무 말 없이 돈과 그릇을 챙기고 있었다. 포장마차를 나서는 그녀에겐 신경도 쓰지 않는 눈치였다. 머쓱함에 뒷머리를 긁적이며 걸어 나온 가인이 오토바이로 가지 않고 건널목으로 향했다.

보행자 신호가 뜨자 길을 건너 노래주점이 있는 곳으로 걸어갔다. 은주가 3시가 조금 넘어서 마칠 것 같다고 해서 그 시간에 맞추기 위해서 도보를 택했다. 오토바이를 타고 건너도 되지만 그냥 걷고 싶었다.

노래주점 앞으로 걸어가며 가인이 휴대폰으로 톡을 보냈다.

[나 도착. 마쳤어?]

곧바로 확인을 안 하는 걸 보니 한창 정리 중인 모양이었다. 가인이 고개를 들어 3층을 올려다보았다. 간판 불도 꺼져 있고 안에서 흘러나오는 빛도 없었다.

"챙겨 나오는 중인가?"

문을 닫고 내려오는 중인가 보다 생각하며 계단 쪽을 이리저리 살폈다. 누군가 내려오고 있다면 센서등이 켜져야 하는데 여전히 어두웠다. 발소리도 들리지 않고 고요한 게 아직 가게에서 나오지 못한 듯했다.

"뭐야? 휴대폰 놓고 나와서 다시 들어갔나?"

여전히 톡을 확인하지 않은 것을 보며 가인이 혼잣말을 중얼거렸다. 그로부터 5분이 지나고 10분이 더 지났다. 3층은 여전히 어두웠고 계단을 내려오는 인기척은 느껴지지 않았다.

"하아, 너무 늦는데?"

가인이 통화 버튼을 눌렀다. 불이 다 꺼진 걸 보면 손님은 이미 갔을 것 같고 혹시 뒷정리를 하다가 잠이 든 건 아닌가 하며 은주에게 전화를 걸어 보았다. 신호가 길게 이어졌다. 전화를 받을 수 없다는 멘트를 세 번까지 들었을 때, 가인의 표정이 어두워졌다.

"어디 다친 건 아니겠지?"

아까 봤을 때도 술을 제법 마신 것 같았는데 더 마시고 비틀거리다가 행여 다친 건 아닌지 걱정스러웠다. 가인이 건물 입구로 발을 올렸다. 계단을 한 칸 올라섰을 때 위쪽에서 문을 여닫는 소리가 들렸다.

이제 내려오려나 보다 하며 걸음을 멈추고 가인이 위쪽을 응시했다. 센서등이 켜지고 계단을 가볍게 밟아 내려오는 소리가 들렸다. 힐이 아닌 운동화가 그녀의 시야에 들어왔다. 기다리던 은주가 아님을 확인한 가인이 다시 계단을 올랐다.

모자를 깊이 눌러쓴 남자와 교차했을 때 가인의 미간이 꿈틀거렸다. 걸음을 멈추지 않은 가인이 잠시 아래로 내려가는 남자를 봤다. 빠르게 시야를 벗어난 남자가 건물 밖으로 사라졌다. 2층 창문으로 거리를 내다보다 3층으로 올라섰다. 창으로 남자의 모습을 볼 수는 없었다.

남자에게서 옅은 혈향이 맡아졌다. 스쳐 지나며 맡은 거라 정확하지는 않았다. 유흥가가 즐비한 곳이라 싸움도 잦았다. 가인은 누군가와 한바탕 주먹질이라도 했나 보다 생각하며 별스럽지 않게 여겼다.

"하은주. 은주야."

가게 문 앞에서 은주의 이름을 부르며 가인이 터치 버튼을 눌렀다. 스르르 문이 옆으로 열렸다. 어둠에 잠긴 가게 안에선 아무런 대답도 들려오지 않았다. 복도의 센서등이 켜지긴 했지만 안을 다 비추지는 못했다. 가인이 휴대폰 불빛으로 안을 비췄다.

안으로 한 발 내딛던 가인의 발이 우뚝 멈췄다. 휴대폰을 든 가인의 손이 흠칫 떨렸다. 약한 불빛이 비추는 실내가 이상했다. 마치 싸움이 벌어졌던 현장처럼 어지럽혀져 있었다. 불길한 예감이 엄습했다.

"은주야."

낮게 내뱉은 가인의 목소리가 약간 떨렸다. 안으로 조심스럽게 들어서자 피 냄새가 훅 하고 콧속으로 밀려들었다. 갑자기 가인의 머릿속으로 클럽에서 보았던 장면이 떠올랐다. 짙은 피 냄새가 난무했던 곳에 널브러져 있던 사람들의 모습이 생각났다. 거기에 피를 흘리며 쓰러져 있는 은주가 더해졌다.

"미쳤나 봐. 무슨 말도 안 되는 생각을 하고 있냐."

머리를 거세게 흔들며 가인이 성큼성큼 안으로 들어섰다. 취기에 잠이 든 게 분명했다. 그래서 가인이 부르는 소리도 듣지 못하고 있을 것이다. 가인이 그리 크지 않은 노래주점의 내부를 살폈다.

입구와 가까운 쪽부터 룸의 문을 열고 스위치를 찾아 켰다. 어둡던 내부가 조금씩 밝아졌다. 네 번째 문을 열었을 때 발길에 뭔가가 채였다. 그대로 가인의 몸이 굳었다. 그녀가 크게 심호흡을 하고 벽을 더듬었다.

스위치를 켜자 안이 환하게 밝아졌다. 더불어 비릿한 피 냄새가 짙게 났다. 냄새의 근원지가 이곳이었다.

"하아."

아래로 시선을 떨군 가인의 속눈썹이 파르르 떨렸다. 은주가 바닥에 쓰러져 있었다. 머리와 옆구리 쪽에 피가 흥건했다.

"하은주, 괜찮아?"

떨리는 목소리로 물으며 가인이 다급히 내려앉아 은주의 가슴과 코에 손을 댔다. 약하지만 다행히 호흡은 하고 있었다. 안도의 한숨을 내쉬며 서둘러 은주의 상처를 살폈다. 흉기에 찔린 배와 술병에 맞아 찢어진 듯한 머리에서 피가 흘러나오고 있었다.

"망할!"

가인이 재빨리 점퍼를 벗어 돌돌 말았다. 그것을 은주의 옆구리에 대고 꾹 눌렀다. 그녀가 한쪽 손으로 휴대폰 번호를 눌렀다.

"여기 상명동 JP노래주점인데요. 사람이 다쳤어요. 피를 많이 흘린 것 같아요. 빨리 좀 와 주세요. 빨리요!"

다급하게 말을 하고 전화를 끊은 가인이 한 손을 마저 포개 두 손으로 지혈을 했다. 그녀의 두 손이 붉게 피로 물들었다.

상명동에 볼일이 있어 갔다가 예전 생각이 나서 포장마차에 들렀었다. 연수원 시절 공부하다 새벽녘에 출출하다 싶으면 우동 한 그릇으로 간단히 때우곤 했었다. 간단하게 먹고 들어가자 싶어 자리에 앉았는데 우연찮게도 아는 얼굴을 만났다.

깊이 아는 건 아니고 잠깐 얼굴 한 번 보고 몇 마디 대화를 나눈 것뿐이었다. 그 대화가 상대에겐 아주 불쾌했을 수도 있었다. 아니, 그랬을 것이다. 영문을 모르고 당하는 입장에선 상당히 기분이 나빴을 것이다.

"아, 이래서 죄 짓고 살면 안 된다니까. 그렇게 마주칠 줄이야."

 명함을 주긴 했지만 다시 만날 거란 생각은 하지 않았다. 집으로 들어선 진욱이 가방을 소파에 올려 두고 재킷을 벗어 등받이에 걸쳤다. 그가 헛웃음을 터트리며 절레절레 고개를 저었다. 조폭이 패싸움을 한 현장을 유유히 걸어 들어와 배포 좋게 두목의 이름을 불러 대는데 이상하지 않을 리 없었다.

"고작 물건 하나 전하겠다고 피가 난무하는 곳을 성큼성큼 들어오는데 당연히 의심을 하지, 안 해?"

 소파에 털썩 주저앉으며 몸을 기댔다. 피로가 몰려왔다. 씻고 잠깐이라도 눈을 붙이고 다시 나가야 했다. 지끈거리는 관자놀이 부위를 눌렀다가 미간을 잡아 주물렀다. 계속 앉아 있다간 이대로 잠이 들 것 같았다.

"씻자. 씻고 누워야지."

 자리에서 일어나려 상체를 일으키던 진욱의 귀에 휴대폰 벨 소리가 들렸다. 절로 미간이 찌푸려졌다. 이 시간에 연락이 온다는 건 그다지 좋지 못한 징조였다. 한숨을 깊이 내쉬며 진욱이 휴대폰을 집어 들었다.

"네. 강진욱입니다."

-중앙지검 강진욱 검사님 되십니까?

직책을 들먹이자 진욱이 얼굴을 손으로 문지르며 자리에서 일어났다.

"네. 맞습니다. 어디십니까?"

-여기 강동 경찰섭니다. 저는 최동수 형사라고 합니다.

"네. 그런데요?"

거기서 날 왜 찾지? 그의 관할이 아니었다. 뒷목을 문지르며 진욱이 욕실 쪽으로 걸음을 옮겼다. 셔츠의 단추를 풀던 진욱의 귀에 낯선 이름이 들려왔다.

-혹시, 서가인이란 사람 아십니까?

"누구요?"

처음 듣는 이름이었다.

-오늘 클럽에서 명함 받은 사람이라고 하면 알 거라고 하던데요.

클럽과 명함. 형사의 목소리가 묘한 뉘앙스를 띠었다. 무슨 의미를 내포하고 있는지 알 듯했다. 서가인이라는 사람이 진욱이 생각하는 인물이 맞는다면 지금 형사의 머릿속엔 그다지 건전하지 못한 장면이 연출되고 있을 것이다.

"알고 모르고는 얼굴을 봐야 확인이 가능할 것 같은데요."

-아, 네.

이름도 모르고 관계를 맺은 건가 하는 형사의 생각이 느릿한 답변 속에 그대로 녹아 있었다. 그런 게 아니다 가타부타 설명을 하는 건 부질없는 짓이었다. 진욱의 입만 아플 게 뻔했다. 일단은 가서 자신을 들먹인 서가인이란 사람을 만나 무슨 용무인지 확인하는 게 먼저였다.

"제가 지금 그쪽으로 가겠습니다."

진욱이 통보를 하고 일방적으로 전화를 끊었다. 그쪽에서 원하는 게 진욱과의 대면일 테니 그에 응해 주는 게 잡음을 없애는 가장 현명한 방법이었다. 재킷을 걸치고 반쯤 풀었던 단추를 잠갔다.

"이놈의 인기는 장소를 불문하는구만."

피곤함을 떨쳐 내려 진욱이 엘리베이터에 오르며 혼자 너스레를 떨었다. 목을 이리저리 꺾자 우두둑 소리가 났다. 뻐근한 뒷목을 주무르다 주차장에 엘리베이터가 멈추자 문 앞으로 걸어갔다. 열린 문을 나서며 진욱이 피식 웃었다.

"이럴 줄 알았으면 그냥 들어오지 말 걸 그랬네."

집 안에 들어선 지 채 10분 되지 않았는데 다시 주차장이다. 운전석에 올라 시동을 걸며 진욱이 조금 전 들었던 이름을 중얼거렸다.

"서가인."

그의 예상대로라면 강동 경찰서에서 자신을 찾고 있는 가인이라는 사람은 오늘 진욱과 두 번이나 우연히 마주쳤던 인물일 것이다. 여자로 추측은 되지만 아직 확인된 바는 없다. 제법 경계심도 있고 까칠한 성격이지만 임기응변에는 능했다.

"젊은 나이에 산전수전 공중전은 두루 다 경험한 포스였는데, 왜 날 찾지?"

자신이 준 명함을 이렇게 쓸 줄은 몰랐다. 헤어진 지 얼마나 됐다고 그것도 경찰을 시켜 검찰을 불러내다니. 아무리 생각해도 보통내기는 아닌 것 같다.

"제발 골치 아픈 일에 엮이지만 않았으면 좋겠는데."

하지만 그의 예감은 전혀 다른 쪽으로 흘러갔다. 둘이 같이 있었던 걸 확인하는 것으로 봐선 알리바이가 증명돼야 하는 일에 가인이 연루되어 있는 것이 분명했다.

경찰서 내부는 새벽 시간임에도 불구하고 무척 분주했다. 이런 분위기에 익숙한 진욱은 망설임 없이 안으로 들어가 형사계를 찾았다.

"최동수 형사님이 누구시죠?"

입구와 가까운 자리에 있던 남자에게 진욱이 묻자 그가 손짓으로 최동수 형사의 자리를 가리켰다.

"저쪽이요."

"네. 감사합니다."

남자가 가리킨 자리에는 일에 치여 피로가 누적된 부스스한 몰골의 사내가 인상을 팍 구기고 앉아 있었다. 그의 맞은

편에 누군가가 앉아 있었다. 어느새 진욱의 눈에 익어 버린 몸의 주인이 아마도 가인일 것이다.

"최동수 형사님?"

자리로 다가간 진욱이 가인의 옆에 서서 책상을 가볍게 톡톡 두드렸다. 덕분에 둘의 시선이 그에게 쏠렸다.

"아, 강진욱 검사님?"

내내 굳어 있던 최동수 형사의 표정이 밝아졌다. 그의 시선이 자신의 몸을 훑어 내리는 걸 보며 진욱도 같은 시선으로 동수를 살폈다. 사람을 관찰하는 게 형사들의 습관이라는 건 알지만, 자신을 바라보는 눈빛에 담긴 꺼림칙함이 진욱은 마음에 들지 않았다.

"네. 강진욱입니다."

진욱을 올려다보는 가인의 눈빛은 또 다른 의미를 담고 있었다. 진욱의 시선이 흘깃 그녀를 향했다.

'이런.'

그녀의 손과 옷의 일부에 혈흔이 묻어 있었다. 어쩐지 예감이 좋지 않더라니.

"이분이 서가인 씹니다. 아시는 분 맞습니까?"

최동수 형사가 가인을 소개하며 은밀한 눈빛으로 둘을 지켜봤다. 진욱이 이번엔 온전히 그녀를 돌아보며 고개를 끄덕였다.

"그런 것 같네요."

꿀꺽. 가인이 마른침을 삼켰다. 대범한 성격이라 생각했던 것과 달리 그녀의 눈썹이 파르르 떨리고 있었다. 어찌할 바를 모르는 손끝도 움찔거렸다. 피범벅이던 클럽에서의 차분했던 모습은 온데간데없었다. 진욱을 바라보는 눈동자가 불안으로 흔들리고 호흡도 흐트러져 있었다.

자신과 직접적으로 연관된 누군가의 피다.

진욱이 짧은 한숨을 내쉬며 그녀의 옆자리에 앉았다. 아무래도 간단히 끝날 일은 아닌 듯싶었다. 그가 나란히 앉자 안도가 되는지 가인이 크게 심호흡을 하는 게 느껴졌다. 형사의 전화 한 통에 진욱이 이렇게 흔쾌히 달려와 줄 거라곤 생각지 못한 듯했다.

시간상으로도 그랬고 직접적으로 아는 사이도 아니었다. 심지어 진욱은 가인의 이름도 몰랐다. 더군다나 검사가 형사의 부름에 가타부타 토도 달지 않고 달려오다니. 첫인상과 달리 진욱은 의외의 모습을 보여 주고 있었다.

"자, 그럼 절 부른 용건에 대해서 들어 볼까요?"

진욱이 느긋하게 의자에 등을 기대며 팔짱을 꼈다. 입술 끝에 머금은 미소가 그리 호의적으로 보이지 않아 최동수 형사가 헛기침을 하며 시선을 피했다.

"흠. 그게, 폭행치사 사건이 하나 터졌는데 이 아가씨가 그 현장에 있어서요. 최초 신고자이기도 한데……."

형사의 말대로라면 가인의 몸에 묻은 피는 본인의 것이 아넌 폭행을 당한 누군가의 것이다. 최초로 발견하고 신고를 했던 모양인데 어쩌다 보니 용의 선상에도 오른 모양이다.

계속 말해 보라는 듯 진욱이 별말 없이 고개를 끄덕였다.

"사건 발생 시간에 검사님과 함께 있었다고 하던데, 맞습니까?"

"9월 14일 새벽 2시에서 3시 사이라면 맞습니다."

"아, 그렇군요."

정확하게 시간대를 콕 집어 말하는 진욱을 멀뚱히 보다가 뒤늦게 형사가 입을 열었다.

"혹시 뭘 하셨는지……."

질문을 던지는 형사의 눈초리가 상당히 불쾌했다. 마치 진욱의 성적 취향과 한 시간 내로 끝냈을 어떤 일에 대해 상상하며 그를 낮잡아보고 있는 듯했다. 진욱이 옆에 앉아 아무 말도 하지 않고 있는 가인을 돌아봤다.

그녀의 손끝에 여전히 초조함이 담겨 있었다. 뭐가 그렇게 불안한 걸까?

"왜, 제법 괜찮은데."

혼잣말 같은 진욱의 중얼거림에 가인의 손이 잔떨림을 멈췄다. 조소를 담으려던 형사의 얼굴도 멍해졌다. 곧 그러면 그렇지, 하며 비릿하게 치켜 올라가는 형사의 입매를 돌아보며 진욱이 말했다.

"먹었습니다."

"…예?"

너무 직설적인 말에 형사가 눈을 크게 떴다. 진욱이 웃음기 없는 얼굴로 뒷말을 붙였다.

"우동."

"에? 우, 우동이요?"

"네. 우동이요. 뭐가 잘못됐습니까?"

"아니, 그런 건 아닌데."

형사가 볼을 긁적거렸다. 눈을 가늘게 늘여 떠 예리하게 그를 직시하며 진욱이 말했다.

"이미 이쪽에서 말했을 텐데요. 아닙니까?"

가인이 진욱을 쳐다봤다. 은주를 구급차로 옮기고 있을 때 경찰과 최동수 형사가 현장에 도착했다. 발견 당시의 상황에 대해 묻던 형사가 갑자기 그녀에게 경찰서까지 동행해 줄 것을 요구했다. 그러곤 알리바이를 캐물었다.

그녀도 똑같은 말을 했었다. 포장마차에서 간단히 요기를 했었다고. 하지만 가인의 말을 이들은 쉽게 믿어 주지 않았다. 포장마차 주인에게 확인을 해 보라고 했지만, 워낙 드나드는 사람이 많아서 기억이 잘 나지 않는다고 말했다고 했다. 아마도 이런 일에 엮이기 싫어 그렇게 말한 게 아닌가 싶었다. 은주와도 가끔 들렀던 포장마차였다. 기억을 못 할 리 없었다.

진욱을 끌어들이고 싶진 않았다. 하지만 상황이 그녀에게 불리하게 돌아가기 시작했기에 어쩔 수가 없었다. 그마저도 외면한다면 영락없이 용의자가 되어 취조를 받아야 할 판이었다. 아직 은주의 상태가 어떤지 확인도 하지 못해 불안했다. 진욱과 첫 대면이 좋지 못했던 것조차 까맣게 잊어버릴 만큼 지금 가인의 눈엔 그가 구세주처럼 보였다.

"아, 그게 근처에 CCTV도 없고 사건 현장에 있던 것도 다 망가져서 확인이 어려워서요. 그 포장마차 주인도 기억이 잘 안 난다기에."

"이상하군. 우리 면상이 쉽게 잊고 그럴 비주얼은 아닌데."

형사의 말에 진욱이 느른히 제 턱을 쓸며 중얼거렸다.

"예?"

형사가 아까와는 다른 의미로 뜨악해 놀란 표정을 지었다. 그에 진욱이 능글맞은 미소를 지어 보였다.

"평범한 비주얼은 아니지 않습니까?"

뻔뻔하리만큼 자신감 넘치는 진욱의 말에 형사가 할 말을 잃은 듯 입을 벌린 채 잠시 멍하니 그를 응시했다. 진욱이 고개를 돌려 가인을 빤히 쳐다보며 능청스럽게 말했다.

"존잘이라고 하죠? 이런 면상은."

가인의 미간이 움찔거렸다. 이런 상황에서 태연하게 저런 말을 할 수 있다니. 아니다. 어쩌면 진욱이라서 가능한 것인지도 몰랐다. 처음부터 그는 범상치 않은 말솜씨와 포스를 풍겼었다. 그의 얼굴을 마주하고 있으니 마음의 떨림이 조금

씩 잦아드는 것 같았다.

"험."

정신을 차린 듯 형사가 헛기침으로 주위를 환기시켰다.

"증명할 방법은 있습니까?"

사무적으로 목소리를 바꾸며 형사가 물었다. 아예 진욱에게서 시선을 거두고 모니터만 뚫어져라 응시했다. 피식. 진욱이 소리 없이 웃었다.

"이쪽 알리바이 확인해 달라고 부른 거 아닙니까? 나도 증명해야 하나?"

불쾌함을 드러내며 진욱이 말했다. 형사의 말은 둘이 만나 단순히 우동만 먹고 헤어졌다는 걸 못 믿어 그를 입증할 만한 증거를 내놓으라는 것과 다름없었다. 쉬고 싶은 걸 참고 여기까지 와 줬는데 이런 대우라니, 평소 너그러운 진욱이었지만 이번엔 그냥 참고 넘기기 싫었다.

"아니, 그게 아니라, 알리바이를 확실하게 하기 위해서 절차상 물은 겁니다."

"필요하시면 제 차에 있는 블랙박스라도 가져다 드리죠. 포장마차가 보이는 곳에 주차를 했으니 다 찍혀 있을 겁니다."

"아. 예."

딱딱하게 내뱉은 진욱의 말에 차마 지금 당장 가져다 달란 말은 못 하고 형사가 말을 얼버무렸다. 진욱이 자리에서 일어났다. 그를 따라 형사와 가인의 시선도 움직였다.

"그럼 이제 가도 되는 겁니까?"

"예. 또 필요하면 협조 요청하겠습니다."

따라 일어선 형사가 억지 미소를 띠며 인사를 건넸다. 진욱이 가볍게 고개를 끄덕여 보이곤 발을 옮겼다. 몇 발 걸어가다 말고 그가 멈춰 뒤를 돌아봤다.

"뭐 합니까? 안 따라오고?"

진욱이 가인을 보고 말했다. 가인이 의아한 시선으로 그를 보다 형사를 쳐다봤다. 가도 되냐고 묻는 것 같았다.

"알리바이 성립됐으면 끝난 거 아닙니까?"

"그게 이쪽은 아직 조사할 게 남아서……."

"뭐가 남았다는 거죠?"

진욱이 다시 돌아오며 물었다. 형사가 가인의 신발을 손으로 가리켰다.

"저기도 혈흔이 묻어서요. 현장에서 묻은 건 아니라, 조사를 좀 해 봐야 할 것 같습니다."

아직 완전히 혐의를 벗지 못했다고, 이 건이 아니라 다른 건으로도 엮어 들어갈 수 있다 의심 가득한 시선으로 형사가 가인을 쳐다봤다. 진욱이 가까이 다가와 가인의 신발을 살폈다. 그가 시선을 들어 가인과 눈을 맞췄다.

"이거 내가 아는 건가?"

가인이 말없이 고개를 끄덕였다. 둘을 보던 형사의 미간이 좁아졌다. 가인이 신고 있는 운동화의 혈흔은 노래주점과는 다른 장소에서 묻은 것이다. 안 그래도 영업이 끝나 불까지 꺼진 노래주점에 들어간 것도 의심스러운데, 영문을 알 수 없는 또 다른 피까지 묻히고 있었다.

아무리 생각해도 수상한 점이 한둘이 아니었다. 일단 상대하기 껄끄러운 진욱을 보낸 후에 조금 더 잡아 두고 심도 깊은 취조를 해 볼 생각이었다. 그런데 이것마저 진욱과 연관이 있는 것 같았다. 가인을 붙들어 둘 명분이 없어질 것 같은 불길한 예감이 들었다.

"오늘 강서구 클럽에서 조직폭력배 소탕 작전 있었던 건 아시죠?"

"네. 우리 쪽에서도 공조로 몇 명 차출되어 갔었습니다."

"거기서 묻은 겁니다."

"네?"

이건 또 무슨 말인가 싶어 의구심 가득한 얼굴로 형사가 되물었다. 가인의 직업은 거의가 배달업이었다. 그런데 클럽이라니, 그것도 조폭들의 세력 다툼으로 초토화가 된 현장에 있었다니 도무지 믿어지지가 않았다. 거기서 대체 뭘 했기에 운동화에 피가 저리 묻었단 말인지.

"왜……."

"제가 뭘 좀 시켰습니다. 자세한 건 기밀이라 말할 수 없습니다만."

"아, 네."

"이제 의문은 다 풀린 것 같은데. 제가 데려가도 되겠죠?"

진욱이 가인의 어깨 위에 다정히 손을 올리며 말했다. 기어이 여기서 가인을 데려가고 말겠다는 의지가 그 손에서 느껴졌다. 진욱이 저렇게까지 하는데 더 붙잡아 둘 명분이 없었다. 형사가 마지못해 수긍했다.

"예. 그러시죠."

털썩 자리에 주저앉는 형사에게서 냉정하게 시선을 거둔 진욱이 가인의 어깨를 가볍게 톡톡 두드렸다.

"갑시다."

주고받는 말로 이미 상황이 종결되었음을 알아챈 가인이 서둘러 자리에서 일어났다. 진욱이 그녀의 등에 닿을 듯 말 듯 손을 대고 입구 쪽으로 이끌었다. 복도로 나오자 그가 손을 거뒀다. 나란히 걷다가 갑자기 그가 걸음을 멈췄다. 얼떨결에 같이 멈춘 가인이 그를 돌아봤다.

"그 손부터 씻죠."

가인의 피 묻은 손을 보며 진욱이 말했다. 그가 턱짓으로 바로 옆 화장실을 가리켰다. 말없이 고개를 끄덕인 가인이 화장실로 들어갔다. 손목시계를 들여다본 진욱이 벽에 기대서 팔짱을 꼈다. 아무래도 오늘은 자긴 그른 것 같았다.

세면대 앞에 선 가인이 자신의 두 손을 들어 내려다보았다. 말라붙은 피로 손이 온통 붉게 물들어 있었다. 모두가 은주의 피였다. 멍하니 손을 내려다보다 서둘러 물을 틀어 씻었다. 혼자 있을 은주가 떠올랐다. 얼른 가 봐야 했다.

"됐어요?"

화장실을 나오니 바로 옆 벽에 서 있던 진욱이 말을 걸었다. 움찔거리며 발을 멈춘 가인이 잘근 아랫입술을 깨물었다. 그러다 이내 두 손을 공손히 모아 허리를 숙였다.

"감사합니다."

"뭐가요?"

정말 모르겠다는 말투로 진욱이 물었다. 고개를 살짝 들어 올린 가인이 그를 멀뚱히 올려다보았다. 무엇에 대한 감사인지 그가 모를 리 없다고 생각했다. 그가 어떤 의도로 묻는 건지 몰라 빤히 응시하자 그가 관자놀이 부위를 쓱쓱 긁었다.

"당연한 걸 감사하다니까 물은 건데, 그게 이상한가?"

그의 말은 진심인 것 같았다. 이렇게 인사를 받을 일은 아니라곤 하지만 아무나 쉽게 친분도 없는 사람을 위해 나서 줄 일은 아니었다. 더군다나 그는 자신과는 사회적 계급 자체가 확연히 다른 사람이었다.

가인의 관점에서 검사라는 직업은 살아가는 동안 죄를 짓고 잡혀 들어가지 않는 이상 절대 마주할 수 없는 것이었다. 그런데 진욱은 달랐다. 전화 한 통에 달려와 주었고 경찰서에 붙들려 있는 자신을 꺼내 주기까지 했다. 고맙지 않을 수가 없었다.

"아무에게나 베풀 수 있는 친절은 아니니까요."

가인의 말에 진욱이 엷게 웃으며 고개를 저었다.

"친절 아닌데."

그가 혼잣말같이 중얼거리며 걸음을 옮겼다. 그를 따라 복도를 걸으며 가인이 고개를 갸웃했다. 그게 친절이 아니면 뭐란 말인가. 아무리 생각해도 가인의 관점에서는 다른 의미를 찾기 힘들었다.

"당연히 해야 할 일."

그가 건물 입구로 나서며 말했다. 어느새 어둠이 서서히 걷히고 있었다. 동쪽이 어딘지 가늠이 될 만큼 그쪽 하늘이 밝아져 오고 있었다. 진욱이 옅은 숨을 내뱉자 하얀 입김이 허공으로 흩어졌다. 새벽 공기는 아직 차가웠다.

가인이 그를 가만히 올려다봤다. 시선을 느낀 듯 그가 그녀를 마주 바라보았다.

"그렇게 생각하는 사람들이 과연 얼마나 될까요?"

문득 든 의문을 가인이 그대로 입 밖으로 흘려 냈다. 진욱의 미소가 짙어졌다.

"흐음, 글쎄요. 그렇게 많진 않을 것 같긴 하네요."

그가 말끝에 한쪽 눈을 찡긋거렸다. 다른 때 같았으면 아마도 저 윙크에 속이 느글거렸을 것이다. 하지만 지금 가인은 전혀 다른 감정을 느끼고 있었다. 가인은 진욱이 꽤 괜찮은 사람이라는 생각을 했다. 내색하지 않지만 그가 민망해하고 있다는 걸 조금쯤은 알 것 같아서였다.

"이제 어디로 갈 겁니까?"

진욱이 주머니에서 차 키를 꺼내며 물었다.

"병원이요."

"피해자 만나러?"

"네."

그가 고개를 끄덕였다. 계단을 내려가는 그에게 가인이 인사를 건넸다.

"오늘 신세 많이 졌습니다."

굳이 감사할 일은 아니라고 하니 다른 말로 인사를 대신했다. 진욱이 차 키를 든 손을 올려 흔들었다. 주차장으로 걸어가는 그를 보며 깊게 심호흡을 했다. 이제 더는 볼 일이 없는 사람이었다. 그런데 뭔지 모를 미련이 남았다. 아무래도 신세 진 일에 대해 제대로 보답할 기회를 갖지 못해 그런 듯했다.

"더 안 부딪치는 게 신세 갚는 일일지도 모르지."

그가 자신과 엮여 좋을 일은 없었다. 여기서 둘의 인연을 끝맺는 것이 그를 돕는 일일 것이다. 진욱에게서 관심을 거둔 가인이 계단을 내려가 곧장 경찰서의 정문을 향해 걸어갔다. 이른 시간이라 거리가 한산했다.

아직 버스는 다니지 않았다. 택시라도 지나가면 잡을 텐데 빈 택시가 보이지 않았다. 그녀의 오토바이는 아직 포장마차 앞에 있었다. 휴대폰으로 시간을 확인한 가인이 잘근 아랫입술을 깨물었다. 콜택시라도 불러야겠다 생각하며 막 검색을 하려는데 그녀 앞으로 차 한 대가 다가와 섰다.

"타세요."

창문을 내리고 말을 거는 사람은 진욱이었다. 가인이 손사래를 치며 거절했다.

"아니요. 괜찮아요."

뒤로 한 발 물러서는 가인을 진욱이 창에 팔을 올려 기대며 빤히 응시했다.

"엄청 급해 보이던데. 빨리 가 봐야 하는 거 아닌가?"

"그게."

진욱은 이미 가인을 훤히 꿰뚫어 보고 있었다. 그녀가 경찰서 안에서 초조하게 손을 옴찔거리던 이유가 다쳐 병원에 있을 누군가를 걱정해 그런 거라는 걸 알고 있었다. 그래서 일부러 같이 나오게 한 것이다.

"다시 집에 들어가서 자긴 글렀고. 병원에 데려다주고 나서 출근 준비하면 될 것 같은데."

그가 손목에 찬 시계를 확인하며 말했다. 가인은 괜히 그를 귀찮게 하는 것 같아 마다하려 했지만, 여전히 빈 차는 보이지 않고 마음은 급했다. 슬쩍 그의 눈치를 살피다 결심을 굳힌 듯 냉큼 인사를 하곤 보조석 쪽으로 걸어갔다.

"그럼 실례 좀 할게요."

차에 올라 안전벨트를 매고 앞을 응시하는 가인을 힐끔 보곤 진욱이 창문을 닫고 다시 차를 출발시켰다.

"어느 병원이죠?"

"혜인병원이요."

내비에 주소를 입력하지 않고 그가 곧장 차를 몰았다. 익히 아는 길인 듯했다. 도로 위를 달리는 차 안에 정적이 내려앉았다. 달리 할 말도 없고 뭐라 말을 걸기도 어색해 가인은 꾹 입을 다물고 있었다.

"어떤 노래 좋아해요?"

"네?"

"즐겨 듣는 노래 없어요?"

"그냥 대중없이 들어요."

음악을 들으며 여유를 부릴 만한 시간이 그녀에겐 없었다. 은주가 가끔 노래 연습을 위해 틀어 놓은 곡들을 들은 게 전부였다. 제목도 모르고 가수도 모른 채 익숙한 리듬을 흥얼거리곤 했다.

"나도 제대로 아는 게 없어서 물었는데."

그가 카오디오를 틀었다. 들어 본 적이 있는 노래가 흘러나왔다. 가인이 그를 돌아봤다. 어쩐지 그와는 어울리지 않는 노래였다. 요즘 아이돌 노래라며 은주가 틀어 놓고 연습하던 게 떠올랐다. 검사와 아이돌……. 어쩐지 어색했다.

"우리 여직원이 생일 선물로 준 건데. 솔직히 누군지는 모르겠고. 심심할 때, 정적이 싫을 때 틀어 놓는 용도로 쓰고 있어요."

"아, 네."

차 안의 분위기가 어색하기는 진욱도 마찬가지란 소리였다. 어쩌다가 24시간도 안 되는 시간 동안 세 번이나 만나게 되었을까? 그것도 참 특이한 케이스로 이루어진 만남이었다.

"훗."

저도 모르게 가인이 낮은 웃음을 터트렸다. 이런 식으로도 인연이 이어질 수 있다는 게 우스웠다. 별 미친놈을 다 보겠다고 욕을 했던 게 불과 몇 시간 전이었다. 그런 사람에게 신세를 넘어 민폐를 끼치고 있다는 게 도무지 믿기지가 않았다.

"도착."

그의 목소리에 번뜩 정신이 들었다. 창밖을 내다보니 혜인병원 주차장에 차가 들어서고 있었다.

"여기서 내려 주시면 돼요."

굳이 건물 현관까지 갈 필요가 없었다. 자신을 내려 주고 진욱은 곧장 차를 돌려 나가면 될 것 같았다. 가인이 차가 멈추기도 전에 안전벨트를 풀었다.

"그러다 걸리면 벌금 물어요."

"네?"

가인이 돌아보자 진욱이 눈짓으로 안전벨트를 가리켰다.

"아, 죄송해요."

"마음이 급해서 그런 거겠지만 다음엔 꼭 차가 멈추면 풉시다."

그렇게 말하며 진욱이 차를 응급실과 가까운 곳에 세웠다. 가인이 얌전히 고개를 숙여 보이곤 차 문을 열고 내렸다.

"감사합니다."

문을 닫기 전 다시 한번 인사를 했다. 진욱이 입가를 끌어올리며 한 손을 살짝 들어 보였다. 가인이 조심히 차 문을 닫자 곧 차가 출발했다. 멀어지는 차를 가만히 지켜보다 시야에서 완벽히 사라지자 가인이 몸을 돌렸다.

응급실로 들어선 가인이 안을 두리번거리다 너스 스테이션으로 다가갔다.

"하은주 환자 어디 있나요?"

"누구요?"

사무적인 말투로 간호사가 그녀를 보지도 않고 물었다. 스테이션 위로 상체를 깊이 숙이며 가인이 간호사에게 더 가까이 다가갔다. 그러곤 또박또박 물었다.

"하은주 환자요."

"잠깐만요."

모니터에 시선을 둔 채 간호사가 자판을 두드렸다. 그러곤 여전히 가인에겐 시선도 주지 않고 말했다.

"B9번 베드예요."

"네. 감사합니다."

오늘 하루 감사 인사만 몇 번을 하는지 모르겠다. 하지만 이번의 감사는 그다지 마음에서 우러나서 한 건 아니었다. 간호사가 그랬듯이 그냥 의무적으로 한 말이었다. 응급실에서 환자를 찾는 대부분의 사람들은 무척 걱정스럽고 긴장된 상태일 것이다. 조금만 친절해 주면 좋을 텐데. 따스한 시선 한 번만 주면 정말 고마울 텐데.

오늘 겪은 친절과 불친절을 떠올리며 가인이 응급실 베드 사이의 공간으로 걸어 들어갔다.

"아, 상태를 물어보는 건데."

B9번 베드 앞에서 멈춰 선 가인이 혼잣말을 중얼거리며 너스 스테이션을 돌아봤다. 그러다 이내 고개를 저었다. 물어봐도 친절한 답은 들을 수 없을 것 같았다. 그냥 눈으로 상태를 확인하는 게 좋겠다고 생각하며 가인이 커튼이 쳐진 공간 안으로 들어섰다.

"은주야."

은주의 이름을 부르며 가까이 다가선 가인의 미간이 좁아졌다. 베드에 누워 있는 건 자신이 찾던 은주가 아니었다.

"하아."

깊은 한숨을 내쉰 가인이 커튼을 젖히고 나와 너스 스테이션으로 성큼성큼 걸어갔다.

"저기요."

"네."

"27세 여자 하은주 환자요. 3시 30분에서 40분 사이에 구급차 타고 들어왔을 거고요. 복부에 칼로 찔린 상처가 있어요."

가인이 목소리 톤을 조금 높이자 그제야 간호사가 그녀를 쳐다봤다. 물론, 시선이 곱지는 않았다.

"그런 환자는 여기서 찾으시면 안 되죠."

무시를 당하는 게 일상이라지만 지금 같은 상황에서까지 저런 눈빛과 말투를 듣는 건 싫었다. 그녀가 머리를 뒤로 쓸어 넘기며 짙은 숨을 내쉬었다. 스테이션 위를 짚은 두 손에 힘이 들어갔다. 끓어오르는 화를 억누르느라 그녀가 고개를 숙였다.

내내 참았던 화가 여기서 폭발할 것 같았다.

'하나, 둘, 셋.'

그녀는 화를 삭이기 위해 속으로 숫자를 셌다. 지금 가장 다급한 사람은 그녀였다. 깊게 숨을 들이켰다 내쉰 가인이 차분히 입을 열었다.

"그럼 어디로 가야 할까요?"

서늘함이 깃든 가인의 목소리에 살짝 기가 꺾인 듯 시선을 회피하며 간호사가 낮은 목소리로 말했다.

"중환자실 쪽으로 가 보세요."

"중환자실이요?"

"형사 사건 같은데. 위급한 환자면 그쪽으로 갔을 거예요. 여긴 아까 말한 환자밖에 없어요."

얼른 갔으면 좋겠다는 투로 간호사가 말했다. 가인이 몸을 돌려 응급실을 나섰다. 엘리베이터 앞에서 중환자실의 층수를 확인한 후 버튼을 눌렀다.

"바보."

생각이 깊지 못했다. 간호사의 말대로 은주의 경우는 보통의 환자와는 달랐다. 칼이 복부를 찔렀다. 살아 있는 것이 용할 정도로 피를 많이 흘렸다. 응급실로 실려 갔어도 즉시 수술에 들어갔을 확률이 높았다.

"아, 수술."

중환자실은 수술이 끝난 상태가 심각한 환자들이 있는 공간이다. 가인이 자신의 휴대폰을 꺼내 시간을 확인했다. 6시가 조금 못 된 시간이었다. 은주가 병원에 들어온 지 두 시간 남짓 되었다. 위중한 상태의 수술이 두 시간 안에 끝날 수 있나? 잠깐 생각에 잠겨 있던 가인이 발길을 다른 쪽으로 돌렸다.

응급실과 가까운 곳에 수술실이 있을 것이다. 안내판의 불빛을 확인한 가인의 발걸음이 빨라졌다. 모퉁이를 돌아 안쪽으로 조금 더 걸어 들어가자 수술실로 연결된 대기실이 나왔다. 가인이 수술 현황판을 확인했다.

"하아."

짙은 한숨이 그녀의 입에서 흘러나왔다. 그녀의 눈시울이 금방 붉게 물들었다. 제3 수술실에 은주의 이름이 있고 아직 수술 중이라는 표시가 되어 있었다. 가인이 벽에 등을 기댔다. 차가운 냉기가 등으로 스며들었다.

주르륵. 그녀가 벽을 타고 바닥으로 내려앉았다. 무릎을 세운 채 머리를 두 손으로 감싸고 그녀가 고개를 숙였다.

"제발 무사히 살아나올 수 있게만 해 주세요. 제발."

불쌍한 인생이었다. 가족을 위해 희생하며 살아왔지만, 누구 하나 그녀를 진심으로 걱정하는 사람은 없었다. 엄마도 남동생도 은주를 돈줄로만 생각했다. 은주가 어떻게 돈을 버는지 알면서도 모른 척한 건 물론이고, 길거리에서 우연히 마주쳐도 외면하기 일쑤였다. 이유는 간단했다. 은주가 부끄럽다는 것.

"이렇게 죽기엔 너무 불쌍하잖아요."

가인의 목소리가 떨렸다. 생과 사의 기로에 서서 수술대 위에서 힘들게 싸우고 있을 은주를 생각하니 하염없이 눈물이 흘렀다. 마치 그녀의 삶이 자신의 삶 같아서 서글펐다.

소리 없는 흐느낌이 이어졌다. 가인은 은주가 수술실을 나올 때까지 마음을 다해 기도했다.

가인은 제 이름이 적힌 수술동의서를 보며 헛웃음을 터트렸다. 자신이 쓴 적이 없는 동의서였다. 그럼에도 동의서엔 그녀의 이름이 버젓이 적혀 있었다. 그녀의 연락처까지 완벽하게 작성된 동의서를 보니 입 안이 썼다.

"이걸 누가 작성했다고요?"

"본인이 작성한 거 아닌가요?"

가인의 질문에 간호사가 오히려 반문했다. 수술 당일 새벽녘에 근무했던 직원들이 누군지 알 수 없었다. 간호사들의 근무가 교대 형식이다 보니 동의서를 받은 사람을 찾아 물어보기도 어려웠다. 그게 아니더라도 굳이 답을 들을 필요는 없을 것 같았다. 그녀의 전화번호를 아는 인물 중 하나가 동의서를 작성했을 거란 건 짐작할 수 있었다.

"수술비랑 중간 정산을 해 주셔야 하는데요."

아마 이것 때문에 가인의 이름을 적은 게 분명했다. 가족에게 연락이 가서 오긴 했는데 뒤에 있을 일에 대한 책임은 지지 못할 것 같아 룸메이트인 가인의 이름을 적은 것이다. 돈을 전해 줄 때도 모르는 사람처럼 무시하더니 이렇게 뒤통수를 칠 줄은 몰랐다. 은주의 남동생 필체를 확인한 가인이 말없이 고개를 끄덕였다.

"확 죽여 버릴까."

1층 원무과로 내려가기 위해 엘리베이터로 걸어가며 가인이 뿌드득 이를 갈았다. 개차반인 건 알았지만 은주의 남동생이 이 정도일 줄은 몰랐다. 엘리베이터에 올라탄 가인의 고개가 절레절레 저어졌다.

정산서를 받아 든 가인의 표정이 어두웠다. 아무래도 그동안 들어 놓았던 적금을 깨야 할 것 같았다.

"일단은 사람이 살고 봐야지."

은주는 마취에서 깨자마자 가인을 보고 눈물을 흘렸다. 살아 있음에 안도하고 가인이 옆에 있음에 고마워하는 듯했다. 말을 하지 않아도 충분히 알 수 있었다. 푹 쉴 수 있도록 진통제를 놓아 주자 다시 편한 잠에 빠져들었다.

"이것저것 준비할 것도 있고 집에 좀 다녀와야겠다."

혼잣말을 하며 병실로 올라간 가인이 간단하게 메모를 남겼다. 그도 모자라 옆 베드의 보호자에게 혹시 일어나면 잘 좀 살펴 달라며 당부를 잊지 않았다. 자리를 비우는 게 조금 걱정스러웠지만 은주가 잠든 사이에 해결해야 할 일들이 많았다.

"서가인 씨?"

병원 로비를 걸어가는 그녀를 누군가가 불렀다. 그리 달갑지 않은 목소리에 가인이 걸음을 멈추고 미간을 찌푸렸다. 고개를 돌리자 예상했던 대로 최동수 형사가 그녀에게 다가오고 있었다.

"무슨 일이시죠?"

가까이 다가온 형사에게 가인이 먼저 물었다. 그와 자신이 알은체를 하며 인사를 나눌 사이는 아니라는 게 가인의 생각이었다. 나오는 말투가 다분히 까칠할 수밖에 없었다.

"하은주 씨는 상태가 어떤가요?"

가인에게 볼일이 있는 게 아니라 은주를 찾아왔음을 형사가 돌려 말했다. 단박에 가인의 인상이 구겨졌다. 아직 제대로 정신도 차리지 못한 은주였다. 몸을 추스르기도 바쁜데 대체 뭘 하려고 찾는 건지 당장에 반감이 생겼다.

"아직 누굴 만날 정도는 아닌데요."

"일반 병동으로 옮겼다고 하던데."

"그래서요?"

가인의 말투에 불쾌함이 가득했다. 수술실에서 중환자실로 옮겨져 상태를 보다가 어제 오후에야 겨우 일반 병실로 옮겨도 좋다는 결정이 났다. 정신적인 안정이 필요한 상태였지만, 1인실은 꿈도 못 꿀 형편이라 지금은 다인실에 있었다. 이런 상황에서 형사와 대면이라니 썩 내키는 일은 아니었다. 더군다나, 최동수 형사는 처음부터 은주와 가인에게 매우 불친절했다. 아마도 그 이유는 그녀들의 직업 때문인 듯했다.

"물어볼 게 있어서요."

"저한테 물어보세요. 애가 아직 안정을 취해야 해서 누굴 만날 여력이 안 돼요."

"저도 그러고 싶지만 이게 본인한테 직접 물어봐야 하는 거라서요."

"그게 뭔데요?"

"범인에 대해서 물어볼 겁니다. 잡아야죠? 일단은 사람을 찔러서 상해를 입혔으니까. 범인에 대해 가장 잘 아는 사람은 서가인 씨가 아니라 찔린 장본인인 피해자 하은주 씨겠죠?"

미처 거기까진 생각을 못 했다. 잠시 상황 판단을 하기 위해 가인이 머뭇거리는 사이 최동수 형사가 같이 온 동료에게 눈짓으로 안내 데스크를 가리켰다. 가서 은주가 몇 호실에 있는지 물어보라는 의미였다. 아무래도 불청객을 대하듯 깐깐하게 굴며 방어벽을 세우는 가인은 쉽게 은주가 있는 곳을 말해 줄 것 같지 않았다.

"범인은… 잡아야죠."

잡긴 잡아야 하는데, 지금 은주의 상태가 아직 그에 대해 말할 단계는 아니었다. 걱정에 가인이 머뭇거리는 사이 동료 형사가 병실을 확인하고 돌아왔다.

"509호라는데요?"

"그래?"

작게 나눈 대화였지만 예민하게 촉각을 곤두세우고 있던 가인의 귀에 들리지 않을 리 없었다. 가인이 둘을 보며 잘근 아랫입술을 깨물었다. 그를 본체만체 최동수 형사가 보일 듯 말 듯 머리를 까닥이곤 몸을 돌렸.

더 이상 가인에게 볼일은 없다는 태도였다. 머뭇거리던 가인이 그들의 뒤를 따랐다. 은주 혼자 두는 것보다는 자신이 옆에 있는 게 나을 것 같아서였다.

형사들이 병실에 들어서는 것을 보며 같은 병실의 사람들이 수군거렸다. 안 그래도 은주가 칼에 찔려서 수술을 받았다는 소문이 은연중에 떠돌던 차였다. 왜 그런 일을 당했는지 추측하느라 말도 안 되는 억측들이 난무했다. 이런 일엔 그저 침묵이 약이었다. 자기들끼리 떠들다 지치게 놔두는 게 좋았다. 그런데 형사들의 출입으로 괜스레 입방아에 더 올라가게 생겼다.

"깨워 봐."

최동수 형사가 동료에게 말했다. 잠든 은주의 어깨를 동료 형사가 흔들며 은주의 이름을 불렀다. 약에 취해 자는 터라 쉽게 일어날 리 없었다. 어깨를 흔드는 손의 힘이 조금 격해진다 싶자 가인이 중간에 나섰다.

"그만하죠. 그러다 상처 벌어지겠어요."

"흠, 그 정돈 아닌데."

불퉁하게 말하면서도 더 이상 은주를 흔들어 깨우진 않았다. 대신 가인에게 명함을 내밀며 깨어나면 연락하라고 말했다. 병실을 나서는 형사들의 뒷모습을 보며 가인이 낮은 한숨을 내쉬었다. 여기저기서 쑥덕거리는 소리가 들렸다. 당분간은 병실 사람들이 은주와 가인에 대한 입방아를 찧느라 바쁠 것 같았다.

다행이네. 무료한 일상에 가십거리라도 생겨서.

평온하게 잠든 은주의 얼굴을 내려다보며 가인이 한숨을 속으로 삭였다. 다시 병실을 나서 엘리베이터로 향하던 가인이 생각에 잠겼다.

'나 참, 뭔가 단서라도 있어야 범인을 특정 짓든가 하지. 이거 맨땅에 헤딩하는 것도 아니고, 이래서 언제 사건을 종결하나 그래. 쯧.'

귀찮게 됐다는 듯 투덜거리던 최동수 형사의 말이 떠올랐다. 단서. 단서라.

곰곰이 생각에 빠져 있던 가인의 머릿속으로 뭔가가 스쳐 지나갔다. 그날, 가인이 계단을 오르면서 마주쳤던 남자! 검은색 운동화에 검은 모자와 검은 옷을 입고 있던 남자였다. 저승사자처럼 온통 검은색 일색이었던 남자는 분명 3층에서 내려오고 있었다.

문을 여닫는 소리를 듣지 못해 4층에서 내려오는 거라 생각했는데, 아니었다.

'4층은 옥상인데.'

모두가 퇴근한 새벽 시간대의 건물. 그 건물엔 은주 말고는 누구도 있어서는 안 됐다.

더구나 4층으로 올라가는 옥상 입구는 늘 열쇠가 채워져 있었다. 몇 년 전 누군가가 그곳에서 투신을 하려 한 뒤로는 건물주가 아무도 올라가지 못하게 자물쇠를 꼭 채워 두었다고 은주가 말했었다.

띵. 엘리베이터가 1층에 도착했다. 문이 열리자마자 가인이 뛰다시피 엘리베이터에서 내렸다. 로비를 가로지르는 그녀의 발걸음이 빨라졌다. 주변은 살피지도 않고 그녀는 곧장 건물의 입구를 향해 달려갔다.

"아."

안으로 들어서던 누군가와 부딪쳤다. 가인이 돌아보지도 않고 사과를 했다.

"죄송합니다."

그러곤 급히 문을 통과했다. 뭐에 쫓기듯 아니면 뭘 맹목적으로 쫓는 사람처럼 앞만 보고 달려가는 가인을 진욱이 의아하게 쳐다봤다. 조폭 중 일부가 이곳에 입원을 하고 있었다. 그래서 상태도 살피고 취조도 할 겸 들른 길이었다.

가인과 부딪치기 전까지는 그녀가 여기 있다는 것조차 의식하지 못했다. 일이 바빠 그녀를 생각할 겨를이 없었다.

"뭐가 또 저렇게 바쁘지? 이거 어쩐지 위태위태한 게 불길한데."

꼭 무슨 일이 벌어질 것만 같은 불길한 예감에 진욱이 콧잔등을 살짝 찌푸렸다. 그가 얼굴을 펴고 엘리베이터와 로비의 출입문을 번갈아 봤다. 그러다 낮은 숨을 내쉬며 몸을 돌렸다. 방금 전 들어왔던 문으로 그가 다시 나섰다.

"중상 입고 입원한 놈들이 튈 리는 없고. 일단은 이쪽부터 해결하고 봐야겠는데."

 찝찝한 기분이 드는 걸 진욱은 제일 질색했다. 가인의 안전부터 확인하고 다시 병원에 와도 괜찮을 듯싶었다. 서둘러 그녀의 뒤를 쫓아야 잡을 수 있단 생각에 진욱의 걸음이 빨라졌다.

2. 묘한 인연

 병원 주차장에 세워 둔 오토바이로 다가간 가인이 헬멧을 찾아 썼다. 잠금장치를 채우고 오토바이에 올라타려는 가인의 어깨를 누군가 덥석 붙잡았다. 흠칫 놀란 가인이 반사적으로 상대의 손목을 붙잡고 몸을 돌렸다.
"헉헉. 아, 나 뛰는 거 별론데."
 거친 숨을 몰아쉬는 상대를 가인이 의아한 시선으로 바라보았다. 이 낯익은 얼굴을 여기서 또다시 보리라곤 생각지 못했다. 게다가, 상태를 보니 이번엔 그가 가인을 쫓아와 붙잡은 듯했다.
"여기서 뭐 하시는 거예요?"
"후우."

가인의 물음에 진욱이 자세를 바로 세우며 긴 숨을 토해 냈다. 그가 그녀를 보며 싱긋이 웃었다. 미소가 무척 매혹적이었다. 그 미소에 잠깐 정신을 빼앗겼던 가인이 퍼뜩 정신을 차렸다. 내가 지금 무슨 생각을 하는 거야. 가인이 마치 못 볼 거라도 봤다는 듯 눈을 감고 세차게 고개를 흔들었다.

"어디 가려고요?"

가인의 질문에 답은 하지 않고 오히려 그가 되물었다.

"아, 전 노래주점에……."

"사건 현장?"

"네."

"무슨 일로?"

"뭘 좀 알아볼 게 있어서요."

"으흠."

그녀의 대답에 진욱이 가만히 고개를 끄덕였다. 그를 멀뚱히 바라보던 가인의 미간이 살짝 찌푸려졌다.

"그런데 왜 반말하세요?"

대화를 나누면서 진욱이 말을 편하게 놓았다. 특별히 기분이 나빠서는 아니었다. 그의 말투는 취조를 하듯 딱딱하고 고압적이지 않았다. 오히려 친근함을 과시하듯 다정했다. 그게 가인으로부터 본능적인 방어막을 펼치게 만들었다. 쉽게 보이면 안 된다는 평소의 생각이 반영되어 그런 것이다.

"아, 기분 나빴다면 미안해요. 나도 모르게 그랬네요. 습관이에요. 짧게 주고받아야 본론이 빨리 나오거든요."

"아니, 그냥 좀 이상해서……."

저도 모르게 너무 날을 세웠나 싶었다. 입술 끝을 끌어 올려 매혹적인 미소를 남발하는 진욱에게서 가인이 시선을 거두며 말을 얼버무렸다.

"사건 현장에 가는 이유 물어봐도 돼요?"

"그게……."

가인이 힐끔 그를 돌아보며 입술을 잘근 깨물었다. 말을 해도 될까 잠시 망설이는 듯했다. 갈등하는 듯한 가인의 눈을 진욱이 지그시 마주 바라보았다. 마치 자신은 믿어도 된다고 눈으로 말하는 것 같았다.

"아무래도 제가 범인과 마주쳤던 것 같아서요. 확실한 건 아니고."

"미심쩍은 부분이 있어서 확인차 가는 길이다, 이거죠?"

"네."

"그럼 같이 갑시다."

"네? 왜요?"

은주의 사건은 진욱과는 전혀 상관없는 것이었다. 알리바이 확인으로 그의 일은 이미 끝났다. 다른 사람 같으면 더 엮이기 싫어서 우연히 마주쳐도 모른 척을 할 텐데. 진욱은 그와 정반대였다.

거길 왜 따라가?

당장에 그의 적극적인 동참 의사에 당사자인 가인조차 의아해하고 있었다. 그가 이러는 이유를 알 수 없었다.

"뭐든 궁금한 건 못 참는 고질병이 발동한 데다, 손목도 잡혔겠다. 그거 빌미로 같이 가려고요."

진욱이 말끝에 눈짓으로 아래를 가리켰다. 따라 시선을 옮긴 가인이 놀라 눈을 동그랗게 뜨며 서둘러 그의 손목을 놓았다. 그가 말하기 전까지 가인은 자신이 계속 그의 손목을 잡고 있었다는 것을 인지하지 못했다.

"어. 죄송해요."

"괜찮아요. 내 손목 잡아 주는 여자 그렇게 흔하지 않거든."

장난스런 말로 진욱이 가인의 머쓱함을 풀어 주려 했다. 잡혔던 손을 제 가슴에 올리고 진욱이 가벼운 미소와 함께 한쪽 눈을 찡긋해 보였다. 남자의 윙크가 거북스러울 만도 한데 이상하게 진욱이 하는 건 그렇게 싫거나 짜증스럽지 않았다.

"어떤 걸로 갈까요?"

"네?"

"이동수단. 차? 아니면 오토바이? 난 오토바이 뒷자리도 괜찮은데."

진욱이 하는 말의 의미를 떠올리며 가인이 자신의 오토바이와 그의 차를 번갈아 보았다. 그리고 상상했다. 그가 자신의 뒤에 앉아서 허리를 붙잡고 오토바이에 타고 있는 모습을. 갑자기 가인이 머리를 세차게 흔들었다. 은주 말고는 자신의 오토바이 뒤에 누군가를 태워 본 적이 없었다. 더군다나, 남자라니. 상상하는 것조차 이상했다.

"싫음을 너무 극단적으로 표현하는 것 같은데. 그럼 내 차로 가는 걸로 결정 난 거죠?"

뭐라 가인이 답을 하기도 전에 이번엔 진욱이 그녀의 팔을 붙잡았다. 정확히는 그녀가 입고 있는 재킷의 손목 부분이었다.

그를 따라 걷는 가인의 시선이 제 옷을 잡고 있는 진욱의 손에 머물렀다. 꽤 손이 컸다. 손을 이루고 있는 뼈는 남성적이었고 피부는 그와 반대로 고왔다. 자신의 손과는 다른 손이었다. 험한 일이라곤 해 보지 않은 진욱의 손을 보다가 가인이 제 손을 움츠려 감췄다.

단 한 번도 자신의 손이 부끄럽다고 여긴 적이 없었다. 부르트거나 굳은살로 손이 험해 보이는 건 아닌데 이상하게 진욱에게는 보이고 싶지 않았다. 왜 감추고 싶은지도 모르겠다. 비교당하는 게 싫어서? 글쎄. 진욱이 가인의 손에 관심이나 있을까? 그녀의 옷소매를 조심스럽게 잡고 있는 것도 나름의 배려지 다른 뜻은 없어 보였다.

"전에 그 포장마차 앞으로 가면 되는 거죠?"

가인의 옷을 놓고 보조석 문을 열어 주며 그가 말했다.

"네."

멍하니 고개를 끄덕이는 가인의 머리 위로 그가 손을 올렸다. 가인의 시선이 따라 올라가자 그가 턱짓으로 차에 타라고 했다. 머쓱함에 목을 손으로 쓸며 그녀가 보조석에 올라탔다. 진욱의 손은 그녀가 차에 머리를 부딪치지 않게 하기 위한 보호막 같은 것이었다.

운전석으로 걸어가는 그를 보며 가인이 괜스레 머리를 긁적였다. 살아오며 이런 대우를 단 한 번도 받은 적이 없었다. 그래서 그런지 자신이 앉은 자리가 가인은 상당히 어색했다. 그가 운전석에 올라탔다. 가인이 저도 모르게 그를 의식하며 자세를 가다듬었다. 안전벨트를 매고 시동을 걸던 진욱이 그녀를 지그시 돌아보았다.

"왜요?"

"저 벨트를 내가 채워 줘야 하나 생각 중이에요."

그의 시선이 가인의 오른쪽 아직 채워지지 못한 벨트에 머물러 있었다.

"아, 아니요."

가인이 손사래를 치며 서둘러 벨트를 당겨 채우려 했다. 당황한 데다 마음이 급해서 그런지 벨트가 한 번에 제대로 당겨지지 않았다. 겨우 벨트를 채우고 정면을 주시하자 진욱이 그제야 차를 출발시켰다.

가인의 머릿속이 복잡해졌다. 지금의 상황이 선뜻 이해가 되지 않았다. 어쩌다가 자신이 또다시 진욱의 차를 타고 그와 함께 사건 현장으로 가고 있는 것인지. 문득 정신을 차려 보니 이건 뭔가 이상하다 싶었다. 그녀가 힐끔 진욱을 쳐다봤다.

한 손으로 여유롭게 핸들을 잡고 정면을 보고 있는 그의 옆얼굴이 그녀의 시야에 들어왔다. 자세히 살펴볼 겨를이 없었는데, 이목구비가 어디 하나 나무랄 데 없이 잘난 것 같았다. 자신이 아는 남자 연예인을 대조해 보아도 진욱이 월등히 나아 보였다.

그녀가 저도 모르게 숨을 크게 들이켰다. 향긋한 냄새에 본능적으로 한 행동이었다. 그에게서 나는 향기인 듯했다. 스킨인지 향수인지 모르겠으나 과하지 않은 은은함이 마음에 들었다. 어느새 그를 빤히 쳐다보고 있다는 걸 인지하고 얼른 시선을 거뒀다.

"내 눈에 뭐가 씌었나?"

가인이 혼잣말을 중얼거렸다. 첫인상이 워낙에 안 좋았던 터라 단순히 재수 없는 놈이라고 치부했었다. 두 번째로 봤을 때는 제법 생긴 놈이었고, 지금은 확실히 잘생긴 얼굴이란 생각이 들었다. 보는 관점에 따라서 얼굴도 여러모로 달라 보이는 듯했다. 지금 그를 보는 가인의 마음에 고마움과 신기함이 깃들어 있어서 한층 더 멋있어 보이는 건지도 모르겠다.

그녀의 말대로 눈에 콩깍지가 낀 걸지도 몰랐다.

고개를 갸웃하다 한숨을 푹 내쉬는 가인의 모습에 진욱이 보일 듯 말 듯 엷은 미소를 머금었다. 다행이었다. 그녀의 혼잣말이 의미하는 게 불쾌했을 자신의 첫인상이 달리 보인 거라면. 본의 아니게 그런 장소에서 만나 좋지 않은 인상을 남겼다. 그렇게 끝날 인연이라 생각했는데 묘하게 자꾸만 엮이고 있었다.

왜였을까? 이번엔 그냥 모른 척해도 됐을 텐데. 굳이 심각해 보이는 그녀를 따라나선 것도 모자라 동행을 자처했다.

직업병인가? 범죄와 관련된 일을 그냥 넘기지 못하는? 그도 애매했다. 여태 진욱은 자신에게 주어진 업무가 아닌 것에는 크게 관심을 가진 적이 없었다.

'희한하긴 해. 자꾸만 서가인이란 여자가 눈에 들어오고 신경이 쓰이는 게. 묘해.'

처음엔 여자인지 남자인지 구분조차 하지 못했다. 어두웠던 탓도 있었고 요즘 남자들이 하도 미소년 스타일이 많아서 그런가 보다 하고 크게 신경을 쓰지 않았다. 포장마차에선 여릿해 보이는 외형에 여자일지도 모르겠다고 생각했다. 경찰서에서 신원 확인을 했을 때에야, 가인이 여자임을 확신했을 정도로 그는 원래 여자에게 무신경했다.

그가 관심을 가지고 집요하게 달라붙던 인간은 이종사촌인 영진밖에 없었다. 자신에게 까칠했던 영진이 애인이 생긴 이후로 부드러워져 그 관심도 급격히 줄어들긴 했지만.

'까칠함이 원인인가?'

처음부터 자신에게 호의적이지 않았던 가인이었다. 포장마차에서는 마주 앉아 있는 것조차 껄끄러울 정도로 불쾌함을 드러냈다. 그게 진욱으로 하여금 관심을 불러일으켰는지도 모르겠다. 검사라는 직업이며 집안이며 모델 부럽지 않은 외모며 하나 빠지는 게 없는 그였다. 그런 그에게 대부분이 호감을 가지고 친절하게 다가왔다.

'나 좀 이상한 데 끌리는 건가.'

진욱이 자신의 성향이 이상한 건 아닌지 은근히 걱정하는 사이 포장마차가 있는 곳에 도착했다.

"저긴가?"

포장마차가 있던 자리를 보며 진욱이 중얼거렸다. 포장마차 근처가 사건 현장이라고 했으니 이 근방일 것 같았다. 말을 하고 보니 또 반말이라 혼잣말인 것처럼 가인을 보지 않았다.

"이쪽이요."

반대편 차선이 포장마차가 있는 곳이었다. 가인은 자신들이 있는 차선의 오른쪽을 가리켰다. 그가 천천히 차를 멈추고 주변을 살폈다. 유흥가라 그와 관련된 간판들이 즐비했다.

"여기서 내리면 돼요."

가인이 벨트를 풀고 먼저 차에서 내렸다. 그 뒤를 진욱이 따라 내리며 그녀의 곁에 나란히 서 보조를 맞췄다. 가인이 노래주점이 있는 건물 앞에서 걸음을 멈췄다.

"여기 3층이에요."

건물을 쭉 올려다보며 진욱이 고개를 끄덕였다. 입간판으로 시선을 옮긴 진욱의 미간이 좁아졌다. 그가 상체를 기울이며 입간판의 한 부분을 유심히 살폈다. 그에 가인의 시선도 입간판에 머물렀다. 뭘 그렇게 유심히 살피나 보다가 가인이 화들짝 놀라며 서둘러 입간판에서 뭔가를 빼냈다. 그녀가 끼워 넣었던 진욱의 명함이었다.

"버린 건가?"

그가 턱을 쓸며 중얼거렸다. 가인이 돌아보자 시선을 맞추며 히죽 웃었다.

"혼잣말이니까 신경 쓰지 말아요."

대수롭지 않게 말하며 그가 등 뒤로 감춘 가인의 손을 은근한 시선으로 바라보았다. 명함을 쥔 가인의 손이 꼼지락거렸다. 하필이면 이걸 볼 게 뭔지. 까마득히 잊고 있었다. 자신이 이걸 버릴 생각으로 끼워 놨다는 걸.

"어떻게 연락을 했을까? 명함도 없이?"

이번에도 혼잣말인 것처럼 중얼거렸지만 의도는 분명했다. 가인이 듣고 답하라는 것이었다.

"그건 형사님이 알아보고······."

"아하, 그렇군요. 그냥 궁금해서."

신경 쓰지 말라는 듯 그가 손을 저으며 건물 입구로 걸음을 옮겼다. 가인이 제 앞을 스쳐 지나가는 그의 다리로 시선을 내리며 잘근 아랫입술을 깨물었다. 아무리 생각해도 그의 말과 제스처가 그냥은 아닌 듯했다.

앞으로는 뭘 버려도 사람들 눈에 띄지 않는 곳에 버려야겠다고 생각하며 가인이 그의 명함을 주머니에 찔러 넣었다. 기껏 생각해서 준 명함을 노래주점 입간판에 꽂아 버렸으니 기분이 나쁠 만도 했다. 몰랐으면 모를까 직접 눈으로 봤으니 썩 기분이 좋지는 않을 것이다.

머리를 마구 헝클이며 가인이 서둘러 그의 뒤를 따랐다.

"어디서 만났어요?"

1층과 2층을 잇는 모퉁이에 선 채 그가 올라오는 가인을 보고 물었다. 가인이 자신이 서 있는 곳을 가리켰다.

"이쯤에서요. 위에서 문 여닫는 소리가 들리고 계단을 내려오는 발소가 나서 은주인가 싶어서 여기서 기다렸거든요."

"그런데 다른 사람이었다."

"네. 스쳐 지날 때 비릿한 피 냄새 같은 게 났는데 겉이 멀쩡해서 별다른 의심은 안 했어요."

진욱이 손짓으로 가인에게 올라오라고 말했다. 계단을 올라 가인이 그의 옆에 섰다.

"범인일지도 모른다고 생각한 건 조금 전 병원에서였을 테고. 의심쩍은 부분을 확인하려고 다시 온 거겠죠?"

어떻게 알았는지 그가 정확하게 그녀의 생각을 짚어 냈다. 가인이 고개를 끄덕였다. 그녀를 진중하게 마주 바라보며 그가 차분하게 입술을 달싹거렸다.

"뭐가 꺼림칙했을까요?"

가인이 말을 하기 전 혀로 입술을 짧게 축였다.

"그날 건물엔 불이 다 꺼져 있었어요. 다 문을 닫고 퇴근을 한 뒤였죠. 은주만 손님 때문에 3시가 넘어서 나오겠다고 했고, 보통은 2시쯤 다 문을 닫아요."

"불 꺼진 건물에서 누군가가 문을 열고 나왔다. 그런데 그 당시엔 이상한 걸 못 느꼈군요."

"3층에 도착했을 때는 그 위에 층 어딘가에서 내려왔나 보다 여겨졌어요. 제가 봤을 땐 3층에 센서등이 막 켜졌을 때거든요. 그땐 연락 없는 은주가 더 걱정이 돼서 2층을 오르면서 창밖을 살핀 게 다예요."

"이 건물은 3층까진 거 같은데."

"맞아요. 그 위는 옥상이에요."

"옥상 문은?"

"평상시엔 잠겨 있어요. 건물 주인이 몇 해 전 투신 미수 사건이 있고 나서는 옥상 출입을 막았다고 했어요."

1층까지 내려와 담배를 피워야 한다고 얼마간 은주가 불

평을 터트렸던 게 떠올랐다. 굳이 그런 얘기까지 덧붙일 필요가 없어 가인은 진욱에게 다른 말은 하지 않았다.

"그걸 확인하려 온 거군요. 아직 잠겨 있는지, 아닌지."

"네."

옥상으로 향하는 출입문이 여전히 전과 다름없이 잠겨 있다면 그날 가인이 본 사람은 범인일 확률이 높았다. 진욱이 먼저 계단을 밟아 올라갔다. 그 뒤를 곧장 가인이 따랐다.

2층에서 달그락거리는 소리에 이어 철가방 소리가 들리더니 누군가 휘파람을 불며 내려왔다. 조심성 없이 빠르게 내려오는 중국집 배달원을 피해 진욱이 가인을 한 팔로 당겨 벽 쪽으로 붙어 섰다. 철가방이 요란하게 가인과 진욱의 앞을 지나갔다.

"휴우, 철가방에 맞을 뻔했네."

진욱이 너스레를 떨며 계단을 다시 올랐다. 그가 자연스럽게 팔을 거뒀지만 가인은 어딘가 불편한 기색으로 여전히 그 자리에 멈춰 있었다. 조금 전 진욱은 민첩하게 몸을 돌려 가인을 끌어안다시피 해서 제 몸으로 감쌌다.

갑작스런 접촉이었다. 애교 많고 스킨십 좋아하는 은주가 끌어안을 때와는 사뭇 다른 느낌이었다. 믿기 어렵겠지만 조금 전이 가인이 생애 처음 남자에게 안긴 것이었다. 멍하니 서 있을 타이밍이 아닌데 좀체 쉽게 움직일 수가 없었다.

꿀꺽. 마른침을 삼킨 가인이 숨을 깊게 들이쉬었다 내쉬곤 계단 위로 올라가고 있는 진욱을 올려다봤다. 몸에 묘한 여운이 남아 있었다. 그 여운을 지우려는 듯 그녀가 손으로 몸을 탈탈 털며 계단으로 발을 옮겼다.

3층으로 올라간 진욱이 멈춤 없이 위쪽으로 이동했다. 확인해야 할 건 옥상의 출입문이었다. 가인이 도착했을 땐 진욱이 문에 달린 자물쇠와 문손잡이를 모두 확인한 뒤였다.

"잠겼네요. 근래에 열었던 흔적도 없고."

가인이 자물쇠와 열쇠를 번갈아 보곤 낮은 한숨을 내쉬었다. 그때 가인이 봤던 사람이 범인일 확률이 높아졌다. 아니, 확실했다. 가인이 긴장한 얼굴로 진욱을 돌아봤다. 그가 괜찮다는 듯 엷은 미소를 지어 보였다.

"그때 당신이 할 수 있었던 건 아무것도 없어요. 빨리 친구를 발견했기 때문에 살릴 수 있었던 거니까, 당신의 선택은 옳았던 겁니다. 범인은 이제부터 잡으면 되니까 걱정하지 말아요."

가인이 느끼고 있을 마음의 짐을 덜어 주기 위해 진욱이 위로가 담긴 말을 건넸다. 하지만 그를 바라보는 가인의 표정은 여전히 무거웠다. 안다. 그의 말처럼 그 당시에 자신이 할 수 있었던 일은 아무것도 없다는 걸. 남자를 의심하고 붙잡고 늘어졌다면 어떻게 됐을까? 가인도 다쳤을지 모른다. 칼을 들고 있는 놈을 과연 무방비한 상태의 가인이 잡을 수 있었을까? 은주는? 놈과 씨름하느라 은주를 늦게 발견했다면 아마 지금 살아 있지 못할 수도 있었다.

맞는데. 진욱의 말이 다 맞는데.

가인은 나오는 한숨을 멈출 수가 없었다.

몸을 돌려 진욱이 먼저 계단을 내려갔다. 그 뒤로 따르던 가인이 3층 노래방 앞에 멈춰 섰다. 가게엔 불이 꺼져 있었다. 사고로 가게가 엉망이 돼서 피해가 이만저만이 아니라고 병문안을 온 사장이 투덜거리던 게 생각났다.

"죽을 뻔한 사람한테 그런 말이나 하고. 인간성 최악이다, 정말."

혼잣말을 중얼거리다 발걸음을 옮기려 방향을 틀던 가인의 귀에 인기척이 들렸다. 불 꺼진 가게 안쪽에서 들리는 소리였다. 끌리듯 가인이 가게로 다가갔다. 그러고 보니 덧문이 닫혀 있지 않았다. 그녀가 반자동 문을 터치하자 스르륵 문이 열렸다.

초저녁이라 그런지 가게 안은 그렇게 어둡지 않았다. 대충 어질러져 있던 물건들은 치운 듯했다. 아직 눅눅한 공기에 섞여 채 지워 내지 못한 옅은 피 냄새가 맡아졌다. 다시 그날의 참혹했던 은주의 모습이 떠올라 가인의 표정이 어두워졌다. 별달리 이상한 것도 없고 안은 고요했다. 주인이 문 잠그는 걸 잊은 모양이다. 그렇게 끔찍한 사고가 났는데도 아직 정신을 못 차린 것 같았다.

"이런 무책임한 주인 밑에서 일한 은주만 불쌍하지."

찰칵. 안쪽에서 문을 닫는 소리가 들렸다. 몸을 돌려 나가려던 가인이 멈칫했다. 소리가 들린 쪽으로 가인의 시선이 돌아갔다. 은주가 사고를 당했던 방 앞에 검은 형체가 서 있었다. 가인을 발견하고 놈도 당황한 기색이었다.

"누구세요?"

긴장한 목소리로 가인이 물었다. 그녀의 심장이 파닥거렸다. 머리부터 발끝까지 검은 눈앞의 사내가 그날 자신이 마주쳤던 그놈이란 걸 가인은 직감했다. 정적이 감돌았다. 놈이 답 없이 앞으로 발을 내디뎠다. 다가오는 놈을 주시하며 가인이 주먹을 꽉 움켜쥐었다.

"혼자예요?"

서늘한 목소리로 놈이 물었다. 그녀의 뒤쪽을 확인하며 놈이 천천히 다가왔다.

"너지? 네가 그랬지?"

가인의 목소리가 떨려 나왔다. 그녀의 직감이 놈이 범인이라고 말하고 있었다.

"여기서 일해요?"

근접하게 다가온 놈이 태연하게 말하며 씨익 웃었다.

"서가인 씨, 뭐 합니까?"

아래에서 가인을 부르며 진욱이 올라오는 소리가 들렸다. 한참을 내려오지 않는 가인에게 무슨 일이 있는가 싶어 다시 올라오는 듯했다.

빠득. 섬뜩하게 웃던 놈이 이를 갈았다. 놈이 쏜살같이 달려 가인의 옆을 지나 입구로 빠져나갔다. 워낙 순식간이라 미처 대응하지 못하고 뒤늦게 뻗은 가인의 손이 허공에서 휘청거렸다. 몸을 돌린 가인은 놈을 뒤쫓았다.

계단을 오르던 진욱이 급하게 계단을 내려오던 놈과 마주쳤다. 놈이 그를 피해 1층으로 뛰어 내려갔다. 본능적으로 진욱이 놈을 돌아봤다. 후다닥. 뒤이어 나타난 가인이 진욱은 보지도 않고 놈을 쫓아 내려갔다.

"젠장."

무슨 상황인지 대충 알 것 같았다. 진욱이 건물 밖으로 나가 가인이 뛰어가는 곳으로 내달렸다. 앞서 도망치던 놈이 뒤를 돌아보더니 뭔가를 주머니에서 꺼내 들었다. 그를 본 진욱의 걸음이 빨라졌다.

"서가인 씨, 멈춰요!"

가인도 놈이 빼 든 칼을 보았을 것이다. 그럼에도 무모하게 놈을 향해 다가가고 있었다. 놈이 뛰는 것을 멈추고 가인을 향해 돌아섰다. 마치 자신에게 날아들 칼이 보이지 않는 듯 가인의 행동에 머뭇거림이 없었다. 놈이 눌러쓰고 있는 모자를 향해 가인이 팔을 뻗었다.

찰나의 순간, 진욱이 그녀를 끌어당겨 안고 몸을 돌렸다. 놈의 칼이 진욱의 팔 부분 재킷을 스쳤다. 사람들이 웅성거리는 소리가 들리고 이목이 집중되자 놈은 칼을 거두고 재빨리 그곳을 벗어나기 시작했다.

"놔! 놓으라고!"

진욱의 품에 안긴 가인이 인파 속으로 숨어드는 놈을 보며 몸부림쳤다.

"진정해요, 서가인 씨! 사람이 왜 이렇게 무모해요!"

눈에 보이는 게 없는 것처럼 발악하는 가인을 향해 진욱이 목소리를 높였다. 놈이 시야에서 완벽히 사라지자 가인의 몸부림이 멈췄다. 제 팔을 잡고 흔들며 정신 차리라고 말하는 진욱을 가인이 원망 가득한 눈으로 쳐다보았다.

"당신 때문이야. 당신 때문에 놓친 거야."

"누군 줄 알고."

"범인이야. 확실해. 놈이 은주가 사고당했던 방에서 나왔어. 아무도 없는 가게 안에 왜 있었겠냐고."

진욱의 팔을 거칠게 쳐 내며 가인이 서늘하게 말했다. 그가 헛웃음을 터트렸다. 그에 가인의 인상이 와락 구겨졌다.

"증거도 없이 심증만으로 사람을 범인으로 모는 건 상당히 위험한 짓입니다, 서가인 씨."

"그 옷이 증거 아닌가?"

비아냥거리며 가인이 찢어진 그의 소매를 가리켰다. 진욱이 찢긴 옷을 살피다 냉정한 얼굴로 가인을 돌아봤다.

"같은 사건이라고 볼 수 있는 증거는 아닙니다."

단호한 진욱의 말에 가인의 미간이 꿈틀거렸다.

"잡아서 조사해 보면 알 거 아니에요. 범인인지 아닌지. 덕분에 놓쳐서 그것도 못 하게 됐지만."

"덕분에 무사하단 생각은 안 합니까?"

그의 말을 못 들은 척 가인이 몸을 돌려 왔던 길을 되돌아가기 시작했다. 진욱이 가인의 팔을 붙잡아 세웠다. 잡힌 손을 휘저어 가인이 진욱의 손을 거칠게 떨쳐 냈다.

"잡지 마!"

"내 말이 그 말입니다."

"뭐?"

"당신이 뭔데 범인을 잡겠다고 나섭니까. 경찰도 아니고 담당 형사도 아니면서. 그러다 엄한 사람 범인으로 몬 거면 어쩔 건데. 다치거나 죽을 거란 생각은 못 합니까? 사람이 왜 이렇게 어리석고 무모합니까."

잘근. 가인이 아랫입술을 깨물며 그를 노려봤다. 그녀의 두 눈이 분노로 가득했다. 그 분노가 범인을 향한 것인지, 놈을 잡을 기회를 놓치게 만든 진욱을 향한 것인지 알 수 없었다. 흔들림 없는 눈빛으로 진욱이 그녀를 마주 바라보았다. 잘못된 행동에 대해 명확히 알려 줄 필요가 있었다. 그래서 더 단호하고 강하게 그녀를 몰아붙였다.

"눈앞에… 은주를 그렇게 만든 놈이 있는데 어떻게 그냥 두고 봐요."

격양된 목소리를 조금 누그러트리며 가인이 말했다. 꽉 쥔 주먹이 부들거렸다. 알고 있었다. 진욱이 끼어들지 않았다면 자신이 칼에 찔렸을 수도 있다는 걸. 하지만 고마움보다 미움이 앞서는 건 어쩔 수 없었다. 조금만 더 그가 늦게 왔다면 놈의 모자를 벗길 수 있었다. 지금은 그 기회를 놓쳐 버린 안타까움이 컸다.

"얼굴만 확인하려고 했는데, 못 했어. 당신 때문에."

"그럼 당신이 칼에 찔리는 걸 그냥 두고 봐야 했다는 겁니까?"

"처음부터 상관 안 했으면 됐잖아요. 왜 따라와서……."

억지라는 걸 알면서도 말을 멈출 수가 없었다. 그의 찢어진 재킷이 눈에 들어왔다. 자신이 다칠 수도 있는 상황임을 알면서도 진욱이 망설임 없이 끼어들어 가인을 구했다. 울컥 눈시울이 붉어졌다.

"말렸어야 하는데. 조금 더 강하게 말했어야 하는데. 그랬다면 은주 그렇게 살지도 않았을 거고, 그런 끔찍한 일 당하지도 않았을 텐데. 다 내 잘못이에요."

두서없이 흘려 내는 가인의 말에 진욱이 낮은 한숨을 내쉬었다. 그녀의 목소리가 떨리고 있었다. 매섭게 쏘아 대던 기세도 한풀 꺾였다.

"누군가의 인생을 그렇게 쉽게 바꿀 수 있을까요?"

한결 부드러워진 목소리로 진욱이 물었다. 당신의 잘못이 아니라고 위로해 주려는 의도였다. 가인이 그를 올려다보며 고개를 저었다.

"그래도 시도는 해 봤어야죠. 안 될 거라고, 그 무엇도 변하지 않을 거라고 단정 짓고 아무것도 하지 않았어요. 뻔히 그 애가 죽을 만큼 힘들고 아플 거라는 걸 알면서 외면한 거예요. 단 하나뿐인 친구라면서……."

"옆에서 지켜 주고 있잖아요. 그것만으로도 고마워할 거예요."

"웃고 있다고, 괜찮다고, 아무렇지 않게 살아간다고 갈가리 찢어지는 심장의 고통이 무뎌질까요? 나중에 가족에게 자신이 버림받았다는 걸 알면 지금보다 더 아플 텐데."

"가족이 버렸다니요?"

"이용만 하고 정작 필요한 순간엔 외면하는 그런 가족, 차라리 먼저 버려 버리라고 말했어야 하는데."

이 남자에게 왜 이런 이야기를 하는지 가인도 알 수 없었다. 그럼에도 꺼내 놓아야만 이 아픈 속이 덜어질 것 같아 가인은 계속 말을 했다. 그걸 들어 주는 게 이 남자라서 다행이라는 생각은, 아주 나중에야 들었다.

"내 잘못이에요. 가족이란 이유로 누군가의 희생을 바라면 안 되는 건데, 괜찮으니까 참고 사는 거겠지. 괜히 상처 건드리지 말자고 외면했던 게… 너무 후회가 돼요."

그녀의 말이 이어질수록 진욱의 가슴 한편이 아릿해져 왔다. 가슴속 깊이 묻어 두었던 상처가 툭 벌어지고 있었다. 더

불어 누군가가 떠올랐다. 최영진. 핏줄이기에, 진욱이 다칠까 봐 자신의 아픔을 꾹꾹 참고 견뎌 준 그가 상처의 중심에 있었다.

"지금이라도 돕고 싶어요. 세상은 공평한 거라고, 누군가에게 죄를 지으면 반드시 대가를 치르게 된다고, 놈을 잡아서 알려 주고 싶어요. 은주가 자신을 외면한 그 인간들을 가차 없이 버릴 수 있게. 그래서 당당하게 보란 듯이 새 삶을 살아갈 수 있게. 다시는 가족이란 걸 빌미로 은주에게 희생을 강요하지 못하게 만들어 주고 싶어요."

"그래요. 죄를 지었으면 대가를 치르게 해야죠. 그게 누구든."

가인을 바라보는 진욱의 눈빛이 달라졌다. 막무가내 철부지라고 생각했는데 아니었다. 자신보다 나은 사람이었다. 뜨거운 심장을 가진, 자신의 소중한 사람을 진심으로 아낄 줄 아는 그런 사람이었다. 어느 면에서는 진욱보다 훨씬 나았다.

"갑시다."

그가 가인의 손을 덥석 붙잡았다. 그녀가 의아한 시선으로 그를 쳐다보았다. 진욱이 웃음기 없는 얼굴로 진지하게 말했다.

"나도 도울게요. 몽타주 만들면 훨씬 도움이 될 거예요."

"몽타주요?"

"우리 둘이 본 걸 조합하면 될 것 같은데."

"아……. 고마워요."

쓸데없이 끼어들어서 방해했다며 쏘아붙이고 원망했었는데, 진욱의 말에 그 모든 것들이 잊혔다. 자신이 생각지 못했던 방법을 제안하며 적극적으로 돕겠다고 나서는 진욱이 새삼 고마웠다. 차로 이끄는 그의 뒷모습을 가인이 두 눈에 담았다.

진욱의 넓은 등이 유독 믿음직스럽고 강인해 보였다. 주차된 차로 가는 내내 가인은 그의 등에서 시선을 떼지 못했다.

경찰서로 가서 범인에 대해 목격자 진술을 하고 나올 때까지 진욱이 그녀의 옆에 함께 있어 주었다. 가인과 진욱의 증언을 토대로 몽타주를 작성해 범인에 대한 수사를 진행하겠다는 말을 듣고 나왔다. 은주가 몸을 추스르고 대화가 가능한 상태가 되면 그녀의 증언도 보태질 것이다.

"배 안 고파요?"

경찰서 건물을 나오며 진욱이 물었다. 부드러운 미소를 짓고 있는 진욱의 얼굴을 멍하니 보다 시선을 옮겼다. 어둠이 깔리고 있었다. 밤이 오고 있는 듯했다.

"난 고픈데."

그의 목소리에 가인이 다시 그를 돌아봤다.

"우리 뭘 좀 먹어야 되지 않나? 저녁 먹을 때가 한참 지난 것 같은데."

말을 하다 그가 먼 산을 보듯 시선을 밖으로 돌렸다. 습관처럼 말꼬리를 잘라먹다 보니 또 혼잣말을 한 것처럼 능청을 부리게 된다.

"몇 신데요?"

가인의 물음에 그가 손목시계를 확인했다.

"8시 반 조금 넘었네요."

"은주 깨어났겠다."

낮게 중얼거리며 가인이 계단을 밟아 내려갔다. 정문을 향해 걸어가는 그녀의 손목을 진욱이 붙잡았다.

"밥 먹고 가요."

가인이 말없이 가만히 그를 응시했다. 이래저래 정신이 빠져 멍한 상태인 것 같았다. 그녀의 얼굴 가까이 진욱이 제 얼굴을 들이밀었다. 그녀의 얼굴을 빤히 응시하며 집요하게 눈동자를 살피고 혈색을 확인했다.

"그거 알아요?"

그가 그녀의 팔을 잡아끌며 말했다. 얼떨결에 그에게 끌려가며 가인이 그에게 잡힌 제 손목과 그의 손을 눈으로 좇았다. 그에게 잡힌 손목에서 따스한 온기가 느껴졌다. 불쑥 그의 손을 맞잡고 싶은 충동이 일었다.

마음이 추워서 그런가 보다. 누군가의 따스한 위로가 필요해서 그런 허무맹랑한 생각을 한 모양이다. 가인은 자신의 생각을 비웃으며 쓰게 웃었다.

"원래 환자보다 보호자가 더 잘 먹어야 된다는 거. 그래야 간병도 제대로 할 수 있지. 자기 몸도 건사 못 하면서 남 챙기는 건 바보 같은 짓이에요."

그가 자신의 차 앞에 멈춰 서며 보조석 문을 열었다. 열린 문을 보고도 가인이 움직이지 않자 진욱이 상체를 기울여 그녀의 옆얼굴을 들여다봤다. 그의 시선을 느끼면서도 가인은 고개를 돌리지 않았다. 그녀가 진욱에게 잡혀 있던 손목을 빼냈다. 그러곤 열린 차 문을 닫았다. 진욱이 의아한 시선으로 그녀를 봤다.

"여기서 가장 바보 같은 건 검사님이에요."

가인이 어두워진 표정으로 그를 향해 돌아섰다. 시선을 피하지 않고 그의 눈을 올곧게 마주 보며 그녀가 입을 열었다.

"아무 상관도 없는 사람에게 넘치는 친절을 베풀고 계시잖아요. 쓸데없이."

약간의 차가움을 섞었다. 그러지 않고서는 그를 냉정하게 외면할 자신이 없었다. 진욱의 고개가 약간 옆으로 기울었다. 그가 모호한 미소를 입가에 달았다. 그 미소에 현혹되지 않으려 가인이 그의 눈만 뚫어져라 직시했다.

"이렇게 뜬금없이?"

"……"

진욱이 무슨 말을 하는지 알아들었다. 자신이 생각해도 생뚱맞았다. 실컷 이용해 먹을 대로 이용해 먹고는 밥 한 끼 먹자는데 쌩하니 너는 너, 나는 나 갈 길 가자는 식으로 말을 하니 황당할 것이다.

하지만 가인은 흔들리지 않을 생각이었다. 그에게 더 이상 신세를 질 수는 없었다. 여기서 그와의 인연은 끝내야 했다. 이미 진욱은 너무 많은 일을 도와주었다. 아마 오늘도 그가 없이 경찰서에 갔다면 당장에 의심의 대상이 되었을 것이다.

사건 당일에는 일언반구도 없던 범인에 대한 말을 갑자기 꺼내 드니 이상하지 않을 리 없었다. 경황이 없어 생각을 못 했는데 오늘 병원에서 형사를 만나고 나서 그날의 일이 떠올랐다고 말은 했지만 곧이곧대로 믿는 눈치는 아니었다.

가는 날이 장날이라고 딱 범인으로 보이는 인물과 마주쳤고, 겁도 없이 뒤를 쫓다가 칼에 찔릴 뻔했다는 말이 허무맹랑하게 들릴 법도 했다. 그나마 진욱이 동행해서 찢어진 옷을 보여 주고 같이 진술을 하니 가서 조사해 보겠다는 말을 했지, 가인 혼자였다면 관심조차 주지 않았을 것이다.

'목격자가 제 발로 찾아와 증언을 하면 고맙다고 해야 하는 거 아닙니까? 왜 제 귀엔 죄인 취조하는 것처럼 들리죠? 좀 더 친절하게 대하셔야 할 것 같은데요, 형사님.'

가인을 향한 형사의 고압적이고 불손한 태도와 말투에 진욱이 바로 지적하며 정정을 요구했다. 그의 카리스마에 기가 눌린 듯 형사가 즉시 태도를 바꿨다.

'긴장 풀고 천천히. 괜찮아요. 내가 있잖아요.'

몽타주를 그리기 위해 범인을 떠올릴 때 저도 모르게 떨리는 가인의 손을 잡아 주고 다정한 말로 그녀를 안심시켜 주기도 했다. 그의 믿음직한 눈빛과 부드러운 미소에 가인의 마음이 한결 안정되었다. 더불어 가슴이 따뜻해졌다. 진욱이 잡은 손의 온기가 심장까지 흘러든 것 같았다.

경찰서 안에서의 일들이 떠오르자 가인의 심장이 또다시 이상 조짐을 보였다. 사각사각, 간질간질. 말로 표현하지 못할 묘한 느낌이 심장을 자극하고 있었다.

딱 여기까지. 더는 그를 자신들의 일에 끌어들여선 안 된다. 살아가는 세상이 달랐다. 그와 가인은. 그러니까 기대고 의지하려고 들면 안 되는 거다.

"그래요, 그럼. 내가 가장 바보라고 치고. 그래도 밥은 좀 먹으면 안 됩니까? 배고파서 죽을 것 같은데. 나 그 정도는 얻어먹어도 되는 거 아닌가? 여기 두 번이나 왔는데. 옷도 찢기고."

가인의 시선이 그의 옷에 닿았다. 기회다 싶었던지 진욱이 일부러 찢긴 부위를 흔들며 아깝다는 듯이 말했다.

"이거 꽤 비싼 건데."

"……."

또 한 번 가인의 말문이 막혔다. 냉정하게 딱 끊어 내려고 했는데 그의 말에 마음이 흔들렸다. 자기 때문에 비싼 옷까지 망가졌는데 식사 대접 정도는 하는 게 맞는 것 같았다. 그런 뒤에 깔끔하게 인연을 끊는 게 가장 좋은 방법인 것 같았다.

"뭐 드시고 싶은데요?"

한결 누그러진 가인의 눈빛과 말투에 진욱의 미소가 짙어졌다. 그가 손을 올려 가볍게 가인의 머리 위에 살짝 댔다가 뗐다. 기특하다고 머리라도 쓰다듬고 싶은데 그럴 수가 없었다. 둘이 그런 친근한 스킨십을 할 정도는 아니라고 가인이 앞서 선을 그었으니까.

그의 묘한 행동에 가인이 고개를 들어 아직 머리 위에 떠 있는 진욱의 손을 봤다. 진욱이 싱긋 웃으며 다른 손으로 차 문을 열었다.

"일단 타죠. 여기부터 나가야 뭘 먹든지 할 테니까."

태연스런 그의 행동에 가인이 아무런 의심 없이 차에 올랐다. 전처럼 머리를 보호해 주려다 손이 닿은 모양이라고 생각하고 넘기는 듯했다.

"몇 살이에요?"

갑작스런 그의 질문에 가인이 벨트를 매다가 그를 돌아

봤다.

"실롄가?"

여자에게 나이를 묻는 건 실례라는 말을 떠올리며 그가 물었다. 가인이 어깨를 으쓱하며 벨트를 채웠다.

"그런 건 아니고, 굳이 그걸 알 필요가 있나 싶어서요."

"다른 뜻은 없고, 동생 같아서. 내가 나이가 많은 것 같은데, 혹시 그게 아니면."

진욱이 은근히 가인이 노안이고 자신이 동안이란 의미의 말을 흘려 냈다.

"스물일곱이요."

당연히 자신이 아래라는 듯 발끈해 가인이 나이를 밝혔다. 검사 정도면 아무리 어려도 서른은 넘을 거라는 생각에 자신 있게 말했다. 하지만 진욱의 반응이 오묘했다. 갑자기 뒷목을 손으로 문지르며 정면을 주시한 채 아무 말도 하지 않았다. 얼굴에서 웃음기도 사라졌다.

'설마, 나보다 어린 건 아니겠지?'

절대 그럴 리가 없다고 생각하면서도 진욱을 살피는 가인의 표정은 심각했다. 혹시 뛰어난 천재라서 고시에 일찍 붙었다거나 하는 보통의 상식을 뛰어넘는 스토리의 주인공은 아니겠지. 의구심 가득한 눈으로 가인이 그를 살폈다.

'말려들었다.'

그녀의 시선을 느끼며 진욱이 속으로 생각한 것을 가인은 절대 모를 것이다. 생각대로 그녀는 자신보다 어렸다. 사법고시며 로스쿨을 다른 사람들보다 어린 나이에 통과하긴 했다. 그건 그가 검사 생활을 한 지가 꽤 되었다는 의미이기도 했다.

"나 뭐 사 줄 거예요?"

진욱이 평소와 달리 산뜻함을 업시켜 해맑게 웃으며 물었다. 돌아본 가인의 눈동자가 부릅떠지며 흔들렸다. 마치 그의 입에서 누나란 말을 들은 것처럼 충격을 받은 얼굴이었다. 조금 전 굳건한 의지를 드러내며 차갑게 자신을 내치려던 것에 대한 작은 복수였다. 스멀스멀 웃음이 터져 나오려는 것을 그가 간신히 참아 냈다.

"나는 고기 좋은데. 고기 사 주면 안 돼요?"

"…고기요?"

고기라는 말에 그녀의 머릿속 계산기에 불이 켜졌다. 고기의 종류는 다양했다. 어떤 것이냐에 따라 금액이 다르게 측정된다. 그녀는 지금 한 푼이라도 아껴야 했다. 그렇다고 여러모로 도움을 받은 사람에게 짜게 굴 수는 없었다.

"어떤 고기요?"

"맛있는 고기요."

"맛있는 고기……."

가인의 시선이 그의 몸을 훑어 내렸다. 몸에 걸친 것 전부가 고급스러웠다. 그게 아니더라도 그의 몸에서 풍기는 분위기 자체가 고퀄리티였다. 그런 진욱이 싼 고기를 입에 올릴 리 만무했다. 게다가, 인정하고 싶진 않지만 자신보다 어린 나이라면 한창 고기가 고플 때지 않나 하는 생각이 불쑥 들었다.

"평소에 고기 많이 먹을 거 같은데……."

겨우 한다는 말이 고작 이 정도였다. 어설픈 미소를 입가에 단 가인을 보며 그가 능청스럽게 말했다.

"평소에 먹는 흔한 고기 말고요, 특별한 고기로 사 주면 좋겠는데."

곤란하다는 말이 목구멍까지 나왔지만 가인은 그것을 꿀꺽 삼켰다. 오늘이 마지막인데 인심 한번 제대로 쓰자 싶었다.

"먹고 싶은 거 먹어요. 내가 다 사 줄게."

"와우, 통이 크시네요."

자꾸만 환청이 들리는 것 같아 가인이 자신의 귀를 휘적거렸다. 진욱의 말끝에 누나란 단어가 매달려 있는 것 같았다. 그럴 리 없다고 생각하면서도 그가 명확하게 말을 하지 않아 얼굴만 관찰하게 된다. 자세히 오래도록. 진욱이 의도한 대로.

"들어가죠?"

멍하니 간판을 보고 서 있는 가인의 팔을 그가 잡아끌었다. 자리를 잡고 앉아 진욱이 익숙한 듯 주문을 했다. 초벌구이를 마친 고기가 불판에 올려질 때까지도 가인은 진욱이 먹고 싶다던 고기가 정말 이게 맞는지 믿지 못했다.

"이게 먹고 싶었다고요?"

"음. 맛있어요. 한번 먹어 봐요."

그가 잘 구워진 고기를 집어 그녀의 앞에 놓인 접시 위에 올려 주었다. 그러곤 자신도 하나를 집어 장에 찍더니 입으로 가져가 맛나게 먹었다.

"뒷고기네요."

"마니아들은 이것만 찾아 먹기도 해요. 뼈에 붙은 살이라 쫀득쫀득한 식감이 죽여주거든요."

"이런 고기 전혀 모를 것 같은데."

가인이 혼잣말처럼 중얼거리며 젓가락으로 고기를 집어 들었다. 내내 마음을 짓누르던 부담감이 사라지자 허기가 졌다. 고기 냄새가 코를 자극했다. 앞에서 맛나게 먹는 진욱도 그녀의 식욕을 돋우는 데 한몫했다.

"두둑하게 먹고 마음 편하게 가서 친구 돌봐요."

그의 다정한 말에 가인이 시선을 들어 진욱을 응시했다. 곁들여 나온 계란찜을 떠서 입으로 가져가던 그가 그녀의 시선을 느끼고 마주 보며 싱긋이 웃었다. 그가 계란찜을 맛나게 먹었다.

"으음, 이것도 괜찮은데요? 먹어 봐요."

"의외네요?"

순순히 숟가락을 들어 계란찜으로 가져가며 가인이 말했다.
"뭐가요?"
"그냥 모든 게 다."
 말끝을 뭉뚱그리는 가인을 이번엔 진욱이 넌지시 바라보았다. 그녀가 하는 말의 의미가 어떤 건지 그는 짐작할 수 있었다. 보통 사람들이 그에 대해 가지는 선입견을 그녀도 가지고 있을 테니까. 충분히 유추 가능했다.
"생긴 것 같지 않게 내가 너무 친절한가? 다정하고?"
 그의 자화자찬에 가인이 젓가락질을 멈추고 그를 빤히 쳐다봤다. 진욱이 씨익 웃으며 능청스럽게 고기를 집어 그녀에게 건넸다.
"이렇게 생긴 사람은 성격도 개차반일 거라는 편견은 버립시다. 잘나도 성격까지 죽여주는 경우도 있으니까. 나처럼."
 마뜩잖은 표정으로 그를 보던 가인이 낮은 웃음을 터트리며 고개를 절레절레 흔들었다. 확실히 진욱은 그녀의 예상을 벗어나는 특이한 사람이었다.
"검사는 원래 눈코 뜰 새 없이 바쁜 거 아니에요?"
"아마 그렇죠?"
"그런데 검사님은 많이 한가하신가 봐요."
"그럴 리가."
"바쁜데 저랑 오래 있을 리가 없잖아요."

가인이 단정적으로 말하자 진욱이 눈을 가늘게 뜨고 손에 든 젓가락을 흔들었다.

"우리 처음 봤을 때도 나 일하고 있었고, 그다음엔 일 마치고 들어가는 길에 포장마차에 들른 거고. 그때 시간이 꽤 늦었죠, 아마? 그 뒤에도 그렇고."

하나하나 그가 되짚어 말하자 괜히 가인이 머쓱해졌다. 그러고 보니 그가 자신과 함께했던 시간의 대부분이 남들은 깊은 잠에 빠져 있었을 시간이었다. 오늘만 예외였다.

"병원엔 무슨 일로 온 거예요? 설마 나 만나려고 온 건 아닐 테고."

얼른 말을 돌리며 가인이 젓가락으로 고기를 뒤집었다. 그가 그녀의 젓가락을 집게로 툭툭 치며 물러나라고 했다. 가인이 젓가락을 거두자 그가 집게로 느긋하게 남은 고기를 구웠다.

"당연히 일 때문에 간 거겠죠? 그때 그 조폭들이 거기 입원해 있거든요."

"조폭? 아, 바닥에 널브러져 있던 사람들."

"빙고."

집게로 고기를 집어 불판의 가장자리로 옮기며 진욱이 상큼하게 말했다. 가만히 듣고 있던 가인이 번뜩 무슨 생각이 들었던지 다급하게 물었다.

"그 사람들 병실이 어딘데요?"

진욱이 그녀의 얼굴에 드러난 불안을 읽고는 진정하라는 듯 부드럽게 말했다.

"걱정하지 않아도 돼요. 제 발로 돌아다닐 수 있는 놈은 하나도 없으니까. 경찰들이 옆에서 24시간 지키고 있기도 하고. 크게 염려할 필요는 없어요."

"아."

하긴 그 정도로 난동을 피우고 체포된 조폭들을 검찰 쪽에서 그대로 방치할 리는 없었다. 그제야 안도의 한숨을 내쉬며 가인이 고개를 끄덕였다.

고기를 집어 입으로 가져가는 가인을 진욱이 애잔한 시선으로 바라보았다. 어딘가 자신과 닮았다. 해 줄 수 있음에도 못 해 준 것에 대한 죄스러움을 안고 소중한 사람 곁을 지키고 있는 게 꼭 자신의 모습을 보고 있는 것 같았다.

"많이 먹어요."

그가 가인의 접시에 고기를 놓아 주며 다정하게 말했다. 고기와 그를 번갈아 보던 가인이 불판의 고기를 집어 그의 접시에 얌전히 놓았다.

"검사님도요."

시선을 내리고 고기를 입으로 가져가는 가인의 귓불이 붉어졌다. 진욱의 입가에 엷은 미소가 번졌다. 자신과 같은 듯하면서도 달랐다. 그녀는 진욱보다 용감했다. 잘못을 바로잡기 위해 스스로 움직이기 시작했다. 그런 가인에게 강준은 저도 모르게 끌리고 있었다.

"배부르게 잘 먹었다."

배를 톡톡 두드리며 진욱이 기분 좋게 말했다. 밥을 먹으면서도 노심초사 불안한 마음으로 앉아 있는 가인의 마음을 알아 그가 시간을 길게 끌지 않고 식사를 마쳤다. 자리에서 일어난 그가 입구로 걸어갔다. 뒤이어 일어난 가인의 시선이 테이블 위를 무심히 훑었다. 그러다 뭔가를 발견하곤 입술을 잘근거렸다.

얘기를 하느라 몰랐는데, 대화 중간 그가 가인의 접시에 계속 고기를 놓아 줬고 그녀는 무의식적으로 그것을 입에 넣었다. 결론적으로는 가인이 진욱보다 고기를 훨씬 더 많이 먹었다. 빨리 먹고 가야 한다는 생각만 가득해서 주는 대로 먹어 치운 것 같았다.

민망함이 밀려왔다. 배고프다고 고기를 사 달라던 그보다 별생각이 없다고 했던 자신이 더 많이 먹은 꼴이었다. 어쩐지 일어서는데 배가 너무 부르다 했다. 그녀가 고개를 절레절레 흔들며 테이블 위를 뒤적거렸다. 계산서를 찾는 것이었다.

"계산서가 따로 없나?"

처음에 종업원이 주문서를 작성해서 테이블 위에 올려놓은 걸 본 것 같았다. 바닥에 떨어진 건가 해서 테이블 아래를 보고 있던 그녀를 진욱이 다가와 불렀다.

"거기서 뭐 해요?"

"계산서가 안 보여서요."

"벌써 계산 다 했는데요."

"네? 언제요? 누가요?"

분명히 저녁은 가인이 사기로 했었다. 그런데 그가 어느새 계산을 해 버렸다는 말에 가인이 당황한 기색으로 물었다. 저녁만 사면 다시는 그와 마주칠 일이 없을 거라고 생각했는데, 이렇게 되면 그녀의 계획이 어긋나 버린다.

"얼마 나왔어요?"

그녀가 재킷에서 반지갑을 꺼내며 물었다. 지갑 안에는 돈이 많지 않았다. 돈이 생기면 바로 은행에 넣고 일주일 치 생활비만 가지고 다녔다. 진욱이 고기 타령을 했을 때는 한 번도 써 본 적 없는 체크카드를 써야겠다고 생각하고 있었다. 주로 은행에서 돈을 찾을 때만 썼지 카드로 뭔가를 결제해 본 적은 없었다. 난생처음 카드를 쓸 생각까지 했었는데, 이러면 곤란했다.

"그 돈 가지곤 모자랄 텐데?"

가인의 지갑 속을 흘깃 확인하곤 진욱이 말했다. 지갑 속을 헤집던 가인의 손이 멈칫했다. 그녀가 그를 물끄러미 올려다봤다. 진지하게 바라보는 그녀를 마주 내려다보며 그가 눈을 들썩였다. 자신에게 가인이 뭔가 할 말이 있는 것 같아서 해 보라는 뜻으로 그런 것이다. 의미를 알아챈 가인이 작게 입을 달싹였다.

"혹시, 카드도 되나요?"

"…어디다가 긁게요?"

두 손을 살짝 들어 보이는 게 자기 몸 어딘가에서 카드 긁을 곳을 찾아보라는 뜻인 것 같았다. 농담치고는 상당히 진부했다. 이런 걸 볼 땐 절대 자신보다 나이가 어리지 않은 것 같았다. 진욱이 한 건 명확한 아재개그였다.

"가까운 은행을 찾는 게 빠르겠네요."

고개를 저으며 가인이 먼저 발을 옮겼다. 떨떠름한 가인의 표정이 재미있었던지 그 뒤를 따르는 진욱의 입가에 엷은 미소가 머금어졌다. 입구에 나가 그를 기다리고 서 있는 가인 옆으로 다가가며 그가 손으로 입술을 쓸어 웃음기를 지워 냈다.

"얼마예요?"

그녀가 재차 물었다. 정말 돈을 줄 생각인 듯했다.

"25,000원이요."

"아."

짧은 탄식이 가인의 입에서 흘러나왔다. 가지고 있는 돈에서 만 원 정도가 부족했다. 그걸 깎아 달라고 할 수도 없고, 만 원 가지고 은행을 찾자니 괜스레 그를 더 번거롭게 하는 것 같았다. 그녀가 자신의 휴대폰을 내밀었다.

"이걸로 대신하겠다는 뜻은 아니죠?"

"절대 아니죠. 이게 밥줄인데."

"그럼? 무슨 뜻?"

"찍어요."

"번호 따려고요?"

"아니요. 계좌번호 찍으라고요. 내일 송금해 드릴게요."

꼭 돈을 줘야 마음이 홀가분할 것 같았다. 딱 여기서 끝. 그렇게 명확하게 선을 긋고 싶었다. 그가 손을 올렸다. 휴대폰을 가져갈 거라 생각했던 그의 손이 가인의 손을 잡았다. 흠칫 놀라 빤히 쳐다보는 그녀의 시선을 무시하며 진욱이 그녀의 손을 잡은 채로 그 위에 놓인 휴대폰에 자신의 번호를 찍어 저장시켰다.

그의 손을 통해 번지는 따스한 온기에 가인이 정신을 빼앗겼다. 이 사람의 손은 왜 이렇게 따뜻한 걸까? 그의 온기는 취기를 부른다. 빠져들어 헤어 나오고 싶지 않을 취기를.

"정말 이걸로 퉁 칠 생각은 아니죠?"

그가 손을 거두며 싱긋이 웃었다. 휑한 냉기가 그의 손이 떠나간 자리를 메웠다. 저도 모르게 가인은 그의 손을 잡을 뻔했다. 제자리로 돌아가는 진욱의 손을 따라 내려갔던 시선이 천천히 위로 올라왔다.

"퉁…이요?"

간격을 두고 가인이 물었다. 현실로 돌아와 그가 한 말의 의미를 생각하는데 조금의 시간이 걸렸다. 휴대폰을 들고 있던 손을 모아 등 뒤로 감췄다. 손이 느끼고 있는 아쉬움을 그에게 들킬까 괜한 걱정이 앞섰다. 정작 본인은 그런 것에 신경도 쓰지 않을 텐데 혼자서 묘한 기분에 빠져 있는 게 어쩐지 씁쓸했다.

"나 싼 남자 아닌데. 이걸로 끝내면 내가 너무 손해 보는 거 아닌가? 다음에 더 비싼 걸로 사요."

"이거 먹자고 한 건 검사님이거든요?"

"그래서 이걸로 입 닦겠다고요?"

"아니, 그런 건 아닌데."

"그래요. 그럼 다음에 또 봐요, 우리."

진욱이 가인의 얼굴 가까이 제 얼굴을 기울이고 콧잔등을 찡긋거렸다. 장난스러운 그 표정에 가인의 마음이 노곤거렸다. 이러면 안 되는데. 그를 담아내는 눈빛과 마음이 점점 변하고 있음을 감지하고 가인이 스스로에게 경고를 보냈다. 하지만 경고는 먹혀들지 않았다. 심장이 그녀를 배신하고 조심스런 설렘을 드러냈다.

'미쳤네. 이 남자에 대해서 뭘 안다고 나대냐.'

생전 남자를 처음 알게 된 것처럼 그녀의 심장이 평소와 다른 행보를 보이고 있었다. 그를 바라보는 가인의 눈빛이 침잠해졌다.

'이러지 마. 가능성 없는 일에 달려드는 거 얼마나 미련한 짓인지 잘 알잖아.'

살아오면서 느꼈던 수많은 쓰라린 경험을 떠올리며 마음을 다잡았다. 절로 나오는 한숨은 엷은 미소로 감췄다. 그가 말한 다음이 언제일지, 정말 그런 날이 올지 알 수 없었다. 그러니 방금 한 약속의 유효기간은 명확하지 않다.

오다가다 우연히 마주치면 인사라도 나눌 수 있으면 좋겠다. 문득 든 생각에 가인이 머리를 푸르르 흔들었다.

"왜요? 싫어요?"

"아니요."

웃음기를 지운 진욱의 말에 반사적으로 가인이 답했다.

"싫은 게 아니면 좋은 거네?"

이어진 그의 혼잣말에 가인의 입이 떡 벌어졌다. 그녀의 턱 밑으로 다가온 진욱의 검지가 턱을 올려 주었다. 입가에 머문 매혹적인 미소가 가인의 시선을 붙들었다.

"다음에 더 맛난 거 먹자고요. 먼지로 배 채우지 말고."

그의 손끝이 닿은 턱밑이 간질거렸다. 손을 거두고 그가 자신의 차로 걸어가며 차의 잠금을 해제시켰다.

삐빅. 작은 불빛과 소리에 가인이 흠칫 몸을 떨었다. 가인은 자신이 세상의 때가 많이 묻었다고 생각했다. 인간관계에서도 철두철미하고 냉정하다고 믿었다. 그런데 아닐지도 모른다는 생각이 문득 들었다. 단 몇 번의 만남으로 자신이 잘 알지도 못하는 남자에게 설렘을 느끼게 될 줄은 몰랐다. 한 번도 느껴 본 적 없는 낯선 설렘이었다.

이게 뭔지 가인은 알 것 같았다. 심장의 박동이 혈관을 타고 올라 귀 고막을 울리는 이 묘한 느낌. 기막히게도 그녀의 심장이 강진욱을 남자로 받아들이고 있었다. 그냥 성별이 남자가 아닌 특별한 감정을 갖게 하는 이성으로.

"말이 돼?"

안 된다. 정작 본인부터가 이해 불가였다. 그에 대해서 뭘 얼마나 안다고……. 처음엔 까칠했던 그가 어느 순간부터 친절하게 굴며 도움을 줬다고? 어려울 때 힘이 되었다고? 그럼 다 설렘을 느끼나? 그건 아니잖아. 도대체가 납득이 되질 않는다.

"손 잡아 줘요?"

그가 따라오지 않고 그대로 서 있는 가인을 향해 장난스럽게 손을 내밀었다. 원하면 정말 가인의 손을 잡아 주기라도 할 듯이 환한 미소까지 짓고 있었다. 가인이 양손으로 제 뺨을 가볍게 두드렸다.

"정신 바짝 차리자, 서가인. 세상 그렇게 만만하지 않은 거 네가 더 잘 알잖아? 후우."

혼잣말을 중얼거리며 볼을 두드리고 있는 가인의 행동에 진욱이 내밀었던 손을 접어 내렸다. 상당한 내적 고민을 하고 있는 모양이다. 무슨 고민인진 몰라도 갑자기 저러는 건 상당히 심각한 일인 것 같아 방해하면 안 될 듯싶었다. 그러니 차에 타란 말도 자신의 친절한 제스처도 보지 못한 게 아닐까.

 잠깐 혼자만의 시간을 줘야겠다 생각한 진욱이 딴청을 부리며 휴대폰을 꺼내 들었다. 그러면서 반대편으로 몸을 돌렸다. 혹여 자신이 방해가 될까 싶어 그런 것이다.

"가죠?"

 평소엔 잘 보지도 않는 인터넷 뉴스를 둘러보던 진욱의 등 뒤에서 가인의 목소리가 들렸다. 그가 고개만 돌려 그녀를 봤다. 잔뜩 굳은 얼굴이 비장해 보이기까지 했다. 대체 무슨 일이기에 저럴까? 혹시 범인에 대한 다른 정황이 또 떠오른 건가?

 이런저런 생각을 하며 그가 고개를 끄덕이며 몸을 돌렸다. 문으로 그가 손을 뻗기도 전에 가인이 직접 열고 올라탔다. 문을 닫고 안전벨트를 매는 것까지 일사불란하게 처리한 그녀가 정색한 얼굴로 정면을 주시했다.

"흐음."

 표정으로 보아하니 무슨 일인지 물으면 안 될 것 같았다. 그녀가 쳐 놓은 단호한 벽이 그의 눈에도 보였다. 그가 한쪽 입술 끝을 살짝 끌어 올리곤 운전석을 향해 걸어갔다. 어쩐지 그녀의 고민이 범인보다는 자신과 연관되어 있을 것 같다는 예감이 강하게 들었다. 그러니 좀 전과 달리 강한 경계심을 보이며 그에게 눈길조차 주지 않으려 애쓰는 거겠지.

"누가 잡아먹기라도 한데?"

시동을 걸며 그가 혼잣말처럼 낮게 중얼거렸다. 가인이 흠칫하는 게 느껴졌다. 그녀의 눈동자가 잠깐 진욱을 향했다가 다시 정면으로 돌아갔음을 그는 보지 않아도 알 수 있었다.

'확실하네. 나 때문인 거.'

그의 입가에 엷은 미소가 머물렀다. 차가 출발해서 병원 앞에 도착하는 내내 가인의 자세는 변하지 않았다. 진욱이 차를 멈추자 기다렸다는 듯이 벨트를 풀고 문을 열었다. 뭐가 그렇게 급한지 벨트가 제자리로 돌아가기도 전에 내려 한쪽 팔에 걸리고 말았다. 가인이 얼른 그것을 빼고 문을 닫았다. 그러다 금방 다시 문을 열고 총알 같은 인사를 차 안으로 던져 넣었다.

"여러모로 감사했습니다."

쾅! 급하게 닫은 문이 생각보다 큰 소리를 내자 돌아서던 가인이 움찔거렸다. 잠시 멈추나 싶던 그녀가 쏜살같이 병원 건물 안으로 들어갔다. 진욱이 창문을 열고 허둥지둥 사라지는 그녀의 모습을 지켜보았다.

"저러다 넘어지면 엄청 아플 텐데, 천천히 가지."

잔잔한 미소를 입가에 단 채 그가 고개를 절레절레 흔들었다. 그녀의 모습이 보이지 않을 때까지 지켜보다가 그가 차를 주차장으로 끌고 가 세웠다. 그도 여기 병원에서 아직 볼일이 남아 있었다.

조심만 하면 병동 자체가 다르니 마주칠 일은 없을 것이다. 차에서 내린 진욱이 그녀가 뛰어들었던 병원 건물을 향해 천천히 걸어갔다. 그녀가 친구의 병실로 들어갈 시간을 벌어 주기라도 하려는 듯 그의 발걸음이 평소보다 아주 많이 느릿했다.

"미안해. 내가 너무 늦었지?"

병실로 들어서니 은주가 깨어 있었다. 언제부터 일어나 있었는지 몰라도 거동이 불편한 은주를 혼자 둔 게 미안해 가인이 얼른 다가서 사과를 했다. 그런 가인을 향해 은주가 오히려 더 미안함을 표했다.

"네가 왜. 오히려 나 때문에 네 시간 뺏어서 내가 더 미안하지."

"괜찮아. 친구가 다쳤는데 이 정도도 못 해?"

신경 쓰지 말라는 듯 가인이 말했다. 링거를 살피고 주변을 정리하는 가인을 보는 은주의 눈가가 붉어졌다. 생업도 포기하고 자신을 간호하는 가인을 보자 마음이 울컥하며 눈물이 차올랐다. 말은 아무렇지 않게 하지만 그게 쉽지 않은 일이라는 걸 은주는 잘 알고 있었다. 혈육으로 이어진 가족들조차도 위급한 상황에 놓인 자신을 외면하고 있었다. 은주가 가족에게 철저하게 버려졌음을 가인도 알고 있었다. 수술동의서에 가인의 이름을 써 넣으며 모든 것을 그녀에게 떠넘기기까지 했다. 그럼에도 아무런 내색도 하지 않고 가인은 은주를 보살폈다.

"아까 간호사 왔다 갔었어."

"아, 혼자 있을 때 왔구나. 담당 의사 선생님은?"

"나 잘 때."

"나중에 따로 만나 봐야겠다. 상태 어떤지 자세히 물어봐야지."

"수술동의서."

은주의 다음 말에 가인이 멈칫거렸다. 하지만 이내 아무렇지 않은 표정으로 은주를 돌아봤다.

"어. 미안. 내가 보호자라고 사인했어. 아무도 연락이 안 돼서."

거짓말이다. 은주가 수술실에 들어갈 때 가인은 없었다. 잠시 정신이 돌아온 은주가 본 건 짜증에 가까운 표정으로 의사가 내민 수술동의서를 보고 있는 자신의 남동생이었다. 어쩌면 와 준 것만으로도 감사해야 하는 일일지도 몰랐다. 그때 동생이 그곳에 없었다면 수술조차 받지 못했을 수도 있었으니까. 하지만······.

"나 알아. 누가 그거 작성했는지."

"은주야."

슬픔이 차올라 그렁그렁 맺혀 있는 은주의 눈을 보며 가인의 눈시울도 붉어졌다. 그녀가 은주의 곁으로 바짝 다가가 상체를 기울였다. 은주가 아프지 않게 조심히 그녀를 안아 주며 가인이 나직하게 속삭였다.

"나한테는 네가 가족이야. 너마저 없으면 난 정말 세상에 의지할 곳 하나 없는 천애 고아로 살아야 해. 그러니까, 미안해하지도 말고 슬퍼하지도 마. 서로가 서로에게 그런 존재가 되면 되니까. 가족이 별건가? 같이 살고 서로에게 소중한 존재면 가족인 거지. 안 그래?"

주르륵. 은주의 눈에서 눈물이 흘러내렸다. 가인이 전해 주는 위로가 은주의 마음을 따스하게 물들였다. 어려울 때 만나 진정한 친구가 되었고 어느 순간부터 가족처럼 같이 살게 되었다. 서로의 아픔을 공유하고 포용해 주며 힘내자 응원도 해 주곤 했다.

"고마워."

떨리는 손으로 은주가 가인의 등을 감쌌다. 그 떨림이 고스란히 가인에게 전해졌다. 가족에게 버려졌다는 사실을 다시 확인한 것에 대한 두려움과 자신의 곁에 그보다 더 끈끈하게 이어진 가인이 존재한다는 것에 대한 감사가 담겨 있었다. 그와 같은 감정을 담아 가인이 은주의 머리를 가만가만 쓸어 주었다.

"우선 몸부터 낫자. 그게 최우선이야. 다른 건 생각하지 말고. 응?"

"응. 얼른 나아서 나가야지."

몸이 나아지면 형사들이 찾아올 것이다. 사건 당일의 일을 떠올리는 게 힘들겠지만, 범인은 잡아야 했다. 놈이 또 다른 범행을 저지르지 못하게 법의 심판대에 올려야 한다. 많이 괴로울지 모르지만 은주가 잘 이겨 낼 거라 가인은 믿었다. 착해 빠진 순둥이지만 은주 역시 험한 세상을 혼자 견뎌 낸 강인한 애였다.

"어디 갔다 온 거야?"

"응?"

마음이 어느 정도 진정되자 은주가 물었다. 그냥 궁금해서 단순하게 물은 것인데 가인의 반응이 묘했다. 그녀답지 않게 볼을 붉히며 시선을 피했다. 상체를 세운 가인이 뒷목을 쓸어 내며 주변을 괜스레 휘둘러봤다.

"혹시 나 때문에 곤란한 일 생긴 거야?"

"아니야, 그런 거."

"그럼?"

"누구 좀 만났어."

"누구?"

은주가 집요하게 묻는 이유는 분명했다. 가인이 자신으로 인해 힘든 일을 당한 건 아닌가 하는 거였다. 아니면 보호자가 병원비 정산 때문에 자리를 비운 게 아닌가 하는 간호사의 말이 맞는 걸지도 몰랐다. 가인에게 그런 짐까지 지울 수는 없었다. 병원비는 자신의 돈으로 지불하는 게 옳았다.

"혹시 병원비 때문이면 걱정하지 않아도 돼. 나 돈 모아 놓은 거 있어. 죄다 집에 갖다 주진 않았다고. 알잖아. 나 그렇게 바보천치는 아니라는 거."

"그런 거 아니라니까."

병원을 나가 일어난 일들을 죄다 말하려면 진욱에 대한 얘기도 해야 했다. 그에 대해 얘기하며 무심하게 말할 자신이 없었다. 그렇다고 아무 말도 안 하자니 은주의 오해가 깊어질 것 같았다.

"아무래도 내가 그날 범인이랑 마주친 거 같아서. 그것 때문에 가게랑 경찰서에 좀 다녀왔어."

"아."

은주에게 범인에 대한 얘기를 빨리 꺼내고 싶지 않았지만 어쩔 수가 없었다. 일부라도 사실적인 부분을 말해 줘야 은주가 납득을 할 것 같았다.

"떠올리기 싫은 얘기 꺼내서 미안해. 그래서 말 안 하려고 한 거야."

"아니야. 괜찮아."

은주가 숨을 깊게 들이셨다. 호흡을 조절하기 위해 그런 것이다. 배 위에 올려졌던 은주의 손이 가늘게 떨리는 게 느껴졌다. 역시 아직은 무리였던 것 같다. 은주가 두 손을 꽉 움켜잡고 입술을 꾹 깨물었다가 풀었다.

"그놈 검은 옷에 검은 모자 쓰고 있었어. 상당히 흔한 패션이지. 하아."

"계단에서 내려오는 걸 봤어. 그땐 그냥 다른 곳에서 나온 사람인가 보다 했거든. 아니었어. 그 건물에서 나올 수 있는 유일한 출구는 3층이었는데. 내가 그걸 생각하지 못했어."

"나만 생각했을 테니까. 내가 걱정돼서 그랬겠지."

"잡자. 꼭."

가인이 엷은 미소를 지어 보이며 은주의 손 위에 한 손을 올려 부드럽게 만져 주었다. 따라 미소를 지으며 은주가 고개를 끄덕였다.

6층 병동으로 들어선 진욱이 경찰들이 지키고 있는 병실 앞으로 걸어갔다. 그를 발견한 경찰들이 인사를 했다. 가볍게 고개를 숙여 보이며 인사를 대신한 진욱이 문을 열고 안으로 들어섰다.

4인 병실의 베드가 모두 차 있었다. 다들 중상을 입은 터라 몸이 온전치 못했다. 입만 살아 동동 떠다니는 꼴이랄까? 움직일 수 있는 부분이 그리 많지 않았다.

진욱이 베드를 쭉 둘러보며 낮게 휘파람을 불었다. 그 소리에 하나둘씩 잠에서 깨어 그를 쳐다봤다.

"에이 씨."

"쯧."

여기저기서 불만의 소리가 들려왔다. 상대가 검사인지라 대놓고 욕은 못 하고 짜증만 냈다. 진욱이 가까운 베드로 걸어가 톡톡 손끝으로 철재 침대의 프레임을 두드렸다. 그가 비스듬히 서서 침대 위의 사내를 내려다봤다.

"내 이름 가르쳐 준 거 같은데. 아니었나?"

혼잣말처럼 진욱이 낮게 중얼거렸다. 베드의 남자가 인상을 구겼다. 무슨 헛소리를 하느냐는 표정으로 자신을 바라보는 남자를 향해 진욱이 싱긋이 웃어 보였다. 그러곤 자세를 바로잡고 서서 재킷 안주머니에 손을 넣어 뭔가를 꺼냈다. 남자가 얼굴을 굳히고 얼굴 앞으로 다가오는 진욱을 피하기라도 하려는 듯 몸을 뒤척였다.

척. 진욱이 남자의 얼굴 가까이로 손을 내렸다. 그러곤 손에 들고 있던 뭔가를 남자의 환자복 안에 찔러 넣었다.

"다음엔 꼭 기억해 줬으면 좋겠습니다. 제 이름은 에이 씨가 아니라 강진욱입니다. 서울지방검찰청 형사2부 검사 강진욱. 이번이 처음도 아닌데 너무들 하는 거 아닙니까? 그러게 박 터지게 싸우고 약 장사하고 그러지 말라니까. 머리 나빠진다고."

툭툭. 찔러 넣은 명함 위를 진욱이 손바닥으로 가볍게 내려쳤다. 남자는 갈비뼈가 몇 대 부러진 상태였다. 그 작은 두드림에 남자가 신음 소리를 냈다. 그러자 진욱이 놀란 척 급히 손을 들어 올렸다.

"오우, 이런. 깜빡했네. 갈비뼈가 부러졌다고 했던 것 같은데, 괜찮습니까?"

능청스러운 그의 말과 행동에 남자가 입을 꽉 다문 채 인상을 구겼다. 뭐라고 더 말했다간 자신의 뼈를 부러트려 놓고도 실실 웃으며 실수였다고 할 것 같았다. 강진욱 검사는 미친 너구리로 유명했다. 웃으면서 사람의 복장을 터트린다는 의미로 붙은 별명이었다.

"또 모르시는 분이 누구시더라? 손 들어 볼까요?"

검지와 중지 사이에 명함을 끼우고 진욱이 장난스럽게 흔들어 보였다. 그 모습에 나머지 베드의 남자들이 각자 아픈 곳을 가리려 애쓰며 그에게서 시선을 회피했다. 매끄럽게 입술을 끌어 올린 진욱이 명함을 다시 갈무리해 넣었다.

짝! 그가 손뼉을 치며 주위를 환기시켰다.

"그럼 우리 이제 좀 더 친밀감 돋는 얘기를 해 볼까요? 예를 들면 겁나게 물 좋은 클럽에서 두 동네 양아치 같은 조폭 패거리들이 왜 '우리 집에 왜 왔니' 놀이를 하며 싸웠을까 하는 것부터, 정신 뿅 나가게 만드는 그 나쁜 약까지. 우리 아주 심도 깊게 천천히 대화를 나눠 보자고요."

타박타박. 그가 베드 사이를 걸어 맨 안쪽으로 다가갔다. 머리와 복부에 붕대를 감고 발에 깁스를 한 남자가 자신을 그윽하게 내려다보고 있는 진욱을 돌아보며 짙은 한숨을 내쉬었다. 진욱이 이번엔 포켓에서 매직을 꺼냈다. 뚜껑을 열고 매직을 들고 진욱이 상체를 기울이자 남자의 눈이 부릅떠졌다.

"뭐, 뭡니까? 그걸로 뭘 하려고……."

움직이기 불편한 몸을 흔들어 대던 남자의 몸이 움찔 멈췄다. 그의 동공이 흔들렸다. 자신이 보고 있는 장면이 정말인지 믿지 못하는 눈치였다. 진욱이 자신의 발에 시선을 박고 정성스럽게 깁스 위에 매직으로 뭔가를 쓰고 있었다.

"뭐 하는 겁니까? 강 검사님?"

"퇴원 기원. 강녕굴. 깁스를 보면 이런 건 해 주는 게 예의 아닙니까. 제 간절한 마음을 담았습니다만. 마음에 드십니까? 두목님?"

진욱이 양손 엄지와 검지로 작은 하트를 만들어 보였다. 그에 남자가 뜨악한 표정을 지었다. 끔찍한 걸 본 듯한 얼굴로 남자가 몸서리를 쳤다. 진욱이 그를 못 본 척 태연하게 매직의 뚜껑을 닫아 챙겨 넣었다. 그러곤 깁스를 한 다리를 슬쩍 엉덩이로 밀어내며 베드 위에 걸터앉았다.

"이제 본격적으로 대화를 나눠 보실까요, 정한수 씨?"

부드러운 미소를 피워 문 진욱이 슬그머니 한수의 깁스한 다리 위에 손을 올려놓았다. 부디 자신의 간절한 기도가 신에게 들려서 이 빌어먹을 조폭의 두목 놈이 빨리 완쾌되어 마땅히 있어야 할 곳으로 갈 수 있기를 그가 속으로 다시 한 번 기원했다.

정한수는 그동안 수많은 사건에 연루되고도 미꾸라지처럼 요리조리 잘 빠져나갔다. 대신 자신의 대타로 세운 조직원이

충성을 다해 모든 것을 짊어지고 감방으로 들어갔다. 이번엔 절대 놓치지 않을 작정이다.

"반드시 재판정에서 마주 보고 설 수 있기를."

검사와 피고인의 신분으로.

"읍스. 속으로만 생각한다는 게 밖으로 나와 버렸네?"

싱긋이 짓고 있던 미소가 서서히 그의 얼굴에서 사라지고 있었다. 검사 강진욱의 본모습이 나오고 있었다.

"후우."

한수가 깊게 숨을 들이쉬었다. 사람 앞에서 긴장하기는 이번이 처음이었다.

※

은주가 퇴원하는 날까지 가인은 자신의 일인 듯 정성을 다해 그녀를 보살폈다. 괜찮다고 하는데도 굳이 일하는 중간중간 그녀를 살피러 왔다. 다른 환자들은 가족들과 함께 있는데 그 사이에서 혼자 있을 은주가 걱정돼서 그냥 둘 수가 없었다. 그런 가인이 마음이 쓰여 그런 것인지 은주의 회복이 빨랐다.

범인 검거는 제대로 이뤄지지 않았다. 사건 해결의 기미는 여전히 보이지 않았고 별다른 진척 사항은 없었다. 그날 가인이 본 것처럼 놈은 사람들의 이목을 피해 CCTV가 없는 곳으로 도망쳐 종적을 감췄다.

가족에 대한 실망감 때문이었을까? 아니면 그날 당했던 일에 대한 공포 때문이었을까? 은주는 전에 하던 노래방 도우미 일을 그만두고 낮에 할 수 있는 일을 찾기 시작했다. 가인은 조용히 은주의 새로운 삶을 응원해 주었다.

가인의 일상도 원래의 패턴대로 돌아왔다. 새벽녘엔 우유 배달을 하고 오전부터 오후 늦게까지는 각종 배달 일을 했다. 사무실이나 가게에 매여 있는 것보다 가인은 돌아다니는 일이 더 좋았다.

부르릉. 그녀의 오토바이가 도로 위를 질주했다. 오전엔 주로 사무실이나 가게의 급한 물건들을 배달했다. 오전 배달을 모두 마쳤을 때는 점심때가 훌쩍 지난 시간이었다. 잠깐의 짬이 나자 그제야 허기가 밀려왔다.

"뭘 먹지?"

오토바이를 세우고 먹을 만한 것이 있는지 주변을 살폈다. 일정한 곳이 아니라 늘 콜이 오면 받아 움직이는 터라 지역이 수시로 바뀌었다. 그러다 보니 밥을 먹는 것도 배달이 끝난 곳 주변에서 해결해야 했다.

비교적 간단히 해결할 수 있으면서 영양가도 두루 갖추고 있으면 좋을 것 같았다. 모든 게 먹고 살기 위해 하는 일인데 대충 페스트 푸드로 때울 수는 없었다. 입는 거나 사는 건 대충일 수 있지만 먹는 건 생존과 직결된 문제였다. 적어도 하루에 한 끼는 비싸진 않지만 제대로 된 밥을 먹어야 하지 않을까.

이리저리 먹을거리를 찾아 헤매던 가인의 눈에 길 건너편 푸드 트럭이 보였다. 덮밥 종류를 팔고 있었다. 식당에서 파는 것과 비주얼상으로도 크게 뒤지지 않았다. 그에 비해 가격은 6천 원이니 꽤 괜찮은 편이었다.

가인이 건널목을 건너 푸드 트럭 앞으로 걸어갔다. 점심시간이 지나서 그런지 대기 인원은 별로 없었다.

"주문해도 되나요?"

혹시 브레이크 타임은 아닌가 해서 가인이 물었다. 푸드 트럭 주인이 그녀를 보고 반갑게 인사했다.

"어서 오세요, 손님. 어떤 걸로 드릴까요?"

"음, 불고기 라이스 하나 주세요."

"네. 5분 정도 걸리니까 저기 앉아서 잠시 기다려 주시겠어요?"

"네. 그럴게요."

푸드 트럭 주인이 가리킨 화단 옆 벤치로 그녀가 걸어갔다. 그곳에선 트럭이 잘 보였다. 주인이 부르는 소리도 들을 수 있을 정도로 가까운 거리였다. 벤치에 앉은 가인이 팔짱을 끼고 등을 기댔다. 5분 동안은 잠시 눈을 감고 휴식을 취할 수 있을 것 같았다.

눈을 감자 햇살이 따스하게 얼굴 위로 내려앉는 게 느껴졌다. 간질간질 살랑바람까지 더해져 기분 좋은 느낌을 안겨 주었다. 이대로 정신만 아득한 곳으로 보내면 곧장 잠이 들 것 같았다. 그녀는 피곤으로 몰려오는 잠을 애써 몰아냈다.

"지금 주문 가능해요?"

가까운 곳에서 들리는 나직한 목소리가 듣기 좋은 음악처럼 가인의 귓속으로 스며들었다. 주문을 하는 소리와 자신에게 했던 멘트를 똑같이 하며 손님을 벤치로 안내하는 주인의 목소리가 연이어 들렸다. 가인은 자박자박 자신에게 다가오는 낮은 발소리를 들으며 천천히 눈꺼풀을 밀어 올렸다.

햇살이 가리어지고 그녀의 얼굴 위로 그림자가 드리웠다. 그리고 떠올린 가인의 시선에 햇살을 등진 남자의 모습이 들어왔다. 깔끔한 정장 차림의 남자는 그녀가 익히 아는 인물이었다. 씰룩. 입가에 미소가 떠오르려는 걸 가인이 억지로 내리눌렀다.

"또 보네요?"

그가 말했다.

"그러게요."

무심함을 가장해 가인이 답했다. 그가 벤치에 앉지 않고 계속해서 그녀의 앞에 서 있었다. 5분 남짓을 그냥 그렇게 서 있을 작정인 듯했다. 마주 보고 선 상황이 조금 부담스러워 가인이 턱으로 옆을 가리키며 말했다.

"멀대처럼 서 있지 말고 앉지 그래요."

"눈부실 것 같아서."

전매특허인 듯 혼잣말처럼 낮게 중얼거리며 그가 싱긋이 웃었다. 그의 말에 가인의 심장이 들썩거렸다. 그가 말하는 대상이 본인이 아니라 가인이라는 것을 알았다. 자신이 햇볕을 가리고 있는 이유가 그녀가 눈을 뜨기 불편해질까 봐서라는 걸. 하지만 그녀의 눈은 이미 충분히 부셨다. 햇살이 아니라 이제는 존재 자체만으로도 눈부시게 빛나는 강진욱이란 남자 때문이었다.

"햇살 좋았는데. 가리지 말죠."

"이런, 내가 잘못 짚은 건가? 실례했어요."

그가 옆으로 비켜나자 햇살이 그녀의 얼굴 위로 다시 쏟아졌다. 하지만 그보다 눈부시지는 않았다. 진욱이 가인 옆에 앉으려 했다. 괜찮을 거라고 마음을 다잡았는데 그렇지 않았다.

두근두근. 그의 체취가 느껴지자 가슴이 뛰기 시작했다.

"손님, 다 됐습니다."

그가 앉기 직전 트럭 주인이 이쪽을 보고 말했다. 가인이 일어나려고 하자 진욱이 가볍게 그녀의 어깨를 눌렀다.

"내가 가져올게요."

푸트 트럭으로 걸어가는 그의 뒷모습을 가만히 지켜보았다. 진욱의 등이 무척 든든하고 따뜻해 보였다. 저 너른 등에 기대 쉴 수 있었으면, 그의 가슴에 푹 안겨서 위로와 안식을 느낄 수 있었으면 참 좋겠다는 생각을 했다. 그런 생각을 떠올렸다는 게 한심스러웠지만 한편으론 아무도 알지 못할 텐데, 상상만 하는 건데 뭐 어때, 라는 생각도 들었다.

생각만인데, 피해를 주는 것도 아닌데, 그런 사치 좀 부리면 어떤가 싶었다.

음식을 받아 값을 지불하고 돌아오는 진욱의 모습에 가인의 가슴 한편이 묵직하게 아려 왔다. 자신이 이루어질 수 없는 사랑을, 그것도 짝사랑을 시작하려 한다는 걸 직감한 순간이었다.

"그럼 늦은 점심을 함께 먹어 볼까요?"

도시락을 사이에 두고 그가 앉았다. 가인이 주머니에서 돈을 꺼내 내밀자 그가 미간을 살짝 찌푸렸다. 시선을 들어 가인을 바라보며 그가 말했다.

"제가 그걸 안 받으면 도시락 안 먹을 건가요?"

"설마요. 먹을 걸 버리면 천벌 받죠. 대신 받을 수밖에 없게 하겠죠."

"예를 들면?"

그가 가인 몫의 도시락을 건네며 물었다. 도시락을 받아 든 가인이 돈을 그의 면전 앞에서 작게 흔들었다. 그녀가 돈을 든 손을 그의 재킷 앞으로 가져갔다.

"돈이 들어갈 만한 곳을 찾아서 계속 쑤셔 넣을 거예요. 받을 때까지."

"그거 말린다고 씨름하다 밥이 다 식을 수도 있겠군요."
"그럴 수도 있죠."

단호한 가인의 눈빛에 진욱이 고개를 저으며 낮게 웃었다. 그가 두 손을 들어 보였다. 항복이라고 입 모양으로 말하며 진욱이 가인의 손에서 돈을 거둬 갔다. 그의 손이 가인의 손에 닿았다가 떨어졌다. 그 짧은 접촉에 가인의 심장이 떨렸다.

"그럼 이제 편하게 맛있는 점심을 먹어 볼까요?"

지폐를 주머니에 넣고 도시락을 들어 올린 그의 입가에 엷은 미소가 번졌다. 그 미소가 어찌나 싱그럽게 보이던지 가인의 시선이 거기에 묶여 버린 듯 잘 거둬지지 않았다. 매혹적인 이끌림으로부터 벗어나려 가인이 눈을 질끈 감고 고개를 흔들었다. 정신을 차리자고 속으로 주문을 외우며 정면을 향해 고개를 돌린 후에야 감았던 눈을 떴다.

"후우."

절로 낮은 한숨이 터져 나왔다. 그녀가 제 몫의 도시락을 일회용 숟가락으로 떠서 입으로 가져갔다. 아무 맛도 느낄 수가 없었다. 분명 군침이 돌 만큼 윤기가 좌르르 흐르고 맛있는 냄새가 나는데 입 안에 들어간 음식이 서걱거리며 무슨 맛인지 알 수가 없게 되어 버렸다.

아무래도 그에게 온 신경이 다 뺏겨서 그런 듯싶다.

'큰일 났다, 서가인. 그렇게 경고했는데 결국엔 빠져 버리

는구나.'

 스스로 지옥이 될 걸 뻔히 아는 불구덩이 속으로 들어가 버렸다. 이젠 어쩔 도리가 없었다. 아니라고, 안 된다고 고개를 저을 때마다 오히려 더 그에게로 끌리고 있었다. 왜, 왜? 여태 주변의 남자들에게는 눈길조차 주지 않아 놓고 왜 진욱에게는 이렇게 쉽게 끌리는 걸까? 저와 다른 세상에 사는 사람이라서? 최고의 신랑감 중 하나로 손꼽히는 직업이라서?

 "하아."

 헛웃음이 터져 나왔다. 신랑감이라니. 앞서 나가도 너무 나갔다. 결혼은커녕 연애조차 꿈도 못 꿀 텐데 생각이 커트라인도 없이 뻗어 나가고 있었다.

 "맛없어요? 내 건 맛있는데?"

 그가 불쑥 상체를 가인 쪽으로 기울여 왔다. 그러곤 뭐라고 할 사이도 없이 자신의 숟가락으로 가인의 도시락을 떠 입으로 가져갔다. 숟가락의 움직임을 따라 가인의 시선이 이동했다. 그리고 오물오물 음식을 맛보고 있는 그의 입술에 고정되었다.

 "맛있는데?"

 매끄럽게 입술 끝을 올리며 그가 말했다. 그의 입술에 깨소금 하나가 붙어 있었다. 거기에 가인의 시선이 붙박였다. 입술이 만들어 내는 모양을 따라 깨소금이 꿈틀거렸다. 그 작은 점 같은 존재가 왜 그다지도 눈에 거슬리는지. 그의 입술에 다른 것이 붙어 있다는 게 영 못마땅했다.

"내 거 먹어 볼래요?"

자신의 도시락을 그녀에게 내밀던 진욱의 동작이 멈췄다. 그녀의 손가락이 입술로 다가오고 있었다. 가볍게 입술에 닿은 그녀의 손가락이 살짝살짝 여린 피부를 자극했다. 진지한 눈빛으로 집중해 입술에서 뭔가를 걷어 내려는 그녀의 손길이 부드러웠다.

"됐다."

혼잣소리처럼 가인이 낮게 중얼거리며 엷은 미소를 머금었다. 그 얼굴이 왜 그렇게 예뻐 보이던지. 미소년의 모습은 온데간데없이 아주 아름다운 여자의 모습으로 환하게 빛을 내며 그녀가 웃고 있었다.

"참 묘한 인연이죠, 우리?"

깨소금이 떨어져 나간 매끄러운 진욱의 입술을 보며 만족스런 미소를 짓고 있던 가인의 눈이 깜빡거렸다. 그녀의 시선이 그의 눈을 응시했다. 마주한 눈을 그윽하게 바라보며 진욱이 다시 입을 열었다.

"자꾸만 겹치는 우연이 꼭 누군가 일부러 우리를 엮으려고 하는 것 같지 않아요?"

매혹적인 미소를 만들어 내는 그의 입술과 눈을 번갈아 눈에 담으며 가인이 물었다.

"엮어 놓다니요?"

"만나야 할 인연이라서 그걸 깨달을 때까지 계속 우연에 우연을 만들어 내는 건지도 모르잖아요."

설마, 그럴 리가. 아닐 거라고 생각은 하지만 차마 입 밖으로는 내지 못했다. 그냥 그의 말이 맞았으면 좋겠다는 바람 때문인 것 같았다.

"이왕 이렇게 된 거 우리 정식으로 인연을 만들어 보면 어떨까요?"

"네?"

"타의 말고 자의적으로 만나자고요."

두근두근. 그녀의 심장이 묘한 설렘을 안고 뛰어 대기 시작했다. 꿀꺽. 마른침을 삼키며 가인이 긴장하지 않은 척 태연을 가장해 무심한 투로 물었다.

"어떤 사이로 만나려고요?"

그가 지그시 그녀의 얼굴을 들여다보며 다정다감한 미소를 지어 보였다. 진욱이 할 말을 기다리며 잔뜩 긴장해 있던 가인의 귀에 그의 달콤한 목소리가 들렸다.

"내 동생 할래요?"

3. 싫으면 다른 사이로 하든가

 진욱의 매혹적인 얼굴을 바라보던 가인이 소리 없는 한숨을 내쉬며 제 도시락으로 시선을 떨궜다. 뭐 그런 씹어 삼켜도 시원찮을 말 같지도 않은 관계가 다 있냐고 쏘아붙일 뻔했다. 잠시나마 기대를 품었던 자신이 한심하고 부끄러워 가인은 꾸역꾸역 도시락을 입에 밀어 넣었다.
 빵빵해진 볼이 마치 개구리 같았다. 뭔가에 토라진 것처럼 씩씩거리며 밥을 오물오물 씹어 대는 가인의 모습이 또 왜 그리 귀여워 보이는지. 하마터면 그녀의 볼을 꼬집으며 '아구, 귀여운 것.'이라고 망언을 할 뻔했다. 충동으로 그의 손이 꿈틀거렸다.
 진욱이 도시락을 갈무리해 자리에서 일어났다. 푸드 트럭 옆에 마련되어 있는 쓰레기봉투에 도시락을 버리며 충동을 억제했다. 그가 고개를 조금 기울여 틀며 벤치에 있는 가인을 돌아봤다.

아예 도시락 통까지 씹어 삼킬 기세로 숟가락으로 밥을 박박 긁어 입에 넣어 댔다. 입 안에 공간이 조금 생기면 또 밀어 넣기를 반복하는 중이었다. 입이 비어 버리면 해선 안 되는 엉뚱한 말을 내뱉을까 그러는 것 같기도 하고, 진욱을 향한 섭섭한 마음이 분노로 승화되어 그러는 것도 같고. 어쨌든 원인 중에 진욱이 꽤 많은 비중을 차지하고 있음은 확실했다.

"흠, 저러다가 체할 텐데."

화나라고 한 말은 아니었다. 그저 가인과 좀 더 특별한 사이로 발전해 보고 싶은 마음에 제시한 관계의 종류 중 하나였다. 가인이 어떤 부분에서 화가 났는지 진욱은 알고 있었다. 남자 사람 친구가 되겠다는 것도 아니고, 피 한 방울 안 섞인 타인보고 남매가 되자고 하니 어이가 없겠지.

"그렇다고 대놓고 만나 보자고 하면 오케이할 것도 아니면서. 더한 표정으로 거북해했겠지."

가인은 자존심이 강한 여자였다. 자신을 바라보는 그녀의 눈 속에 담긴 갈등을 진욱은 이미 간파하고 있었다. 그것이 어떤 의미의 갈등이라는 것도. 그런 그녀에게 솔직하게 한번 사귀어 보자고 한다면 선뜻 받아 줄 것 같지 않았다. 아마, 의도부터 의심하지 않을까.

대체 무슨 생각으로 그런 말을 하냐고 반격을 할지도 모른다. 그녀의 생각이 자격지심 때문이라고는 생각하지 않는다. 나름의 정해 놓은 인생 계획이 있을 것이고, 그 정해진 행로에 느닷없이 진욱이 나타나 약간의 혼란을 느끼고 있는 것일지 모른다.

그녀의 이상형에서 진욱이 아주 멀고 멀어서 그런 것은 아닐까.

"훗."

생각하고 보니 이건 진욱의 자존심이 살짝 상하는 일이었다. 잘생긴 외모와 월등히 뛰어난 머리와 신체 비율도 이만하면 제법 괜찮은 편이었다. 성격도 죽여주게 좋았다. 딱 사람 하나만 놓고 봤을 때 끌려야 정상 아닌가?

"집안은 선택 사항이 아니지만, 자신의 가치를 만들어 가는 건 본인이거든. 내가 봤을 때 당신도 아주 괜찮은 사람이야. 그러니까 조금만 용기를 내 봐요, 서가인 씨."

누군가에게 호감을 갖고 만남을 이어 간다는 건 자연스러운 일이었다. 그녀가 마음을 열고 다가오기 전까지 진욱도 가인에 대해 좀 더 알아볼 생각이다. 조금은 돈독한 사이를 유지하면서. 의남매 행세가 그녀의 경계를 푸는 데 도움이 된다면 그렇게 해 볼 생각이다.

자박자박 진욱이 가인의 앞으로 다가갔다. 성큼 다가선 진욱의 발끝이 가인과 맞닿아 있었다. 그 발끝으로 가인의 시선이 내려갔다가 천천히 그의 몸을 따라 올라왔다. 눈이 마주치자 진욱이 싱긋이 웃었다. 그가 가인에게로 손을 뻗었다.

"아이고, 칠칠맞게 입에 다 묻었네."

진욱의 손가락 끝이 가인의 입술에 닿았다. 가인이 움찔하는 게 느껴졌다. 그녀의 눈동자가 흔들렸다. 그것을 지그시 내려다보며 진욱이 그녀의 입술을 부드럽게 어루만졌다. 손끝에 묻은 소스를 친절하게 그녀에게 보여 주곤 손수건을 꺼내 닦았다.

"내 번호 알지? 뜨면 재깍 받아야 된다."

마치 정말 오빠인 것처럼 말하며 그가 손수건을 접어 주머니에 넣었다. 가인의 눈이 가늘어졌다. 손수건이 있었으면 그냥 그걸 줬으면 될 일이었다. 하지만 진욱은 마치 그녀에게 복수라도 하듯 입술을 어루만졌다. 절대 고의가 아니었다고 말하고 싶었지만, 그럴 수가 없었다. 그녀도 말로 충분히 할 수 있는 걸 하지 않았으니까. 깨소금이 붙었다고 떼어 내라고 하면 그뿐인데.

"저장 안 했는데요."

손으로 입술을 거칠게 닦아 내며 가인이 말했다. 그녀가 깨끗이 비워 낸 도시락 박스를 구기며 자리에서 일어났다. 스쳐 지나가려던 가인의 팔을 진욱이 붙잡았다. 단박에 가인의 인상이 구겨졌다.

'심통이 단단히 난 얼굴이네.'

"놓죠?"

곱지 않은 목소리로 가인이 말하며 날을 세웠다. 날카로운 가인의 시선을 능글맞게 받아 내며 진욱이 그녀의 눈앞에 손을 내밀었다.

"뭐죠?"

"줘."

"뭘요?"

"휴대폰."

"하아. 내 폰을 왜 댁한테 줘야 하죠?"

급기야 짜증이 치밀었던지 가인의 목소리 톤이 높아졌다. 도시락 박스를 들고 있던 그녀의 손에 힘이 들어갔다. 이미 구겨진 박스가 더 구겨졌다. 진욱이 그녀의 뒤쪽으로 시선을 돌렸다. 예상대로 바지 뒷주머니에 휴대폰이 들어 있었다. 그가 냉큼 휴대폰을 잡아 꺼냈다. 그것을 들어 보이자 가인의 미간이 좁아졌다.

"남의 걸 왜 허락도 없이 가져가요?"

"그러게. 달라고 할 때 순순히 주지 그랬어요."

도끼눈으로 쳐다보는 가인에게서 시선을 돌려 진욱이 그녀의 휴대폰을 살폈다. 한 번 봤을 뿐인데 진욱이 능숙하게 패턴을 풀었다.

"와아, 남의 패턴까지. 그거 범죄 아니에요?"

"보여 준 사람이 잘못이죠."

"봤다고 다 써먹어요?"

"때에 따라선 그럴 수도 있죠."

"검사가 뭐 이래요?"

"검사도 이럴 수 있어요."

따져 묻는 가인에게 한마디도 지지 않고 진욱이 능청스럽게 답했다. 그가 자신의 번호 뒷자리를 누르자 전에 저장했던 것이 떴다. 이름이 검사라고만 되어 있었다. 그녀답다는 생각이 들어 웃음이 났지만 참았다.

"그러면서 말리지는 않잖아."

"이봐요!"

"보고 있어."

거듭된 반말에 가인이 잘근 아랫입술을 깨물었다. 그가 휴대폰 액정을 엄지로 두드리며 말을 이었다.

"뭐가 그렇게 기분이 나쁜 겁니까? 반말이? 아니면 내가 설정한 우리의 관계가? 말해 봐요. 뭐가 불만이죠?"

발끈한 눈망울이 보기 좋았다. 이런 반응이면 얼마 못 가 가인은 둘의 사이가 동등해지기를 원할 것이다. 그럼 여동생보다는 좀 더 발전된 관계가 될 수 있을지도 모른다.

"전에도 반말 싫다고 했을 텐데요?"

"그럼 오빠 동생 말고 다른 관계를 제시해 보든가요."

"왜 그래야 하죠?"

"우린 또다시 만날 테고 그때마다 서로에 대해 생각할 테니까. 왜 자꾸 우연한 만남이 반복되는 걸까? 저 사람에 대해 좀 더 깊이 알고 싶다. 더 가까운 사이가 되고 싶다. 우연하게가 아닌 약속을 정해 만나고 싶다. 아닌가요?"

그가 직설적인 시선으로 그녀를 바라보았다. 잘근 깨문 입술에서 힘이 풀렸다. 가인이 낮은 숨을 흘려 내며 그에게 잡힌 손을 들어 올렸다. 그녀가 손바닥을 펼치자 진욱이 주저 없이 그 위에 휴대폰을 올려놓았다.

"그건 만나 보고 차차 결정할 일이죠."

자신만 거듭된 만남에 묘한 감정을 가지게 된 건 아니란 사실이 그녀의 마음을 풀어지게 했다.

"좋네요. 차차 알아 가는 사이. 그럼 다음엔 더 많이 알아보도록 하죠. 서로에 대해서."

진욱이 그녀의 팔을 놓았다. 그가 뒤로 한 발 물러나 그녀가 앞으로 편하게 나갈 수 있도록 길을 터 주었다. 가인이 가만히 선 채 움직이지 않자 진욱이 뒤로 서너 발 더 움직였다.

"오늘 만나서 반가웠어요. 밥 친구 해 줘서 고마웠고."

그가 먼저 인사를 하고 발걸음을 옮겼다. 한 손을 들어 흔들어 보이는 게 무척 친한 사이처럼 보였다. 헤어지기 아쉬워하는 마음이 고스란히 느껴지는 뒷걸음질이었다. 어느 정도 간격이 벌어져서야 그가 몸을 돌렸다. 멀어지는 진욱의 뒷모습은 여전히 멋있었다. 가인은 남자의 슈트 차림에 자신이 설렘을 느낄 거라고는 전혀 생각지 못했다.

"나도 여자란 말이지."

이젠 그도 어느 정도 자신의 마음을 눈치챈 것 같았다. 하지만 진욱이 그 사실에 대해 질색하는 것 같진 않았다. 솔직하게 자신이 느끼는 감정에 대해 말해 주었다. 가인처럼 숨기고 감추지 않았다. 그래서 그가 더 멋있어 보였다.

"차차 알아 가는 사이라······."

진욱의 말대로 그게 좋은 사이로 발전했으면 좋겠다고 생각하며 가인이 휴대폰을 내려다보았다. 문득 그가 휴대폰에 뭐라고 이름을 바꿔 놓았을지 궁금했다. 패턴을 풀고 액정을 클릭하자 그가 보고 있던 화면이 나타났다. 전화번호부에 적힌 그의 이름이 바뀌어 있었다.

검사에서 강진욱 검사님으로.

"하아. 기가 막힌다, 정말."

항상 예상을 뛰어넘는 진욱이었다. 가인은 그가 진욱 오빠라거나, 검사 오빠라고 유치하게 이름을 바꿔 놓았을 거라고 생각했다. 하도 오빠, 오빠 거려서. 하지만 그는 무척 진중하게 네 글자를 늘였다. 자신의 이름과 님 자가 더해졌다.

"그 오빠 참 능글맞네."

가인이 장난스럽게 그를 오빠라고 불렀다. 그녀의 입가에 엷은 미소가 번졌다. 도시락 박스를 들고 쓰레기봉투로 걸어가는 가인의 발걸음이 가벼웠다.

✼

 가인에게 새로운 습관이 생겼다. 휴대폰이 울릴 때마다 저도 모르게 움찔거리며 긴장을 하곤 했다. 평소처럼 퀵서비스란 말도 하지 않았다. 먼저 발신 번호를 확인하곤 간단한 인사만 한 후에 본격적인 배달 업무를 접수했다.
 그와 마지막으로 만난 지 일주일이 지났다. 그렇게 자주 만나던 것이 약속을 정하고 만나자고 한 뒤 갑자기 뚝 끊어졌다. 우연한 만남은 더 이상 일어나지 않았다. 그의 말대로 연락을 하고 약속을 정해야 하는 것처럼.
 "번호는 왜 따갔대? 연락도 안 할 거면서."
 휴대폰을 만지작거리는 가인의 손길이 조심스러웠다. 마냥 진욱의 연락을 기다려야 하는 건지, 아니면 자신이 먼저 잘 지내냐 전화를 걸어 물어야 하는 건지. 결론은 하나였다. 그의 목소리가 듣고 싶다는 거. 하지만 용기를 내기는 힘들었다. 그녀의 망설임이 길어졌다.
 창밖은 비가 내리고 있었다. 오랜만에 가져 보는 휴식을 가인은 집 안에서 보내고 있었다. 평소에 모자랐던 잠을 보충하기 위해 휴일을 쓰는 게 그녀가 늘 해 오던 일이었다.
 오늘도 여느 날과 다름없는 휴일이 지나가고 있었다.
 Rrrr.
 손에 들고 있던 휴대폰이 울렸다. 긴 장고 끝에 저도 모르게 잠이 들어 버렸던 가인이 화들짝 놀라서 잠에서 깨어났다. 반사적으로 통화 버튼을 누르고 휴대폰을 귀로 가져갔다. 기다리던 전화라도 되는 듯 그녀의 가슴이 설레었다.

"여보세요?"

-자다 일어났어?

은주였다. 하긴 좁은 인간관계의 범주 안에서 자신에게 휴일에 전화를 걸 인물은 은주 하나뿐이었다. 짙은 한숨이 새어 나왔지만 가인은 그것을 속으로 삼켰다. 은주의 전화가 달갑지 않은 건 아니었다. 홀로 잠만 자고 있을 가인이 걱정돼 전화를 한 것일 테니까, 오히려 고마워해야 했다.

가인이 목소리에 힘을 실으며 말했다.

"휴일에 할 수 있는 가장 효율적인 일을 하는 거지. 잠이 삶에서 얼마나 중요한 건데."

-그렇긴 하지. 밥은 챙겨 먹었어?

"누가 보면 네가 내 애인인 줄 알겠다. 넌 밥 먹었어?"

-이제 먹으려고. 비가 참 예쁘게 온다. 이런 날은 커피 한 잔 마시면서 비 오는 거 보면 참 낭만적인데.

"그런가?"

-넌 한 번도 그래 본 적 없지? 비 오는 날도 배달 뛰었으니까. 기분 전환도 좀 하고 그래. 굳이 비싼 커피도 필요 없어. 자판기 커피도 괜찮고, 집에 있는 믹스 커피 타서 창가에 앉아 마셔도 좋고. 우리도 좀 뭐든 즐기면서 살아보자고.

길게 이어지는 은주의 말에 가인이 훗 하고 낮은 웃음을 터트렸다. 노래주점 일을 그만두고 편의점에 취직한 은주는 전보다 더 성격이 밝아졌다. 그리고 잔소리가 늘었다. 대부분이 가인을 걱정해서 하는 말들이었다. 쉼 없이 일만 하고 별다른 인생의 즐거움을 느끼지 못하고 사는 가인이 안쓰러운 모양이다.

 이제 할 말은 다 했나 보다 생각하던 가인에게 은주가 결정타를 날렸다.

 -없는 시간 쪼개서 애인이라도 한번 사귀어 보든가. 이런 날 커피 같이 마셔 줄 가슴 두근두근한 사람 말이야.

 그 말을 듣는 가인의 심장이 마치 뭔가를 들킨 것처럼 두근두근 뛰어 댔다. 자신의 왼쪽 가슴을 꾹 누르며 가인이 자리에서 일어났다. 그녀의 머릿속에 진욱이 떠올랐다. 연애를 한다면 그와 하고 싶다는 생각이 들었다.

 그런 생각 때문이었을까. 좀체 붉어지지 않는 그녀의 볼이 열기와 함께 홍조를 띠었다. 봄바람 같은 살랑거림이 그녀의 마음속에서 아지랑이처럼 피어올랐다.

 '까짓것, 인생 뭐 있나? 마음 내키는 대로 살다 가는 거지. 언제 죽을지 어떻게 알아?'

 언젠가 들었던 말인 듯한데 누가 했던 건지는 생각이 나지 않았다. 사람은 기억에 없고 말만 머릿속에 남겨졌다. 일리는 있는데 그리 살다간 영원히 하류 인생을 벗어나지 못할 거라고 속으로 고개를 저었던 것 같다.

내일 당장 죽지 않으면? 내키는 대로 살다가 빚더미에 질식해 죽으면? 그것만큼 비참하고 허무한 삶이 또 있을까. 그렇게 생각했었는데. 은주의 일을 겪고 난 지금은 어느 정도 그 사람의 말이 맞을지도 모른다는 생각이 들었다. 일생 중 일부만 먹고사는 것 말고 다른 것에 투자를 해도 되지 않을까. 정말 하고 싶은 일. 그냥 사랑하고 사랑받고 그런 일. 사람들이 누구나 하는 그런 일 말이다.

-인아, 서가인?

"응. 알았어."

-어. 뭘 알아?

"즐기면서 살겠다고. 네 말대로 여유도 가지고 마음에 채워 둔 빗장도 좀 풀고."

-오. 이거 좋은 징존데? 그래, 그렇게 좀 살자. 너도 나도.

"응. 그래."

전화를 끊은 가인이 주방으로 향했다. 일단은 은주의 말대로 믹스 커피라도 한 잔 타서 창가에 앉아 마셔 볼 참이었다. 비를 맞으며 일을 한 적은 많았지만, 내리는 비를 보며 비가 들이치지 않는 곳에서 여유롭게 바라본 적은 없었다.

모락모락 새하얀 김이 피어오르는 컵을 들고 창가로 걸어갔다. 창 아래 바닥에 털썩 주저앉아 두두둑 두두둑 창을 두드리는 빗소리와 거리를 바라보았다. 비 오는 거리는 한산했다. 비가 세상의 주인인 것처럼 온 세상을 저로 물들이고 있었다.

"뭐 하고 있으려나?"

검사들은 보통 이런 날 뭘 할까? 그의 일상이 어떤지 잘 알지는 못했다. 단순히 텔레비전이나 언론을 통해 본 게 검사란 직업의 전부였다. 짐작할 수 있는 건 그들이 무척 바쁘다는 것, 그거 하나뿐이었다.

그래서 전화를 못 하나? 그런 생각을 했다가 씁쓸하게 웃었다. 굳이 그가 자신에게 전화를 할 이유는 없었다. 그럼에도 기다렸다. 가슴 설레어하면서.

가인이 휴대폰을 들어 올렸다. 그의 휴대폰 번호 끝자리를 누르자 전화번호 전체가 떴다. 강진욱 검사님이란 이름을 그녀가 엄지로 쓸었다.

"어쩐지 보고 싶네. 뭐 하는지 궁금하고."

혼잣말을 중얼거리며 가인이 커피를 입으로 가져갔다. 한 모금 홀짝거리며 입 안에 머금자 달콤함이 번졌다. 사르르 미소가 입가에 머무르는 순간 그녀의 휴대폰이 울렸다.

Rrrr.

이번엔 또 무슨 일일까? 은주가 빠트리고 말 안 한 게 있어서 다시 전화를 건 걸 거라 생각하며 통화 버튼을 눌러 귀로 가져갔다.

"나 빗소리 들으면서 커피 음미하는 중이야."

그녀가 먼저 말문을 열었다. 홀짝 또 한 모금을 입에 머금었다.

-그 커피 나랑 같이 마시면 안 되나? 빗소리도 같이 들으면서.

듣기 좋은 저음의 목소리. 진욱이었다. 그녀의 미소가 짙어졌다. 기다리던 전화를 드디어 받게 되었을 때의 기쁨이 이런 건 줄 몰랐다. 여태 가슴이 설렐 정도로 누군가의 전화를 기다렸던 적이 단 한 번도 없었으니까. 벅차다는 감정이 어떤 거라는 걸 가인은 처음 알았다.

"뭐, 그러든가요."

-응. 그럴 거예요. 어디예요?

"집이요."

-데리러 갈까?

은근히 놓는 반말. 그게 또 설렌다.

"그러든가."

-훗. 주소 불러요.

"부르는 것보다 문자 보내는 게 나을 텐데요."

-오. 그러네. 그럼 문자 부탁해요. 지금 바로.

그가 전화를 끊었다. 가인이 문자를 보내는 즉시 출발하겠다는 말이었다. 그녀가 커피를 내려놓고 주소를 찍어 보냈다. 이게 뭐라고 묘하게 가슴이 또 두근거렸다. 떨리는 손끝을 진정시키며 가인이 휴대폰을 내려놓으려다 하나를 더 보냈다.

[얼마나 걸릴 것 같아요?]

곧 문자가 도착했다는 알림이 울렸다.

[30분이면 충분한가?]

가인에게 충분한 시간을 주겠다는 의미였다.

[OK.]

화장을 할 것도 아니고 평소의 모습 그대로 나갈 거라 그 정도면 시간은 충분했다. 씻고 옷만 갈아입으면 되니까. 생각은 그렇게 해 놓고 가인은 뭘 먼저 해야 하나 허둥지둥거렸다.

"뭘 입지?"

은주와 둘이 쓰는 작은 옷장을 열어 놓고 옷들을 들척였다. 늘 티와 청바지만 입다 보니 다 거기서 거기였다. 은주의 원피스로 시선이 갔지만 차마 그걸 입을 생각은 하지 못했다. 자신이 입으면 엄청 이상해 보일 것이다.

원피스를 만지작거리다가 피식 웃었다. 자신의 모습이 마치 첫 데이트에 설레어하는 소녀의 모습 같아 웃음이 났다. 볼을 가볍게 두드리며 가인이 정신을 환기시켰다.

"씻자. 씻어야 옷을 입지."

먼저 해야 할 일이 떠올랐다. 그녀가 입고 있던 옷을 벗어

놓고 욕실로 들어갔다. 그래도 샤워는 하는 게 만날 사람에 대한 예의가 아닐까. 화장은 할 줄 모르니 꾸미는 건 어쩔 수 없다 해도 말이다.

샤워를 하고 나와 몸을 닦은 가인의 눈에 은주가 쓰던 바디로션이 들어왔다. 몸만 청결하면 그만이라 생각하던 가인은 절대 쓰지 않던 물건이었다. 그녀가 바디로션을 들어 뚜껑을 열었다. 향기를 맡다가 조금 짜서 몸에 발랐다. 은은한 향기가 좋았다. 그 향기에 덧씌워져 그의 체취가 떠올랐다.

"무슨 향수를 쓸까?"

과하지 않은 은은한 향기가 딱 그와 어울렸다. 온통 그에 대한 궁금증으로 가득했다. 어떻게 이럴 수 있을까 싶을 정도로 가인의 머릿속과 가슴속에 진욱이 들어찼다. 사랑을 시작하게 되면 멈출 수가 없다더니 그 말이 정말인 것 같았다. 지금 가인은 단 한 사람을 향해 본능적으로 달려가고 있었다. 스스로도 신기하고 믿지 못할 만큼 봇물이 터진 것처럼 걷잡을 수가 없이 그의 존재감이 커져 가고 있었다.

추적추적 내리던 비가 그쳤다. 빗소리를 들으며 커피나 한 잔 마시자고 한 일정은 바꿔야 할 것 같았다.

가인이 말한 원룸 앞에 차를 세우고 진욱은 약속한 시간이 될 때까지 차 안에서 기다렸다. 자신이 있던 곳에서 이곳까지는 10분이면 도착할 수 있는 거리였다. 가인이 주소 외에 다시 문자를 넣었을 때 그녀에게 시간이 필요하다는 걸 알았다. 그래서 30분이면 되겠냐고 물은 것이다. 그보다 더 필요하면 얼마든지 기다려 줄 요량으로. 가인은 30분이면 충분하다고 했고 그 30분이 다 가기 전에 그녀가 나왔다.

"저러다 넘어지지."

진욱이 차에서 내리며 고개를 절레절레 흔들었다. 문을 박차고 나온 가인이 한쪽 운동화에 발만 끼우고 나와 계단을 내려서면서 똑바로 신었다. 혹시 늦을까 봐 서두르는 게 명확하게 보였다. 시간 관념 하나는 철저한 여자였다.

"여자들 보통 5분씩은 늦고 그러는 거 아닌가?"

진욱이 저를 발견하고 걸음이 느려진 가인을 계단 아래에서 올려다보며 말했다. 싱긋이 웃는 그를 보고 가인이 마주 웃다가 얼굴을 살짝 굳혔다. 막상 진욱을 마주하니 긴장이 되는 모양이었다. 그녀의 볼이 상기되는 것을 보는 게 좋았다. 자신으로 인해 그리될 수 있다는 게 특히 좋았다.

"반가운가 봐요?"

"오랜만이니까."

"아니라고는 안 하네?"

"제가 원래 거짓말을 잘 못하는 성격이라서요."

"흐음."

믿지 못하겠다는 듯 그가 묘한 표정을 지었다.

"진짜예요. 맹세할 수 있다니……."

맹세까지 할 정도의 일은 아니었다. 아니면 아닌 거지 굳이 그게 뭐라고 변명도 아니고 급하게 말을 하며 내려갔던 걸까? 그 탓에 가인의 다리가 살짝 비틀거렸고 몸이 중심을 잃었다. 두어 계단 위에 있던 가인이 휘청거리며 몸이 앞으로 쏠리자 진욱이 냉큼 올라가 그녀를 안았다.

"나이스 캐치."

그의 목소리가 가인의 귓속으로 스며들었다. 달콤한 숨결도 함께였다. 귓바퀴를 돌아 안으로 스민 숨결과 목소리가 만들어 낸 짜릿함이 가인의 몸을 관통했다. 저릿한 손을 가인이 꽉 움켜쥐었다.

"장난치지 말아요."

가인이 투정을 부리듯 말하며 그의 품에서 벗어났다. 붉어진 귓불은 알아채지 못한 듯 그녀가 무심한 얼굴을 가장하곤 그의 옆을 스쳐 지나갔다. 진욱의 입가에 미소가 머금어졌다. 몸을 돌려 그녀의 곁으로 다가서며 진욱이 입을 열었다.

"거짓말을 안 한다는 건 인정. 하지만 솔직하지 못하다는 건 당신이 인정해요."

진욱의 말에 가인이 걸음을 멈췄다. 그녀가 돌아보자 진욱도 멈춰 마주 보았다. 짙은 그레이와 브라운이 묘하게 어우러진 눈이었다. 예쁘다고 말하면 화를 낼까? 남자들은 그런 거 싫어하지 않나? 여러 가지 생각이 그녀의 머릿속을 어지럽혔다.

"괜찮아요. 솔직하게 말해도."

그가 미소 띤 얼굴로 말했다. 그 매혹적인 미소에 취한 듯 가인이 입술을 달싹였다.

"솔직하게요?"

"응."

다정한 말에 도취된 듯 가인이 천천히 고개를 끄덕이며 손을 뻗었다. 그녀의 손이 자신의 볼에 닿았다가 눈 가까이로 다가오는 것을 느껴졌다. 그에 진욱의 입꼬리가 점점 더 위로 올라갔다.

"눈이 참 예뻐요."

"흐음, 싫어하는 말인데. 당신한테 들으니까 그렇게 싫진 않네. 묘해."

"남자들은 예쁘다는 말 싫어하죠?"

손을 내리며 가인이 물었다. 그가 고개를 살짝 기울였다.

"잘생겼다는 말을 더 좋아하긴 하죠."

"아, 그렇지 참. 잘생겼다는 말이 있긴 하죠. 그런데 눈이 잘생긴 건 좀 아닌 것 같은데."

"잘생긴 눈이라. 큭. 좀 이상하긴 하네. 타요."

그가 운전석에 먼저 올랐다. 보조석 문을 열고 차에 오르며 가인이 피식 웃었다. 안전벨트를 매던 그가 돌아보자 그녀가 어깨를 으쓱했다. 웃은 이유를 물어보는 듯한 그의 눈을 바라보며 가인이 자신이 생각했던 것을 털어놓았다.

"전엔 문 먼저 열어 주고 타더니 이번엔 그냥 타서요. 웃긴 건 아닌데, 그냥 웃음이 났어요."

츤데레처럼 보이고 싶은 건가 하는 생각에 웃음이 난 것이지만 그대로 말하지 않았다. 그가 기분 나빠할까 봐.

"마음이 바뀌어서요."

"마음이 어떻게 바뀌었는데요?"

"벨트부터."

그가 고갯짓으로 그녀의 벨트를 가리켰다. 가인이 순순히 벨트를 맨 후에 그를 돌아봤다. 이제 답해 보란 의미였다. 진욱이 차를 출발시키며 입을 열었다.

"앞으로는 내 여자한테만 잘해 주려고."

내 여자라는 말에 가인의 볼이 다시 붉어졌다. 그녀가 슬그머니 시선을 돌려 창밖을 응시했다. 그녀의 옆얼굴을 기분 좋게 바라보며 진욱이 뒷말을 이었다.

"특별대우 받고 싶으면 내 여자 하든가."

"그건 만나 보고 나서 결정할 거예요."

"훗."

그의 낮은 웃음소리에 가인의 입가에도 옅은 미소가 머금어졌다.

"그러든가."

그녀의 말투를 흉내 내며 그가 말했다. 습관처럼 자주 하는 말 중 하나였다. 남의 입을 통해서, 그것도 진욱이 말하니 뭔가 색달랐다. 가인이 그를 돌아보았다. 정면을 주시하며 운전대를 잡고 있는 진욱의 모습이 매혹적이었다.

"만져 봐도 돼요?"

"뭘요?"

뜬금없는 가인의 말에 진욱이 고개를 돌리며 물었다. 그녀의 시선이 핸들 위에 올려진 진욱의 오른손을 보고 있었다. 그가 흔쾌히 손을 내밀었다. 가인이 잠시 망설이는가 싶더니 그의 손 위에 제 손을 가만히 올려놓았다. 그러자 그가 기다렸다는 듯 그녀의 손을 지그시 감싸 쥐었다.

"좋죠?"

"네. 그러네요."

살짝 들뜬 표정으로 그녀가 말했다. 엷은 미소가 절로 머금어졌다. 둘의 입가에 똑같은 미소가 번졌다.

"뭐부터 할까요?"

"점심 먹었어요?"

"아직?"

"그럼 배부터 채워요."

제때 먹지 못한 점심부터 먹고 다른 허기는 천천히 채워 가면 된다. 호감에서 좋아해, 좋아해에서 또 사랑해로. 그렇게 서로에 대해 알아 가고 빠져들면 되는 것이다.

"돈가스 좋아해요? 엄청나게 맛있고 큰 돈가스 파는 데 아는데."

"맛있고 크다는 점에서 확 끌리네요. 가요. 그쪽으로."

조금씩 마음을 맞춰 간다. 그러다 보면 연애 감정도 좀 더 자연스럽게 흘러가게 될지 모른다. 이제는 망설임 없이 그에게 다가가 볼 것이다. 다른 세상에 살면 어때. 그 세상이 어디든 중간 지점에서 만나 함께 시간을 보내면 되지 않을까.

"왕돈가스."

제 앞에 놓인 돈가스를 보며 가인이 중얼거렸다. 말만 듣던 얼굴보다 큰 왕돈가스가 그녀 눈앞에 있었다. 진욱의 앞에도 그와 비슷한 것이 놓여 있었다. 그가 싱긋이 웃으며 포크와 나이프를 들어 돈가스를 썰었다.

"먹죠?"

먹기 좋게 썰어 낸 돈가스를 입에 넣어 씹는 진욱을 보며 가인이 손을 움직였다.

"보통은 여자 유혹할 때 더 좋은 음식을 먹지 않나요? 레스토랑 같은 데서 스테이크를 썬다거나."

그녀도 소스가 흠뻑 묻은 돈가스를 입으로 가져갔다.

"그런 걸 원해요?"

"아니 뭐, 꼭 그런 건 아니지만. 이렇게 큰 돈가스를 남자랑 먹게 될 줄은 몰랐거든요. 그것도 첫 데이트에."

첫 데이트라는 말을 자신이 입에 올렸다는 걸 깨닫곤 그녀가 냉큼 돈가스를 입에 넣었다. 마치 그런 말을 한 적이 없다

시치미를 떼는 것처럼 태연하게 돈가스를 씹어 삼켰다. 그러면서도 그녀는 아닌 척 그의 표정을 은밀히 살폈다. 그의 입매가 매끄럽게 호선을 그리며 올라갔다. 그녀의 말이 마음에 든 모양이다.

"난 스테이크보다 이런 게 좋던데. 국밥이나 생선 정식 같은 거. 가인 씬 어느 쪽?"

가인 씨라는 말에 가인이 그를 똑바로 응시했다. 놀란 듯 눈이 동그랗게 떠졌다.

"왜요?"

"아니에요."

그가 근사한 목소리로 자신의 이름을 불러 주는 게 좋았다. 복사꽃처럼 환하게 피어오른 그녀의 미소 띤 얼굴을 기분 좋게 바라보며 그가 자신의 돈가스 조각 하나를 포크로 찍어 내밀었다. 힐끔 돈가스와 그를 보다 가인이 입을 벌렸다. 자신의 입 속으로 들어오리라 생각했던 돈가스가 반원을 그리며 그의 입 속으로 사라졌다.

"각자 본인 거 먹읍시다. 생각해 보니까 이런 것도 연인들이 하는 거라서 우리한테 안 맞는 거 같아."

단호하게 말하며 태연하게 다시 돈가스를 써는 진욱을 가인이 물끄러미 응시하다 절레절레 고개를 저었다. 유치한 감이 없지 않아 있는 그의 행동이 무얼 의미하는지 알 것 같아 절로 웃음이 났다. 어서 빨리 사귀지 않으면 그의 유치함이 어디까지 이어질지 알 수 없었다.

"뭐 했어요?"

"연락 못 했었던 날들은 그때 검거했던 조폭 형님들이랑 실랑이 좀 벌인다고 바쁘기도 했고, 이런저런 재판 때문에 골머리도 좀 썩었고."

"많이 바쁘셨네요."

"오늘은 공판 들어가는 후배 도움 좀 주고 빨리 내빼서 이렇게 같이 있게 됐죠."

"일부러 시간을 낸 거예요?"

"아마, 그럴걸요?"

"영광이네요?"

"그럼요. 나름 좀 멋지게 바쁜 남자가 가인 씨 만나려고 일부러 시간 뺀 거니까, 영광으로 알아야 돼요. 가문에 길이길이 남길 필요는 없지만."

진욱이 농담으로 마무리하며 돈가스 조각을 그녀 앞에 내밀었다. 그녀가 의심의 눈초리로 바라보자 그가 의미심장한 미소를 머금고 입술을 달싹였다.

"어때요? 이거 먹고 나랑 사귀어 볼래요?"

"사귀는 사이가 되어야 먹여 주는 거 아닌가?"

"마음을 바꿨어요. 먹으면 확실하게 그때부터 사귀는 걸로."

은밀한 눈빛이 두 사람 사이에 오갔다. 가인이 입을 벌려 그의 손에 들린 돈가스를 먹었다.

"오케이. 지금부터 우리 사귀는 겁니다."

말없이 돈가스를 씹으며 가인이 작게 고개를 끄덕였다. 이젠 내빼거나 물러서지 않을 생각이었다. 결혼을 하겠다는 것도 아니고 강진욱이란 남자와 연애를 해 보겠다는 건데 못할 이유는 없었다.

"그럼 이제부터 오빠가 말 놓는다?"

"풋."

하마터면 다 삼키지 못한 음식이 입 밖으로 튀어 나갈 뻔했다. 손으로 입을 틀어막은 가인이 동그랗게 커진 눈으로 그를 응시했다. 그가 능청스럽게 냅킨을 뽑아 그녀에게 내밀었다.

"오빠가 좋아 죽겠지, 그냥. 보고만 있어도 웃음이 나고. 응?"

그녀가 냅킨으로 입술을 닦으며 한 손을 들어 내저었다. 제발 그만하라는 의미였다. 웃겨서 죽일 생각이 아니라면.

무사히 돈가스를 먹어 치운 둘이 식당을 나서자 비가 한 방울씩 떨어지기 시작했다. 가인이 손바닥을 내밀어 비를 가늠하자 진욱이 따라 했다.

톡톡. 빗방울이 손바닥 위로 떨어졌다. 얼마나 내릴지는 알 수 없지만 쉽게 그칠 비가 아니라는 건 예상이 가능했다.

후두둑. 빗줄기가 거세졌다.

"우산 가져올 걸 그랬네."

가인의 혼잣말에 진욱이 동의했다.

"그러게요. 차에 우산이 있었는데."

"차에도 우산이 있었군요."

"원룸 앞에 도착하기 전까진 비가 계속 내렸으니까요. 그 전까진 나도 우산은 쓰고 다녔겠죠?"

"그러네요."

아침부터 줄기차게 내린 비였다. 잠시 소강상태였다가 다시 내리기 시작했으니 진욱이 우산을 쓰고 다니다 차에 넣어 둔 건 어쩌면 당연한 일이었다. 주절주절 말을 주고받으며 내리는 비를 보고 우두커니 서 있었다.

은주와 그렇게 살자 했던 일들이 현실에서 일어났다. 시원한 소리를 내며 내리는 비를 차양 아래 서서 가슴 설레는 사람과 듣고 있었다. 커피는 없지만 이대로도 괜찮았다. 가만히 상대의 숨소리와 운치 있게 내리는 비를 바라보고 있는 것만으로도 너무 좋았다.

물기가 묻은 가인의 손을 진욱이 은근히 잡아 왔다. 그녀가 고개를 돌려 쳐다보자 진욱이 능청스럽게 말했다.

"아까 내 손도 잡게 해 줬으니까, 이 정돈 괜찮지 않나?"

엷은 미소를 머금은 가인이 그의 손을 맞잡으며 고개를 끄덕였다.

"손은 기본이죠."

"그다음 단계는 뭘까?"

"그건 또 자연스럽게 나오겠죠. 하고 싶은 게 생길 테니까."

진욱의 입술이 호선을 그리며 매끄럽게 올라갔다.

"좋다. 자연스런 스킨십."

흡족한 미소를 머금은 진욱이 잡은 손에 은근히 힘을 주었다. 맞잡은 손이 빗소리에 맞춰 리듬을 타고 흔들렸다. 가볍게 마치 노래를 부르듯 부드러운 움직임이었다.

"날씨 참 좋다."

누가 들으면 이상하게 볼 말을 진욱이 기분 좋게 내뱉었다. 보는 사람의 관점에 따라서 비가 오는 날도 먹구름이 한껏 끼어 찌푸린 날도 좋은 날이 될 수 있었다. 누구와 함께인지, 그가 지금 어떤 사람과 사랑을 하고 있는지가 최대의 관건이었다.

※

똑똑. 진욱의 집무실 문을 누군가 조심스럽게 노크했다. 박 사무장이 일어나 문을 열었다. 문 앞에 서서 한껏 밝은 미소를 짓고 있는 사람은 최아라 검사였다. 수습을 마치고 오늘 첫 공판을 나갔었다. 그것을 자축하려는 생각이었던지 그녀의 손에 샴페인이 들려 있었다.

"최 검사님, 오늘 공판 잘 마치셨다면서요?"

박 사무장의 등장에 아라의 웃음이 지워졌다. 표정이 굳어진 걸 느낀 아라가 얼른 업무용 미소를 지으며 박 사무장에게 인사를 했다.

"네. 사무장님 덕분에 무사히 끝냈어요."

"아이고, 무슨 그런 말씀을. 워낙에 최 검사님이 출중하셔서 그렇죠."

"과찬이세요."

말을 하는 중간 아라가 집무실 안을 들여다봤다. 아직 퇴근을 하기엔 이른 시간이었다. 그런데 집무실엔 진욱의 모습이 보이질 않았다.

"어디 가셨나 봐요?"

"아, 우리 검사님이요?"

"네."

"오늘 반차 내셨는데."

"네?"

"반차 내고 일찍 퇴근하셨어요."

"아……."

강진욱 검사도 반차를 쓰는구나. 예상 못 했던 일에 아라가 어안이 벙벙한 표정으로 고개를 멍하니 끄덕였다. 원래 밤낮없이 일에 매진하는 게 진욱의 스타일이었다. 그런데 반차라니. 학교 후배로 오랫동안 보아 온 그에게 전혀 어울리지 않는 단어였다.

"무슨 전하실 말씀이라도 있으신가요?"

"아니에요. 제가 전화해 볼게요."

"아, 그러실래요?"

"그럼."

"네. 안녕히 가세요."

샴페인은 아무래도 다시 들고 가야 할 것 같았다. 진욱에게 전화해 그의 집에서 같이 마시자고 해 봐야겠다 생각하며 아라가 발길을 돌렸다. 그녀의 등 뒤로 진욱의 집무실 문이 닫혔다.

복도를 걸어가며 아라가 휴대폰을 꺼내 진욱에게 전화를 걸었다. 여러 번 벨이 울렸지만 전화를 받지 않았다. 무슨 급한 일이 있기에 반차까지 쓴 걸까? 문득 그에게 무슨 심각한 문제가 생긴 건 아닌가 걱정이 됐다.

"걱정되네. 전화도 안 받고."

그녀가 이번엔 다른 번호로 전화를 걸었다. 몇 번 신호가 가고 이어 전화를 받는 소리가 들렸다.

-여보세요?

중년 여성의 간드러지는 콧소리가 전화기를 타고 흘러나왔다. 아라가 숨을 들이쉬고 입술 끝을 올리며 상대에게 분위기를 맞췄다.

"잘 지내셨어요? 어머니? 저 아라예요."

─어머, 우리 바쁘신 최 검사님께서 어쩐 일?

 누군가 옆에 있는지 한껏 고조된 목소리 너머로 웃음소리가 들렸다. 아무래도 저녁 만찬 모임 같은 곳에 나가 있는 모양이었다. 그래서 일부러 더 검사님이란 말을 강조한 것일 테지. 아들도 검사, 그 아들을 좋아하는 여자도 검사. 이보다 더 좋은 자랑거리는 없을 테니까.

"잘 지내시는지 궁금해서요."

 정작 궁금한 건 지금 진욱이 어디에 있는가였지만 아라는 요령 있게 에둘러 말했다. 다짜고짜 어디에 간 거냐고, 무슨 일이 있는 거냐고 물었는데 정작 진욱의 모친도 모르고 있는 거라면 괜히 긁어 부스럼을 만드는 꼴이 되고 만다. 왜, 무슨 일이냐고. 찾는 이유는 또 뭐냐고, 그의 모친이 꼬치꼬치 캐물을 테니까.

 ─나야 잘 지내고 있지. 우리 강 검도 잘 지내지? 얼마나 바쁜지 요 며칠 연락을 못 했네.

 역시 그의 모친은 그의 행방을 모르고 있었다. 쓸데없는 전화를 했다 싶었다. 진욱이 모친과 거리를 두고 있다는 걸 알면서도 혹시나 집안일이라 간 게 아닐까 하는 생각에 전화를 걸고 말았다. 마음이 너무 앞섰다.

"요즘 이쪽이 눈코 뜰 새 없이 너무 바빠서 연락을 못 했나 봐요."

 이쯤 전화를 끊어야겠다 생각하며 아라가 장단을 맞춰 주었다. 기분을 망치지 않도록 노력하며 아라가 바쁜 척을 했다.

"저도 지금 잠시 시간이 나서 전화드렸어요. 검찰청 들어가는 길이거든요. 다음에 또 연락드릴게요."

서둘러 끊으려는 아라를 진욱의 모친 조영희 여사가 붙잡았다.

-바빠도 연애는 하고 살아야지? 그래, 우리 진욱이하곤 잘 돼 가고 있는 거지?

"네?"

-언제 날 잡을 거니? 나 얼마나 더 애간장 타게 만들 거야? 나 그렇게 까다로운 시어머니 될 생각 없으니까 걱정하지 말고. 난 신경 끄고 진욱이랑만 잘 살면 돼.

"아니, 그게. 어머니."

이렇게 앞서 나가면 아라는 좋지만 진욱이 싫어할 게 뻔했다. 이런 조 여사의 성격 때문인지 그동안 진욱이 깊게 누군가를 사귀는 걸 본 적이 없었다. 그가 법대를 들어가면서부터 조 여사는 자신의 입맛에 맞는 며느릿감 찾기에 열을 올렸다.

사업가 집안인 시댁과 친정 말고 아들 대에서는 법조인 집안을 만들고 싶었던 건지 모르지만, 조 여사의 레이더망은 법대와 연수원 내에서 활발하게 작동했다. 배경도 중시해서 정·재계 관련 상위에 속하는 집안 딸들이 주로 그 레이더망에 걸리곤 했다.

그중 최종 순위에 낙찰된 게 바로 아라였다. 국회의원 최준구의 외동딸인 데다 어머니는 S대학 서양미술학과 교수였다. 게다가, 진욱이 좋아 몇 년 동안 꾸준히 그에게 대시를 하는 후배였다. 조 여사에게는 최고의 며느릿감인 셈이었다.

하지만 정작 당사자인 진욱이 장가를 갈 생각이 없는 것처럼 보였다. 여자들에게 무심한 그를 두고 혹시 여자가 아닌 남자를 좋아하는 건 아니냐는 말까지 돌았다. 그가 집요하게 쫓아다니는 남자가 이종사촌 관계라는 걸 알기 전까지는 그런 해괴한 소문이 한동안 돌고 돌았었다.

그 후에 아라가 여러 번 대시를 했지만 매번 무시당했다. 아직은 일이 더 좋은가 보다 하고 생각했다. 때가 되면 그도 결혼에 대해 생각할 테고 그럼 그땐 자신을 다시 봐 줄 거라 여겼다. 그의 주변에 자신만큼 괜찮은 여자는 없다고 자신했으니까.

-부모님도 한번 뵙고 싶은데. 언제 한번 간단하게 인사차 식사라도 함께 하자고 전해 드리렴.

"네. 그럴게요."

-그래. 바쁜 사람 잡고 내가 말을 너무 많이 했구나. 어서 가서 일 보렴.

"네, 어머니."

어머니란 말이 어쩜 이렇게 입에 착착 달라붙는지. 다른 사람들은 진욱의 모친 조 여사가 무섭다고 꺼려했지만 아라는 그렇지 않았다. 조 여사도 자신이 마음에 들어 하는 아라에게만큼은 그렇게 날을 세우지 않았다. 꼭 아라를 며느리로 삼고 싶어 하는 게 보일 만큼 좋게 대해 주었다. 결혼하고 나선 진욱을 따르면 그만이었다. 모친과 사이가 안 좋으니 그리 부딪힐 일은 많지 않을 것이다. 그러니 그 전까지만 이렇게 비위를 잘 맞춰 주면 될 것 같았다.

"후우."

전화를 끊은 아라의 표정이 좋지 않았다. 알고 싶은 정보는 듣지도 못하고 진만 빠졌다.

"대체 어딜 간 거야?"

아라가 손목시계를 확인하며 투덜거렸다. 사랑은 아니라고 해도 후배의 첫 공판에 축하와 격려 정도는 해 줄 수 있는 것 아닌가 싶었다. 괜스레 서운한 마음이 들어 목소리가 좋지 않게 나왔다.

"집 앞에서 기다리면 만나지겠지."

오늘 안으로만 축하를 받을 수 있다면 그걸로 만족할 생각이다. 더 바란다면 그건 욕심일 테니까. 진욱 같은 사람은 급하게 다가서면 자칫 부작용을 일으켜 더 멀어질 수도 있었다. 그러니까, 딱 거기까지만. 같이 샴페인 한 잔만 하고 축하를 받는 거다. 그래도 여자 후배들 중에선 제일 가까운 사이니까.

아라가 샴페인을 가방에 넣고 엘리베이터가 있는 곳으로 성큼성큼 걸어갔다. 보통의 회사원들의 퇴근 시간보다는 훨씬 지난 시간이었다. 러시아워는 피했으니 그의 집까지는 수월하게 움직일 수 있을 것이다.

엘리베이터에 오른 아라의 표정이 한결 부드러워졌다. 어쩌면 그와 함께 그의 집에서 샴페인을 기울일 수 있을지도 모른다는 상상에 기분이 좋아졌다. 변하는 층수를 지켜보며 아라가 그녀답지 않게 콧노래를 흥얼거렸다.

예상대로 그의 집 앞에 차를 세우고 기다린 지 얼마 되지 않아 진욱의 차가 나타났다. 반가움에 얼른 차에서 내려 그를 맞을 준비를 했다. 그의 차가 아라를 지나 주차장 쪽으로 다가갔다. 아라가 그쪽으로 서둘러 올라갔다. 아마도 진욱이 자신을 못 보고 스쳐 지나간 것 같았다.

차고로 들어가기 위해 자동 개출구 앞에 선 진욱의 차로 아라가 다가섰다.

콩콩. 아라가 차창을 두드렸다. 그제야 그녀의 존재를 알아챈 듯 진욱이 차창을 내렸다. 그는 누군가와 통화 중이었다.

"음, 아니에요. 그냥 아는 사람을 만나서."

대상이 누군지 모르지만 진욱의 목소리와 표정이 상당히 부드러웠다. 어딘가 그가 평소와 많이 달라 보였다. 눈빛도 얼굴도.

"선배."

아라가 목소리를 낮춰 그를 불렀다. 계속 차 밖에 서 있을 수가 없어서 그런 것이다. 차에 타서 통화가 끝나기를 기다릴 생각이었다.

"아니에요. 그렇게 급한 거 아니야. 전화 끊을 필요 없어요."

그의 말에 서운함이 앞섰다. 진욱이 아라를 향해 잠시만 기다리라는 듯 손을 들어 보였다. 그게 문을 열어 주겠다는 뜻인 줄 알고 아라가 보조석을 향해 걸어갔다. 문손잡이를 당겼다가 열리지 않자 아라가 다시 창문을 두드렸다. 보조석 쪽에 있는 창문은 내려가지 않은 상태였다.

그가 차창을 내리고 휴대폰을 막은 채 아리에게 물었다.

"무슨 일이야?"

"이대로 말하라고요?"

그녀가 문손잡이를 흔들어 닫힌 것을 재확인하며 말했다. 열어 달란 말이었는데 그는 여전히 그녀를 무심하게 쳐다보며 어서 제 물음에 답할 것을 종용하고 있었다. 그의 태도가 마음에 들지 않았지만 아라는 꾹 눌러 참았다.

"나 이거 때문에 왔는데."

가방에서 샴페인을 꺼내 흔들며 그에게 애써 미소를 지어 보였다. 이 정도까지 했는데 설마 내치지는 않겠지 하고 생각했다. 하지만 그건 오판이었다.

"미안한데, 그건 다음에 다른 사람들이랑 같이 마시지. 조심해서 들어가."

냉정하게 그녀에게 선을 긋고 그가 열린 차고 문을 통해 안으로 차를 몰았다. 그의 차가 눈앞을 스쳐 지나 차고 안으로 사라지는 것을 아라가 기막힌 얼굴로 쳐다봤다. 설마 이렇게까지 자신을 홀대할 거라곤 전혀 생각하지 못했었다.

"하아, 어떻게 이럴 수가 있지?"

전화를 하던 때와 자신을 보던 그의 표정이 사뭇 달랐다. 달콤한 목소리로 통화를 하다가 아라에게 정색을 하며 선을 그었다. 여기까지 찾아왔는데 꼭 온 게 잘못이라고 말하는 것 같았다. 민망함을 넘어 수치심이 밀려왔다. 애써 여기까지 왔는데 이런 푸대접을 받을 줄은 상상조차 못 했다.

진욱에게 그래도 자신은 좀 더 특별한 존재라고 생각했다. 아주 조금이라도 자신에 대한 호감도 가지고 있을 거라고 여겼다. 그런데 그 환상이 불안해지기 시작했다.

"대체 누구랑 통화를 한 거야?"

그게 누구든 여자만 아니기를 바랐다. 진욱이 그렇게 다정한 눈빛과 목소리로 대화를 나눈 상대가 여자라면 질투 때문에 눈이 뒤집힐 것 같았다. 아라가 가방에서 샴페인을 꺼냈다. 그것을 매섭게 노려본 그녀가 그대로 바닥을 향해 샴페인을 내동댕이쳤다.

파사삭. 산산이 부서진 샴페인과 유리 파편이 튀었다.

그 파편을 힐로 짓밟으며 아라가 올라왔던 길을 되돌아

갔다.

*

4호 법정에서 강간 살인 미수범의 재판이 진행되고 있었다. 담당 검사로 진욱이 섰다. 피고인은 흔하디흔한 심신미약 상태를 들먹이며 술에 취해 아무것도 기억이 안 난다며 발뺌을 했다. 그게 얼마나 비열하고 치졸한 짓인지 너무도 잘 알면서 뻔뻔하게 자신의 죄를 감형받고자 모르쇠로 일관했다.

이미 심문 과정에서도 변호사에게 모든 것을 일임하고 묵비권을 행사하며 걸핏하면 아프다는 이유를 대며 병원 치료를 요구하기도 했다. 피고인은 재벌 3세로 갑질이 몸에 배인 놈이었다. 자신이 무슨 짓을 했고 상대가 지금 어떤 상태인지는 전혀 생각조차 하지 않았다. 오로지 자신이 언제 풀려날지만 손을 꼽아 기다리며 변호사를 재촉해 댔다.

빌어먹게 재수 없는 그 꼴을 그냥 두고 볼 진욱이 아니었다. 하도 자신이 가진 것들을 자랑하기에 진욱도 같이 자랑을 해 줬다. 너희 집은 이 정도냐, 우리 집은 이 정도다. 다소 유치하지만 때론 있는 놈들에겐 이게 먹힐 때가 종종 있었다. 돈지랄에는 같은 돈지랄이 엿 먹이기엔 제일 좋았다.

그때 일그러진 얼굴이 참 괜찮았는데. 그 면상 그대로 법정에 섰다면 놈의 추악한 본성이 아주 잘 드러날 수 있었을 텐데. 지금 눈앞에서 너무나도 순한 표정으로 참회의 거짓 눈물을 흘리고 있는 피고를 보니 곱게 모아 앞으로 갈무리한 진욱의 손이 꿈틀거렸다.

검사가 아니었다면 아마 놈의 면상을 한 대 치고도 남았을 것이다. 진욱은 속으로 참을 인 자를 무수히 써 내려갔다. 놈에게 진욱이 가해야 할 건 주먹이 아니라 지엄한 법의 심판이었다.

"심신미약이나 증거 불충분으로 풀려날 수 있을 겁니다."

변호사가 피고인에게 속닥거리는 소리가 진욱의 귀에도 들리는 듯했다. 워낙 자주 듣던 말이라 입 모양만 봐도 음성 지원이 될 정도였다.

이미 증인이며 사건과 관련된 사람들에게 돈을 써서 입막음까지 완벽하게 해 놓았을 테니 저렇게 자신할 만도 했다. 하지만 어디에나 변수는 있는 법. 돈이 세상의 전부가 아님을 이제 진욱이 증명해야 할 차례였다.

"검사 측 추가로 신청한 증인이 법정에 왔습니까?"

뒤늦게 증인을 한 사람 더 법정에 세우겠다고 요청을 했었다. 재판이 끝나기 전에 증인석에 서면 인정해 주겠다는 판사의 확답을 받은 터였다. 진욱이 자리에서 일어나 판사 앞으로 걸어갔다. 그가 입을 열려는 순간 재판장의 문이 열렸다.

"증인 도착했습니다!"

이태경 수사관의 외침이 들리고 서둘러 걸어 들어오는 소리가 진욱의 등 뒤에서 들려왔다. 진욱의 입술이 호선을 그리며 올라갔다. 그가 눈을 빛내며 의미심장한 미소를 띤 채 입을 열었다.

"증인 신문하겠습니다."

증인대에 서는 인물을 확인한 피고인 측의 얼굴이 사색이 되었다. 증인의 증언으로 오늘 판결은 완벽하게 검사 측의 승리로 끝날 것이다. 믿었던 아군이 적군이 되는 순간, 모든 악몽이 시작되는 것이다.

'죄를 지었으면 정당한 대가를 치러야지. 피해자에게는 평생 지울 수 없는 상처를 새겨 놓고 저는 홀가분하게 아무 일도 없었던 것처럼, 돈지랄로 빠져나간다는 건 말이 안 되는 일이거든.'

몸에 달린 흉악한 무기를 아작 내 버리면 속이 시원하겠지만, 현행법상 그런 형벌은 내릴 수 있는 제도가 없으니 이 또한 피해자와 검사의 입장에서는 복장을 터트릴 만한 일이었다. 오죽했으면, 진욱이 내시들 물건 잘라 주던 사람들 타임 워프 좀 해서 쥐도 새도 모르게 잘라 버리면 안 되나 하는 말도 안 되는 상상까지 했을까.

빼도 박도 못하는 증거까지 내밀며 증인이 증언을 하자, 여태 얌전히 앉아 있던 피고인이 자리를 박차고 일어나 흥분해

욕을 퍼붓고 의자를 던지는 등 난동을 부렸다. 재판장의 호통에도 피고인은 꿈쩍도 하지 않았다. 오히려 더 격렬하게 죽이겠다며 증인을 향해 온갖 독설을 퍼부었다.

"이 미친 새끼! 죽고 싶어 환장했어! 어디서 함부로 입을 놀려! 그 입, 내가 확 찢어발기기 전에 다물어!"

"이러시면 안 됩니다."

안절부절못하며 피고를 진정시키려는 변호사가 옆에서 진땀을 흘려 댔다. 판사와 검사의 눈치를 보곤 골머리가 아픈지 머리를 두 손으로 감쌌다. 고개를 푹 숙이고 뭐라 중얼거리는 폼이 이미 재판의 결말을 예상하고 있는 듯했다.

"진정하세요! 피고! 계속 소란 피우면 법정소란죄로 기소하겠습니다."

판사가 목소리를 높였다. 하지만 본래의 모습인 광견으로 변한 피고에게는 속된 말로 씨알도 안 먹혔다.

"사지를 찢어 발겨 버릴 거야!"

도평 검사라도 해야 하나 고민스러울 정도로 피고인의 광기가 도를 지나쳤다. 눈이 뒤집혀 아무것도 보이지 않는 듯 경찰관들에게 제압당해 법정 밖으로 끌려 나가면서도 피고인은 발악을 했다.

"잠시 휴정하겠습니다. 10분간 휴정."

탕! 탕! 탕!

판사가 봉을 두드렸다. 모든 상황을 차분히 지켜본 진욱의 입가에 흡족한 미소가 떠올랐다. 그가 느긋하게 자신의 자리로 돌아가 자리에 앉았다. 10분의 휴정 시간 동안 그는 이곳에 앉아 피고인이 다시 자리로 돌아오기를 기다릴 것이다.

자신이 구형한 대로 최종 판결을 받게 될 놈을.

재판장을 나서는 진욱의 표정이 밝았다. 법복을 입고 당당하게 로비를 가로지르는 그의 곁으로 누군가 다가섰다. 아라였다.

"오늘 재판 승소하셨다면서요? 축하드려요."

"응."

그가 정면을 주시한 채 가볍게 고개를 끄덕였다. 자신을 돌아봐 주지 않는 진욱이 야속해 아라가 살짝 아랫입술을 깨물었다. 빠른 걸음을 쫓아 보조를 맞추느라 버거울 정도로 그는 아라에 대한 배려를 하지 않았다. 그의 태도에서 용무 끝났으면 갈 길 가라는 확고한 뜻이 전해졌다. 하지만 아라는 모른 척 계속 진욱의 곁을 따랐다.

법원 건물을 나서 계단으로 발을 내딛던 그가 갑자기 우뚝 멈췄다. 따라 멈춘 아라의 얼굴에 화색이 돌았다. 이제야 자신을 돌아봐 주려나 보다 하는 기대감 때문이었다.

"와우, 나이스 타이밍."

작게 중얼거리는 그의 입매가 매끄럽게 호선을 그려 내고 있었다. 매혹적인 미소를 머금은 그의 입술과 환한 얼굴을 바라보며 아라가 미간을 좁혔다. 그의 시선이 자신이 아닌 다른 곳을 향하고 있어서였다.

"이 시간에 웬일? 나 보고 싶어서 온 건가?"

진욱이 세상 달콤한 목소리로 말하며 계단을 빠르게 내려갔다. 그를 잡으려 손을 뻗었지만 찰나의 순간 놓쳐 버렸다. 아슬아슬하게 손끝을 스쳐 지나 계단을 내려선 그의 시선 앞에 누군가가 서 있었다.

달뜬 표정으로 수줍게 얼굴을 붉히고 있는 사람은 보이시한 스타일의 여자였다. 어딘지 와일드해 보이기까지 하는 여자는 진욱과 전혀 어울리지 않았다. 적어도 아라의 눈에는 극과 극처럼 보였다. 최상위 계층의 진욱과 최하위 계층의 여자가 서로를 향해 미소 짓고 있었다. 보고 있는 것만으로도 행복해 죽겠다는 듯이.

그녀의 꽉 쥔 주먹이 법복 아래에서 부르르 떨리고 있었다. 오늘 자신도 재판을 마치고 나오는 길이었다. 살벌한 고성이 오갈 정도로 힘든 재판이었다. 그래서 그에게 위로도 받고 잘 견뎠다 칭찬도 받고 싶었다. 약한 모습을 보여 보호 본능을 자극하고 싶은 사람은 아라에게 진욱이 유일했다. 그런 진욱이 지금 다른 여자를 보며 미소 짓고 있었다.

지금 진욱의 앞에서 저런 미소를 받으며 행복해하고 있어야 할 사람은 자신인데 다른 여자가 그 자리를 차지하고 있었다. 물론 그가 다른 여자를 사랑할 이유가 없는 건 아니었다. 자신을 단 한 번도 여자로 봐 준 적이 없다는 것도 알고 있었다.

하지만 기다리고 있었다. 언젠가는 자신을 여자로 보며 다가와 줄 거라고. 그에게 여자는 자신밖에 없을 거라는 확신도 가지고 있었다. 그의 주변에 여자는 자신 하나뿐이라고 생각했으니까.

그런데 아니었다. 불길한 예감이 현실이 되어 눈앞에 나타났다. 그날, 행복한 미소를 지으며 통화하던 대상이 저 여자라는 걸 아라는 직감했다.

분했다. 마치 자신의 것을 빼앗긴 것처럼 마음에 불이 일었다. 아니라는 걸 알면서도 그 불길이 걷잡을 수 없이 커지고 있었다.

내 걸 감히 네까짓 게 뺏어 가?

말도 안 되는 마음이 그녀의 심장을 불태우고 있었다.

"어쩐 일로 여기까지 행차하셨을까?"

"아니 뭐, 근처에 볼일이 있어서. 여기서 아까 재판할 거란 말을 들은 것도 같고."

이리저리 말을 둘러대며 자신이 여기 온 이유에 대해 별일 아니라는 투로 말하는 가인을 진욱이 사랑스러운 눈길로 바라보았다. 모든 것이 서툴렀다. 서가인이라는 여자는. 자신의 마음을 감추는 것조차도 그녀에겐 쉽지 않았다.

"그 말이 딱이네."

"네? 무슨 말이요?"

뜬금없는 진욱의 말에 가인이 고개를 갸웃하며 물었다.

"재채기는 참을 수 없고, 사랑은 숨길 수 없다는 말. 지금 당신 얼굴이 딱 그래. 나 보고 싶어서 온 거, 확 티 나."

그의 말에 가인의 귓불이 달아올랐다. 붉게 망울이 맺힌 귓불이 귀여워 깨물어 주고 싶은 충동이 일었다. 장소가 장소이니만큼 그렇게 할 수가 없어 참았다. 그런 마음을 가인이 눈치챘는지 집요하게 자신의 귓불을 직시하고 있는 그의 시선에서 제 귓불을 지켜 내려는 듯 그녀가 손을 들어 귓불을 만지작거렸다.

"티 났나?"

진욱의 말투를 흉내 내며 가인이 중얼거렸다. 시선을 옮겨 그녀의 두 눈을 마주한 진욱이 피식 웃었다. 그가 그녀의 머리 위로 손을 올렸다. 부스스 가볍게 그녀의 머리를 헝클이며 그가 짓궂게 말했다.

"어, 엄청 티 났어. 나 당신 보고 싶어서 달려왔어요. 당신의 눈빛이 너무 뜨거워요. 그렇게 생각하고 있는 거 훤히 다 보여."

"아, 망했다."

무심코 머리 위로 손을 올리던 가인이 아직 제 머리를 벗어나지 않은 그의 손에 닿았다. 멈칫하며 눈동자를 슬쩍 올려 그를 바라보는 가인을 진욱이 사랑스럽게 내려다보았다. 그가 손의 위치를 바꿔 그녀의 손을 지그시 감쌌다.

성큼 다가서는 그로 인해 가인의 고개가 뒤로 조금 더 젖혀졌다.

맞닿을 듯 가까이 다가선 진욱의 입매가 사르르 말려 올라갔다. 전염된 듯 가인의 입술에도 그와 같은 미소가 머금어졌다. 그가 그 입술로 가인의 이마에 지그시 입을 맞췄다. 긴장해 움찔하는 가인의 작은 떨림이 그에게 고스란히 전해졌다.

감겼다 떠진 가인의 눈동자 가득 그의 매력적인 얼굴이 들어찼다. 그가 뒤로 한 발 물러섰다. 잡은 가인의 손을 부드럽게 만지작거리다 놓았다. 그녀의 손에 열감이 느껴졌다. 그의 손이 닿은 곳곳으로 열꽃이 피어올랐다.

"잠깐만."

진욱이 그녀의 품에 들고 있던 재판 자료와 가방을 안겼다. 얼떨결에 그것을 받아 든 가인이 눈을 말똥거렸다. 법복을 벗은 진욱이 다시 그것들을 수거해 가며 손짓으로 자신의 차를 가리켰다.

"두고 올 테니까 여기 가만히 있어요."

가인이 제 앞을 스쳐 지나는 그를 보며 고개를 작게 끄덕였다. 빠른 걸음으로 걷던 그가 급기야 달렸다. 그리 멀지 않은 곳에 차가 주차되어 있어 뛰지 않아도 되는데 급한 마음이 발길을 재촉했다.

도착하기도 전에 차의 잠금을 풀고 뒷좌석에 던져 넣다시피 모든 것을 밀어 넣었다. 그러곤 서둘러 가인이 있는 곳으로 돌아오며 문을 잠갔다.

"자, 이제 가 볼까요?"

"네?"

그가 불쑥 가인의 앞으로 다가섰다. 몸이 맞닿을 정도로 가까웠다. 가인이 저도 모르게 한 발 두 발 뒤로 물러섰다. 그녀의 뒤로 차갑고 단단한 오토바이의 감촉이 느껴졌다. 진욱이 지그시 그녀의 몸을 눌러 왔다. 놀라 커진 가인의 눈을 마주하고 그가 입 끝을 야릇하게 올렸다. 그의 손이 가인의 옆을 지났다.

"오늘은 이거 타고 가서 먹을까?"

헬멧을 들어 올린 진욱이 그녀의 머리에 그것을 씌워 주었다. 고정 핀까지 완벽하게 채우곤 장난스럽게 통통 두드리기까지 했다. 가인이 준비한 또 다른 헬멧은 자신이 썼다. 그러곤 그녀의 바지 뒷주머니로 손을 넣어 키를 꺼냈다.

"잠깐 비켜 봐요."

오토바이에 기대 있던 그녀를 옆으로 밀어내고 그가 오토바이 위에 올라탔다. 키를 꽂아 시동을 거는 모습을 가인이 멀뚱히 지켜봤다. 부르릉거리는 시동 소리에 흡족한 미소를 띤 진욱이 그녀를 돌아보며 말했다.

"타요."

마치 자신의 오토바이인 양 너무도 당당하게 턱짓으로 그녀에게 뒤에 타라고 말하고 있었다. 잠시 멍한 표정으로 그를 바라보던 가인이 피식 웃음을 터트렸다. 그의 입가에도 미소가 번졌다. 장난꾸러기 같은 그의 눈을 가늘게 흘기며 가인이 고개를 절레절레 흔들었다.

"왜, 안 타?"

안 탈 거면 그냥 가겠다는 리액션까지 취하자 가인이 졌다는 듯 백기를 들며 그의 뒤에 올라탔다.

"꽉 잡아요. 내가 좀 스피드한 걸 좋아해서 엄청 빨리 달릴 거니까, 위험할 수 있어요."

가인의 손을 잡아 제 허리에 두르며 그가 협박 아닌 협박을 했다.

"네. 안 떨어지게 꽉 붙잡고 있을게요."

그녀가 일부러 더 힘을 주며 그의 허리를 껴안았다. 진욱의 단단한 몸이 가인의 팔과 가슴으로 느껴졌다.

"검사라면서 몸이 좋네요?"

"제 몸 하나는 지켜야 하니까 운동은 필수죠?"

"그래요?"

"워낙에 내가 맡은 곳이 더티해서. 봤죠? 그날 클럽에서 조폭 형아들."

"아."

형사들이 동행을 하긴 한다지만 워낙에 험악한 범죄자들이 많다 보니 위험이 사방에서 도사리고 있었다. 될 수 있으면 아무 탈 없이 검거를 했으면 좋겠지만 그게 마음처럼 쉽게 되는 건 아니었다. 떼로 덤벼들 때는 어쩔 수 없이 치고받고 할 수밖에 없었다. 그 과정에서 다치지 않고 몸을 보호하려면 잽싼 몸놀림은 필수였다.

"물론 주인공은 형사분들이지만 워낙 나대는 걸 좋아하다 보니 자꾸 앞으로 나서게 되더라고요."

"위험한데."

"그렇다고 뒤로 물러나서 팔짱만 끼고 있을 수는 없지 않나?"

부르릉. 그가 오토바이를 출발시켰다. 뺨을 스치는 시원한 바람이 보통 때와 사뭇 달랐다. 늘 혼자서 이 바람에 맞서 달렸었다. 세상에 맞서듯 그렇게 홀로 모든 것을 이겨 내려 노력했다. 그런데 지금 가인의 앞에는 든든하고 커다란 방패막이 있었다.

세상의 모진 풍파로부터 그녀를 지켜 주겠다는 듯 그녀의 앞에서 바람을 막아 주고 있었다. 가인이 그의 너른 등을 가만히 응시하다 머리를 기댔다. 볼을 대고 그의 체온을 느껴 본다. 따스한 온기가 가인의 몸으로 전해져 그녀의 심장까지 물들였다.

"좋다."

나직하게 읊조린 제 말이 만족스러웠던지 가인이 사르르 눈을 감으며 입술 끝을 끌어 올렸다. 등으로부터 전해지는 그녀의 마음에 진욱의 입가에도 미소가 머금어졌다.

"그러네. 좋네. 엄청나게."

예전에는 이런 걸 보고서도 별 감흥이 없었다. 연인끼리 오토바이를 타고 가는 장면을 눈여겨본 적도 없었다. 저와는 상관없는 그냥 스쳐 지나는 일상의 모습들 중 하나였다. 그 평범한 다른 이들의 일상 속에 어느새 자신이 걸어 들어가고 있었다.

아니, 다른 이들이 아닌 서가인의 일상으로 강진욱이 스며드는 중이다. 그녀가 그러고 있는 것처럼.

"뭐 먹을래?"

"네?"

"밥 먹자고. 뭐 먹을 거야?"

오토바이의 속도가 줄었다. 바람 때문에 서로의 말이 잘 들리지 않았다. 그가 안전한 곳에 오토바이를 세우고 뒤로 돌아보며 물었다.

"배고파서 온 거 아닌가? 뭐 먹고 싶은 거 없어요?"

고개를 들어 그를 바라보며 가인이 어깨를 으쓱했다.

"내 배 속에 거지라도 있는 줄 아나? 만날 만나면 뭘 먹재."

쑥스러움 반 투덜거림 반으로 중얼거린 그녀의 말에 진욱이 다시 오토바이를 움직였다. 도로 위를 질주한 오토바이가 도착한 곳은 한적한 공원이었다. 진욱이 먼저 오토바이에서 내려 헬멧을 벗었다. 가인이 따라 내리며 헬멧을 벗고 제 앞에 서 있는 그를 응시했다.

"여긴 왜 왔어요? 바람 쐬자고?"

밥을 먹기 싫다는 말은 아니었다. 살짝 들떠 두근거리던 마음에 초를 치듯 그가 먹는 것 타령을 하니 울컥해 그렇게 말한 것이다. 자신의 말에 기분이 나빴던 건 아닌지 은근히 걱정이 됐다.

"배는 고프지 않다고 그래서."

시큰둥한 말투에 서운함이 묻어났다. 정말 자신의 말에 상처를 입은 모양이라고 생각하며 가인이 다시 헬멧을 들어 올렸다.

"가요. 나 배고파."

이랬다저랬다, 횡설수설 제멋대로라고 생각할지도 몰랐다. 재판을 마치고 나오자마자 그녀를 발견하고 곧장 다가와 준 진욱이었다. 그의 마음이 상하는 걸 가인은 바라지 않았다. 어서 빨리 그가 원하는 대로 해 주고 싶었다. 그녀가 아직 그대로 서서 자신을 바라보고 있는 그를 힐끔거리며 그가 썼던 헬멧을 들어 올렸다.

"써요."

지그시 가인을 내려다보며 진욱이 그녀의 손에서 헬멧을 받아 다시 제자리에 내려놓았다. 가인이 오토바이 위에 올려진 헬멧을 보다 그를 돌아보았다. 그의 손끝이 그녀의 턱 밑으로 다가왔다.

"왜요?"

진욱이 가인이 쓰고 있는 헬멧을 풀어 나란히 오토바이 위에 올려놓았다. 가인의 시선이 분주하게 헬멧과 그를 오갔다. 단단히 삐친 모양이다. 가인의 가슴이 덜컹 내려앉았다. 이러려고 그런 게 아닌데. 실수를 해 버렸다.

"정말인데. 나 배고픈데."

점심시간이 가까웠다. 남들처럼 12시와 1시 사이에 점심을 챙겨 먹어 보자 싶었다. 그래서 일부러 그 시간을 비워 두고 그가 재판을 하고 있다는 법원 앞으로 간 것이다. 자신과 다른 그의 생활 속으로 들어가 보고 싶었다.

그랬는데, 막상 진욱이 밥을 입에 올리자 마음을 들킨 것 같아서 일부러 볼멘소리를 했던 것이다. 부끄러워서 그런 것뿐인데 잘못했다. 솔직하게 말할걸.

"밥보다 다른 게 더 고파서."

미안한 마음에 차마 눈을 마주치지 못하는 그녀의 턱을 들어 올리며 진욱이 고개를 살짝 내렸다.

"왜 눈을 못 마주치지?"

"뭐, 뭐가요."

슬쩍 눈을 떠올리며 그녀가 입을 열었다. 얼굴과 얼굴 사이의 간격이 너무 좁아서 제대로 숨을 쉬기도 힘들었다. 혹여

나 자신이 내뱉은 숨이 그에게 흘러갈까 봐 가인이 숨도 아끼며 입을 다물었다. 그 모습이 귀엽다 느낀 진욱의 입가에 절로 미소가 머금어졌다.

"뭐 먹고 싶은지 안 물어봐요?"

"흠, 뭐 먹고 싶은데요?"

떨리는 입술을 겨우 움직여 그녀가 물었다. 조금 더 기울어진 진욱의 얼굴이 그녀의 입술 가까이 입술을 데려갔다.

"이거."

아슬아슬하게 멈춘 그의 입술이 닿을 듯 말 듯 그녀의 입술 앞에 머물렀다. 가인의 심장이 느리게 뛰다가 빠르게 뛰기를 반복했다. 가빠지는 숨을 애써 다스리려 노력하며 가인이 그의 입술을 눈에 담았다. 그가 입술을 달싹였다.

"먹어도 되나?"

"네."

그녀의 대답에 그의 입매가 매혹적인 빛깔을 담고 말려 올라갔다. 긴장으로 달뜬 숨을 조심스럽게 흘려 내는 그녀의 입술 위로 진욱의 입술이 겹쳐졌다. 그가 입술을 맞댄 채로 속삭였다.

"잘 먹겠습니다."

진욱이 달콤하고 부드럽게 가인의 입술을 삼켰다.

4. 사랑의 시작과 끝

약속 장소에 도착한 아라는 잠시 차 안에서 숨을 골랐다. 과연 이게 잘하는 일인지에 대해 다시 한번 생각해 봤다. 오늘 일은 나중에 진욱이 알게 된다면 자신을 싫어하게 될지도 몰랐다. 그 모든 걸 감안하고 과연 이 일을 해야 할까? 하지만 하지 않는다면 당장 자신이 화병이 나서 미칠 것 같았다.

"어차피 결론은 하나야."

그녀가 차 문을 열고 내렸다. 정오의 햇살이 아라의 머리 위로 쏟아졌다.

"후우."

깊은 숨을 몰아쉬고 마음을 다잡은 아라가 발을 내디뎠다. 외제차가 즐비하게 주차되어 있는 눈앞의 건물을 향해 아라가 도도하게 걸어 들어갔다.

"어서 오세요. 예약하셨나요?"

데스크로 다가가자 직원이 미소 띤 얼굴로 상냥하게 물었다.

"아니요. 누구 좀 만나러 왔는데."

"저희 고객분 중에 말씀이신가요?"

"안녕하세요, 최 검사님."

아라가 뭐라 답하기 전에 매니저가 둘 사이에 끼어들며 말을 가로챘다. 만면에 미소를 띤 채 다가온 매니저를 향해 아라가 가볍게 고개를 끄덕여 인사를 대신했다.

"정 실장, 이분은 내가 안내할게요."

예전엔 아라도 이곳에 자주 다녔었다. 진욱에게 잘 보이고 싶은 마음에 다닌 에스테틱이었다. 청담동에서 꽤 유명한 곳으로 회원제로 운영되는 상류층 사람들을 위한 곳이었다. 돈을 들이는 만큼 대우도 좋았다.

하지만 진욱이 관심을 가져 주지 않고 일이 바빠지면서 에스테틱에 다니는 것이 귀찮아졌다. 요즘은 한 달에 한 번 마지못해 엄마에게 등이 떠밀려서 오곤 했다.

매니저가 그녀가 올 시간에 맞춰 데스크로 내려온 것은 이미 아라의 방문을 알고 있어서였다. 매니저를 제 맘대로 부릴 수 있는 사람의 말 한마디에 직접 아라를 맞으러 온 것이다.

VIP 전용 엘리베이터를 통해 3층으로 안내한 매니저가 복도로 나서 앞서 걷기 시작했다. 그 뒤를 아라가 표정 없는 얼굴로 따랐다. 복도 끝 문 앞에 다다르자 매니저가 멈춰 아라를 기다렸다.

"기다리고 계십니다."

입과 눈꼬리가 묘하게 휜 매니저의 얼굴을 보며 아라가 고개를 끄덕였다. 아예 영업용 미소를 지우지 못하도록 이식 수술을 한 건 아닐까 의심스러울 정도로 매니저의 얼굴엔 변화가 없었다.

이곳 사람들은 대부분 매니저와 비슷한 가식적인 가면을 쓰고 있었다. 저런 미소를 좋아하는 부류에게는 참 잘 맞는 곳인 듯했다. 자신을 낮추고 남을 추켜세우는 상류 사회에 딱 들어맞는 가면이었다.

아라는 늘 그 가면이 마음에 안 들었다. 진심이란 것이 전혀 없는 생존을 위해 어쩔 수 없이 간, 쓸개 다 빼 주며 만든 미소라서 그런 듯했다.

똑, 똑. 적당히 빠르지도 느리지도 않은 소리와 간격으로 아라가 노크를 했다. 노크마저 품위를 따지는 이들에겐 아주 중요한 것이었다.

"음, 들어와."

문 안쪽에서 나른한 목소리가 들려왔다. 문을 열자 은은한 향초의 냄새가 났다. 아라가 찾아온 인물은 아로마 오일을 이용한 마사지를 받고 있었다. 뭉칠 것도 없는 근육을 값비싼 돈을 들여 마사지를 받고 있는 조 여사의 표정이 편안해 보였다.

다른 장소에서 만날 약속을 했으면 좋았을 텐데, 왜 굳이 이곳에서 보자고 했을까. 서로 대화하기도 불편한데.

"어머니, 저 왔어요."

아라가 속마음을 숨기고 반갑게 인사를 건넸다. 지그시 감은 눈을 뜨지 않고 조 여사가 말했다.

"그쪽에 앉아서 조금만 기다릴래?"

"네."

습관처럼 아라가 손목시계를 확인했다. 바쁜 일정을 쪼개서 온 참이었다. 조 여사는 상대를 배려하지 않고 자신 위주로 모든 것을 처리하는 사람이었다. 아무래도 조 여사의 마사지가 끝날 때까지 아라의 시간은 이곳에 저당 잡혀 있어야 할 것 같았다.

아라가 옆에 따로 마련되어 있는 티 테이블로 걸어가 의자에 앉았다. 직원이 다가와 그녀에게 어떤 차를 마실지 물었다.

"적당한 걸로 주세요."

"네. 준비해 드리겠습니다."

차가 나오고 반쯤 잔을 비웠을 때 드디어 조 여사가 마사지를 끝내고 다가왔다. 아라가 엷은 미소를 지어 보였다. 오늘 마사지가 만족스러웠던지 조 여사의 표정도 밝았다.

"할 얘기가 있다고?"

"네."

"무슨 얘긴데 우리 바쁘신 최 검사님께서 여기까지 납셨을까?"

비아냥거림 같은 말투는 조 여사 특유의 습관이었다. 조 여사는 자신의 아들인 진욱에게만 나긋하고 상냥했다. 정작 진욱에게는 그게 먹히지 않는다는 게 문제라면 문제였다. 이 정도면 아라에게도 상당히 호의적인 편이라고 할 수 있었다.

"강 선배 문제로 의논드릴 일이 있어서요."

"강 선배? 아, 우리 진욱이 그렇게 부르지. 그러지 말고 그냥 오빠라고 부르라니까."

"워낙 학교 때부터 습관이 돼서요. 그리고 법조계 위계질서도 있고 해서 잘 안 고쳐지네요."

"그래도 결혼하면 그땐 고쳐야지."

마치 진욱과 아라의 결혼이 기정사실인 것처럼 조 여사가 말했다. 그 말이 어쩐지 아라는 씁쓸했다. 모든 것이 조 여사 혼자만의 꿈인 것 같아서였다. 얼마 전까지 아라도 함께 꾸어 오던 꿈이었다. 하지만 아직 포기하기는 일렀다. 진욱이 다른 사람을 마음에 담았다고 해서 그게 결혼으로 이어지지는 않았다.

적어도 상류층만의 세상에선 절대 이뤄질 수 없는 사랑이었다. 아직도 신데렐라라는 헛된 꿈을 꾸고 있는 그 여자에게 현실을 깨닫게 해 주어야 할 필요성이 있었다. 이런 경우는 진욱보다 상대 여자를 설득해서 떨어져 나가게 하는 것이 가장 좋았다.

그 일을 해 줄 사람으로 아라는 조 여사를 선택했다. 조 여사가 그 여자에게 어떤 방식을 쓰든 그건 저와 상관없었다. 아라는 얌전히 뒤에서 기다리면 그뿐이었다. 조 여사가 성공하기만 하면 자신의 이미지에는 아무런 타격도 받지 않고 원하는 것을 손에 넣을 수 있었다.

상처 입고 혼자 아파할 진욱을 따스하게 감싸 안아 주면 되는 것이다. 그의 텅 빈 마음에 자신이 들어갈 수 있도록.

"그래서 하고 싶은 말이 뭐라고?"

조 여사가 직원이 가져다준 차를 한 모금 머금으며 물었다. 여기선 약간의 연기가 필요했다. 아라가 낮은 한숨과 함께 입가에 머금었던 미소에 서글픔을 더했다. 아라의 표정에서 뭔가를 감지한 듯 조 여사가 찻잔을 내려놓으며 먼저 입을 열었다.

"진욱이 여자 생겼니?"

살짝 내리뜬 아라의 눈빛이 반짝 빛을 발했다. 그녀의 입술 끝에 회심의 미소가 머물렀다. 금방 그것을 지워 내고 아라가 아릿한 눈으로 조 여사를 바라보았다.

"그런 거 같아요, 어머니. 저 어떻게 하죠?"

울먹임이 섞인 떨리는 목소리가 클라이맥스다. 이쯤 했으면 조 여사도 사태의 심각성을 잘 알아들었을 것이다. 이제 바통은 조 여사에게 넘어갔다. 진욱이 만나는 여자에 대한 조사도 아마 철저하게 할 것이고 얼마 안 가 둘의 만남이 있을 것이다.

눈물이 글썽이는 눈과 달리 아라의 마음속은 홀가분함으로 날아갈 것처럼 가벼워졌다. 눈물 한 방울을 흘려 볼까 말까 하고 있던 아라의 귀로 감흥 없는 조 여사의 목소리가 들려왔다.

"여자가 남자 마음 하나 못 잡아서야. 쯧."

아라가 시선을 들어 조 여사를 응시했다. 그녀는 자신의 귀를 의심했다. 못마땅한 기색이 역력한 말투였다. 게다가, 끝에 혀까지 찼다. 전에 없던 일이었다. 단 한 번도 자신을 이렇게 냉대한 적이 없었다. 아라가 믿을 수 없다는 눈으로 조 여사를 보았다. 그 시선을 무시하며 태연한 표정으로 조 여자가 찻잔을 들어 올렸다.

"방금 무슨 말씀을 하신 거 같은데……."

우아한 몸짓으로 차를 머금은 조 여사가 차분한 시선으로 아라를 보았다. 찻잔 너머 그녀의 시선이 예리하게 아라의 눈을 파고들었다. 조 여사의 눈 속에 담긴 질책을 아라는 읽을 수 있었다. 하지만 왜 자신이 그런 눈총을 받아야 하는지 알 수가 없었다.

"저한테 왜 이러시는 거죠?"

언제 슬펐나 싶게 정색을 하며 아라가 물었다. 그런 아라에게서 시선을 떼지 않은 채 조 여사가 찻잔을 천천히 내렸다. 무릎 위에 찻잔을 든 손을 올려 두고 조 여사가 입술 끝을 끌어 올렸다.

"내가 뭘 어쨌는데?"

"지금 절 질책하고 계시잖아요."

"어머, 정말?"

애매모호한 미소를 띤 채 조 여사가 다시 찻잔을 입으로 가져갔다. 그 모습에 아라의 눈살이 찌푸려졌다. 속을 다 안다고 생각했는데 아니었다. 자신을 위해 이용할 수 있을 거라 여겼는데 조 여사는 아라의 생각 이상으로 영악했다. 아라의 판단으론 그랬다.

"어쨌거나, 고맙구나. 그런 고급 정보를 알려 줘서. 알다시피, 진욱이가 개인적인 얘기를 잘 안 하잖니. 우리 아들에게 애인이 생겼다니, 아주 많이 궁금하네. 대단한 능력자야. 진욱이 마음을 사로잡을 정도면. 언제 한번 밥이라도 같이 먹자고 해야겠어."

조 여사의 입가에 모호한 미소가 머물렀다. 그를 지켜보는 아라의 미간이 와락 구겨졌다. 조 여사의 며느리 목록에서 아라가 제명되고 다른 대상이 올랐다.

아라가 착각하고 있었다. 조 여사가 들이고 싶은 며느리는 집안 좋은 법조계 인물이 아니라, 진욱의 마음을 얻어 끊어진 자신과의 다리를 연결해 줄 사람이었다. 진욱을 향한 아라의 사랑을 알았다. 그녀가 집요하게 몇 년을 포기하지 않고 진욱만 봐 왔다는 것도. 하지만 진욱은 단 한 번도 아라를 돌아보지 않았다. 애초에 가망이 없었던 것이다.

끈덕지게 달라붙어 있다가 정이라도 들면 혹여 연인 사이로 발전할 수 있을 거란 작은 희망이 완전히 사라졌다.

진욱이 드디어 진정한 사랑을 찾은 것이다. 세상 그 누구에게도 고개를 숙여 본 적이 없는 조 여사가 가장 약해지는 순간이 바로 자신의 아들 앞에서였다.

"바쁘지 않니? 우리 진욱인 눈코 뜰 새 없이 바쁜 모양이던데."

조 여사가 찻잔을 놓고 일어섰다. 그러곤 냉정하게 돌아섰다. 가운의 끈을 풀며 제 앞을 지나가는 조 여사를 아라가 기막힌 시선으로 바라보았다. 조 여사는 곧장 탈의실로 사라졌다. 홀로 남겨진 아리가 신경질적으로 자리를 박차고 일어나 문으로 걸어갔다.

오늘의 일을 진욱에게 들킬까 걱정했던 것이 허무해질 정도로 조 여사와의 만남은 충격적이었다. 그녀를 만나러 오는 게 아니었다.

✷

"검사님, 요즘 좋은 일 있으십니까?"

박 사무장이 평소보다 더 흥이 오른 진욱을 보며 넌지시 물었다.

"그렇게 보입니까?"

마치 물어봐 주길 바란 사람처럼 진욱이 냉큼 답했다. 미소 띤 얼굴이 어찌나 매력적인지 그 미소에 남자인 박 사무장도 취해 버릴 지경이었다. 오죽했으면 취조받으러 온 사람이 박 사무장과는 시선도 안 마주치고 계속 진욱만 쳐다보다 모든 것을 시인하고 돌아갔을까. 장소가 검사실이 아니었으면 전화번호라도 묻고 대시라고 할 태세였다.

"저만 그렇게 느낀 게 아닌 것 같은데요."

"네?"

"아까 꽃뱀 혐의 여자가 내내 검사님만 쳐다보다 갔습니다."

박 사무장의 말에 진욱이 느른히 자신의 턱을 어루만졌다. 그의 입가에 매우 흡족한 미소가 떠올랐다.

"역시 사랑을 하면 미모가 상승한다는 말이 맞는 모양입니다."

평소와 다른 점이 매력 도는 미소만은 아닌 것 같았다. 아무래도 실없는 농담의 강도가 전보다 더 강해진 것 같았다.

사랑에 빠지는 건 좋은데 사람이 너무 변하는 건 조금 꺼려졌다. 물론 좋은 쪽의 변화는 환영하지만 자신의 상사가 나사 빠진 모습을 보인다면 불안하긴 할 거다.

박 사무장은 매력적으로 보이던 진욱의 미소가 살짝 빙구기를 보이기 시작한 게 자신의 착각이길 바랐다.

"사랑이라면……?"

믿을 수 없어 박 사무장이 되물었다. 거의 천연기념물이다 싶게 그에게는 여자가 없었다. 외모와 스펙 어느 것 하나 모자람이 없이 차고 넘치는데도 그는 연애 한 번을 하지 않았다. 대놓고 유혹하는 여자들도 많았지만 꿈쩍도 하지 않았다.

남자를 좋아하는 건 아닌가 해서 게이설도 어느 정도 돌았었다고 했다. 하지만 남자에게도 그다지 관심이 없어 그 소문은 금방 사그라졌다. 그 뒤에 나온 이야기 중 가장 신빙성이 있는 건 그의 남성에 뭔가 문제가 있다는 설이었다.

"말 그대로입니다. 저 임자 있는 남자 됐습니다."

자랑스럽게 말하는 진욱을 멍하니 쳐다보다가 뒤늦게 박 사무장이 축하의 인사말을 건넸다.

"아이고, 이거 축하드립니다. 드디어 연애라는 걸 경험하게 되셨군요!"

축하가 너무 과했다. 그걸 깨달은 건 말을 다 내뱉고 난 후였다.

꿀꺽. 박 사무장이 마른침을 삼키며 어색한 미소를 지어 보였다. 걱정스러운 마음으로 힐끔 진욱의 눈치를 살폈다. 그가 자리에서 일어나 성큼성큼 박 사무장의 자리로 걸어왔다.

덥석. 평소와 달리 진욱이 와일드하게 어깨에 손을 올렸다. 그에 박 사무장이 저도 모르게 흠칫거렸다. 혹여 그가 화를 내지는 않을지 내심 걱정이 되었다. 피고인 심문 때도 웬만해선 평정심을 유지하는지라 그럴 리 없다고 생각은 하지만 그래도 뭔가 불안했다.

"훗."

진욱이 가벼운 웃음을 터트렸다. 입이 마르는 것 같은 긴장감에 박 사무장은 그냥 자신이 먼저 사과를 할까 하고 고민했다.

"감사합니다. 제가 드디어 솔로를 탈출하고야 말았습니다. 아, 가슴이 막 벅차서 기쁨을 감출 수가 없군요."

예상외의 말에 박 사무장이 멍하니 진욱을 돌아봤다. 그가 자신의 말처럼 감출 수 없는 기쁨을 표출하며 팔불출 같은 미소를 짓고 있었다.

박 사무장은 몹시 궁금해졌다. 대체 두뇌 싸움의 천재인 강진욱 검사를 저 지경으로 만들어 놓은 여자가 누군지 알고 싶어졌다.

강진욱 검사에게 없던 빙구미가 생겼다.

"아, 이런!"

손목시계를 들여다보던 진욱이 갑자기 뭘 잊었다가 떠올린 것처럼 놀란 목소리로 말했다. 덩달아 눈을 부릅뜬 박 사무장이 무슨 일이냐는 표정으로 물었다. 그가 이번엔 박 사무장의 다른 쪽 어깨까지 잡고 제 쪽으로 돌렸다. 진욱과 마주 보게 된 박 사무장이 바짝 긴장해 마른침을 꿀꺽 삼켰다. 무슨 일이 터진 건가 싶었다.

"점심시간이네요. 맛있는 점심 드세요. 전 약속이 있어서 먼저 나가 보겠습니다."

속사포처럼 자신이 할 말을 쏟아 내곤 진욱이 박 사무장에게서 손을 거둬 몸을 돌렸다.

성큼성큼 문으로 다가서 망설임 없이 열고 나서는 그의 뒷모습을 박 사무장이 뜨악한 얼굴로 바라보았다. 그는 원래 식사 시간에 크게 신경을 쓰는 스타일이 아니었다. 일을 하다 늦게 먹거나 놓치고 못 먹는 경우가 많아 항상 박 사무장이 건강을 걱정하는 잔소리 아닌 잔소리를 늘어놓았었다. 그런데 그랬던 진욱이 점심 타령을 하며 집무실을 박차고 나갔다. 박 사무장의 시선이 벽에 걸린 전자시계로 향했다.

12시 5분. 원래 점심시간에서 딱 5분이 흘렀다.

"와아, 어떤 분인지 정말 대단하네. 정말, 진심으로 한번 만나 봤으면 좋겠네."

박 사무장의 고개가 절레절레 흔들어졌다. 진욱이 만나러 간 인물을 떠올리며 그가 감탄 어린 말을 중얼거렸다.

집무실을 나온 진욱의 발걸음이 빨라졌다. 오늘은 가인과 점심을 먹기로 정식으로 약속을 잡았다. 그저 우연히 마주치거나 가인이 일부러 와서 기다리는 그런 게 아니라 어디서 만나 뭘 먹자고 문자를 통해 정한 것이다.

엘리베이터 앞에 선 진욱이 버튼을 누른 후 한껏 들뜬 표정으로 옷매무새를 가다듬었다. 3층에 도착한 엘리베이터의 문이 열렸다. 아라가 바로 앞에 서 있었다. 진욱이 무심하게 표정을 바꿨다. 그녀가 안으로 들어서려는 진욱을 발견하곤 걸음을 멈췄다. 그녀의 얼굴 가득 화사한 미소가 머금어졌다.

"잘됐다. 지금 선배 만나러 가는 길인데."

그가 들어서기 쉽게 아라가 옆으로 살짝 비켜섰다. 그런 아라에게 진욱이 살짝 고개를 끄덕여 인사를 대신했다. 그가 1층 버튼을 눌렀다. 그것을 지켜보고 있던 아라가 그를 빤히 올려다보며 기대에 찬 표정으로 물었다.

"점심 식사 가세요?"

"어."

진욱이 짧게 답했다. 눈꼬리를 휘어 올린 아라가 아랫입술을 살짝 깨물었다가 놓으며 다시 입을 열었다.

"어디로 가세요? 10분 거리에 한정식집 생겼다던데. 명인 수제자가 직접 차린 거래요. 거기 안 가 봤죠? 저도 아직이에요. 선배랑 같이 가려고 어제 다른 분들 가실 때도 안 갔어요."

기대감으로 상기된 볼을 붉히며 아라가 그의 말을 기다렸다. 그가 정면에 시선을 둔 채 무심한 투로 툭 내뱉었다.

"선약 있어."

"네?"

이번엔 자신과 함께 밥을 먹어 주리라 생각했다. 벌써 여러 번 거절했으니 미안해서라도 못 이긴 척 가 주겠지 싶었다. 그러나 그의 대답에 아라의 미간이 꿈틀거렸다. 기대감이 무너지자 그녀의 얼굴에서 미소가 사라졌다. 그리고 단박에 눈살이 찌푸려졌다. 그가 누구를 만나러 가는 길인지 짐작이 되어서였다.

밥때를 잘 찾아먹지 않는 진욱이라 몸 좀 챙기면서 일하라며 그를 어제 갔던 한식당에 데려갈 참이었다. 그냥 가자고 하면 바쁘다고 안 갈 것 같아 자신도 아직 못 가 봤다고 거짓말을 했다. 하지만 그런 말로 진욱을 설득할 수는 없었다. 지금 그의 관심사가 완전히 다른 곳으로 향해 있어서였다.

땡. 엘리베이터 도착음이 들리고 이어 문이 열렸다. 진욱이 망설임 없이 문을 나섰다. 그에 아라가 반사적으로 발을 움직여 그의 뒤를 따랐다. 그러곤 진욱의 팔을 붙잡았다. 진욱이 걸음을 멈추고 아라를 돌아보았다.

"무슨 선약인데요?"

굳이 확인을 할 필요도 없었다. 전에 없이 진욱이 발걸음을 재촉하는 것만 봐도 알 수 있었다. 다 감추지 못한 발걸음에 담긴 설렘도 느낄 수 있었다. 그래서 더 보내 주기가 싫었다. 그의 눈과 마음에 다른 여자를 담아내는 걸 참고 지켜봐 줄 수가 없었다.

"그걸 너한테 왜 말해야 하지?"

또 진욱이 아라에게 선을 그었다. 그 선을 넘을 생각은 절대 하지 말라고 그의 눈이 말하고 있었다. 하지만 아라는 그것을 외면하기로 했다. 이미 넘지 말아야 할 선은 진욱이 넘어 버렸다.

10년 가까이를 한결같이 진욱만 봐 왔었다. 언젠가는 봐주겠지 했던 그는 지금 다른 곳을 보고 있었다. 지고지순의 대명사라고 동문들 사이에 놀림감이 되어 버린 자신을 배신하고 말이다.

"난 알 자격 충분히 있다고 생각하는데요?"

날이 선 아라의 말에 진욱의 미간이 좁아졌다. 그가 차갑게 표정을 굳히며 자신의 팔을 잡고 있는 아라의 손을 떼어 냈다. 다소 손길이 거칠어 아라의 몸이 휘청거렸다. 아라가 내쳐진 손을 부르르 떨며 꽉 움켜쥐었다.

로비는 사람들로 분주했다. 점심시간에 맞춰 검찰청 사람들이 움직이는 중이었다. 그들의 시선 중 일부가 둘에게로 쏟아졌다. 아라가 빠르게 로비를 훑었다. 명색이 검사였다. 추한 꼴을 보일 수는 없었다. 그녀가 자세를 바로잡고 옷매무새를 가다듬었다. 그러곤 도도하게 턱을 세우고 진욱을 올려다보았다.

"결말이 뻔한 일을 왜 시작하려고 하죠?"

아라가 하는 밑도 끝도 없는 말을 진욱이 찰떡같이 알아들었다. 그의 눈빛이 냉혹하게 변하고 입가에 조소가 깃들었다. 아라는 되도록 평정심을 유지하려 애썼다. 자신을 향해 차가운 시선을 보내는 진욱이 낯설었다. 주먹 쥔 아라의 손이 좀 전과는 다른 의미를 담고 떨리기 시작했다. 아라가 자신의 재킷 끝자락을 손에 쥐고 마음을 진정시키려 애썼다.

진욱이 그녀의 가까이로 바짝 다가섰다. 아라의 시선 앞에서 그의 입술이 달싹거렸다.

"내 일에 신경 꺼."

지독하게 차분하고 낮은 목소리였다. 이 또한 처음이었다. 그의 시리도록 차가운 목소리에 아라의 간담이 서늘해졌다. 꿀꺽. 저도 모르게 아라가 마른침을 삼켰다. 숨을 쉬기가 힘들 정도로 아라가 그에게서 느끼는 압박감은 심했다.

"착각을 단단히 하고 있는 것 같은데, 넌 그럴 자격 없어."

그가 한 발 뒤로 물러섰다. 그와 어울리지 않는 시니컬한 표정이 아라의 눈동자를 가득 메웠다. 아라의 눈동자가 흔들렸다. 울컥한 심정이 눈물을 만들어 내려고 했다. 아라가 깊게 호흡을 하며 마음을 다스렸다. 여기서 눈물까지 흘리면 자신이 너무 추해진다. 아라는 자신의 그런 모습을 그 누구에게도 보이고 싶지 않았다.

마치 아무 일도 없었다는 듯 아라가 그에게 말했다.

"점심 맛있게 드세요. 전 바빠서 함께 못 하겠네요, 선배."

정중히 말하고 돌아서며 아라가 등을 꼿꼿이 세웠다. 왔던 길을 되돌아 엘리베이터 앞에 선 아라가 버튼을 누르고 태연히 섰다. 힐끔 곁눈질로 바라본 곳엔 이미 진욱의 모습은 보이지 않았다. 그녀가 인사를 하고 돌아서는 순간 그도 반대편으로 걸어간 모양이다.

아라가 아랫입술을 아프게 깨물었다. 분함과 모멸감에 치가 떨렸지만 억지로 눌러 삼켰다.

'괜찮아. 지금 당한 수모 몇 배로 되갚아 줄 테니까. 그 여자한테. 그리고 돌아올 선배한테.'

아니라고, 절대 너는 내게 여자가 될 수 없다고 진욱은 처음부터 아라에게 선을 그었었다. 아라가 자신에게 어떤 마음으로 다가오는지 모르지 않았다. 그래서 진욱은 적당한 거리를 늘 유지했었고 아라도 넘치는 행동은 삼가 왔었다. 한데, 그가 가인과 만난다는 것을 안 이후로 태도가 돌변했다. 마치 제 것을 남에게 빼앗긴 사람처럼 감정 컨트롤을 못 하고 진욱에게 집착을 보이고 있었다.

검찰청 건물의 현관을 빠져나가자 누군가 그를 발견하고 조심스럽게 다가왔다. 그가 스쳐 지나는 사람들 사이에 서 있는 가인을 발견하지 못하고 그대로 계단을 향해 내려갔다.

언뜻 본 진욱의 표정이 어두웠다. 가인이 그의 뒤를 따르며 세심하게 안색을 살폈다.

"일이 힘들었나?"

바쁜데 괜히 자신 때문에 억지로 시간을 낸 건 아닌지 은근히 걱정이 되었다.

잠시 고민하던 가인이 휴대폰을 꺼냈다. 저렇게 심각한 표정은 본 일이 없었다. 자신 앞에선 웃는 얼굴만 보였기에 여태까지는 아무 생각이 없었다. 하지만 오늘 진욱의 얼굴을 보니 자신이 그의 일을 방해하고 있는 건 아닐까 하는 생각이 들었다.

[저 오늘 갑자기 일이 생겨서 점심 같이 못 먹을 것 같아요.]

그녀가 망설이다가 문자를 보냈다. 그의 일이 먼저지 자신은 급할 게 없었다. 밥이야 원래 혼자 먹는 데 익숙한지라 근처에서 아무거나 대충 때우면 그만이었다.

[갑자기? 무슨 일?]

그에게서 곧장 문자가 날아왔다. 가인이 발을 멈추고 골똘히 생각에 잠겼다. 뭐라고 해야 되지? 마땅히 둘러댈 만한 말이 없어 고심하다가 어렵게 문자를 넣었다.

[비밀.]

보내 놓고 보니 어쩐지 손발이 오그라드는 느낌이다. 그럴 리 없지만 콧소리까지 가미한 자신의 목소리가 음성 지원되는 것 같아 보낸 문자를 보며 가인이 부르르 몸을 떨었다. 잠시 그의 문자를 기다렸지만 답이 없었다. 왜 답이 없을까? 이건 이것대로 또 걱정이 되었다.

"설마, 화난 건 아니겠지?"

진욱을 위한다는 마음에 보낸 문자인데 뒤늦게 괜한 짓을 했나 하는 후회가 됐다. 물끄러미 잠잠한 휴대폰을 내려다보다 한숨을 푹 내쉬었다. 아무래도 자신이 설레발을 친 것 같았다. 머리를 긁적이며 계단 아래로 한 발을 내리던 가인이 제 앞을 가로막는 누군가를 발견하곤 발걸음을 멈췄다.

진욱이었다.

심각하게 굳어 있던 그의 얼굴이 어느새 부드럽게 풀려 있었다. 그가 가인을 향해 매혹적인 미소를 지어 보였다. 그 미소에 멍해 있다가 정신을 차린 가인이 자신이 처한 현실을 직시했다. 거짓말한 게 들켜 버렸다.

"그게 그러니까."

벙긋 입을 벌린 가인이 변명다운 변명을 찾지 못해 머뭇거렸다. 솔직하게 당신이 걱정돼서 혼자 북 치고 장구 친 거라고 말해 버릴까 하며 그의 눈치를 슬쩍 살폈다. 진욱의 손이 불쑥 그녀 앞으로 다가왔다. 의아해 호의적으로 펼쳐진 그의 손을 내려다보며 가인이 고개를 갸웃했다.

"뭐예요?"

"강진욱이라고 합니다. 여기서 일하고요."

그가 자신을 소개하며 검찰청 건물을 턱으로 가리켰다. 무슨 말이냐고 가인이 눈으로 물었다. 빙긋이 입꼬리를 올려 호선을 그린 진욱이 악수를 청하듯 모로 세운 손바닥을 가볍게 흔들었다. 가인이 손을 맞잡자 그가 힘차게 흔들었다. 이게 뭘 하는 건가 싶어 가인의 눈이 동그래졌다.

"저 방금 애인한테 퇴짜 맞았는데, 그쪽은요?"

"애인이요?"

애인과 퇴짜 중 가인의 귀에 쏙 박힌 건 애인 쪽이었다. 그녀의 볼이 살짝 붉어졌다.

"사귀기로 했으면 애인이지, 아닌가?"

혼잣말처럼 나직하게 말하며 진욱이 의미심장한 눈빛을 만들어 냈다. 그에 가인의 볼이 화끈 달아올랐다.

"제 애인이 바빠서 저랑 한 점심 약속을 못 지키겠다고 하는데. 혹시 그쪽은 시간 좀 있어요?"

"그게 아니라요."

정말 다른 이유는 없었다. 모두가 그를 걱정해서 그런 것이었다. 억울함과 답답함이 가득한 가인의 눈을 보며 진욱이 맞잡은 그녀의 손을 제 쪽으로 끌어당겼다. 힘없이 서 있던 가인의 몸이 진욱에게로 기울었다. 그가 가인을 품에 안았다. 몸을 감싼 그의 손에서 강한 힘이 느껴졌다.

"밥 좀 먹자는데 이렇게 튕기나?"

싱긋이 미소 진 진욱의 얼굴이 무척 매력적이었다. 다정하게 묻는 말끝에 사랑스러움이 묻어났다. 그에 가인의 마음도 사르르 녹아내렸다.

"바쁜 것 같아서, 방해 안 하려고 그랬죠."

"나 그렇게 무책임한 검사 아닌데? 할 일은 다 제대로 하고 약속 잡는 겁니다."

사뭇 근엄한 표정을 지어 보이며 진욱이 말했다. 끌어안은 채 대화를 나누고 있는 둘을 지나치며 사람들이 힐끗거렸다. 무심코 보다 지나치고 난 후에 걸음을 멈추고 되돌아보는 이도 있었다. 그도 그럴 것이 검찰청 계단에서 여자와 포옹을 하고 있는 남자가 그 유명한 강진욱이어서였다. 여자고 남자고 그 누구에게도 사랑의 감정을 느끼지 못해, 그쪽으로 씨가 말랐다고 급기야 결론을 내리고 있던 진욱에게 여자라니. 그것도 소문이 나길 바라는 듯 대놓고 자랑을 하고 있었다. 나 지금 연애 중이라고.

진욱은 아라와 달리 사람들의 시선을 전혀 신경 쓰지 않았다.

"표정이……."

진욱의 어두웠던 얼굴을 떠올리며 가인이 말끝을 흐렸다. 그가 별일 아니라는 듯 어깨를 으쓱했다.

"가끔 그런 표정을 지어 줘야 아무도 안 덤비거든."

장난스런 진욱의 말에 가인이 쿡 하고 웃어 버렸다.

"너무 이상한 논리 아니에요?"

"이상한 논리라. 그럼 반대로 생각해 봐요. 매일 실실 웃기만 하면 바본가 보다 하고 우습게 보지 않겠어요?"

"으음, 그런가?"

"그래서 오늘은 조금 무게를 잡아 봤죠. 이제 오해 끝?"

"응. 오해 끝."

가인이 고개를 끄덕이며 그의 말을 따라 했다. 한결 기분이 좋아진 진욱이 그녀를 품에서 놓아주고 계단을 내려오도록 리드했다.

처음 진욱은 가인의 문자를 받았을 때 영문을 알 수 없어 의아했다. 곧바로 무슨 일이냐고 묻는 문자를 보냈고 그녀는 아무 대답이 없었다.

아라와 실랑이를 벌이느라 지체를 했지만 약속 시간에 늦지는 않았다. 그렇다고 여유로운 것도 아니었다. 갑자기 무슨 일이 생긴 걸까. 혹여 좋지 않은 일은 아닌지 걱정이 됐다. 그녀에게 전화를 걸어 봐야 할 것 같아 휴대폰 단축 번호를 누르다가 무심코 뒤를 돌아봤다. 정말 우연이었다. 왔던 길을 돌아 다시 계단을 오를 생각도 아니었다. 그냥 몸을 돌렸고 그 자리에서 자신에게서 몇 계단 위에 서 있는 그녀를 발견했다.

가인은 방금 진욱에게 문자를 보낸 뒤 휴대폰을 뚫어져라 내려다보고 있었다. 그녀의 얼굴에서 근심과 긴장감이 느껴졌다. 고심 끝에 그녀가 다시 문자를 보냈다. 비밀이란다. 그걸 보내 놓곤 손발이 오그라드는지 몸을 떨어 댔다.

언제부터 뒤따라온 건지, 그녀가 왜 저렇게 고민을 하며 끙끙거리고 있는 것인지 알 것 같았다. 자신을 본 탓이다. 아라로 인해 불편해진 심기로 표정이 굳어 있던 자신을 보고 혼자 엉뚱한 생각을 했던 것이 분명하다. 그래서 내린 결론이 그를 방해하지 말자인 모양이다.

하지만 진욱은 그녀를 방해할 생각을 했고, 그녀의 앞에 버티고 서서 놀라게 했다. 엉뚱한 말로 인사를 건네며 악수를 청했다. 수없이 바뀌는 그녀의 얼굴이 귀여워 참지 못하고 끌어안아 버렸다. 그걸 가인은 눈치채지 못한 것 같았다.

좋아 죽겠는 게 이렇게 티가 나는데 왜 몰라.

아라의 일은 벌써 진욱의 머릿속에서 깨끗하게 지워졌다. 모든 게 가인의 덕분이었다.

맞잡은 두 손을 가볍게 흔들며 둘이 나란히 걸음을 옮겼다.

"뭐 먹으러 갈까?"

"얼큰한 게 먹고 싶네요, 갑자기."

"갑자기?"

"좀 속이 니글거리는 일이 있어서요."

아까 자신이 보냈던 문자가 뒤늦게 생각나 가인이 매운 것을 찾았다. 얼큰한 걸 먹으면 느끼함이 조금 가실 것 같았다.

"아, 뭐 때문인지 알 것 같다."

그가 고개를 끄덕이며 재킷 주머니로 손을 넣어 휴대폰을 꺼냈다. 그에 가인의 눈이 휘둥그레졌다. 그녀가 휴대폰과 그를 번갈아 보며 천천히 고개를 저었다. 설마, 자신이 보낸 비밀이란 문자 때문이란 걸 알고 그걸 들먹일 생각은 아닐 거라 생각하며 눈을 부릅떴다. 그 눈에 약간의 강요가 담겼다. 절대 말하지 말라는.

진욱은 사람의 심리를 파악하고 그걸 외면으로 끌어내는 능력이 탁월했다. 어쩌면 그의 직업적인 특성 중 하나일지도 몰랐다. 하지만 가인은 부디 그가 지금 그 능력을 발휘하지 말았으면 하고 바랐다.

"아침 안 먹고 다니지? 빈속이라 위가 탈이 난 걸 수도 있어."

그의 입에서 나온 전혀 다른 말에 가인의 눈이 말똥거렸다. 진욱이 가인을 돌아보며 야릇한 미소를 지어 보였다.

"아니면 회충약 먹을 때가 됐거나."

"아, 그런가."

차라리 회충약 먹자는 소리가 가인에게는 더 나았다. 그녀가 고개를 끄덕이며 맞잡은 손의 방향을 틀어 깍지를 꼈다.

"같이 먹어요. 댁한테도 꼭 필요할 거 같으니까."

"댁?"

"음, 그게 뭐라고 불러야 할지 몰라서. 기분 나빴어요?"

"애인한테 그런 말 들으면 기분 나쁘지 않을까?"

애인이란 말에 가인의 가슴이 덜컹거렸다. 볼이 화르륵 타

올라 붉어지자 그녀가 얼른 고개를 반대편으로 돌렸다. 가인의 얼굴을 가만히 바라보던 진욱의 입가에 슬며시 미소가 피어올랐다. 그가 짐짓 토라진 투로 말했다.

"앞으로 계속 그렇게 부를 건가?"

"아니요."

"그럼?"

"…저기가 좋겠네요."

가인이 건너편에 보이는 간판을 가리켰다. 얼큰한 순두부 찌개라고 적힌 간판으로 시선을 옮긴 진욱이 동의의 뜻으로 고개를 끄덕였다. 그녀가 발걸음을 옮겼다. 하지만 두 발도 걷지 못하고 멈췄다. 움직이지 못한 원인을 찾아 그녀가 진욱을 돌아봤다.

"왜요?"

"그래서 앞으로 뭐라고 부른다고?"

진욱이 꼭 들어야겠다는 의지를 확고하게 보이고 있었다. 물끄러미 그를 올려다보던 가인이 혀로 입술을 살짝 축였다. 뭔가 긴장이 되는 모양이었다. 그녀가 아무렇지 않은 듯 자연스러움을 가장해 입을 열었다.

"맛있겠네. 얼른 가요, 진욱 씨."

정면을 향해 올곧게 시선을 두고 있는 가인의 귓불이 붉은 열매를 매단 것처럼 변했다. 그를 흡족하게 바라보며 진욱이 신나게 팔을 흔들며 걸음을 옮겼다.

"우리 자기 엄청 배고픈가 보네. 그럼 빨리 가야지."

그에게 이끌려 길을 건너는 가인의 얼굴이 여러 빛깔로 변했다. 그중 가장 눈에 띄는 건 달콤한 홍조였다. 이름만 부르는 것도 가슴이 떨려 죽을 지경인데, 그는 너무도 자연스럽게 가인에게 자기라는 말을 했다.

※

룸마다 들리던 흥겨운 음악 소리가 끊겼다. 요즘은 경기가 좋지 않아 손님도 그렇게 많지 않았다. 그래서 자정에 가까워지면 손님도 거의 없었다.

"쯧, 이래서 먹고살겠어? 손님은커녕 쥐새끼 한 마리도 안 보이니."

이러다 손가락 빨게 생겼다며 투덜거리던 주인이 자동문이 열리는 차임벨 소리에 반사적으로 고개를 돌렸다. 검은 모자부터 시작해서 온통 검은색 일색이었다. 남자들 중엔 더러 저렇게 다니는 사람들이 있어서 그리 이상하게 생각하지 않았다. 주인에게 중요한 건 손님이 늦은 시간에 가게에 들어왔다는 것이다.

"어서 오세요. 몇 분이세요?"

남자의 뒤로 다른 사람들이 들어오는지 살피던 주인이 혼자라는 걸 확인하곤 조금 아쉬운 표정을 지었다. 하지만 곧

다른 기대를 품었다. 혼자라면 아가씨를 부를 거라 생각해서였다. 그리고 이렇게 늦은 시간에는 어찌 보면 여러 명보다는 한 사람이 이득이었다. 그쪽이 훨씬 위험부담도 없었다.

아가씨를 시켜 취하게 한 후 술값을 덮어씌울 수도 있었다.

"혼자세요?"

이런저런 질문에도 묵묵부답인 걸로 봐선 기분이 그다지 좋지 않은 모양이었다. 아니면 이런 곳에 처음 온 숙맥이거나. 주인의 입가에 음흉한 미소가 머금어졌다. 속여 먹기 딱 안성맞춤이었다.

"어떻게, 아가씨도 불러 드릴까?"

여태 아무 말이 없던 남자의 고개가 그제야 아래위로 움직였다. 역시 사람 보는 눈은 정확하다 주인이 속으로 자화자찬하며 호들갑스럽게 말했다.

"저 안쪽 룸으로 가요. 9번이 아늑하고 분위기도 좋아. 술이랑 안주는 내가 알아서 챙겨서 아가씨한테 들려 보낼 테니까, 먼저 들어가 있어요."

보일 듯 말 듯 남자가 고개를 숙여 보이곤 주인이 가르쳐준 9번 룸을 향해 걸어갔다. 모퉁이를 돌아 구석진 곳에 있는 9번 룸은 다른 곳에서 잘 보이지 않는 완벽한 사각지대였다. 문을 열고 안으로 들어서는 남자의 입술이 한쪽 끝만 올라갔다. 그 모습이 어쩐지 섬뜩했다.

"애, 얼른 튀어 와. 손님 왔다. 너 돈 급하잖아. 한 탕이라도 더 뛰어야지. 군말 말고 당장 뛰어와."

 부르려던 아가씨에게 사정이 생긴 모양이지만 주인에겐 이쪽 일이 더 급했다. 돈 버는 일이 더 급하다는 말로 아가씨를 독촉하며 주인이 전화를 끊었다. 콧노래를 흥얼거리며 자리에서 일어난 주인이 데스크 뒤쪽 주방으로 들어갔다.

 저녁 다른 테이블에서 남긴 안주 중에 괜찮은 것들을 골라 깨끗한 접시에 옮겼다. 그럴싸한 안주를 만들어 낸 주인이 냉장고에서 맥주를 꺼낼 때쯤 자동문이 열렸다.

 "오늘은 쉬겠다고 했잖아요."
 "쉬긴 뭘 쉬어. 애 있는 년이 돈 벌어야지. 이거나 얼른 9번 방에 들고 들어가."

 가방을 데스크 안쪽에 내려놓고 여자가 주인에게 받아 든 쟁반을 들고 복도 구석진 곳으로 걸음을 옮겼다.

 "왜 또 9번이야. 하여튼 꼼수는."

 똑똑. 방 앞에 도착한 여자가 문을 두드렸다. 안쪽에서는 아무런 대답이 없었다. 여자가 고개를 갸웃하며 문을 열었다. 남자가 테이블 뒤쪽 디근 자 소파의 중앙에 앉아 있었다. 제 허벅지 위에 팔꿈치를 괴고 겹친 손을 코와 입술의 경계에 대고 있었다. 그 모습이 꼭 저승사자가 자신을 기다리고 있는 것처럼 보여 여자가 뒤로 두어 발 물러섰다.

 남자가 손을 내리고 옆자리를 툭툭 두드렸다. 와서 앉으라는 뜻이었다. 여자가 저도 모르게 심호흡을 했다. 꼭 죽을 자리를 찾아 스스로 걸어 들어가는 것 같았다. 여자가 고개를 돌려 아직 닫지 않은 문 너머 데스크 쪽을 응시했다. 아직 영업이 끝나지 않았음을 알리는 음악 소리가 들려오고 있었다. 주인의 인기척과 텔레비전 소리도 간간이 들렸다.

별일이야 있겠어?

여자가 걱정을 접어 두고 안으로 들어섰다. 얼른 일을 끝내고 집으로 돌아가야 했다. 일곱 살 아들을 재워 두고 온 길이었다. 깨기 전에 들어가 옆에 누우려면 손님을 빨리 취하게 만드는 수밖에 없었다.

"여긴 처음인가 봐요. 못 보던 오빠네?"

상냥한 미소를 지어 보이며 여자가 남자의 옆으로 가서 앉았다. 들고 온 것들을 테이블 위에 내려놓고 잔에 술을 가득 부었다. 남자의 앞으로 내밀자 그가 잔을 여자 쪽으로 밀었다. 그러곤 모자 아래로 그녀를 뚫어지게 직시했다.

"저 마시라고요?"

그녀가 묻자 남자가 잔을 톡 두드렸다. 그게 마시라는 뜻이라는 걸 알아챈 여자가 억지 미소를 지어 보이곤 잔을 입으로 가져갔다. 술은 남자가 마셔 취하게 만들어야 했다. 첫 잔은 자신이 마시고 그다음부터 남자에게 먹여야겠다고 생각하며 여자가 잔을 기울였다.

"오빠 무슨 노래 좋아하세요?"

잔을 반쯤 비운 여자가 얼른 다른 잔을 채워 남자 앞에 내려놓고는 노래방 책을 뒤적였다. 바쁘게 책장을 넘기는 여자를 보며 남자가 리모컨을 들어 올렸다. 그러곤 연달아 몇 곡을 눌렀다. 화면에 차례로 예약되는 노래의 제목을 보며 여자가 미간을 좁혔다.

"헤비메탈? 저런 노래 좋아해요?"

알지도 못하고 부를 수도 없는 노래였다. 곤란한 표정으로 돌아보던 여자의 목을 남자가 팔로 휘감아 당기며 동시에 다른 손으로 입을 틀어막았다. 놀란 여자의 눈이 부릅떠졌다. 그녀를 바짝 자신의 가슴 쪽으로 끌어당긴 남자가 여자의 머리를 따라 입술을 내렸다. 남자의 입술이 여자의 귀 위에 안착했다.

"쉬이."

남자의 허스키한 목소리가 여자의 귓속으로 스며들었다. 귓가 솜털이 오스스 일어설 만큼 남자의 숨결과 함께 흘러든 목소리는 섬뜩했다. 여자가 조용히 하겠다는 의미로 고개를 끄덕였다. 남자가 시작 버튼을 누르자 실내에 요란한 헤비메탈 음악이 가득 메워졌다. 목을 죄던 손이 없어지자 여자가 사력을 다해 그를 밀치고 문 쪽을 향해 달려갔다.

"사장님! 사장님!"

문을 열고 살려 달란 말은 하지 못했다. 그 전에 남자가 여자의 머리채를 잡아 뒤로 끌어당겼다.

"꺄아악!"

그녀의 비명 소리에 맞춰 남자가 볼륨을 더 높였다. 질질 끌려가며 발버둥 치는 여자를 향해 남자가 주먹을 휘둘렀다.

퍽, 소리와 함께 여자의 몸이 축 늘어졌다. 남자가 여자를 다시 소파로 데려가 앉혔다. 그러곤 마시다 만 맥주잔을 들어 그녀의 입에 가져갔다. 남자가 맥주잔을 기울이자 그녀의 닫힌 입술을 타고 맥주가 주르륵 흘러내렸다. 그 모습을 무표정하게 바라보던 남자가 재킷 안쪽에서 뭔가를 꺼냈다. 칼집이었다. 손잡이를 잡아 분리시키자 날이 잘 벼려진 사냥용 칼이 나왔다.

"온갖 더러운 짓으로 웃음 팔고 몸 팔아 돈 벌면서 순진한 척하는 건 죄악이야."

남자가 칼을 높이 치켜들었다. 흥건하게 바닥을 적신 맥주 위로 시뻘건 피가 흘러내렸다. 피와 맥주가 섞이며 기이한 무늬를 만들어 냈다.

"근데 얘는 왜 이렇게 안 나와?"

주인이 벽시계를 확인하며 투덜거렸다. 1시쯤 들어온 손님은 3시가 넘어서고 있는데도 나올 생각을 하지 않았다. 가게가 떠나가라 틀어 대던 이상한 음악도 끊긴 지 오래였다. 처음부터 노래를 부르지는 않고 틀어만 놓은 게 방해를 받고 싶지 않은 것 같아 9번 룸 가까이로는 가지 않았다.

"이년도 감감무소식이고. 뭘 하든 술은 먹여 가면서 해야 할 거 아냐."

룸에서 술도 마시지 않고 노래도 부르지 않는 걸 봐선 다른 볼일을 보는 게 확실했다.

"모텔 갈 돈도 없는 놈인가?"

괜히 헛물만 켜고 좋아한 것 같아 짜증이 치밀었다. 졸음도 몰려오고 이쯤 남자를 보내야 할 것 같았다. 주인이 자리에서 일어나 긴 복도를 걸어 모퉁이를 돌았다. 안쪽이 잘 안 보이게 만들어 놓은지라 밖에서는 볼 수가 없었다. 주인이 문에 가만히 귀를 대 보았다. 조용했다.

"뭘 하는 거야, 대체."

이대로 계속 기다릴 수도 없고, 돈도 안 되는 손님 같아서 쫓아 보내자 싶어 주인이 대범하게 문을 두드렸다.

똑똑.

제법 큰 소리로 두드렸는데 여전히 아무런 기척이 없었다. 짜증이 확 일어 눈에 쌍심지가 켜졌다. 남의 가게에서 얼마나 뽕을 뽑아먹으려고 저러나 기가 막히다 못해 화가 치밀었다.

"추희야, 뭐 하니? 가게 문 닫아야지!"

일부러 목소리에 짜증도 싣고 톤도 높였다. 문도 더 거칠게 두드렸다. 하지만 어찌 된 영문인지 안은 고요함을 유지한 채 아무런 응답이 없었다. 뭔가 이상함을 눈치챈 주인이 와락 인상을 구겼다. 그러곤 팔을 걷어붙이고 씩씩거리며 문을 활짝 열어젖혔다.

"추희 이것이 손님 받기 싫어서 내뺀 거 아니야?"

 자신이 화장실에 간 사이에 손님도 보내 버리고 추희도 내뺀 거라 생각하며 확인차 문을 연 것이다. 비릿한 피 냄새가 훅 끼쳐 왔다. 본능적으로 주인이 뒷걸음질을 쳤다. 눈에 보이는 룸 안의 모습에 주인의 동공이 어지럽게 흔들렸다.

"추, 추, 으아악!"

 추희의 이름도 다 못 부르고 뒤로 물러선 주인이 급하게 데스크로 달려가 떨리는 손으로 전화기를 집어 들었다. 그러다 데스크 안 CCTV 모니터가 사라진 것을 보고 바들바들 몸을 떨며 마른침을 삼켰다. 모니터는 주인이 9번 룸을 확인하기 위해 자리를 비운 그 잠깐 사이에 사라졌다.

 그것은 놈이 아직 여기 있다는 것을 뜻했다.

 불안한 주인의 눈동자가 사방을 훑었다. 소리 없이 문이 열리는 것이 음료 냉장고의 유리에 비쳤다.

 사박사박. 작은 발소리가 주인의 등 뒤에서 들려왔다. 남자의 손이 주인이 들고 있는 전화기를 뺏어 제자리에 놓았다. 공포로 주인의 몸이 굳었다. 그런 주인의 옆에서 남자가 나직하게 내뱉었다.

"추희였구나. 그 여자 이름이."

"사, 살려 주세요."

 겨우 열린 입을 통해 주인이 살려 달라고 말했다. 그런 주인의 옆얼굴을 빤히 쳐다보던 남자가 물었다.

"아줌마는 이름이 뭐야?"

음산하게 내리깐 남자의 목소리가 주인의 귀를 관통해 온몸에 소름이 돋게 만들었다. 벌벌 떨고 있던 주인이 다리에 힘이 풀린 듯 바닥에 털썩 주저앉았다. 멍하니 넋을 놓고 있다가 살아야겠다는 생각이 들었던지 주인이 출입문을 향해 기어가기 시작했다. 그런 주인을 남자가 지독하게 무감한 눈으로 내려다보았다. 남자가 한 손에 아까 빼놓았던 모니터를 들고 주인을 쫓아갔다.

"헉."

남자가 주인의 등을 밟아 눌렀다. 짧은 숨을 토해 내며 주인이 바닥에 엎드렸다.

"이름."

"살려 주세요!"

주인이 고개를 들어 자신을 돌아보는 순간 남자가 들고 있던 모니터로 주인의 머리를 내려쳤다.

퍽. 퍽. 퍽.

모니터가 깨어지며 이리저리 파편이 튀었다. 덩달아 주인의 머리에서 흘러나온 피도 몸과 바닥을 적시는 건 물론 사방으로 날아갔다. 주인의 숨이 완전히 끊긴 걸 확인하고서야 남자가 발을 거뒀다.

툭. 남자가 모니터를 바닥에 던졌다.

"내가 전에 실수를 한 번 해서 이번엔 좀 완벽하게 끝내고 싶거든. 이해해, 아줌마가."

데스크로 돌아간 남자가 아래 선반에 넣어 둔 주인의 가방을 찾아 꺼냈다. 속을 뒤적여 지갑을 꺼낸 남자가 주민등록증을 확인했다.

"정옥이구나. 아줌마 이름."

피로 범벅이 돼서 알아보기 힘든 주인의 얼굴을 내려다보며 남자가 말했다. 비식이 입가를 끌어 올린 남자가 흐릿한 미소를 남기고 가게의 화장실로 향했다. 신발에 몇 방울 튄 피를 핸드타월에 물을 적셔 깨끗하게 닦아 낸 후 변기에 버리고 물을 내렸다.

손을 씻고 물이 묻은 손으로 머리를 정돈하며 남자가 흥겨운 듯 콧노래를 중얼거렸다. 내내 틀어 대던 헤비메탈 음악과는 전혀 다른 차분한 음이 화장실을 나서는 남자의 입에서 연신 흘러나왔다.

남자가 나오며 가게의 전원을 모두 껐다.

터벅터벅 남자가 어둠에 휩싸인 건물의 계단을 느긋하게 밟아 내려갔다.

"은주야, 너 어디 있니? 어디 숨었어?"

밖으로 나선 남자가 입구에 잠시 서서 사방을 휘둘러보며 혼잣말을 중얼거렸다.

그날, 갑작스런 인기척에 일을 제대로 끝내지 못하고 서둘러 나왔었다. 보이시한 차림의 여자가 3층의 문을 열고 들어

가는 것을 남자가 건물의 차양막 아래에서 가만히 지켜보았다. 죽은 것까지 완벽하게 확인을 했어야 하는데 그러질 못했다. 그것이 내내 남자의 신경을 거슬렀다.

'이름이 뭐야?'

배에 칼을 찔러 넣은 채로 남자가 물었을 때 은주가 놀란 숨을 삼키며 힘겹게 자신의 이름을 토해 냈다. 원하는 것이 뭐든 다 주겠다는 눈빛과 몸짓으로 은주가 남자에게 매달렸다. 삶에 대한 강한 집착이 남자로 하여금 더 참을 수 없는 살인의 욕구를 불러일으켰다. 더럽고 추한 삶이었다. 가족들 때문이라는 명분을 앞세워 힘든 일은 마다하고 쉽게 돈을 벌 수 있는 일을 택한 주제에 자신은 무척 깨끗하고 순수한 척하는 모습이 역겨웠다.

웃음을 팔고 신체를 탐하는 추행은 어쩔 수 없다며 묵인하면서 섹스는 절대 안 된다고, 자신을 어떻게 보고 그러냐며 몸은 팔지 않는다고 한다. 발상의 오류다. 남자의 관점에서 그것들은 이미 몸과 영혼을 돈에 팔아 넘긴 지 오래였다.

추악한 그것들을 단죄하는 것이 남자의 사명이었다. 신이 남자를 이 세상에 태어나게 한 이유가 바로 그것들을 처단하는 것이었다. 쓰레기는 세상에서 소멸돼야 한다.

'…가…인아…….'

눈물을 흘리며 은주가 뱉어 낸 다른 이름. 그 이름의 주인이 은주의 휴대폰으로 전화를 했다. 불빛을 발산하며 울려 대는 휴대폰으로 남자의 시선이 머물렀다. 남자는 은주라는 여자가 룸에 들어와 문자를 넣는 것을 보았다. 휴대폰의 울림이 끊기고 남자가 그것을 들어 은주가 보낸 메시지를 확인했다. 3시 넘어 마칠 것 같다고 그때쯤 데리러 오라는 내용이었다. 문자를 받는 이의 이름이 가인이었다. 시간이 촉박했다. 3시가 넘어 은주가 내려오지 않으면 무슨 일인가 해서 올라와 볼지도 모른다고 생각했다. 그래서 대충 마무리를 짓고 자리를 떴었다.

그런데, 그 은주가 아직 살아 있었다.

더군다나 계단을 내려갈 때 마주친 여자가 3층 노래주점으로 들어갔다. 그 여자가 가인이었다.

'날 본 거야.'

모자를 깊이 눌러쓰고 고개를 숙였지만 센서등이 켜져 주변이 밝았다. 마주쳤을 때 가인은 멈춰 서서 그가 내려오는 것을 지켜보고 있었다. 얼굴이 아니더라도 다른 것을 봤을 수도 있었다. 오점을 남겼다. 내내 그것이 남자의 신경을 거슬리고 있었다.

"은주야, 어디 있니?"

거리로 나선 남자가 음산하게 은주의 이름을 불렀다. 콧노래를 흥얼거리며 걷는 남자의 뒤로 검은 그림자가 길게 늘어졌다.

※

사무실에 물건을 전달하고 나오는 길에 가인의 휴대폰이 울렸다. 발신인이 생소한 번호였지만 가인은 망설이지 않고 받았다. 일의 특성상 단골 거래처 말고는 대부분이 모르는 번호였다.

"네. 번개처럼 빠르고 정확한 서비스로 보답하는 가인 퀵입니다."

그녀가 습관적인 멘트를 하며 전화를 받았다. 어깨와 귀 사이에 휴대폰을 끼웠다. 메모지를 꺼내 드는 그녀의 귀로 콧방귀를 뀌는 듯한 소리가 들렸다. 동작을 멈춘 가인의 미간이 꿈틀거렸다. 콧방귀는 두 경우에 해당된다. 배달에 불만을 품고 컴플레인을 걸려고 할 때와 전화번호 오류에 의해 잘못 걸었을 때.

"무슨 일이십니까?"

메모지를 접어 주머니에 넣고 휴대폰을 손에 쥐었다. 접수가 아닌 이상 메모를 할 일은 없었다.

-서가인 씨?

상대방이 가인의 이름을 불렀다. 이름이야 광고용 명함에 가인 퀵이라고 명시가 되어 있으니 충분히 유추는 가능했다. 그런데 성은 어떻게 알았을까? 그건 가까운 사람 몇 명만 알고 있는 것이었다. 어떠한 경로로 알게 되었든 간에 그다지 기분이 좋지는 않았다.

"네. 그런데요?"

가인의 말투가 바뀌었다. 이름을 알아낸 경로가 합법적인 것이 아님을 알고서도 정중하게 대할 필요는 없다고 생각했다. 가인의 까칠해진 말투에도 상대방의 태도는 전혀 바뀌지 않았다.

-내가 좀 보고 싶은데.

중년의 여자 목소리. 대놓고 고압적이진 않지만 사람을 아래로 보고 낮춰 말하는 것이 몸에 배인 사람이었다. 상위 계층에서만 살아왔던 사람이 분명했다. 그런 사람이 왜 가인을 찾는 걸까?

"제가 납득 가능한 이유가 있나요?"

이번 질문엔 낮은 웃음소리가 들렸다. 조소는 아니다. 자만이 담겼다. 넌 내 부름에 오게 될 거라는 자만이었다. 대체 어디에서 그런 확신이 나오는 걸까? 가인은 자신의 궁금증을 상대가 풀어 주리라 생각했다.

-강진욱.

그녀가 알고 있는 이름이 상대에게서 흘러나왔다. 곧 이어질 말은 가인도 충분히 예상 가능한 것이었다.

-내 아들이에요.

"네."

그렇구나. 가인이 고개를 끄덕였다. 어쩐지 모든 것이 단숨에 납득이 되었다. 가인의 존재를 알게 된 진욱의 모친이 그녀에 대해 흥신소에 조사를 의뢰했을 테고, 휴대폰 번호를 알아내는 것은 쉬웠을 것이다. 연락처를 알았다면 다음은 정해져 있었다. 급에 맞지 않는 아들의 여자를 만나 해결해야 할 문제가 있을 것이다.

-이제 납득이 됐나요?

"네."

-나 편한 곳으로 장소 정해도 괜찮겠죠? 이쪽이 어른이니까.

"네."

짧은 대답 외에 다른 말은 할 수가 없었다. 가인의 답이 마음에 들었던지 조 여사가 장소와 시간을 알려 주고 전화를 끊었다.

뚜. 뚜. 통화가 끝났음을 알리는 기계음이 휴대폰 밖으로 흘러나왔다. 그 소리를 가인은 한참 동안 멍하니 듣고 있었다.

"후우."

깊은 한숨이 그녀의 입에서 새어 나왔다. 참았던 숨을 토해 내듯 길게 토해 낸 숨이 땅을 꺼트릴 듯 쏟아졌다. 갑작스럽게 마주친 현실에 가인답지 않게 잠시 당황했었던 것 같다. 그리고 문득 잊고 있었던 사실을 다시금 떠올렸다. 그와 자신이 사는 세상이 다르다는 것을.

"올 것이 온 건가?"

사귀자고 한 지 그렇게 오래된 것 같지 않은데 벌써 이런 일이 생겨 버렸다. 그와 만나기로 하면서 어느 정도는 각오한 일이었지만, 막상 마주하고 보니 어안이 벙벙했다. 이게 빠른 건지 늦은 건지도 알 수 없었다.

'어우, 어쩜 있는 집 사모들은 하는 게 하나같이 저렇게 똑같은지 몰라. 급이 다르면 인간 취급도 안 한다니까.'

가끔 은주가 드라마를 보며 욱해서 했던 말들이 떠올랐다. 가인은 드라마를 별로 안 좋아해서 보지 않았지만, 은주의 혼잣말에 대강의 내용을 알 수 있었다. 모멸감을 느낄 정도로 엄청난 짓을 한다는데 그게 뭔지는 자세히 기억이 나지 않았다. 중요하지도 않았고 자신과는 상관도 없는 일이라 여겨 한 귀로 듣고 한 귀로 흘렸었다.

그런데 지금 그 드라마 같은 상황과 가인이 딱 마주쳤다.

가인이 시간을 확인했다. 앞으로 30분 뒤 청담동에 있는 뷰티살롱에서 진욱의 모친과 만나기로 했다. 가인이 있는 곳에서 정확히 20분 정도 걸리는 거리였다. 먼저 가서 기다리는 게 예의일 것 같아 가인이 서둘러 오토바이에 올랐다.

헬멧을 쓰고 오토바이를 출발시켰다. 도로 위를 가인의 오토바이가 시원하게 질주했다. 초조하거나 두려운 마음은 없었다. 그저 약간의 혼란함만 있을 뿐이었다. 이래도 되나 싶은 혼란이었다.

오늘의 만남은 갑작스럽게 이뤄진 것이었다. 그리고 어딘가 은밀했다. 진욱만 모르는 만남이었다. 분위기상 알리면 안 될 것 같아 연락은 하지 않았다. 만남의 주체인 그의 모친은 진욱이 사실을 아는 것을 달가워하지 않을 것이다. 대개의 경우가 그랬다. 아들을 둔 상위 계층의 부모는 자신들이 하위라 여기는 계층의 여자와 엮이지 않기를 바랐다. 지금 가인이 딱 바로 그런 케이스였다.

아니, 어쩌면 더한 경우인지도 모르겠다. 가난한 데다가 빚도 있었고, 여자다움이라고는 찾아볼 수 없는 보이시한 외모에 험한 배달 일을 하고 있었다. 이런 여자 어디가 좋아 그러나 궁금해할 정도로 가인이 처한 현실은 그리 좋지 않았다.

객관적으로 평가했을 때도 진욱에게서 떼어 내고 싶은 것이 당연했다. 그런 생각을 하면서도 가인의 마음은 무척 담담했다. 진욱의 모친 심정을 이해할 정도로 평온하게 현실을 인정하고 있었다. 그래서 약속 장소에 도착했을 때는 몸도 마음도 차분했다.

"DO뷰티살롱."

약속 장소가 맞음을 확인하고 가인이 오토바이를 세웠다. 헬멧을 벗어 머리를 정돈하고 옷매무새를 가다듬었다. 그래도 첫 만남인데 엉망인 채로 들어가는 건 아닌 것 같아서 자신이 할 수 있는 최선의 노력을 한 것이다.

뷰티살롱은 5층 건물로 되어 있었다. 파리의 고풍스럽고 모던한 스타일과 현대적인 심플함이 적절하게 어우러진 건물이었다. 이곳은 뭘 하는 곳일까? 한 번도 가 본 적이 없는 공간에 대한 궁금증이 일었다. 이름으로 봐선 미용실이 아닐까 싶었지만 풍기는 분위기는 또 그것만은 아닌 것 같았다.

"반갑습니다."

자동문을 통과해 들어서자 데스크에 있던 유니폼을 단정히 차려입은 여직원이 밝고 우아한 톤으로 인사를 했다. 가인이 어설프게 고개를 살짝 숙여 보였다. 여직원은 그녀와 시선을 맞추고 있지 않았다. 자신이 보고 있는 정면을 응시한 채 반사적으로 누가 들어오면 인사를 하는 듯했다.

"서가인 씨 되시죠?"

로비 안쪽에서 누군가 걸어오며 물었다. 가인이 자신의 이름을 들먹인 여자를 관찰하듯 위에서 아래로 천천히 시선을 내렸다. 등급을 분류하는 듯한 눈빛이 불쾌할 만도 한데 가인은 그에 아무런 반응을 보이지 않았다. 세상에는 과한 호기심을 보이며 사람을 집요하게 바라보는 눈빛들이 차고 넘쳤다. 그런 것에 일일이 반응하는 건 감정의 소비라는 걸 가인은 이미 오래전에 깨달았다.

"네."

짧은 가인의 답에 실장이라는 명찰을 단 여자가 영업용 미소를 지어 보였다.

"저쪽에 앉아서 잠시만 기다려 주시겠어요?"

로비 안쪽에 마련된 응접실을 가리키며 여자가 말했다. 다른 설명은 덧붙이지 않았다. 사냥함을 가장한 미소로 어서 가서 앉아 있으라는 눈빛만 보낼 뿐이었다. 가인이 고개를 끄덕이며 그쪽으로 발걸음을 옮겼다.

소파에 앉아 가만히 뷰티살롱의 내부를 살폈다. 그냥 보기에도 값비싸 보이는 인테리어로 무장한 이곳의 실체는 아마도 부유층 사람들을 위한 공간인 듯했다. 그들을 회원으로 한 멤버십 운영 체제를 갖추고 최상의 서비스를 제공하는 그런 곳이 분명했다. 그들이 사는 세상에 대해 잘 알지는 못하지만 눈썰미로 대강의 상황을 알아내는 건 가능했다.

위층으로 올라가는 사람과 내려오는 사람들의 외형이 바뀌는 것으로 봐선 패션, 헤어, 메이크업을 모두 바꿀 수 있는 곳이 뷰티살롱인 듯했다.

얼마의 시간이 지났을까? 계단을 내려온 중년의 여성이 가인이 앉아 있는 쪽으로 고개를 돌렸다. 가인이 시선을 맞추자 근엄한 표정에 보일 듯 말 듯한 미소를 달고 손을 들어 우아하게 까닥였다. 일어나 자신이 있는 곳으로 오란 뜻인 것 같았다. 가인이 군말 없이 자리에서 일어나 중년의 여성에게로 다가갔다.

"나 누군지 알겠죠?"

"네. 처음 뵙겠습니다. 서가인입니다."

가인이 두 손을 공손히 모으고 허리를 숙여 인사했다. 정중하나 굽힘이 없는 자존심을 지키기 적당한 정도의 인사였다. 그에 조 여사의 입술 한쪽이 더 짙게 올라갔다. 고개를 들어 자세를 바로 세운 가인의 시선 안으로 그 미소가 들어왔다. 뜻이 모호한 미소. 가인이 보기에 조 여사는 속내를 감추는 데 익숙한 사람이었다.

"다른 얘기는 장소 옮겨서 하죠."

조 여사가 먼저 발을 옮겼다. 입구로 걸어가는 그녀의 뒤를 가인이 따랐다. 실장이라는 여자가 입구까지 나와 조 여사를 배웅했다. 깊이 숙인 허리에 담긴 존중은 오로지 조 여사에게만 국한된 것이었다. 그것을 가인은 너무나도 잘 알고 있었다. 그래서 그녀가 지나갈 때 실장이 허리를 펴고 몸을 돌린 것에 대해 개의치 않았다.

"내 차로 이동하죠."

운전기사가 뒷문을 열고 기다리고 있는 고급 세단으로 걸어가며 조 여사가 말했다. 가인은 이번에도 가타부타 토를 달지 않고 고분하게 따랐다. 오토바이는 나중에 찾으러 와도 상관없었다. 어차피 오늘은 이대로 일을 접어야 할 것 같으니까. 조 여사와의 만남이 끝나면 그때 가져가면 될 것이다.

조 여사가 뒷좌석에 오르고 나서 운전기사가 가인과 조 여사를 보며 어찌해야 할지 망설였다. 가인을 어디에 태워야 할지 감이 서지 않는 눈치였다. 가인이 보조석 문을 열고 올라타자 그때서야 뒷문을 닫고 서둘러 운전석으로 향했다. 조 여사가 그런 가인의 모습을 뒤에서 지켜보고 있었다.

"아까 말씀하신 곳으로 갈까요, 사모님?"

"그래요."

미리 다음 일정을 말해 놓은 듯 가인만 모르는 장소를 향해 운전기사가 차를 몰았다.

청담동을 지나 다른 곳으로 이동한 차의 종착지는 프랜차이즈 카페였다. 운전기사가 차를 세우자 가인이 보조석 문을 열고 내렸다. 운전기사가 내려 뒷문을 열어 주는 번거로움을 가인이 대신 없애 주었다. 그녀가 뒷문을 열고 조 여사가 내리기를 기다렸다. 운전석에서 내려서던 기사가 머뭇거리는 사이 조 여사가 내려 괜찮다는 손짓을 해 보였다. 그에 운전기사가 다시 차에 올랐다.

"들어가죠."

조 여사에게 고맙다는 말을 들을 거란 생각은 아예 하지 않았다. 의외인 것은 조 여사가 가인이 제멋대로 문을 연 것에 대한 불쾌함도 드러내지 않았다는 것이다. 둘 중 하나는 할 거라 생각했는데. 후자 쪽이 백 퍼센트였지만 가인의 예상은 완벽하게 빗나갔다. 역시 속을 알 수 없는 사람이라고 가인은 다시 한번 확인했다.

반자동문을 가인이 터치해 누르고 조 여사가 먼저 안으로 들어갈 수 있도록 물러났다. 조 여사가 앞서고 가인이 뒤따르며 카페 안으로 들어갔다. 이런 곳이 처음인 듯 조 여사가 걸음을 멈추고 실내를 휘둘러 살폈다. 가인이 눈치껏 조 여사에게 먼저 자리를 권했다.

"창가 쪽으로 앉으시겠어요? 아니면 안쪽이 편하세요?"

가인이 가드라인을 정해 주며 창가와 안쪽의 빈자리를 차례로 알려 주었다. 조 여사가 창가 쪽 자리로 걸어갔다. 자리에 앉는 조 여사에게 가인이 선 채로 물었다.

"차는 어떤 걸로 드시겠어요?"

가인의 물음에 조 여사가 데스크 쪽을 돌아봤다. 사람들이 계산대 앞에 서서 주문을 하고 직접 음료를 받아 들고 자리로 이동하는 것이 보였다.

"같은 걸로."

말투로 보아 어떤 것이든 상관이 없는 것 같았다. 가인이 알아서 주문한 것을 마실지 안 마실지는 조 여사의 마음이었다. 가인이 알겠다는 뜻으로 고개를 끄덕인 후 데스크를 향해 걸어갔다. 그동안 조 여사는 창밖으로 시선을 던져 거리를 오가는 사람들을 바라보고 있었다.

그녀가 외부에서 차를 마시는 장소는 호텔 라운지나 VIP룸이었다. 이런 곳을 차를 타고 이동하며 밖에서 봤을 뿐 한 번도 들어와 본 적은 없었다. 직접 안으로 들어와 오히려 외부를 윈도를 통해 바라보니 느낌이 색달랐다. 거리를 오가는 사람들의 평범하기 그지없는 일상이 어쩐지 부러웠다.

"좋네. 활기차고."

혼잣말을 나직하게 중얼거린 조 여사의 앞에 가인이 아메리카노를 내려놓았다. 잠시 고민을 하긴 했지만 어떤 것을 시키든 조 여사의 입맛에 맞지 않을 거란 결론을 내렸다. 언제나 최고급만 마셨을 조 여사였다. 가인이 고심해서 고른 게 오히려 조 여사에게는 가소롭게 느껴질 수도 있었다. 그래서 가장 흔한 아메리카노를 주문했다.

가인이 조 여사의 맞은편에 앉아 조용히 그녀를 응시했다. 한동안 둘 사이에 정적이 흘렀다. 고요를 깬 건 조 여사였다.

"왜 아무것도 묻지 않죠?"

"제게 용건이 있어 부른 건 사모님이시니까요."

사모님이란 호칭에 조 여사가 모호한 미소를 머금었다. 아라는 조 여사를 처음 만났을 때부터 어머니라고 서슴없이 불렀다. 선배의 모친이라 그리 부를 수도 있었지만, 조 여사는 그 속에 내재된 의미를 잘 알고 있었다. 아라가 진욱과의 결혼을 바라며 그것이 이뤄지기를 간절히 원한다는 것을. 한동안은 조 여사도 아라의 그 바람에 동참했었다. 그리고 아라의 소망이 부질없는 바람임을 이번에 확실히 알게 되었다. 자신의 아들인 진욱은 타인의 의지에 의해 마음이 움직이는 사람이 아니었다. 자신이 선택하고 결정한 것에만 반응하고 움직인다. 여태 단 한 번도 반응하지 않았던 심장이 드디어 움직인 것은 환영할 일이나 그 대상이 조 여사의 기준에선 조금 모자랐다.

"그래요. 부르긴 내가 불렀지."

혼잣말인 듯 아닌 듯, 반말인 듯 존대인 듯 경계가 모호한 조 여사의 말투에 가인이 눈을 깜빡거렸다. 전혀 다른 느낌인데 순간 조 여사와 진욱의 모습이 겹쳐졌다.

"그래도 뭔가 궁금한 게 있으면 먼저 물어볼 수 있는 거 아닌가?"

또 묻는 건지 혼잣말인지 구분이 가지 않는 말을 흘려 내며 조 여사가 잔으로 손을 내렸다. 머그잔을 들어 입으로 가져가는 조 여사를 가인이 가만히 지켜보았다. 마실 거라고는 생각지 않았는데 조 여사의 행동에는 망설임이 없었다. 일부러 테이크아웃 컵이 아닌 잔으로 주문한 건 잘한 일인 것 같았다.

커피를 한 모금 머금은 조 여사의 미간이 찌푸려졌다. 역시 그녀의 고급 입맛에는 맞지 않는 모양이었다. 잔을 내려놓은 조 여사의 시선이 메뉴판으로 옮겨졌다. 메뉴의 가장 처음에 있는 아메리카노를 훑은 조 여사가 짧게 혀를 찼다.

"쯧, 이따위를 저런 비싼 가격에 팔다니. 상도덕이 없네."
"그러게요."

커피를 맛보고 내리던 가인이 저도 모르게 습관적으로 말했다. 그 순간 둘 다 동작을 멈추고 눈동자를 굴려 서로를 담아냈다. 뜻이 맞은 걸 좋아할 상황은 아닌데 뭔가 묘했다. 웃기도 그렇고 뭐라 말을 덧붙이기도 이상했다.

"내 편의를 봐서 약속 장소까지 왔으니 나도 그쪽 생각해서 이곳으로 장소를 옮긴 거예요. 이런 곳이 편할 것 같아서 나름의 배려를 한 건데. 마음에 안 들어요?"

사실 가인이 선호하는 건 카페에서 마시는 아메리카노보다는 자판기 커피였다. 하지만 그걸 마시자고 할 수는 없었다. 가인의 취향은 아니었지만, 조 여사 나름의 배려에 감사를 해야 할 분위기였다.

"생각해 주셔서 감사합니다."
"그래요."

당연하다는 듯 조 여사가 감사 인사를 넙죽 받아 갔다.

"우리 진욱이랑은 어떻게 할 생각이죠?"

조 여사가 오늘 만남의 주된 이야기가 될 본론을 먼저 꺼냈다. 가인이 머그잔을 내려놓았다. 어떻게 할 생각이라는 말을 그녀가 곰곰이 되새겼다. 사람을 만날 때 구체적인 계획을 세우고 있었어야 하나란 생각이 먼저 들었다. 우연히 만났고 그 인연이 계속 이어졌고, 어쩌다가 서로에게 빠져들었고 그리고 연인이 되기로 했다.

앞으로 뭘 해야 할지는 아직 정해지지 않았고 생각해 본 적도 없었다. 그와의 만남을 시작할 때도 일단 가 보자는 생각으로 진욱이 내민 손을 잡은 것이었다. 그래서 당장 조 여사의 질문에 답을 하기가 곤란했다.

"생각해 본 적 없습니다."

어느새 가인의 말투가 바뀌었다. 극존칭으로 거리감을 만들어 낸 가인을 조 여사가 가늘게 내리뜬 시선 안에 가두었다. 자신을 향해 가인이 세운 벽이 조 여사는 마음에 들지 않았다. 아직 적대감을 드러내 보이지도 않았는데 거리를 둔다는 건 조 여사와 가깝게 지낼 마음이 없다는 뜻이었다.

"헤어질 걸 미리 염두에 두고 있기 때문인가?"

정곡을 찌른 조 여사의 말에 가인이 움찔거렸다. 입 밖으로 내 본 적이 없는 가인의 깊은 곳에 움츠리고 있던 속마음을 조 여사가 끄집어냈다. 언젠가는 그렇게 될 거라고 가인은 무의식중에 생각하고 준비를 하고 있었던 듯하다. 조 여사의 말에 심장이 덜컹 내려앉는 것을 보면.

"그럼 내가 걱정하지 않아도 되는 건가요? 적당히 즐기고 놀다가 헤어질 사이 맞나요?"

저도 모르게 가인이 잘근 아랫입술을 깨물었다. 그녀의 심장이 검고 깊은 수면 아래로 쿵 하고 떨어져 내렸다. 꽤 타격이 컸던지 그녀의 침착하던 동공이 흔들렸다.

"이모?"

누군가 그 둘 사이로 끼어들었다. 낯선 남자의 목소리에 반응한 것은 조 여사였다. 자신을 부른 상대를 돌아보는 조 여사의 얼굴에 긴장감이 맴돌았다. 호칭에 비해 그리 달가운 사이는 아닌 듯했다.

"영진이 네가 여긴 웬일이니?"

어색한 말투로 조 여사가 영진을 향해 물었다. 오랜만에 보는 거라 인사가 먼저였지만 조 여사는 그럴 경황이 없는 듯 보였다. 가까이 다가오지 말고 빨리 영진이 사라졌으면 하고 바라는 눈치였다. 조 여사의 바람을 들었는지 영진이 일정한 거리를 두고 다가오지는 않았다. 그는 방금 주문을 하고 돌아서는 길인 듯 영수증을 들고 있었다.

"카페에 오는 이유야 뻔하죠. 약속 있으신 것 같은데, 전 이만."

그가 가볍게 고개를 숙여 보이곤 냉정하게 몸을 돌렸다. 그럴 거면 애초에 왜 말을 걸었나 싶을 정도로 찬바람이 불었다. 고개를 돌리는 조 여사의 표정도 썩 좋지 않았.

가인이 커피를 받아 카페를 나서는 영진의 모습을 가만히 바라보았다. 조 여사가 혈연 관계상의 이모라고 하면 진욱과 남자는 이종사촌 간이었다. 하지만 둘은 전혀 닮은 구석이 없어 보였다. 방금 본 영진이라는 남자는 꽤 과묵한 사람인 것 같았다. 그리고 조 여사와 사이가 그리 원만해 보이지 않았다.

카페를 나선 영진이 휴대폰을 꺼내 진욱에게 전화를 걸었다.
"분위기가 그다지 마음에 들지 않는단 말이지."
영진이 혼잣말을 중얼거렸다.
-여어, 웬일이냐? 네가 먼저 전화를 다 하고?
장난스런 진욱의 목소리가 휴대폰 밖으로 흘러나왔다.
"닥치고. 너 보이시한 스타일의 여자랑 사귀냐?"
-어라. 네가 그걸 어떻게 알아? 혹시 너 나 스토킹하냐?
"지랄. 여기 삼정동 사거리에 있는 별다방이다. 너네 엄마가 그 여자랑 만나고 있는데 표정이 꼭 도살장 같아서 전화했……."

뚝. 전화가 끊겼다. 처음이었다. 자신과의 통화에서 진욱이 먼저 전화를 끊은 건.
"자식, 어지간히 급한 모양이네."
커피를 들고 차로 걸어간 영진이 톡톡 창문을 두드리자 차창이 내려갔다. 하나가 환하게 웃으며 손을 내밀었다. 그가 들고 있던 커피 중 하나를 내밀었다. 그것을 받아 든 하나가 빨대를 입으로 물려고 하자 영진이 그것을 저지시키고 대신 자신의 입술을 그녀의 입술에 겹쳤다. 짧은 키스를 하며 그가 그녀의 입술 위에 속삭였다.

"공짜로 받아먹을 생각은 안 하는 게 좋아."

"와아, 이거 얼른 마시고 다른 것도 사 달라고 해야지. 아주 비싼 거 얻어먹고 더 진하게 해 줘야지."

능청스런 하나의 멘트에 영진이 매끄럽게 입술을 끌어 올렸다. 그가 차를 돌아 운전석에 올랐다. 커피를 홀더에 내려놓고 시동을 걸었다. 하나가 은근히 그의 손을 잡아 깍지를 끼웠다. 노래를 흥얼거리며 커피를 홀짝이고 맞잡은 손을 가볍게 흔들어 댔다. 그런 하나의 모습에 절로 영진의 기분이 좋아졌다.

근래 들어 진욱의 집착이 조금 덜해졌다고 느꼈는데 그 원인이 아무래도 조금 전의 그 여자 때문인 듯했다. 조 여사 앞에서 잠시 당황한 기색을 보이긴 했지만 여자는 영진이 말했던 것처럼 그렇게 심각한 표정은 아니었다. 한편으로는 조 여사 앞에 앉아 있는 여자가 걱정되기도 했고, 다른 한편으로는 진욱의 마음이 어떤지 떠볼 요량으로 조금 과장되게 말했었다. 그의 예감이 적중했다. 여자는 진욱이 처음으로 마음을 주고 사귀기 시작한 사람이었다. 한마디로 진욱에게 소중한 여자라는 뜻이었다.

물론, 조 여사의 눈에는 못마땅하게 보일 테지만 영진이 보기엔 진욱의 안목이 제법이었다. 여자에게는 강단도 있었고, 사리분별도 예의도 두루 갖추고 있었다. 조 여사의 앞에서도 의연하게 떨지 않고 차분함을 유지하는 것만 봐도 충분히 알 수 있는 것이었다. 다른 여자였다면 벌써 조 여사의 기에 눌려 아무 말도 못 하고 주눅이 든 채로 울먹이고 있었을지도 몰랐다.

"잘 잡아라, 강진욱."

영진의 차가 카페를 떠나고 얼마 지나지 않아 진욱의 차가 도착했다. 행여나 가인과 어머니가 자리를 떴을까 봐 쏜살같이 달려온 길이었다. 다행히 아직 카페에 그대로 앉아 있는 것 같았다. 어머니의 세단이 주차장에서 대기 중인 걸 확인하고 진욱이 카페 안으로 성큼성큼 걸어 들어갔다.

"후우, 제가 좀 늦었죠?"

가인의 옆자리에 털썩 주저앉으며 진욱이 싱긋이 웃었다. 그가 가인의 머그잔을 들어 자연스럽게 입으로 가져가 커피를 머금었다. 적당히 식은 커피를 그가 반 이상 비워 냈다. 급하게 마음을 졸이며 오느라 목이 탔던 모양이다.

머그잔을 내려놓는 진욱을 가인이 놀란 눈으로 바라보았다. 그가 그 시선을 부드럽게 받아 내며 다정한 눈빛과 미소를 지어 보였다. 맞은편에 앉은 조 여사에게는 아직 시선도 주지 않고 있었다. 그런 진욱을 조 여사가 말없이 지켜보고 있었다.

"어디까지 했어요?"

뜬금없는 진욱의 질문에 가인이 고개를 갸웃거렸다.

"네?"

무슨 말이냐는 듯 되묻는 가인에게 싱긋 웃어 보이곤 그가 정면으로 시선을 돌렸다. 드디어 조 여사에게 시선을 준 것이다. 조 여사를 직시하며 진욱이 같은 질문을 던졌다.

"어디까지 하셨어요?"

"예의는 어디다가 팔아먹고 왔니? 어른을 봤으면 인사가 먼저 아니니?"

"아, 이런. 오다가 흘렸나 봐요. 그놈이 가끔씩 제멋대로 가출을 하더라고요. 다시 찾아봐야겠네요."

능글맞은 진욱의 말에 가인이 멍한 표정을 지었다. 마주 바라보고 있는 둘의 시선에선 불꽃이 튀었다. 진욱이 조 여사에게 둘도 없이 귀한 자식이라 생각했는데 마주한 둘에게선 마치 원수지간 같은 분위기가 느껴졌다. 그래서 가인은 잠시 당황했다.

"가내평안은 아버지와 사이가 원만하지 않으시니 여쭤 보는 게 아닌 것 같고, 건강은 잘 챙기시는 거 알고. 매일매일 안녕하게 지내시니 딱히 인사를 할 만한 게 없는데요."

"버릇없이."

"가정교육이 잘 안 된 케이스죠. 너무 오냐오냐 컸거든요, 제가."

웃으며 주고받는 말인데 왜인지 살벌하게 느껴졌다. 말에 가시가 무수하게 돋아 있었다. 가인이 슬쩍 조 여사의 표정을 살폈다. 평온했다. 노기를 띠는 게 아니라 오히려 즐거워 보였다. 주고받는 내용이 어떻든 상관없이 그저 아들과 마주 앉아 대화를 나누는 것 자체에 행복을 느끼는 것 같았다. 그를 지켜보는 가인의 마음이 뭔가 묘했다.

"그래서 진행은 어디까지 됐어요?"

그가 재차 물었다.

"뭘 말이냐?"

"물은 셀프라서 생략한 것 같은데, 그럼 봉투는요?"

물과 봉투는 은주가 보는 드라마의 단골 소재였다. 가인의 시선이 테이블 위로 떨어졌다. 진욱의 말처럼 물이 셀프이기도 했지만, 음료를 마시는데 필요 없을 것 같아 따로 떠 오지 않았다. 물 잔이 있었다면 그걸 자신의 얼굴에 끼얹었을까 생각해 보던 가인이 머리를 흔들었다. 조 여사는 고상하고 우아하게 품위를 지키고 있었다. 그런 그녀가 격 떨어지는 일을 할 리 없다고 가인은 판단했다.

"무슨 봉투?"

조 여사가 차분하게 입을 열어 물었다. 뜻을 몰라 묻는 게 아니었다. 날 그렇게밖에 보지 않느냐는 의미가 담겨 있었다. 진욱이 어떻게 여길 알고 왔는지는 충분히 유추 가능했다. 영진이 전화를 걸어 알려 준 것일 테지. 하지만 집안일에 무관심한 영진이 그런 일을 하리라고는 생각지 못했다. 하긴 영진이 자신을 보고 인사를 한 것부터가 의외이긴 했다. 영진과 조 여사는 사이가 좋지 못했다. 살아가는 영역이 달라 마주칠 일도 별로 없었지만, 우연히 같은 장소에 있게 된다고 해도 서로가 일부러 다가가 인사를 하지는 않았다. 그런데 오늘은 어쩐 일로 영진이 먼저 그녀를 이모라고 부르며 알은체를 했었다.

"돈 봉투요."

진욱이 기어이 조 여사가 저속하다 생각할 말을 입에 올렸다. 불쾌한 심경을 드러내며 조 여사가 미간을 찌푸렸지만 진욱은 그것에 전혀 개의치 않았다. 둘 사이에 팽팽한 긴장감이 흘렀다. 웃는 낯의 능글맞은 진욱과 찌푸린 얼굴의 조 여사가 서로를 마주 바라보고 있었다.

드라마 같은 흥미진진한 전개에 가인은 자신이 이 자리의 일원임을 잊고 관람 모드로 두 사람을 지켜보았다.

"그걸 내가 왜 들고 있어야 하지?"

"기본이니까요."

"기본?"

"소개도 안 한 아들의 여자를, 굳이 연락처까지 불법으로 알아내서 불러냈을 때는 불순한 의도가 있는 거 아닙니까?"

마치 취조를 하듯 진욱이 조 여사에게 물었다. 조 여사의 입술에 조소가 깃들었다. 자신을 속물 취급하는 아들을 오히려 조 여사가 비웃었다.

"얼마를 준비해야 그 불순한 의도에 맞아떨어지는 거니?"

"많으면 좋겠죠."

"많이 주면 먹고 떨어지긴 하고?"

조 여사가 날카로운 시선으로 가인을 돌아봤다. 그 눈빛을 받은 가인이 진욱에게로 고개를 돌렸다. 영문을 몰라서 그런 건 아니었다. 돌아가는 사태는 이미 파악이 끝났다. 그녀가 진욱을 돌아본 건 그가 조 여사를 이렇게까지 자극하는 이유를 알고 싶어서였다.

조 여사는 돈 봉투 같은 건 애초에 준비하지 않았다. 굳이 돈을 들여서까지 가인을 진욱에게서 떼어 놓을 필요성을 느끼지 못해서일 것이다. 앞서 가인에게 앞으로의 계획을 물어본 이유가 바로 거기에 기인한 것이 아닐까 하고 가인은 생각했다. 결혼까지 갈 것이 아니라면 사귀다 헤어질 것이 분명한 여자에게 돈을 쏠 이유는 없었다. 돌아가는 상황을 통해 가인이 유추한 것은 거기까지였다. 이번엔 진욱의 차례였다. 그의 의도를 알고 싶었다.

"어떻게 생각하시는데요?"

가인과 다정한 눈빛을 교환한 진욱이 다시 조 여사를 돌아보며 물었다. 조 여사가 피식 웃으며 입을 열었다.

"그 돈으로 둘이 실컷 쓰고 다니겠구나."

"빙고. 딱 맞히셨네요. 그럼 제가 왜 이러는지도 아시겠죠?"

"방해 말라는 소린 건 알겠구나."

"아, 역시 우리 모친 센스가 장난이 아니십니다."

말본새가 그게 뭐냐 한마디 쏘아붙일 만도 한데 조 여사는 그에 대해 나무라는 말을 하지 않았다. 그저 진욱을 진득하게 바라볼 뿐이었다. 진욱이 나타난 이래로 줄곧 조 여사의 시선은 그에게 고정되어 있었다. 마치 그와 함께한 시간을 단 한순간이라도 놓치고 싶지 않은 것처럼. 조 여사의 두 눈 가득 그리움이 들어찼다.

"제가 여기서 우리 그냥 사랑하게 해 주세요, 라고 영화 대사를 외쳐야 하는 건 아니죠?"

"그냥 가볍게 차나 한잔 마시면서 얼굴이나 보자는 거였지 다른 뜻은 없었다."

조 여사가 자신의 앞에 놓여 있던 머그잔을 들어 올리며 말했다. 커피를 머금은 조 여사의 미간이 미세하게 꿈틀거렸다. 여전히 맛은 없는 듯했다. 같은 커피를 진욱이 아무렇지 않게 마셔서 그런지 이번엔 여러 모금을 삼키고 태연하게 잔을 내려놓았다.

"차 한잔 마시자고 타인의 개인 정보를 불법으로 알아내셨단 말인가요?"

"네게 물어본다고 알려 줄 것 같진 않아서 그랬지."

"왜 알려 주지 않는지도 아시잖아요."

"나 그렇게 꽉 막힌 사람 아니다. 연애 정도는 자유롭게 할 수 있다고 생각해."

"결혼은요?"

진욱이 던진 질문에 가인과 조 여사의 시선이 일제히 그에게 몰렸다. 놀라 커진 눈동자로 진욱을 담아내는 가인과 달리 조 여사는 의외로 태연했다. 그럴 줄 알았다는 듯이 차분한 눈길로 진욱을 응시했다.

"그건 식장에 들어갈 때까지 모르는 일 아니니?"

"과연 그럴까요?"

의미심장한 눈빛으로 말하며 진욱이 가인의 손을 잡아 깍지를 꼈다. 그 손을 들어 올려 보란 듯 가인의 손등에 입을 맞췄다. 지켜보던 조 여사의 미간이 좁아졌다. 왜 아들이 여자 친구한테 애정 표현하는 걸 보면 질투가 난다고 하는지 그 말이 이해가 갔다. 자신에게 잘하던 아들을 뺏긴 것 같아서가 아니라, 여자 친구에게 하는 십분의 일만큼이라도 해줬으면 하는 바람 때문이었다.

"우리 아직 진도 빼려면 멀었어요. 키스도 진하게 못 해 봤는데 결혼을 논하긴 이르죠. 그런데도 전 확신해요. 결국 식장에서 내 옆에 설 사람은 서가인뿐이라는 걸."

모친 앞에서 대담하게 진한 키스도 못 해 봤다고 말하는 진욱 때문에 가인의 볼이 붉어졌다. 그 이후의 말들은 귀에 들어오지도 않았다. 계속 가인의 귓가에 '키스도 진하게 못 해 봤는데'라는 말이 메아리쳤다.

조 여사의 시선이 진욱이 사랑스럽게 바라보고 있는 가인에게로 옮겨졌다. 여태 담담하던 가인의 얼굴이 수줍음으로 붉게 달아올라 있었다. 사랑을 받는 여자의 얼굴이었다. 이

제 막 사랑을 시작한 풋내기의 순수함이 엿보였다.

드세고 거칠게 보이는 겉보기완 다른 가인의 모습에 조 여사의 입가에 알 듯 모를 듯 미소가 머물렀다. 진욱이 가인의 무엇에 빠져들었는지 어렴풋이 짐작이 갔다. 조 여사에게 없는 것들이었다. 이미 오래전에 잃어버렸거나, 애초에 없었던 순수한 사랑. 그것을 가인이 가지고 있었다.

"두고 보면 알겠지."

순수함은 언젠가는 때가 타기 마련이고 결국에는 어떤 식으로든 변한다. 그때가 되어서도 그 사랑이 그대로일지는 말 그대로 두고 보아야 할 일이었다.

"안 그러셔도 돼요."

"뭐?"

"두고 보지 않으셔도 된다고요. 저희 일은 저희가 알아서 할 테니까, 어머니는 어머니 인생을 사세요."

"너 말이 좀 심하다고 생각하지 않니?"

"말만 그렇진 않을 텐데요."

진욱이 가인의 손을 잡은 채로 자리에서 일어났다. 조 여사의 시선이 진욱을 따라 위로 올려졌다. 그 시선을 차갑게 마주 보며 진욱이 입을 열었다.

"아시다시피 행동은 더 그렇죠."

진욱이 집을 나온 건 조 여사의 아들이란 게 너무 싫어서였다. 진욱의 간절한 부탁을 조 여사가 들어주었더라면 아마 둘 사이는 지금과 달랐을지도 모른다.

"잘 들어. 그건 그냥 사고였어. 네가 뭘 봤든 간에 그건 전혀 사실이 아니야. 네가 만들어 낸 허상이라고. 부모 잃고 고아 된 게 가여워서 데리고 왔더니, 뭐? 살인자?"

영진과 놀기 위해 방으로 가던 진욱은 섬뜩한 엄마의 목소리에 놀라 걸음을 멈췄었다.

"죽였잖아. 당신이 죽인 거 맞잖아!"

"아니라고 했지!"

짝! 뺨을 휘갈기는 소리에 진욱의 심장이 졸아들었다. 문틈 사이로 보이는 풍경은 어린 진욱에겐 충격 그 자체였다. 자상하던 자신의 엄마가 표독스런 얼굴로 쓰러진 영진을 향해 독설을 퍼붓고 있었다.

"그럼 네가 살리지 그랬어! 네 부모가 죽어 갈 동안 넌 같이 있으면서 뭘 했는데. 그렇게 네 부모가 보고 싶으면 콱 죽어 버리든가. 그럼 저승에서 만날 거 아냐!"

"그냥 보고만 있었잖아! 살아 있었는데. 분명히 숨 쉬고 있었는데……. 살려 달라고 했잖아. 창밖에서 보고 있던 당신한테 내가 그렇게 울면서 빌었는데……. 죽게 내버려 뒀잖아. 흑흑. 당신은 살인마야."

"닥쳐. 몇 번을 말해. 나도 그땐 정신이 없었다고. 또다시 이런 말 지껄이기만 해 봐. 가만 안 둘 테니까. 어린 게 어쩜 이렇게 독한지. 그때 죽게 내버려 두는 건데."

처음 보는 엄마의 모습에 진욱은 숨을 죽인 채 바들바들 떨었다. 그 날 이후 천사처럼 상냥하던 엄마의 이미지는 악마로 바뀌어 버렸다.

영진에 대한 미안함과 모친에 대한 실망이 진욱을 변하게 만들었다. 착한 아들에서 반항심 가득한 아들로.

"사과하세요. 진심으로. 그때는 미안했다고 차분히 상황 설명하시고. 영진이가 뭐라고 욕을 하고 원망해도 그냥 들으세요. 영진이 마음속에 쌓인 상처가 조금이라도 아물 수 있을 때까지 계속 사과하셔야 해요."

"내가 왜 그래야 하니? 난 그 애한테 생명의 은인이야. 사과는 그놈이 해야지."

"망설이셨잖아요."

"뭐?"

"그날 사고 현장에서 어머니가 구조를 망설이는 사이 골든타임을 놓쳐서 돌아가신 거잖아요. 영진이 부모님."

"무슨 소리야. 난 그런 적 없어."

"어머니!"

영진이 정말 오해한 것이길 바랐다. 어려서, 충격 때문에 잘못 봤을 거라고 믿고 싶었다. 하지만 진욱이 다시 알아본 사건의 경위는 달랐다. 직접적인 살인이 아니기에, 너무 놀라서 어찌할 바를 몰랐다는 조 여사의 말에 별다른 조사는 이뤄지지 않았다. 사고사. 결론은 그렇게 내려졌다.

조 여사는 진욱의 간절한 부탁을 야멸치게 거절했다. 영진에게 그런 짓을 하고도 아무런 죄책감을 느끼지 않는 조 여사를 진욱은 용서할 수가 없었다. 진욱은 그길로 집을 나와 혼자 살며 조 여사와 인연을 끊다시피 살았다.

 아직도 조 여사는 먼저 양해를 구하고 행동하는 일에 서툴렀다. 모든 것을 자신의 위주로 생각하고 움직였다. 그로 인해 상대방이 어떤 감정을 느끼는지 헤아리려 하지 않았다. 그것이 진욱으로 하여금 반감을 불러일으켰다.

 가인에게 한 행동들 또한 진욱을 상당히 불쾌하게 만들었다. 지금 그가 얼마나 인내하고 있는지 그의 모친은 모른다. 가인이 없었다면 자신의 모친과 아예 말도 섞지 않았을 것이다. 집을 나온 그 순간 이후 줄곧 그랬던 것처럼.

 "조심해서 들어가세요. 내내 평안하시고요."

 부모에게 하는 살가운 인사말이 아니었다. 감정이 실리지 않은 무심한 말투로 툭 내뱉고는 고개를 숙였다가 들며 그대로 돌아 나왔다. 그에게 이끌려 나가는 가인이 어리둥절한 표정으로 진욱과 조 여사를 번갈아 봤다. 그녀가 급하게 조 여사에게 고개를 숙여 보였다.

 조 여사의 입가에 쓸쓸한 미소가 자리했다. 입 안에 남아 있는 커피의 잔향이 텁텁했다. 물 한 잔을 마시고 싶었지만, 이곳은 조 여사에게 익숙하지 않은 곳이었다. 물이 어디 있는지도 몰랐지만 직접 떠다 마실 생각은 하지 않았다. 물을 가져다줄 사람도 없었다.

"하아."

 창밖으로 시선을 던진 조 여사의 입에서 짙은 한숨이 흘러나왔다.

5. 잊지 말아야 할 이유

 차에 오른 가인이 힐끔힐끔 진욱을 곁눈질했다. 그녀의 볼은 여전히 붉은색으로 물들어 있었다. 진한 키스라는 말의 여운이 자꾸만 그녀의 귀와 그것을 체험하지 못한 입술 언저리에서 맴돌았다.
 "어디에 있어요?"
 그의 입술을 내내 훔쳐보던 가인이 흠칫 놀라며 한 박자 늦게 되물었다.
 "네? 뭐가요?"
 자신의 입술을 뚫어져라 응시하고 있는 가인의 시선을 느낀 진욱이 매혹적으로 입술 끝을 말아 올렸다. 그 입술에 가인이 빨려들었다. 탐스러운 입술이 매혹을 덧입으니 헤어 나올 수가 없었다.

꿀꺽, 저도 모르게 침을 삼키는 가인이 어찌나 사랑스러운지 진욱이 불쑥 그녀 앞으로 얼굴을 내밀었다. 놀라게 할 요량으로 장난을 친 것인데 그의 갑작스런 다가섬에 놀라 커진 그녀의 눈을 마주하니 심장이 다른 반응을 보이며 뛰어댔다.

"왜, 왜요?"

시선 아래 조심스럽게 달싹이는 가인의 입술을 좇아 눈동자가 움직였다. 그의 눈동자가 섬세하게 가인의 입술을 더듬었다. 입술의 주름 하나하나를 담아내듯 느릿하고 집요하게 그녀의 입술을 눈으로 탐했다. 그 뜨거운 시선에 가인의 호흡이 절로 가빠졌다.

차 안에 묘한 기류가 흘렀다. 그녀가 긴장으로 다시 마른침을 삼켰다. 가까이 머문 그의 입술이 자꾸만 그녀를 유혹하고 있었다. 그 강한 끌림을 떨쳐 내려 가인이 주섬주섬 손을 움직여 안전벨트를 잡았다.

"벨트를 또 안 맸네. 자꾸 깜빡해요. 오토바이만 타다 보니까 익숙하지 않아서 그런가 봐."

주절주절 쏟아 내는 그녀의 말을 진욱은 깊이 새겨듣지 않았다. 이미 그의 온 신경은 그녀의 입술에 집중되어 있었다. 가인의 머릿속을 잠식하며 헤집어 놓은 진한 키스라는 단어가 이번에는 진욱의 마음까지 흔들어 놓았다.

"할까요?"

그가 밑도 끝도 없이 꺼낸 말에 가인의 눈이 더 커졌다.

"섹스는 안 돼요!"

확고한 뜻을 내비치며 내뱉은 말에 정작 당황한 건 가인 본인이었다. 이게 무슨 얼토당토않은 말인지. 상대방은 전혀 그럴 의사가 없는데 앞서 가도 너무 앞서 갔다. 창피함에 가인의 얼굴이 화르륵 타올랐다.

섹스라니. 그게 무슨 오밤중에 남의 다리 긁는 소리고 쓸데없이 봉창 두드리는 짓일까. 맥락도 없는 말에 가인이 어쩔 줄 몰라 하며 고개를 이리저리 돌렸다. 그의 시선에서 벗어나고 싶었으나 피할 곳은 그 어디에도 없었다. 좁은 차 안에서 그녀가 할 수 있는 건 눈을 꼭 감아 버리는 것밖에 없었다.

"섹스는 다음에 천천히 해도 되니까, 지금은 생략하고."

그의 목소리에 웃음기가 묻어났다. 얼마나 황당할까. 뭘 하자고 정확히 콕 집어 물은 것도 아닌데 혼자서 섹스 타령이라니. 떡 줄 사람은 생각도 않는데 김칫국부터 마시는 형국이었다.

"귓불에 불났다."

그가 살며시 손을 내밀어 가인의 귓불을 만지작거렸다. 손이 닿자 그녀가 움찔 몸을 떨었다. 싫어서가 아니었다. 뭐라 말할 수 없는 야릇함에 몸이 절로 반응을 보였다.

"여기도."

진욱의 손이 미끄러져 내려 그녀의 가녀린 목을 조심스럽게 어루만졌다. 크게 가슴을 부풀리며 가인이 심호흡을 했다. 그의 시선이 자신의 얼굴을 세심하게 더듬어 내리는 것이 가인의 피부 위로 고스란히 느껴졌다. 어떻게 그런 걸 눈을 감은 채 느낄 수 있는지. 다른 사람의 시선에 이렇게 민감할 수 있다는 것이 신기할 지경이었다.

"눈 감았으니까 해도 되는 건가?"

이번엔 그가 무슨 말을 하는지 확실하게 알아들었다. 비록 주어가 빠지긴 했지만 틀림없이 가인이 생각한 것이 맞을 것이다. 안전벨트를 잡은 가인의 손에 힘이 들어갔다. 저도 모르게 다음에 이어질 일을 예상하며 긴장해 그런 것이다. 가인이 자세히 보아야 알아챌 정도로 작게 고개를 끄덕였다. 그것을 귀신같이 알아챈 진욱이 고개를 틀어 그녀의 입술에 제 입술을 겹쳤다.

"진한 키스."

입술 안으로 그의 달콤한 속삭임이 밀고 들어왔다. 부드러운 입술의 감촉이 가인의 입술을 통해 전해지며 짜릿함을 선사했다. 그저 천천히 입술을 움직이며 맛보았을 뿐인데도 머리부터 발끝까지 전류가 흐르는 것 같았다. 진욱이 가인의 입술 전체를 머금었다가 아랫입술과 윗입술을 차례로 빨아들였다. 느릿하게 머금던 것이 조금 빨라지는가 싶더니 이내 그녀의 입술 사이를 가르고 혀가 들어왔다.

가지런한 치열을 하나하나 터치하듯 훑고 떨리는 숨결을 흘려 내며 벌어진 그녀의 입술 안으로 밀려들었다. 입 안을 휘저으며 곳곳을 더듬어 탐한 진욱의 혀가 그녀의 혀를 찾아 휘감았다. 숨통이 꽉 틀어 막힐 정도로 격하게 그녀의 혀를 옭아매 빨아 댔다. 질척이며 섞여드는 타액이 그녀의 입 안을 물들였다.

뿌리 끝까지 뽑아 버릴 듯 강하게 혀를 빨다가 부드럽게 어르듯 할짝거렸다. 자신의 입 안으로 가인의 혀를 끌어가 입술을 통째로 삼켜 버렸다. 혀가 얼얼하고 입술이 부르틀 때까지 그의 키스가 이어졌다. 숨이 막힐 것처럼 벅차오르고 입술이 온통 타액으로 번들거렸다. 키스하다 숨 막혀 죽은 사람도 있을까 싶을 정도로 호흡이 가빠지고 얼굴이 화르륵 불타올랐다.

"하아. 하아."

그가 허락한 약간의 틈 사이로 가인이 거친 숨을 토해 냈다. 그 숨마저 집어삼키며 그가 더 맹렬히 가인의 입술을 탐했다. 진한 키스가 뭔지 가인은 확실하게 알 수 있었다. 그로 인해 아랫배가 뻐근해지고 은밀한 그곳이 뜨거워진다는 것도. 발끝과 손끝이 아찔함을 주체하지 못하고 오므라든다는 것도 처음 알았다.

"오늘은 여기까지. 다음엔 가인 씨가 원하는 것도 해요."

진욱이 가인의 입술을 놓아주며 달콤하게 속삭였다. 그녀의 입술에 담은 타액을 부드럽게 혀로 핥아 내고 그가 그녀의 손에서 안전벨트를 거둬 매 주었다. 제자리로 돌아간 진욱도 자신의 벨트를 맸다. 차에 올라 키를 꽂아 시동을 걸고는 다른 때와 달리 안전벨트를 매지 않아 가인도 잠시 잊고 있었었다. 뒤늦게 가인이 안전벨트를 매려 하자 진욱이 '할까요?'라고 뜬금없는 말을 꺼낸 것이다.

"다음에 뭘 해요?"

자신이 원한 게 뭔지 가인이 알지 못하겠다는 표정으로 되물었다. 달아오른 볼의 열감을 식히려는 듯 그녀가 두 손으로 부채질을 했다. 그가 차를 출발시키며 별스럽지 않게 말했다.

"섹스."

"헙."

놀란 숨을 삼키며 가인이 눈을 부릅뜨고 그를 응시했다. 그가 정면으로 시선을 둔 채 태연히 말했다.

"강한 부정은 긍정이라던데? 아닌가?"

말을 꺼내기가 무섭게 가인이 섹스는 안 된다고 강하게 거부했던 것을 두고 하는 말이었다. 가인이 고개를 세차게 젓다가 멈췄다. 강하게 부정하면 긍정의 의미로 받아들이겠다는 그의 말뜻을 알아채서였다.

"뭐, 그러든가요."

대수롭지 않게 말하며 얌전히 손을 내리고 창밖을 돌아보는 가인의 얼굴이 홍시를 닮아 가고 있었다. 말과 달리 몹시 부끄럽고 당혹스러운 모양이었다.

"하기 싫으면 안 해도 돼요."

"아니요. 해요."

또 성급하고 단호하게 말해 놓고는 잘근 후회의 아랫입술 깨물기를 시전 중이다. 그런 가인이 사랑스러워 진욱이 그녀의 머리를 부스스 헝클였다. 그러곤 그녀의 머리를 제 쪽으로 끌어당겨 입술을 눌렀다. 짧은 입맞춤에 그녀의 머리 위에서 모락모락 보이지 않는 연기가 피어올랐다. 수줍은 미소가 그녀의 입가에 사르르 번졌다.

"응. 하자. 나중에 꼭."

그의 감미로운 속삭임이 가인의 귀를 달콤하게 물들였다.

뷰티살롱 주차장으로 들어선 진욱의 차가 그녀의 오토바이 바로 옆에 멈춰 섰다. 그녀가 안전벨트를 풀고 문을 열어 급하게 차에서 내렸다. 여전히 부끄러운 모양이었다.

"조심해서 들어가세요."

진욱이 운전석의 차창을 내리자 가인이 그 앞으로 다가가 인사를 건넸다. 그가 차에서 내리지 않고 그냥 가기를 바라는 가인의 마음을 읽은 듯 그가 차 안에서 그녀의 인사를 받았다.

"안전운전 꼭 하기."

진욱의 말에 가인이 고개를 끄덕였다. 그가 먼저 가기를 기다렸지만 진욱은 차를 움직일 생각이 없는 듯 물끄러미 가인을 바라보고 있었다. 아무래도 그녀가 떠나는 것을 보고 난 후에 갈 모양이었다. 또 무슨 일이 생길까 걱정하는 것 같아 가인이 그를 안심시키려 오토바이 쪽으로 발길을 돌렸다.

헬멧을 들어 쓰려다 말고 그녀가 성큼성큼 진욱에게로 다가왔다. 진욱이 운전석 옆에 멈춰 선 그녀를 고개를 내밀어 올려다보았다.

"왜?"

진욱의 외마디 질문을 그녀가 입술로 덮어 버렸다. 그의 입술 위로 가인의 입술이 겹쳐졌다. 그녀가 작별 인사를 평소와 다른 방식으로 하고 있었다. 연인에게 사랑하는 마음을 담아 하는 작별 인사였다.

"먼저 갈게요."

얼굴을 들지 못하고 고개를 숙인 채로 가인이 오토바이를 향해 뛰었다. 헬멧을 스피드하게 쓰고 오토바이 위에 올라탔다. 진욱에게 손을 흔들며 그녀가 주차장을 쏜살같이 빠져나갔다. 헬멧으로 가린 가인의 얼굴이 온통 붉은색으로 물들어 있을 거란 걸 진욱은 보지 않고도 알 수 있었다.

"좋네. 아주 좋아."

사람들이 왜 사랑에 목을 매는지 확실히 알 것 같았다. 그 좋은 것을 여태 모르고 살았던 건 아마도 가인을 만나 원 없이 해 보라는 뜻이 아니었을까 싶다. 시야에서 완벽하게 멀어진 가인의 흔적이 진욱의 입술 위에 그대로 남아 있었다. 잔향이 오래도록 지워지지 않을 것 같았다.

※

 어둠이 내려앉는 시간. 낮과 밤의 경계. 그 지점에 머문 하늘은 신비로움과 경이의 붉은 기운을 머금는다. 은주는 카운터에 선 채로 윈도 밖으로 어렴풋이 보이는 하늘을 바라보았다. 늘 이쯤 출근을 준비하던 게 얼마 전까지 그녀의 일상이었다. 요즘은 그게 바뀌어서 저녁이 되면 퇴근해 집으로 돌아간다. 벌어들이는 돈은 적지만 몸과 마음은 훨씬 편했다.
 딸랑.
 누군가 출입문을 통해 안으로 들어오는 소리가 났다. 저녁 파트타임과의 교대 시간이 얼마 남지 않았다. 은주의 시선이 방금 들어온 사람을 좇았다. 손님이었다. 저 손님까지 계산을 돕고 퇴근을 하면 시간이 맞겠다고 생각하며 은주가 물건을 가져올 손님을 기다렸다.
 청바지에 검은색 후드티. 평범한 옷차림이었다. 서늘해진 밤공기 때문인지 모자를 깊이 눌러쓰고 있었다. 남자는 고개를 숙이고 주머니에 손을 찔러 넣은 채로 음료수가 든 냉장고를 응시하고 있었다.
 Rrrr.

카운터 위에 올려놓은 은주의 휴대폰이 울렸다. 발신인이 가인이었다. 은주의 얼굴에 환한 미소가 머물렀다. 그녀가 서둘러 휴대폰을 받았다.

"왜, 또. 나 혼자 집 못 찾아갈까 봐?"

-어. 그래서 데리러 갈까 싶어서 전화했지.

"나 애 아니거든요? 혼자서 척척 잘 찾아갈 수 있으니까 걱정 마셔."

-오케이. 걱정은 딱 내려놓을게. 대신 밥은 같이 먹을 거지?

"그럼, 당근이지. 마치고 집으로 바로 갈 테니까 딱 기다려. 저녁은 김치찌개로 내가 끓일 거니까 아무것도 손대지 말고 씻고 대기하도록."

-옙.

장난스러운 대화를 주고받는 사이 물건을 든 손님이 카운터로 다가왔다. 그를 본 은주가 급하게 말했다.

"나, 손님. 끊는다."

가인의 대답을 듣기도 전에 은주가 전화를 끊었다. 카운터 위에 맥주 한 캔과 과자 한 봉지가 올려졌다. 은주가 그것을 바코드 인식기에 대고 금액을 인식시켰다.

"4,500원입니다, 손님."

내내 물건에 박혀 있던 시선을 들어 은주가 카운터 너머의 손님을 응시했다. 그녀의 동공이 확장되며 불안하게 흔들렸다. 물건을 담으려 꺼내 든 비닐봉투가 그녀의 손에서 파들거렸다. 은주의 눈동자 가득 후드티의 모자를 깊이 눌러쓴 남자의 얼굴이 담겨졌다. 보이는 건 콧잔등의 아랫부분이 전부였지만, 감흥 없이 비릿하게 올라가는 남자의 입술 끝만으로도 알 수 있었다. 그가 바로 자신의 배에 칼을 찔러 넣었던 범인이라는 것을.

"여기서 또 보네?"

음산한 남자의 목소리가 선이 흐릿하고 가느다란 입술 사이를 비집고 흘러나왔다. 주춤주춤 은주가 좁은 카운터 뒤의 바닥을 밟아 뒤로 물러섰다. 그런 은주의 행동이 가소롭다는 듯 남자가 피식 웃었다.

탁. 탁. 남자가 손을 뻗어 은주의 멱살을 붙잡았다. 그리고 순식간에 그녀를 끌어당겼다. 카운터를 사이에 두고 남자가 은주의 얼굴 가까이 제 얼굴을 디밀었다. 사악한 기운이 가득한 입술이 마치 짐승 소리를 내는 것 같았다.

으르릉. 먹잇감을 앞에 둔 들짐승처럼 남자의 이빨이 섬뜩하게 번들거렸다.

"내가 얼마나 찾았는데. 여기 숨어 있었네? 낮에 일하면 뭐가 달라질 줄 알았나 봐? 더러운 죄악은 그런다고 씻기는 게 아니야. 오직 피로만 씻을 수 있거든."

"아악!"

남자가 은주의 뒷머리를 휘어잡아 우악스럽게 뒤로 당겼

다. 은주의 목이 홱 젖혀졌다. 그녀의 새하얗고 가녀린 목을 남자가 시리게 차가운 시선으로 쓸어내렸다. 남자가 주머니에서 칼을 꺼내 들었다. 공포로 물든 은주의 눈동자에 날카롭게 벼린 칼날이 들어왔다. 그것을 높이 치켜든 남자의 눈에 광기가 서렸다.

"이번엔 한 번에 확실하게 끊어 줄게. 저번 같은 실수는 다신 없을 거야."

스산하게 내리깐 목소리가 은주의 심장을 얼어붙게 만들었다. 놈의 칼날이 그녀의 목을 향해 치닫기 직전 딸랑 하는 방울 소리가 들려왔다. 남자의 동작이 멈췄다.

"은주 씨?"

놀란 목소리가 입구 쪽에서 들려왔다. 남자와 은주의 시선이 동시에 그쪽으로 쏠렸다. 저녁 파트타임 알바인 강민이 놀란 눈을 하고 멍하니 서 있었다. 강민의 눈동자가 두려움에 휩싸인 채 분주하게 움직였다. 머리채를 붙잡힌 은주와 칼을 들고 위협하는 남자. 모든 정황이 선명하게 강민의 머릿속에서 정리되었다.

"가, 강도야!"

"저 새끼가!"

남자가 거칠게 욕을 내뱉으며 은주와 강민을 번갈아 보았다. CCTV도 지워야 했지만 시간이 없었다.

칼날이 자신을 향해 내려오려는 찰나 은주가 두 손으로 목을 감싸며 강하게 몸부림쳤다. 칼이 빗나가 은주의 팔을 찔렀다. 사람들이 몰려올지도 모른다는 불안감이 들었던지 놈이 은주를 바닥에 내동댕이치고 쏜살같이 달아났다.

기회는 이번만 있는 게 아니었다. 언제든 은주를 찾아가 없앨 수 있었다. 놈은 그리 멀지 않은 곳에 몸을 숨기고 편의점의 동태를 살폈다.

신고를 받고 달려온 경찰이 은주에게 정황을 묻고 현장 조사를 실시했다. 하지만 은주는 입을 꾹 다문 채 아무런 말도 하지 않았다. 아니, 할 수 없었다. 또다시 놈을 만났다는 사실에 충격이 너무 커서였다.

칼에 찔린 은주의 팔에서 많은 양의 피가 흘렀다. 수건으로 대충 지혈을 한 후 경찰이 구급차를 불러 은주를 병원으로 실어 보냈다. 그 후에 편의점에 있는 CCTV를 수거했다.

놀란 나머지 공포와 두려움에 휩싸여 덜덜 떠느라 아무 말도 하지 못한 은주를 대신해 목격자인 강민이 자신이 본 것과 범인에 대한 인상착의를 설명했다.

소식을 전해 들은 가인이 병원에 도착했을 때는 이미 은주의 상처를 다 봉합한 후였다. 사색이 된 은주의 얼굴과 피로 얼룩진 옷은 참혹함 그 자체였다. 가인이 달려가 와락 은주를 껴안았다. 놀라 아무것도 하지 못하고 멍한 채로 있던 은주가 가인의 따뜻한 품을 느끼곤 그제야 바르르 몸을 떨며 울음을 터트렸다.

"흑, 으흑… 흑흑."

"괜찮아. 이제 괜찮아. 범인 잡을 수 있대. 그러니까 안심해."

"흐윽, 그놈이야. 그놈."

"그놈?"

"노래주점……."

"뭐?"

떨리는 목소리로 흘려 낸 은주의 말에 가인이 놀라 눈을 부릅떴다. 믿을 수 없다는 듯 가인이 은주의 양팔을 붙잡고 다시 물었다.

"그놈이라니? 노래주점이면 전에 그 강도가 또 찾아왔단 소리야?"

말을 잇지 못하고 은주가 눈물로 범벅이 된 얼굴로 고개만 끄덕였다. 은주의 팔을 잡은 가인의 손에 저도 모르게 힘이 들어갔다. 은주가 미간을 찌푸렸지만 그마저도 눈에 들어오지 않았다.

"어떻게 그럴 수가 있지? 놈이 어떻게 알고 거길 찾아온 거야?"

혼잣말을 중얼거리던 가인이 뒤늦게 은주가 아파한다는 걸 깨닫고 그녀의 팔에서 손을 거뒀다.

"미안. 나도 모르게 흥분해서."

"괜찮아."

"정말 괜찮아?"

가인이 걱정스럽게 붕대를 감고 있는 은주의 팔을 내려다봤다. 머리 뿌리 부분이 얼얼하고 엉망이었지만 은주는 가인을 위해 아무렇지 않은 척 시치미를 뗐다. 가인의 시선이 헝클어진 은주의 머리에 닿았다. 그녀가 머리끈을 풀려고 만지자 은주의 미간이 움찔거렸다.

"아파?"

"아니."

도리질을 치며 은주가 싱긋이 웃어 보였지만 풀어낸 머리끈과 함께 흘러내린 머리카락이 그녀가 많이 아팠을 거라는 걸 대신 말해 주었다. 빠진 머리가 한 움큼은 되는 걸로 봐선 머리채를 거칠게 잡아당겼던 모양이다.

잘근. 가인이 아랫입술을 짓씹었다. 무슨 원수가 졌다고 사람을 두 번이나 죽이려 했던 걸까?

"그 전엔 전혀 안면이 없던 사람이라고 했지?"

가인의 질문에 은주가 고개를 끄덕였다. 일면식도 없던 남자가 손님을 가장해 문을 닫기 직전 들어와 아무도 없을 때 은주를 죽이려 했다. 예정에 없던 가인의 등장으로 살인은 실패로 돌아갔지만 범인에 대한 증거는 단 하나도 나오지 않았다. 여태껏 그에 대한 실마리도 잡지 못했다.

놈이 오늘 은주를 만난 건 우연일까? 아니면 끝내지 못한 것이 걸려 끈질기게 은주의 뒤를 밟았던 걸까? 아직 알 수 있는 건 아무것도 없었다. 하지만 놈을 잡지 않으면 은주가 또다시 위험에 노출될 거라는 건 확실했다.

이번에는 반드시 놈을 잡아야 했다.

입원까지 할 정도는 아니기도 했고 얼른 집에 가서 쉬고 싶다고 은주가 간절히 원하기도 해서 둘은 약만 받아서 병원을 나섰다. 가인의 오토바이에 둘이 올라타 집으로 향했다. 그런 둘의 모습을 병원 건물 한편에서 지켜보는 시선이 있었다.

놈의 입술이 비릿하게 치켜 올라갔다.

"오늘 밥은 아무래도 내 당번인 것 같은데?"

가인이 일부러 분위기를 돋우려 밝은 목소리로 말했다. 오토바이 뒤에서 내리며 은주가 엷은 미소를 머금었다. 그녀가 헬멧을 벗는 걸 도와주고 제 것도 벗어 든 채로 가인이 은주를 리드해 집으로 올라가는 계단에 발을 올렸다.

"오늘 저녁은 폭망인 건가?"

애써 밝은 척 은주도 농담을 던졌다. 짐짓 억울하다는 표정을 지어 보이며 가인이 단호하게 말했다.

"먹고 죽진 않아."

순간, 둘 사이에 정적이 흘렀다. 가인이 뒤늦게 아차 싶었지만 이미 내뱉은 말을 주워 담을 수는 없었다. 방금 전 죽음의 공포에 덜덜 떨었던 사람에게 그런 말을 하다니.

'바보, 멍청이.'

스스로를 자책하는 말을 마음속으로 쏟아 내며 가인이 움찔 제 머리를 콩콩 쥐어박았다. 깊은 심호흡을 한 뒤 은주가 멈춰 섰던 발을 다시 움직였다.

"그건 보장 못 할걸? 가능성은 충분해."

새침데기처럼 말하며 성큼성큼 계단을 오르는 은주의 뒷모습을 보며 가인도 발을 움직였다.

"야, 모함이 너무 심한데?"

냉큼 은주의 옆으로 다가가 보조를 맞추며 가인이 너스레를 떨었다. 친자매처럼 티격태격하다 웃으며 둘이 사이좋게 원룸 안으로 들어갔다. 둘의 다정한 모습을 누군가 계단 아래에서 지켜보았다. 검은 후드티에 청바지. 은주의 목을 그으려던 범인이 저승사자처럼 검은 그림자를 길게 드리우며 원룸 건물을 올려다보았다.

5층 건물의 4층까지 센서등이 차례로 켜졌다. 얼마 안 돼 거리 쪽 창문에 불이 켜지는 게 보였다. 남자의 입가가 비스듬히 치켜 올라갔다.

"거기구나. 너희 집."

어둠이 짙어지는 시간. 남자의 목소리가 음산한 기운을 흘리며 낮게 깔렸다.

늦은 시간임에도 불구하고 진욱이 가인의 원룸 앞으로 와

주었다. 오늘 있었던 일들을 그에게 말하자마자 달려온 것이었다. 이미 형사가 와서 남은 조사도 다 하고 갔고 편의점 근처 CCTV도 확보했으니 범인을 잡는 건 시간문제라고 알려 주었다. 그럼에도 마음이 안 놓였던지 진욱이 기어이 그녀의 얼굴을 보고 가겠다며 온 것이다.

아래 도착했다는 문자를 받고 가인이 원룸 현관으로 내려갔다. 계단 아래 가로등 불빛을 등지고 그가 서 있었다. 가인이 서둘러 계단으로 발을 옮겼다. 인기척을 느낀 진욱이 그녀를 확인하곤 환한 미소를 지어 보였다.

"안 와도 된다니까."

"내가 안심이 안 돼서 그럽니다."

그가 장난스럽게 경어를 써서 말했다. 가인이 피식 웃으며 그와 계단 하나를 사이에 두고 멈춰 섰다. 마주 바라보고 선 시선에 애정이 듬뿍 묻어났다. 진욱이 가인의 손을 잡아 부드럽게 어루만져 주었다. 그 다정한 손길에 불안했던 가인의 마음이 한결 안정이 되었다. 은주를 생각해 아무 내색은 하지 않았지만, 가인도 놀랍고 두렵기는 마찬가지였다. 그런 가인의 마음을 진욱이 알아채고 다독여 주려 온 것이었다.

"저녁은?"

"먹었어요. 일품 김치찌개."

"본인이 만들었나 보네? 일품이라는 말을 덧붙인 걸 보면?"

"와아, 그걸 또 콕 집어서 말하네."

"누가 자화자찬하는 일품 김치찌개가 먹고 싶어 그럴걸?"

"반어법일지도 모르잖아요?"

"정말?"

장난스럽게 부릅뜬 진욱의 눈을 가늘게 흘기며 가인이 콧잔등을 찌푸렸다. 당신이 만든 건 뭐든 맛있게 먹어 줄 수 있다는 말을 기대했었던가 보다. 저답지 않은 여우 같은 속내에 웃음이 났다. 실실 저 혼자 웃는 가인의 얼굴을 진욱이 고개를 살짝 기울여 빤히 들여다봤다. 눈이 마주치자 가인이 수줍게 얼굴을 붉혔다. 그에 진욱의 입가에도 사르르 미소가 번졌다.

"은주 말이 먹고 죽지 않으면 다행이라던데요."

"은주 씨 잘 있죠?"

"물론이죠."

"그럼 먹어도 괜찮겠네."

가슴에 손을 올리고 안도의 한숨을 내쉬는 진욱을 가인이 얄밉게 흘기며 훗 하고 웃었다. 진욱도 낮은 웃음을 터트렸다.

"은주 씨는 진짜 괜찮은 거죠?"

웃음 띤 얼굴이지만 이번 물음은 진지했다. 가인도 엷은 미소를 머금은 채 가만히 고개를 끄덕였다.

"많이 놀랐을 텐데, 따뜻한 차라도 한잔 마시고 마음 좀 다

스린 다음에 자요."

"네."

"사건은 내가 잘 알아볼 테니까 신경 쓰지 말고."

"네."

"내일 아침에 일어나면 전화하고."

가인을 두고 가려니 마음이 영 놓이지 않아 발길이 떨어지지 않았다. 하지만 지금 은주에게는 가인이 필요했다. 사랑도 중요하지만 그만큼 오래 이어 온 우정도 중요했다. 특히나 오늘 같은 날은 더더욱 함께해 줄 친구가 있어야 했다. 그래서 오늘은 가인을 은주에게 양보해 주어야 했다. 알지만 쉽게 손을 놓을 수가 없었다. 가인의 손을 어루만지는 진욱의 손길에서 애틋함이 묻어났다.

"얼른 가요. 은주 혼자 있어서 빨리 올라가 봐야 돼요."

가족이 있어도 무용지물인 은주였다. 그래서 더 안타깝기도 했다. 천애 고아인 자신보다 은주가 이럴 때 더 안쓰러웠다.

"응. 잠 안 오면 언제든 연락하고."

"왜요? 와서 안고 자기라도 하게요?"

"은주 씨가 허락만 해 주면?"

농담인 걸 알면서도 가인의 볼이 빨갛게 물들었다. 그를 기분 좋게 바라보던 진욱이 고개를 틀며 다가가 그녀의 볼에 입술을 지그시 눌렀다. 볼이 화끈 달아올랐다. 부끄러움에 숙여진 가인의 머리를 부드럽게 쓰다듬고는 진욱이 그녀의 손을 얌전히 놓아주었다.

"그럼 이만."

말없이 그녀가 고개를 끄덕였다. 수줍음이 덕지덕지 묻어난 가인의 얼굴이 화사한 봄꽃 같았다. 그냥 이대로 안고 튀어 버릴까? 하는 충동이 일었지만 진욱이 애써 뒷걸음질을 치며 그녀에게서 물러섰다. 차에 닿을 때까지 그의 시선은 줄곧 그녀에게 고정되어 있었다.

"먼저 올라가요. 나 불안해서 못 가."

차에 기대선 진욱이 여전히 계단 끝에 선 그녀를 보며 말했다. 그가 가는 것을 지켜보려 서 있던 가인이 고개를 번쩍 들어 올렸다. 시선이 마주치자 단박에 가인의 얼굴이 불타올랐다. 그녀가 주춤거리며 손을 올렸다. 그러다 빠르게 흔들어 주곤 냉큼 방향을 틀어 계단을 올랐다. 그녀의 손이 '안녕'이라고 인사를 하는 것 같아 귀여웠다.

"하아."

가인이 원룸 안으로 들어가 계단을 뛰어 올라가는 것을 확인한 진욱이 짙은 한숨을 토해 냈다. 그의 얼굴에 머물던 미소가 사라졌다. 대신 심각하게 굳은 표정이 자리했다. 이래서 미해결 사건이 위험한 것이다. 범인을 잡지 못하면 언제 놈이 다시 나타나 무슨 짓을 저지를지 모른다. 오늘의 사건만 봐도 그랬다. 자칫 은주가 목숨을 잃을 수도 있었다.

상황을 종합해 보면 오늘은 은주와 놈이 우연히 마주친 것이다. 그녀가 일하는 편의점에 손님으로 간 것인데 놈이 은주의 얼굴을 알아본 것이다. 은주가 살아 있다는 걸 알고 뒤를 쫓은 건 아니라는 뜻이었다. 하지만 우연이라고 해도 문제였다. 범인이 평범한 다른 사람들처럼 아무렇지 않게 거리를 활보하고 다니는 건 상당히 위험한 일이었다.

차에 오른 진욱이 시동을 걸기 전 휴대폰으로 어딘가에 전화를 걸었다. 사건의 전담 형사 팀에게 알아볼 것이 있어서였다.

"박 사무장님 퇴근 전에 하나만 좀 알아봐 주시겠어요?"

-예, 검사님. 말씀하십시오.

"오늘 오후 6시 5분경 성수동 편의점 강도 사건 담당 형사 직통 좀 알아봐 주세요."

-예. 바로 문자드리겠습니다.

"고맙습니다."

직접 성수 경찰서로 전화를 걸 수도 있었다. 하지만 뭔가 꺼림칙하게 걸리는 일이 있어서 그것부터 먼저 알아볼 생각이었다. 진욱은 은주가 처음 사고를 당했던 노래주점과 자신의 관할 경찰서에서 있었던 다른 노래주점 사건이 서로 연관성이 있을 거라 생각했다. 은주는 칼에 의해 두 번의 자상을 입었으나 빨리 발견한 덕에 목숨을 건졌다. 반대로 강서 경찰서에서 맡은 사건의 피해자는 둘 다 자상과 열상 등의 손상으로 인해 목숨을 잃었다.

두 사건의 범인은 자신의 행적이 담긴 CCTV 영상을 깨끗이 지워 낸 것은 물론이고 녹화되지 않는 모니터 화면까지 완벽하게 제거했다. 주점 주인의 두상을 그것으로 무자비하게 내려쳐 죽인 것이다. 또 하나 다른 것이 있다면 이번 사건의 피해자 중 하나가 범인의 DNA를 확보할 수 있는 증거물을 손에 쥐고 있었다는 것이다.

피해자의 손톱 아래에서 혈흔이 묻어나왔다. 피해자의 피가 아닌 다른 피. 그것을 지워 내지 못하게 죽어 가면서까지 손바닥에 감추고 숨겼다는 건 피의 주인이 범인일 가능성이 농후했다. 국과수에서 검사 결과가 나오면 용의 선상에 오른 자들을 대상으로 비교를 해 볼 것이다. 진욱은 그 피의 주인이 은주를 죽이려 한 그놈일 거라 확신했다.

범행의 유형이 너무 비슷했다. 완벽하지 못했던 1차 범행을 만회라도 하려는 듯 2차 범행에서는 잔인성을 여과 없이 드러내며 노래방 도우미는 물론 업주까지 죽여 버렸다. 내내 가슴속에 담고 있었을 것이다. 1차 사건의 피해자인 은주가 살아 있다는 것이 못내 불안해서 찾아 없애려 무던히 애를 썼을지 모른다.

마침내 은주를 찾았고 완벽하게 죽일 수 있는 기회를 잡았다. 그런데 이번에도 목격자가 나타나 놈을 방해했다. 놈의 범행은 아직 끝나지 않았을 것이다. 당장에 어쩌지 못한다고 해도 또 은주를 노리고 다가올 것이다. 놈을 잡긴 하겠지만 그 전엔 몸을 사리고 조심해야 했다.

박 사무장에게서 연락처를 받은 진욱이 바로 전화를 걸었다. 신호가 가고 한참 후에야 담당 형사가 전화를 받았다.

-성수 경찰서 김홍수 형삽니다.

"반갑습니다. 중앙지검 강진욱 검삽니다."

-아, 예. 무슨 일로…….

"오늘 있었던 편의점 강도 사건 담당이십니까?"

-네.

"피해자 신변 보호 요청하겠습니다."

-예?

"범인이 아직 안 잡힌 걸로 압니다. 이번이 처음도 아니고, 두 번째인데 당연히 범인 검거 시까지 보호해야 하는 거 아닙니까?"

-그게…….

머뭇거리며 말을 흘리는 걸 보니 아직 이전에 있었던 사건에 대해 파악이 되지 않은 듯했다. 절로 혀가 차졌지만 진욱은 치밀어 오르는 화를 눌러 삼켰다. 아직은 사건의 연계성에 대한 결론이 나오지 않은 상태였다. 공조를 하든 뭘 하든 그 전에는 김홍수 형사의 도움이 필요했다.

"지금 당장 해 주셨으면 합니다."

다시 한번 진욱이 강하게 요청하자 마지못해 김홍수 형사가 답했다.

-그러죠. 신변 보호 요청해 놓겠습니다.

중앙지검이면 자기들과 직접적인 연계도 없는 곳이었다. 검사라는 직책을 이용해서 권력을 남용한다고 속으로 욕을 하고 있을지도 몰랐다. 피해자와 무슨 관계인지 묻지 않은 건 더 신경을 쓰기 싫다는 의미였다. 딱 거기까지만 진욱의 말을 들어주고 남은 건 자신의 담당 검사에게 떠넘길 요량일 것이다. 검사를 직접 상대하는 건 골머리깨나 아픈 일일 테니까. 그 전에 범인을 잡아 주면 금상첨화겠는데.

전화를 끊은 진욱이 차의 시동을 걸었다. 이번엔 직접 강서 경찰서로 갈 생각이었다.

어둠이 짙게 깔리기 시작한 거리로 진욱이 차를 몰았다. 그의 차가 도로로 나가기 위해 골목을 돌 때 운동기구가 있는 작은 공원에서 남자 하나를 보았다. 이른 저녁을 먹고 운동 겸 산책을 나왔다고 해도 믿을 정도로 지극히 평범한 차림의 남자였다.

다리 운동을 하는 기구 위에 올라 가볍게 발을 굴리고 있는 남자가 진욱의 시선 안에 들어왔다가 멀어졌다. 범인이 주로 검은 옷을 즐긴다는 사실 하나만으로 그와 같은 옷을 입은 남자들이 다 요주의 인물로 보였다.

남자가 흥얼거린 콧노래가 바람을 타고 차가운 공기 중으로 흩어졌다. 남자의 시선은 진욱이 가인과 만나고 헤어졌던 원룸의 계단에 머물러 있었다. 멀어지는 차 소리를 들으며 남자가 비릿하게 입가를 끌어 올렸다.

"재미있네. 검사 나부랭이와 사귀는 여자라."

운동기구에서 내려온 남자가 주머니에 손을 찔러 넣고 터벅터벅 원룸을 향해 걸음을 옮겼다. 오토바이를 몰며 배달일을 하는 보이시한 스타일의 여자가 무슨 수로 검사를 낚았을까? 몸이라도 굴렸나? 대체 어떻게 구워삶았기에 저런 상류층 인사를 유혹했을까? 신분 상승을 노리고 온갖 추한 짓은 다 했겠지.

끼리끼리 논다고 남자의 시선에선 노래주점에서 일하는 은주와 친구라는 가인도 그와 다르지 않게 보였다. 가인이 몸을 함부로 굴려 받을 돈은 후불이다. 어떤 식으로든 검사라는 남친에게서 돈을 뜯어내겠지. 그런 것들을 통상적으로 꽃뱀이라고 부른다.

"너희는 이 세상을 살아갈 자격이 없어."

사악하게 말려 올라간 남자의 입매가 달빛 아래에서 섬뜩한 기운을 흘려 냈다.

터벅터벅. 계단을 올라가는 남자의 발걸음에 짙은 죽음의 그림자가 드리웠다. 남자는 자신이 악을 처단하고 세상을 정화하는 신의 사자라고 생각하고 있었다.

"퇴근 시간 아닌가? 검사 나리가 이 시간에 여기까지 어인 행차신지."

강력 2팀으로 들어서는 진욱을 보고 영진이 투박하게 말했다. 늘 영진의 모진 구박에도 능청스럽게 농담을 던져 대던 진욱이 오늘은 심각한 얼굴로 그에게 성큼성큼 다가왔다. 마치 불도저가 밀고 들이닥치는 것처럼 기세가 거셌다.

"뭐냐?"

미간을 찌푸리며 영진이 물었지만, 진욱은 접착제라도 붙인 듯 입을 다문 채 그의 뒤쪽으로 몸을 돌렸다. 진욱이 영진의 책상 뒤쪽에 있는 보드판을 잡고 써 놓은 메모와 사진들을 훑어 내렸다.

"왜."

진욱의 진지함에 영진이 자리에서 일어나 그의 옆에 서서 함께 보드판을 응시했다. 노래주점 살인 사건과 관련해 뭔가 알고 있는 것이 분명했다. 진욱이 보드판 위에서 매직을 들어 뚜껑을 열었다. 그가 하나씩 체크해 나가는 것을 영진이 옆에서 지켜보았다.

새벽 시간대 사람들의 출입이 끊길 마감 전 혼자 노래주점을 찾은 점. 주점엔 도우미 하나와 주인, 범인 셋뿐이다. 은주의 경우와 비슷하지만 다른 점은 주인이 먼저 퇴근하고 안 하고의 차이다. 은주를 목표로 했던 처음 범행 당시 주인이 남아 있었다면 어쩌면 범행의 피해자는 더 늘었을 것이다. 완벽에 가깝다고 생각했지만, 갑작스런 상황에 범인은 은주의 숨통이 끊긴 것을 확인하지 못하고 범행 장소를 빠져나왔다.

이후에 은주가 살아 있다는 것을 확인한 놈은 자신의 실수에 분노했을 것이다. 하지만 아무도 범인을 찾지 못했다. 거기에 또 희열을 느끼지 않았을까. 그 결과가 2차 범행에서 도드라졌다.

놈은 철저하게 범행 대상을 죽음으로 몰고 갔다. 도우미를 상대로 잔혹하고 무자비하게 살인을 저지르고 다른 룸에 숨어 주인의 행적을 살핀다. 문을 닫을 시간이 지났음에도 손님은 나오지 않고 술과 안주도 기본 이외에 더 시키지 않았다. 아마도 화가 났겠지. 그래서 룸으로 직접 갔을 것이다. 손님을 그만 내쫓아 버릴 생각으로.

하지만 룸엔 도우미의 처참한 시신만 있고 놈은 사라졌다. 다시 데스크로 돌아가 경찰에 신고를 하려던 주인의 뒤로 놈이 나타났을 것이다. 뜯어낸 CCTV 모니터를 한 손에 들고서 말이다. 그 모니터로 주인이 죽을 때까지 잔인하게 내려쳤다. 모니터는 주인과 함께 피로 범벅이 된 채로 바닥에 버려졌다. 어차피 녹화도 되지 않는 실시간 감시용이란 걸 알아서였다. 주인이 감시하던 대상은 범인이 아니라 도우미들이었다. 팁으로 받은 돈을 혹여 따로 빼돌리는 건 아닌지 눈에 불을 켜고 감시했던 것이다.

남의 푼돈 빼앗으려다가 다른 건 대비도 하지 않았다. 결국엔 범행 현장을 기록하지 못한 텅 빈 감시용 모니터에 생명을 잃고 말았다.

이 사건의 경우엔 목격자는 없으나 증거가 남아 있었다. 피해자인 도우미가 죽으면서까지 손안에 들키지 않고 감춰 뒀던 혈흔. 그 결과로 오늘 은주를 폭행한 범인이 동일인인지 아닌지 알 수 있을 것이다.

"국과수에 의뢰한 건?"

진욱이 보드판에서 시선을 떼지 않은 채 물었다.

"DNA 분석 결과 말이야?"

"어."

"나왔지. 그런데 기존 범죄자들 중에 일치하는 DNA는 아직 나오지 않았어."

"초범이란 말이지?"

"아마도."

지이잉. 팩스가 들어오는 소리가 들렸다. 진욱이 영진에게 손을 척 내밀었다. 그 손을 힐끔 쳐다보다 영진이 직접 팩스를 가지러 갔다. 진욱의 태도로 봐서 팩스의 내용이 사건과 아주 밀접한 관계가 있는 듯했다.

팩스 앞으로 걸어간 영진이 종이를 들어 내용을 확인했다. 발신인이 강동 경찰서였다. 강동 지역에서 일어난 노래주점 강도 상해 사건에 관한 것이었다. 내용을 쭉 읽어내려

가던 영진의 미간이 좁아졌다. 자신이 맡은 사건과 유사점이 많았다. 노래주점의 도우미를 노렸다는 것이 가장 큰 포인트였다.

"목격자가 있네?"

"줘 봐."

 영진이 서류를 가져오지 않자 진욱이 직접 다가와 내용을 읽어 내렸다. 원하는 것을 찾은 듯 그가 똑같은 부분을 몇 번이나 확인했다. 범인의 인상착의였다. 신장과 대략의 몸무게, 검은색 일색의 복장. 내내 마음에 걸리던 것이 그의 머릿속에 번뜩하고 떠올랐다.

"설마."

 가인의 원룸 근처 운동기구가 있던 소공원을 지날 때 보았던 남자의 모습이 자꾸만 뇌리에 어른거렸다. 뭔가가 꺼림칙하다 생각했는데 남자의 인상착의가 범인과 유사했다. 범인은 잡히지 않았고 은주를 살해하려던 시도는 또다시 실패로 돌아갔다. 죽이고 싶어 안달인 대상을 눈앞에서 놓쳤는데 그대로 포기할 리가 없다.

 진욱이 서둘러 휴대폰을 꺼냈다. 단축 번호를 눌러 전화를 거는 사이 그의 심장이 미친 듯이 뛰어 댔다. 길게 여러 번 신호가 갔다. 가인이 전화를 받지 않고 안내로 음성이 전환됐을 때 진욱이 참지 못하고 강력 2팀 사무실을 뛰쳐나갔다. 그를 지켜보던 영진이 뭔가를 예감한 듯 그 뒤를 쫓았다.

몇 번 더 전화를 걸고 나서야 가인의 전화를 받는 소리가 들렸다. 진욱이 막 자신의 차에 올라 시동을 걸려 할 때였다. 그가 안도의 한숨을 내쉬었다.

"왜 이렇게 늦게 전화를 받아."

-저기.

그의 목소리에 답하는 건 가인이 아니었다. 순간 진욱의 모든 동작이 멈추고 정적이 흘렀다.

-가인이 잠시 밖에 나갔는데요.

가느다란 여자의 목소리. 가인을 아는 사람. 집에 휴대폰을 두고 갔고 계속 울리는 휴대폰을 받을까 말까 망설이다가 받은 한집에 머무는 가까운 사람이라면 은주일 것이다. 그가 짙은 한숨을 내쉬며 얼굴을 손으로 쓸어내렸다.

"어디 갔습니까?"

-집 앞 슈퍼에 잠시 다녀온다고 나갔는데, 아직 안 들어오고 있어요.

"나간 지 얼마나 됐습니까?"

-20분 정도 된 거 같아요. 10분 안에 갔다 올 수 있는 거리라서 금방 갔다 온다고 혼자 나갔는데.

불안함에 마음이 흔들렸지만 진욱은 애써 그것을 진정시키며 말을 이었다.

"무슨 일로 나갔는지 혹시 아십니까?"

-그게, 뭘 좀 사러…….

자세하게 말하기가 곤란하다는 투로 은주가 말끝을 흘렸다. 물건이 무엇인지는 중요하지 않았다. 지금 진욱이 가장 알고 싶은 건 왜 여태까지 그녀가 밖에 있는가 하는 것이었다. 휴대폰을 들고 가지 않았다는 건 금방 다녀올 거라 필요치 않아서였을 것이다. 왜 아직 돌아오지 않고 있는 것일까? 어쩌면 찾는 물건이 가까운 슈퍼에 없어 다른 곳으로 갔을 수도 있었다. 일단은 침착하게 대응해야 했다.

"혹시 근처에 경찰들 배치되어 있습니까?"

-아, 네. 원룸 근처에서 잠복하신다고 연락하셨어요.

"다른 일은 없으셨고요?"

-네.

가인의 휴대폰에 저장된 그의 이름을 보고 진욱이 검사라는 것을 알아챈 은주가 고분고분 답을 해 주었다.

"가인 씨 혹시 들어오면 제가 연락 좀 해 달란다고 전해 주십시오."

-네. 그럴게요.

"그럼."

목소리에서 긴장감은 느껴지지만 두려움은 많이 지워진 듯했다. 자신의 집이라는 아늑하고 안정된 장소에 형사들이 지켜보고 있다는 것에 안도감이 들어 마음이 많이 진정된 모양이었다. 은주는 걱정하지 않아도 될 것 같았다. 그보다는 밖으로 나가 연락이 없는 가인이 더 염려되었다.

톡톡. 차를 출발시키기 직전 차창을 두드리는 소리가 들렸다. 창으로 시선을 던진 진욱의 눈에 영진의 모습이 보였다. 그가 차창을 내리자 영진이 물었다.

"무슨 일이야?"

"강동 경찰서에서 보내온 사건이랑 이쪽 사건이랑 동일범 소행인 거 같은데. 네 생각은 어때?"

"일단은 유사점이 많은 걸로 봐서 그럴 가능성이 농후하다고 판단은 돼. 그래서?"

"그 사건 목격자, 서가인 씨. 내 애인이야."

"네 애인?"

진욱의 말에 영진의 눈이 뭔가를 생각하는 듯 가늘어졌다.

"그때 카페에서 이모랑 같이 있던 그 여자분 맞아?"

"어."

"지금 가는 거 그분이랑 상관있는 건가?"

"오늘 저녁 6시 5분쯤에 강동 경찰서 사건 피해자가 다시 습격을 당했어. 우연히 피해자가 일하는 편의점에 놈이 들어왔고 서로가 상대를 알아봤어. 살해 시도가 있었고, 마침 교대 근무자가 들어오다가 현장을 발견하고 도움을 요청하며 거리로 뛰쳐나갔어. 마구 휘두른 일격이 목을 감싼 피해자의 팔을 찔렀고 놈은 그대로 도주했어."

"증거가 사방에 깔렸겠군. 우리 사건과 동일범인지는 놈을 잡아 DNA 대조해 보면 알 테고."

영진이 빠르게 사태를 파악했다. 그가 시선을 들어 진욱을 직시했다. 초조함이 가득한 진욱의 얼굴을 가만히 바라보다 영진이 자신의 차를 턱으로 가리켰다.

"나도 뒤따라갈 테니까 먼저 출발해. 자세한 건 가면서 전화로 설명하고."

진욱이 답 없이 고개를 끄덕였다.

영진이 몸을 돌려 자신의 차로 걸어가는 것을 확인한 진욱이 경찰서 밖으로 차를 몰았다. 일단은 가인의 집 근처 슈퍼에서부터 그녀의 행적을 조사해 나가야 했다. 그사이 그녀가 무사히 집으로 돌아갔다면 천만다행일 테지만, 그렇지 못한 경우엔 한시라도 빨리 그녀를 찾아야 했다.

근처를 배회하던 검은 후드티의 남자가 범인이라면 가인이 집 밖으로 나온 것을 보고 뒤따라갔을 위험성도 있었다. 원룸은 진욱의 요청으로 형사들이 진을 치고 있을 테니 쉽게 접근이 어려웠다. 대신 혼자 떨어져 나간 가인은 손쉽게 건드릴 수 있었다. 그녀는 피해자가 아니었고, 그로 인해 신변 보호도 받지 못했을 것이다. 목격자 신변 보호를 따로 요청하지 않았던 건 은주와 둘이 함께 있을 거라 생각해서였다.

영진에게서 전화가 왔다. 스피커폰을 켜고 진욱이 전화를 받았다.

-읊어 봐.

무엇에 대해 말하라는 건지 설명도 없이 전화를 받자마

자 영진이 다그쳤다. 평소 같았으면 능청을 떨며 농담을 던졌을 텐데 지금 진욱은 장난기를 뺀 진지함으로 영진의 말에 응했다.

"알다시피 서가인은 내 애인이고 강동 사건 피해자가 가인 씨의 절친이자 룸메이트야. 몇 시간 전 편의점에서 있었던 사건으로 내가 신변 보호를 요청해 놨는데, 아무래도 꺼림칙한 게 있어서 확인차 가는 길이야."

-뭐가 거슬렸는데?

"집 근처 공원에서 남자 하나를 봤는데 인상착의가 범인이랑 비슷했어. 물론, 아닐 가능성도 있지만."

-아까 팩스에서 확인한 게 범인 인상착의였군. 그것만 가지고 이렇게 급하게 달려가는 것 같진 않은데? 가인 씨가 전화를 안 받는 게 위험에 처해서인가?

진욱의 행동과 정황을 듣고 단박에 사태를 파악한 영진이었다.

"그것도 아직 몰라. 피해자인 룸메이트는 집에 안전하게 있는 걸 확인했고, 형사들도 잠복 중이야. 가인 씨가 근처 슈퍼에 갔다는데 예상 시간보다 많이 늦어지고 있는 데다가 휴대폰도 집에 놔두고 갔어. 지금 상황에서 정확하게 결론이 난 건 아무것도 없어. 그래서 불안하고."

-오케이. 나도 그 일대 주변 수색해 볼게. 먼저 찾는 사람이 연락하고.

"그래. 고맙다."

-일이잖아. 고마울 게 뭐 있어.

진욱의 진심 어린 감사 인사를 영진이 시크하게 받았다. 그에 잠시 진욱의 입가에 엷은 미소가 머물렀다가 사라졌다. 아직은 긴장의 끈을 놓을 수가 없었다. 은주에게선 연락이 없었고, 가인에게는 따로 연락할 방법이 없었다.

"아무리 가까워도 휴대폰은 들고 가지."

혼잣말을 중얼거리는 진욱의 얼굴에 초조함이 묻어났다. 가인의 원룸까지는 적어도 20분에서 30분이 걸린다. 그 사이에 그녀가 무사히 집으로 돌아오기를 바라며 진욱이 차의 속도를 높였다.

예정에 없던 생리가 터졌다. 집에 구비해 둔 생리대가 간당간당해서 사러 나온 길이었다. 집 앞 슈퍼는 있는 것보다 없는 것이 더 많은 곳이었다. 물건도 주인의 마음대로 구비해 놓곤 했다. 가격도 일반 마트보다 비싸서 정말 급한 때가 아니면 잘 가지 않았다. 은주를 혼자 두고 나온 게 불안해서 얼른 사서 들어갈 생각에 가까운 슈퍼로 향했다.

하지만 그녀가 찾는 물건은 그곳에 없었다. 나이 지긋한 남자 주인에게 묻기가 그래서 가인은 눈총을 받으며 그냥 빈손으로 슈퍼를 나왔다. 그녀의 시선이 저만치 보이는 불 켜진 원룸의 4층으로 향했다. 내려오는 길에 원룸 벽에 주차된 차

량을 보았다. 사람이 안에 타고 있었는데 어쩐지 낯이 익었다. 집에 찾아와 사건에 대해 묻던 형사임을 확인하고서야 가인이 안심을 하고 슈퍼로 향했었다.

"저렇게 지키고 있으니까 별일은 없겠지?"

자신이 조금 더 자리를 비운다고 해도 괜찮을 거라 생각하며 가인이 편의점이 있는 곳으로 발길을 돌렸다. 큰길가에 있는 편의점까지는 도보로 10분 가까이 걸렸다. 이왕 나왔으니 필요한 물건은 사서 들어가는 게 좋겠다는 생각에 가인은 편한 마음으로 발을 움직였다.

어둠이 짙게 깔린 길 위로 달빛과 가로등이 만들어 낸 그림자가 길게 드리워졌다. 가인이 걸어간 길 위로 또 다른 인형이 나타났다. 원룸이 잘 보이는 골목 어귀 어둠 속에 숨어 있던 남자가 빛 속으로 걸어 나왔다. 가인이 그랬듯이 원룸을 한 번 쳐다보고 멀어지는 가인을 돌아본 남자가 씨익 입가를 끌어 올리곤 가인의 뒤를 쫓았다. 죽는 것에 순서가 따로 있는 건 아니었다. 둘 중 하나를 먼저 죽일 수 있는 기회가 왔으니 놓칠 수 없었다. 남자가 가인의 뒤를 밟기 시작했다.

드문드문 사람들이 오가는 거리를 걸어 소공원을 지나 편의점이 보이는 건널목 앞에 가인이 멈춰 섰다. 신호가 바뀐 지 얼마 되지 않아 건널목에는 신호를 기다리는 사람들이 없었다. 버스 정류장과 거리도 제법 있어서 이곳을 이용하는 사람들은 평소에도 그렇게 많지 않았다. 낮에도 그런데 밤은 오죽할까.

사막의 오아시스처럼 어둠 속에서 환하게 빛을 발하고 있는 편의점을 바라보며 가인이 신호가 바뀌기를 기다렸다. 누군가 곁으로 다가오는 인기척이 느껴졌다. 길을 건너려는 사람인가 보다 생각하며 가인은 별스럽지 않게 생각했다. 남자가 옆이 아닌 자신의 뒤에 바짝 붙어 멈춰 설 때까지는 전혀 신경을 쓰지 않았다.

"나 알지?"

목덜미에 차가운 것이 닿았다. 날카로운 칼날의 섬뜩한 느낌에 가인의 등을 타고 소름이 돋았다. 처음 듣는 목소리였다. 하지만 가인은 직감적으로 알 수 있었다. 등 뒤의 남자가 바로 은주를 죽이려 했던 범인이라는 것을.

"누구시죠?"

범인을 마주한 것은 계단을 스치는 잠깐 동안이었다. 얼굴을 자세히 본 것도 아니었다. 그동안 충격에 범인의 인상착의를 제대로 기억하지 못했던 은주였다. 그러나 다시 정면에서 마주치니 놈이라는 걸 바로 알겠더라고 했다. 몸이 절로 반응해 덜덜 떨렸다고.

반면, 가인의 기억력은 생생했다. 하지만 놈의 목소리도 얼굴도 알지 못했다. 외형적인 형태로 신장과 몸무게를 어느 정도 가늠하는 게 전부였다. 검은 옷 일색은 그렇게 큰 특징이 될 수 없기에 제대로 놈에 대해 아는 것이 없다고 해도 과언이 아니었다. 그런 가인에게 놈이 자신이 누군지 알지 않느냐고 물었다. 그래서 가인은 솔직하게 반문했다. 놈이 누군지 모르기에 누구냐고 물은 것이다.

놈의 스산한 웃음소리가 가인의 귀 바로 옆에서 들려왔다. 놈이 한 팔로 가인의 어깨를 가로질러 붙잡아 제압하고 목에 칼을 겨누고 있었다.

"크크, 기억을 못 해? 우리 마주쳤던 적 있었잖아. 그날, 망할 은주 년 죽이는 거 실패했을 때. 계단에서 봤잖아. 안 그래?"

"그게 당신이란 걸 내가 어떻게 알아. 말을 섞은 적도 없고 얼굴을 본 적도 없는데."

"그랬나?"

놈이 기억을 더듬는가 싶더니 가인을 뒤로 끌어당겨 건널목에서 멀어졌다. 끌려가며 가인은 잠시 갈등했다. 이대로 차가 다니는 도로 위로 뛰어드는 게 나을지, 끌려가다 기회를 엿보고 도망치는 게 나을지. 둘 다 그렇게 큰 가능성은 없어 보였다. 시도하는 즉시 놈이 가인의 목에 대고 있던 칼을 찔러 넣을 수도 있었다. 놈은 정확하게 동맥이 흐르고 있는 위쪽에 칼끝을 세우고 있었다. 뾰족한 날에 찔려 이미 그녀의 목에 생채기가 나고 있었다.

가인의 입을 틀어막지 않은 건, 소리치면 바로 찔러 죽일 거라는 경고와 충분히 그럴 수 있다는 자만심일 것이다.

놈은 언제든 잔혹하게 사람을 죽일 수 있었다. 다시 만난 은주의 숨통을 끊어 놓으려고 한 걸로 봐선 한 번 노렸다가 놓친 먹잇감에 대한 집착도 대단한 것 같았다. 은주만 노리고 있다고 생각했었다. 자신은 놈의 손아귀에서 안전하다 생각한 건 가인의 오판이었다. 잠깐 마주친 것뿐이었지만, 놈은 가인을 기억하고 있었다. 놈에게 살려 둬서 위험하기는 가인도 마찬가지일 것이다. 제대로 아는 것은 없었지만, 단 하나의 목격자일 테니까.

놈이 가인을 어둠 속으로 끌고 가려 하고 있었다. 아무래도 오고 가는 사람이나 차들이 있는 도로변보다는 으슥하고 인적이 없는 장소가 놈이 사람을 처리하기에는 안전한 공간일 것이다. 그렇다면 가인은 그 전에 도망을 쳐야 한다. 놈에게 완전히 유리한 장소로 가기 전에.

아직 그녀의 두 손과 두 발은 자유로웠다. 목 아래를 잡고 있는 팔이 아닌 칼을 들고 있는 팔을 쳐 내기만 하면 어떻게든 도망을 갈 수는 있을 것 같았다. 놈의 손에서 칼을 먼저 분리시켜야 한다.

"날 어떻게 하려는 거죠?"

놈의 신경을 분산시킬 필요가 있었다. 그래서 가인은 일부러 놈과의 대화를 시도했다.

"몰라 물어?"

"죽일 건가요?"

"물론."

"왜죠? 날 죽여야 할 이유가 뭐죠? 당신과 은원 관계를 맺은 기억이 없는데요. 아무나 잡고 죽이면 그만인 건가요?"

가인의 말에 놈이 가소롭다는 듯 비웃었다. 놈이 가인의 귀에 바짝 입을 대고 중얼거렸다.

"넌 아무나가 아니니까."

"무슨 말이에요?"

"내가 네 더러운 속내를 모를 것 같아?"

놈이 하는 말이 무슨 뜻인지 가늠이 되지 않았다. 속내라니. 달아날 궁리를 하고 있는 지금의 상황을 말하는 건지, 다른 무엇이 또 있는 건지 알 수가 없었다. 그런 가인의 의문에 놈이 답을 주었다. 얼토당토않은 허무맹랑한 말이었다.

"몸뚱이 잘 굴려서 검사라는 그놈 꼬셔 한 밑천 단단히 뜯어낼 작정이잖아. 더럽고 추악한 짓거리로 남의 걸 함부로 탐하는 건 죄악이야."

놈의 말에 가인의 미간이 한껏 찌푸려졌다. 죄다 헛소리였다.

"말도 안 되는 억측인 거 알아요?"

"네 집 앞에 왔던 검사 나부랭이 네가 꼬셨잖아. 아니야?"

진욱에 대한 얘기가 나오자 가인의 등골이 서늘해졌다. 집 앞이라고 했다. 놈의 말은 진욱이 가인을 만나러 왔을 때도 근처에서 모두 지켜보고 있었다는 뜻이었다. 아니, 어쩌면 그 이전부터 쭉 보고 있었을지도 모른다. 은주와 가인이 집으로 들어가는 것까지 모두. 그러니 놈이 네 집이란 말을 쓰고 있는 거겠지. 자칫 은주까지 위험해질 뻔했다.

가인은 자신의 생명이 경각에 달한 위험한 상황 속에서도 은주만이라도 무사해서 천만다행이란 생각을 했다.

"그런 거 아니에요."

"아니긴 뭐가 아니야. 너 같은 더러운 것들은 이 세상에 살아 있어서는 안 돼. 세상을 정화시키기 위해서는 너희 같은 것들을 죽여 없애야 해. 그게 신이 내게 주신 사명이거든."

기이하고 음산한 목소리로 마치 광신도처럼 흘려 내는 놈의 말에 소름이 끼쳤다. 살인을 하는 것부터가 제정신은 아니라고 생각했지만, 놈은 미치광이 정신병자였다. 이런 놈은 말이 통하지 않는다. 자신의 논리만이 옳다고 여기는 놈에게, 신의 사자를 자청하는 놈에게 설득이라는 건 있을 수 없는 말이었다.

'어떻게 해야 하지?'

칼을 겨눈 놈의 손을 붙잡아 저지시키려면 엄청난 스피드와 힘이 필요했다. 재빨리 놈의 손목을 잡아 꺾어 제압하기에는 가인의 모든 것이 역부족이었다. 몸을 옥죄고 있는 팔을 밀고 아래로 내려앉아 다리를 걸어차는 건 가능할까? 그것 또한 성공할 거란 확신은 없었다.

"여기 어때?"

놈이 음산하게 속삭였다. 네가 죽을 장소로 여기가 어떠냐고 가인에게 묻고 있었다. 가인이 정신을 번뜩 차리고 눈동자를 굴려 주변을 둘러봤다. 도로변에서 그리 멀지 않은 소공원으로 들어서는 길목의 으슥한 어둠 속이었다.

드문드문 켜진 가로등의 사각지대. 희미한 빛마저 드문 장소로 놈이 가인을 끌고 들어가려 하고 있었다. 이대로 사지로 끌려가 놈에게 허무하게 죽임을 당할 수는 없었다. 가인의 눈동자가 불안하게 흔들렸다. 흐트러지는 호흡을 그녀가 애써 가다듬어 진정시켰다. 그녀가 손을 들어 올려 칼을 들고 있던 놈의 손목을 잡아 밀어내며 제 목 아래 있던 팔을 이로 깨물었다.

"으악!"

살점을 뜯기라도 할 듯 거세게 무는 가인의 악력에 놈이 비명을 지르며 팔로 가인을 거칠게 밀어냈다. 앞으로 휘청거리며 바닥에 넘어질 뻔한 가인이 뒤도 돌아보지 않고 뛰었다. 놈이 무서운 기세로 가인의 뒤를 쫓았다. 다시 잡히면 놈의 칼이 사정없이 자신의 몸을 뚫을 거라는 걸 가인은 알고 있었다. 그녀는 죽을힘을 다해 뛰었다.

길 건너 훤하게 밝혀진 편의점의 불빛을 향해 신호도 보지 않고 도로 위로 뛰어들었다. 강렬한 빛이 그녀의 시야를 눈부시게 했다. 그 자리에 멈춰 선 가인을 향해 빛이 맹렬히 달려오고 있었다.

끼이이익!

빠아앙!

연달아 달려오던 두 대의 차가 그녀를 발견하고 급하게 멈춰 섰다. 가인을 뒤쫓아 오던 놈이 멈춰 선 차에서 내리는 사람들을 보곤 이를 뿌득이며 방향을 틀었다.

"서가인!"

익숙한 목소리, 눈에 익은 인형에 가인의 다리에서 힘이 빠져나갔다. 그녀가 털썩 땅바닥에 주저앉았다. 쓰러지려는 가인을 급히 진욱이 받아 안았다. 자신을 걱정스럽게 내려다보는 진욱의 얼굴을 확인하자 비로소 가인의 입가에 안도의 미소가 떠올랐다.

"괜찮아?"

진욱의 걱정스런 물음에 가인이 힘없이 고개를 끄덕였다. 그러곤 떨리는 손을 들어 달아나고 있는 놈을 가리켰다. 그 손끝을 따라 진욱과 뒤따라 차를 세운 영진의 시선이 움직였다. 영진이 재빨리 놈을 쫓으며 휴대폰으로 지원 요청을 했다.

"피 난다."

가인의 입 언저리에 묻어 있는 피를 진욱이 닦아 내며 미간을 찌푸렸다.

"내 피 아니에요."

"어?"

"그놈 팔을 내가 물어뜯었거든."

아무렇지 않게 말을 하려 했는데 자꾸만 목소리가 떨렸다. 크게 다친 곳은 없다고 해도 살인범에게 잡혀 죽을 뻔했었다. 안전한 진욱의 품에 안겨 있다고 해서 두려웠던 마음이 쉽게 가라앉지는 않았다. 파르르 떨고 있는 가인을 진욱이 꼭 끌어안아 등을 부드럽게 어루만지며 달래 주었다.

"괜찮아. 이제 다 괜찮을 거야."

영진과의 사투 끝에 범인이 잡혔다. 살인에 대한 놈의 논리는 괴이쩍었다. 세상을 정화시키기 위해 신이 자신을 내려보냈다는 말도 안 되는 궤변을 늘어놓는 것으로 봐선 제정신은 아닌 듯했다. 하지만 살인을 계획하고 그것을 실행하는 과정은 치밀하고 잔혹했다.

놈이 소시오패스든 사이코패스든 진욱에게는 상관없었다. 죄에 대한 정당한 대가를 치르게 하는 것만이 진욱의 관심사였다. 될 수 있으면 영원히 놈이 사회에 나오지 못하게 만들어 버리고 싶었다.

범인의 인권을 논하며 죄의 경중을 따져 감형을 요구하는 논리는 진욱에게 통하지 않았다. 선하게 살다가 놈의 손에 무자비하게 억울한 죽음을 당한 피해자들의 생명이 그에게는 더 중요했다. 그리고 저런 놈들은 머리를 통째로 바꾸지 않는 이상 세상에 나오면 다시 살인을 저지르기 마련이었다.

절대 그것을 간과해서는 안 된다.

 더 많은 피해자가 나오기 전에 놈을 잡은 것이 그나마 천만다행이었다.

"미친 새끼."

 취조를 하고 나오는 영진의 입에서 거친 욕지거리가 터져 나왔다. 피해자의 어린 아들은 이제 천애 고아가 되었다. 그런 짓거리로 돈을 버니까 죽임을 당하는 거라고 뭣 모르는 사람들은 피해자를 손가락질하기도 했다. 하지만 삶이 누구에게나 공평한 것이 아니듯, 때로는 잔인한 삶에 어쩔 수 없이 그런 곳으로 내몰리는 사람들이 있었다. 최선을 다해 살아가려고 했다. 자신은 비록 사람들의 손가락질을 당하는 삶을 살아가지만 자식만은, 동생만은 당당한 삶을 살아가기를 바라며 자신을 희생했다.

 놈이 말했다. 그게 더 추악한 거라고. 더럽게 몸뚱이를 이용해 돈을 벌면서 저는 다르다고 순수한 척 구는 것이 더 역겹다고. 차라리 완벽하게 더러운 게 나은 거라고. 내뱉는 말이 족족 영진의 화를 돋웠다. 놈을 향해 주먹을 내지르지 않은 것은 희생당한 피해자들을 위해서였다. 놈이 법정 최고형을 받을 수 있게 놈에게 유리한 짓은 절대 하지 않을 생각이었다. 욱하는 마음에 한 대라도 때린다면 강압 수사라느니 고문을 당했다느니 터무니없는 말을 지어낼 수도 있었다. 그렇게 해서 법망을 빠져나가게 만들 수는 없었다.

"제대로 토스해."

강력 2팀 사무실로 들어서는 영진을 향해 진욱이 말했다. 영진이 조사서를 그의 눈앞에서 흔들어 보이며 고개를 끄덕였다.

"강진욱 검사가 눈에 불을 켜고 지켜보고 있는데 당연히 그래야겠지."

"저런 괴물은 대체 어디에서 계속 나타나는 거야?"

진욱이 땅이 꺼져라 한숨을 내쉬며 고개를 저었다. 자리로 걸어간 영진이 의자에 앉으며 쓰게 웃었다.

"대부분의 괴물들이 불행한 가정사를 먹고 자라지."

놈도 그랬다. 지독하게 가난한 집에서 태어난 놈의 어린 시절은 언제나 불행의 끝자락에 머물러 있었다. 엄마는 돈을 벌기 위해 노래주점에 나갔고 그 돈은 능력 없는 알코올 중독자 아버지의 술값과 노름 밑천으로 들어가곤 했다.

늘 그는 굶주렸고 아버지의 폭력에 시달려야 했다. 매를 맞고 쫓겨나는 날이면 엄마는 너 때문에 도망도 못 간다며 놈에게 넋두리를 해 댔다. 그러던 어느 날, 더러운 년이라는 욕을 쏟아 내며 또다시 엄마에게 폭행이 가해졌다. 놈은 맞는 것이 두려워 숨어 그 소리를 듣고 있었다. 너 같은 건 죽어 없어져야 한다는 말과 함께 무자비한 폭행이 가해졌고, 그날 놈의 엄마는 차가운 골방에서 죽음을 맞아야 했다.

놈의 원망과 분노는 삐뚤어진 가치관을 형성하게 만들었

고, 자신에게 폭행을 가했던 아비보다 노래주점에 나가 억지 웃음을 짓고 돈을 벌어 와야 했던 엄마를 더 증오하게 했다.

자신의 엄마와 같은 상황에서 열심히 살아가던 여자들을 범행 대상으로 택한 것도 바로 그 이유에서였다. 범행을 실천하기까지 놈은 무수한 시행착오를 겪었을 것이다.

겁 많았던 놈이 살인자로 돌변한 건 아버지의 죽음이 큰 영향을 미쳤을 것이다. 주어진 사명을 다하지 못해서 신이 단죄를 한 것이라고 놈은 생각하고 있는 듯했다. 세상을 추악하게 물들이고 있는 더 많은 더러운 것들을 죽여 없애야 하는데 놈의 엄마 단 하나만 죽여 암매장했기 때문에, 그것들의 죄악을 세상에 알리지 않았기에 죽은 것이라고 생각하고 있었다. 놈은 제대로 미쳐 있었다.

불우한 환경이 놈에게 면죄부는 될 수 없었다. 그것은 명백한 사실이었다. 놈을 기소하고 법의 심판대에 세워 엄중한 처벌을 받을 수 있게 하는 것이 진욱이 할 일이었다. 영진은 그를 위해 필요한 모든 것을 다 갖춰 줄 것이다. 놈은 사회에 다시 발을 들여서는 안 되는 위험한 존재였다.

"가인 씨는?"

"괜찮다고는 하는데, 많이 놀란 것 같아."

"그렇겠지. 잘 다독여 줘."

"응."

"그나마 놈을 잡은 게 위로가 될 거야."

"영원히 못 나오게 해야 완전하게 안심할 수 있을 거야."

"그건 네가 알아서 할 거잖아."

따로 당부하지 않아도 진욱이 그에 대해서는 더 철저하게 준비를 할 것이다. 신뢰가 담긴 영진의 눈빛에 진욱이 그제야 피식 웃음을 터트렸다. 그가 영진의 어깨 위에 손을 올리고 툭툭 가볍게 두드렸다.

"나 강진욱이야."

"자뻑도 병이다."

진욱의 잘난 체에 영진이 당장에 미간을 찌푸리며 그의 손을 냉정하게 쳐 냈다. 평소와 다름없는 티격태격하는 모습으로 돌아온 둘이 다른 곳을 보며 같이 피식 웃었다. 다른 건 몰라도 사건에 대한 해결 능력은 둘 다 탁월했다. 척하면 척이었다. 그 궁합이라도 맞아서 다행이라고 하나가 가끔 둘을 놀리곤 했다.

"완벽하게 옭아매서 넘길 테니까, 넌 들어가서 애인이나 잘 보살펴."

"하나라도 부족하면 가만 안 둔다."

"지랄. 꺼져."

야멸치게 내쫓는 영진을 뒤로하고 진욱이 엷은 미소를 머금은 채 강력 2팀 사무실을 나섰다.

복도를 걸어가는 진욱의 입에서 짙은 한숨이 터져 나왔다. 우려가 현실이 됐을 때, 놈에게서 도망친 가인이 위험한 도로 위로 뛰어들었을 때 가슴이 덜컹 내려앉았었다. 조금 더 신중했어야 한다는 자책이 그를 아프게 했다. 놈에 대해 주의를 기울이고 있어야 했다. 가인과 사귀기 이전에 벌어진 일이어서, 직접적으로 관련된 건 가인의 친구인 은주라서, 자신의 관할이 아니어서 소홀히 생각했었던 게 문제였다.

진욱은 죽음의 공포에서 가까스로 빠져나와 파르르 떨고 있는 가인을 품에 안고 자신을 끝없이 힐책했다. 어떤 사건이라도 미해결 상태에 있다면 절대 간과해선 안 되는 거란 걸 이번에 다시 한번 뼈저리게 깨달았다. 언제 어떤 경로로 자신이나 가까운 누군가가 위험에 처하게 될지 알 수 없는 일이었다.

"절대 용서하지 않아."

경찰서를 나서며 진욱이 굳게 다짐했다.

6. 사랑이 그림자처럼 발끝에 머물렀다

 형사 2부 417호 법정 결심공판 검사 강진욱.
 이날 열린 결심공판 심리는 강동과 강서에서 일어났던 강도 치상, 살인 사건에 대한 것이었다.
 피고인 최현재는 국선변호사를 선임해 심신미약 상태에서 벌어진 우발적인 범행이었다며 선처를 요청했다. 충분히 예상하고 있던 일이었다. 그에 대한 반박의 증거를 이미 철저하게 준비하고 있던 진욱이었다. 하나씩 드러나는 진실에 방청객들이 술렁거렸다. 자신도 사회의 최하 계층으로서 불우한 어린 시절을 보내 정신적으로 온전치 못한 성인이 되었다며 피해자 모드를 연출했지만, 그 또한 진욱에 의해 완벽하게 뒤바뀌었다.

최현재가 자신의 아버지가 어머니를 살해하는 것을 방조했음은 물론이고, 생명이 경각에 처한 어머니를 그대로 방치해 죽음에 이르게 했음을 지적했다. 그때는 이미 아버지는 술에 곯아떨어진 뒤였고 어머니는 아픈 몸을 움츠려 끌어안고 현재에게 살려 달라고 도움을 요청했었다.

-뒈져. 더러운 년. 내가 그렇게 말하니까 그년 눈이 뒤집히더라고. 날 낳기만 했지 제대로 기르지도 않은 년이 더럽게 함부로 몸을 굴린 주제에 어디서 엄마 노릇을 하려고 들어. 그런 것들은 죄다 죽어야 돼.

진욱이 녹음기의 버튼을 누르자 또다시 현재의 목소리가 흘러나왔다.

-그 애한테도 잘된 일이야. 그런 부모는 있으나 마나니까. 이제 나처럼 잘 자랄 수 있어. 내가 도와준 거야. 내가 그 애를 구원해 준 거라고. 내가 그년을 죽여 줬으니까. 이름이 추희라더군. 여추희. 큭큭. 이름은 왜 물어보냐고? 내가 제거한 악의 하나로 기록하려고. 크크큭.

놈의 음산한 웃음소리가 재판정 안을 떠돌았다.

녹음기를 끈 진욱이 마지막 발언을 위해 자세를 바로잡았다.

"피고인은 아들을 위해 헌신하며 최선을 다해 살아온 한 가정의 가장이며 엄마였던 여인을 무참하고 잔인한 방법으로 숨지게 했음에도 불구하고 전혀 반성의 기미가 없고, 또 다른 범죄의 위험성이 큰바 중형이 불가피하므로 이에 피고 최현재에게 법정 최고형인 무기징역에 선고합니다."

진욱의 말에 피고인석에 앉아 있던 최현재가 이를 갈며 그를 노려보았다. 어리석게 꽃뱀에게 속아 넘어간 것이 안타까워 자신이 왜 그런 일을 했는지, 어떻게 그것들을 단죄하는지에 대해 자세히 알려 주기까지 했었다. 그런데 진욱이 지금 그것들을 이용해 자신을 옭아매고 있었다. 이건 명백한 배신이었다.

"이 멍청한 새끼! 너도 그년도 다 내 손으로 죽여 버릴 거야!"

"진정하세요. 이러면 안 됩니다."

옆에서 말리는 변호사의 멱살을 잡아 흔드는 놈을 경찰들이 제지시켰다.

"피고, 정숙하세요."

판사의 호통에 겨우 놈이 자리에 앉았다. 하지만 채 흥분을 가라앉히지 못한 듯 씩씩거리며 진욱을 죽일 듯이 노려보았다. 그런 최현재를 올곧게 바라보며 진욱이 자신만만한 미소를 지어 보였다. 절대 놈이 거리를 활보하게 만들지 않겠다는 굳은 의지가 그의 미소에 담겨 있었다.

판사의 선고가 이어졌다. 최종 판결은 검사의 구형과 같았다. 경찰들에 이끌려 재판장을 빠져나가는 최현재의 얼굴에 광기가 가득했다. 자신이 처한 현실을 도저히 받아들일 수 없는 모양이었다.

"수고했다."

방청석 뒤에서 재판 과정을 지켜보던 영진이 다가와 툭 말을 던졌다. 진욱이 피식 웃으며 자료를 정리해 자리를 벗어났다. 진욱이 방청석으로 다가오자 영진이 통과하기 쉽게 문을 열어 주었다.

"땡큐."

나란히 법정을 나서는 둘의 얼굴이 밝았다. 한동안 최현재의 사건을 수사하느라 둘 다 골머리를 썩였다. 워낙에 놈이 요사스러운지라 두뇌 싸움도 치열했고 정신적인 관리도 필요했다. 여러모로 골치 아픈 사건이었다. 그 덕에 같이 고생한 둘 사이에 팀워크가 돈독해졌다. 물론, 겉으론 여전히 티격태격거리지만 말이다.

"이제 발 뻗고 잠 좀 자도 되겠지?"

"너만 나 괴롭히지 않으면 그렇겠지."

"영장이나 제대로 발부하고 그런 소릴 해."

"나보다 잘 발부해 주는 검사 있으면 나오라고 그래."

"잘났다."

"응. 확실히 잘났지."

잘난 척 턱을 곤추세우는 진욱을 영진이 한심하다는 듯 쳐다봤다. 진욱이 마주 보며 입을 씰룩거렸다. 뭐, 불만 있냐는 투다.

"와아, 재수 없어."

영진이 고개를 절레절레 흔들며 말했다. 그에 지지 않고 진욱이 맞받아쳤다.

"피차일반이거든."

"일 처리만 제대로 못 했으면 한 대 딱 치는 건데."

"절대 그럴 일은 없을걸. 내가 일에는 또 한 완벽 하거든."

"그래서 항상 내 주먹만 울지."

주고받는 말은 까칠했지만 서로의 얼굴엔 어느새 엷은 미소가 자리했다. 법원을 나서 계단을 내려가던 진욱이 가인을 발견하고 환하게 웃었다. 그가 영진에게 자료와 가방을 떠넘겼다. 그러곤 법복을 벗기 시작했다. 그를 영진이 기막힌 듯 쳐다봤다.

"이게 무슨 짓이지?"

"짓이 아니라 부탁. 내 짐 좀 집무실에 갖다 놔 줘."

"노룩패스다 이거."

시선은 가인에게 꽂힌 채로 짐만 떠넘기는 진욱을 두고 영진이 농담처럼 말했다. 진욱이 법복까지 얌전히 영진의 손에 건네주며 싱긋이 웃었다.

"내가 하나 딱 못하는 게 있는데 그게 농구거든. 노룩패스는 아니다. 나중에 밥 살게. 제수씨랑 같이 보자."

"제수씨 아니라 형수."

"내가 한 달 먼저 나왔거든."

진욱이 계단을 내려가며 자기가 형임을 주장했다.

"그거 출생 신고가 잘못된 거라니까. 분명히 내가 일주일 먼저 태어났어. 꼭 기억해라."

마지막 영진의 말은 듣지 못한 듯 귓등으로 흘리며 진욱이 가인에게로 한달음에 달려 내려갔다. 가인이 영진을 발견하고 고개를 숙여 인사를 대신했다. 영진도 공손히 마주 고개를 숙였다. 가인이 뭐라 진욱에게 말하자 진욱이 손을 내저으며 그녀의 어깨를 끌어안고 걸음을 재촉했다.

거리가 있어 둘이 속닥거리는 소리는 잘 들리지 않았다. 하지만 둘의 제스처만 봐도 알 수 있었다. 가인이 영진을 그냥 두고 가도 되냐고 묻자 진욱이 신경 쓰지 말라며 끌고 가는 거라는 걸.

"못된 고양이 부뚜막에 먼저 오른다더니. 딱 그 짝이네."

연애의 연 자도 모르던 시절의 진욱은 눈치도 없이 영진과 하나 사이에 매번 끼어들곤 했었다. 눈치 없는 게 사람이냐 대놓고 핀잔을 줘도 꿈쩍도 않더니. 자신이 연애를 하기 시작하니까 영진은 아예 끼어들 여지를 주지 않는다. 혼자 독차지하겠다는 뜻을 확고하게 밝히고 있는 것이다.

"늦게 배운 도둑질에 날 새는 줄 모른다가 맞는 건가?"

영진이 진욱에게 딱 어울리는 말이 뭔가 곰곰이 생각하다 머리를 내저었다. 그게 뭐가 중요하다고. 어쨌거나 일맥상통하는 건 강진욱이 연애를 하더니, 없던 소유욕이 강하게 발동하고 있다는 것이다.

내 거야. 내 거. 아무도 안 보여 줘. 딱 그런 모습이었다.

"나 요즘 이런 깜짝 쇼에 너무 길들여진 것 같아."

"응? 무슨 말이에요?"

차에 올라탄 진욱의 뜬금없는 말에 가인이 의아해하며 물었다. 시동을 거는 진욱의 얼굴에 미소가 만발했다.

"이렇게 매번 생각도 못 했을 때 불쑥불쑥 나타나는 거, 너무 좋다고."

"아니, 난 그냥. 어떻게 됐나 궁금하기도 하고."

가인도 사건과 관련된 사람이었다. 궁금하지 않을 리 없었다.

그동안 조사를 받고 수사에 여러모로 협조를 했었다. 최현재가 저질렀던 죄 중에 가인에 대한 납치 미수도 포함이 되어 있었다.

법정에 들어가 놈이 판결을 받는 걸 지켜보고 싶었지만 은주가 그러지 말았으면 하고 바랐다. 가인이 놈과 마주치는 상황에 대해 은주가 여전히 무서워하고 있었다. 가인이 놈에게 죽을 뻔했던 게 은주는 모두 자신 때문이라고 생각했다. 형사들이 자신만 보호하고 있었던 것도, 그날 가인을 혼자 내보낸 것에 대해서도 자책했다.

그런 게 아니라고 혼자 나갔다 오겠다고 우긴 건 자신이라고 가인이 계속 다독여 겨우 마음이 진정되었다. 지금도 법정에 가는 게 아니라 진욱과 데이트가 있다고 말하고 나온 길이었다.

놈이 최종 구형을 받고 완전히 수감된 걸 알면 은주도 조금쯤은 마음을 놓을 것이다.

"잘됐어요. 그러니까 이제 두 발 뻗고 편안하게 자도 돼요."

"응. 고마워요."

"나한테?"

"네. 아주 많이 고마워요."

진심 어린 가인의 말에 진욱이 그녀의 손을 잡아 깍지를 꼈다. 매끄럽게 말아 올린 입술이 매혹적인 빛깔로 물들었다. 그의 입술에 가인이 시선을 빼앗겼다. 그 입술이 작게 달싹였다.

"당연히 해야 하는 일을 했을 뿐입니다. 전 대한민국 검사니까요."

그가 왼쪽 가슴 위에 손을 올리고 진중한 표정을 지었다. 약간의 장난이 가미된 말과 행동임에도 가인의 눈에는 그렇게 멋있어 보일 수가 없었다. 가인이 눈을 반짝이며 빤히 자신을 바라보자 살짝 민망해진 진욱이 슬그머니 손을 내렸다.

"흠흠. 그렇게 빤히 쳐다보면 꼭 뭘 바라는 거 같잖아요."

"응? 제가요? 뭘요?"

바라는 거 없다는 듯 가인이 손을 들어 보이며 고개를 저었다. 그런 가인의 턱을 진욱이 살포시 붙잡아 고정시켰다. 그러곤 제 얼굴을 그녀의 얼굴 가까이 가져갔다. 그가 고개를 살짝 틀어 입술이 맞닿을 듯 다가오자 가인이 저도 모르게 마른침을 삼켰다.

"예를 들면……."

찰칵. 안전벨트가 풀리는 소리가 들렸다. 진욱의 상체가 가인에게로 더 가까이 기울었다. 그의 입술이 가인의 입술을 부드럽게 머금었다. 달콤한 마시멜로의 촉감과 맛이 그의 입술에서 느껴졌다. 진욱의 입술이 가인의 입술 위에서 달싹여졌다.

"키스. 혹은……."

말을 할 때마다 그의 입술이 가인의 입술을 섬세하게 터치하며 자극했다. 흘러나온 숨결이 입술을 물들이고 안으로 스며들어 그녀를 온통 감미로움에 취하게 만들었다. 가인의 입술 사이로 달뜬 숨이 새어 나왔다. 그 숨을 진욱이 제 입술 안으로 집어삼키며 그녀의 입술도 가두었다.

"아주 진한 입맞춤."

차의 시동이 꺼졌다. 공회전 예방을 위해 진욱이 끈 것이다. 아무래도 차를 출발시키려면 한참은 더 있어야 할 것 같았다. 진욱의 커다란 손이 가인의 짧은 머리카락 사이를 헤집어 뒷머리를 받쳤다. 손가락 사이사이 스치고 감기는 머리카락의 부드러운 감촉이 너무 좋았다.

깊이 더 깊이 그녀의 입 안을 탐하며 진욱이 열정적인 키스를 퍼부었다. 안도와 감사의 키스였다. 모든 것이 무사히 잘 끝난 것에 대한 안도와 가인이 무탈하게 그의 곁에 있어 준 것에 대한 감사였다.

입술과 입술이 타액으로 뒤엉켰다. 번들거리는 그녀의 입술을 혀로 핥아 주고 빨아 준 뒤 그가 자신의 자리로 물러났다. 사르르 절로 감겼던 눈꺼풀을 떠올린 가인의 볼이 수줍게 물들었다. 분홍빛 복숭아가 그녀의 볼 위에 얌전히 자리했다.

"자, 그럼 이제 진짜 데이트하러 가 볼까요?"
"어디로요?"
"글쎄요. 어디로 가고 싶어요?"
"그냥, 편하게 쉴 수 있는 곳?"
"편하게? 쉰다고?"

진욱의 말의 뉘앙스와 눈빛이 야릇해졌다. 가인이 돌아보자 그가 의미심장한 눈빛을 보내며 입꼬리를 묘하게 말아 올렸다. 그의 표정을 보고서야 가인은 자신의 말이 이상하게 받아들여질 수도 있다는 걸 깨달았다. 그녀가 급하게 손을 들어 내저었다.

"아니요. 제 말은 그런 뜻이 아니라요."
"그런 뜻이란 건 뭘까?"

가인을 놀리는 재미에 빠진 듯 진욱이 또 말장난을 걸었다. 불타오르는 볼을 손으로 감싼 가인이 고개를 푹 숙이며 볼멘소리를 했다.

"몰라요. 나도 무슨 뜻인지."

그런 가인을 진욱이 사랑스러운 시선으로 바라보며 그녀에게 손을 뻗어 부스스 머리를 헝클었다. 그의 손길에서 전해지는 따스한 온기가 가인의 심장까지 고스란히 전해졌다.

"나는 알겠는데. 그게 무슨 뜻인지."

피곤했을 당신. 힘들었을 당신. 편한 곳에서 마음 놓고 쉴 수 있기를 바라는 마음. 가인의 따뜻한 배려가 담긴 그 마음을 진욱이 모를 리 없었다.

"나도 그래요."

"…네?"

"나도 좋아한다고 서가인 씨, 당신."

살며시 들어 올린 가인의 얼굴을 지그시 바라보며 진욱이 마음을 담은 진심 어린 고백을 했다. 그에 가인의 얼굴이 발그레하게 더 짙은 빛으로 물들었다. 그가 손을 내려 가인의 손을 잡아 그 손등에 입술을 눌렀다. 소중한 사람에게 보내는 존경의 키스였다.

"응. 저도 제가 좋아요."

차가 주차장을 나와 법원 정문을 통과할 즈음 가인이 고개를 끄덕이며 나직하게 말했다.

"네?"

자신이 뭘 잘못 들은 게 아닌가 귀를 의심하던 진욱이 가인을 돌아봤다. 그녀가 배시시 웃고 있었다.

"훗. 그러면 가인 씨도 나도 똑같은 사람을 좋아하는 거네요. 이거 라이벌이 너무 막강한데? 내가 그냥 포기를 해 버려?"

"어, 그럼 안 되는데."

그가 혹여 포기 선언이라도 할까 봐 가인이 놀라 고개를 번쩍 들어 올렸다. 시선이 마주치자 둘이 동시에 웃음을 터트렸다. 차가 시원하게 도로 위를 내달렸다. 정면을 보며 운전하는 진욱의 옆얼굴을 가인이 가만히 바라보았다. 얼굴에 구멍 뚫리겠다고 능청을 떨 만도 한데 그는 은근히 가인의 시선을 즐기고 있었다.

"잘생겼어요."

"응. 잘 알아요."

"그리고 무지 뻔뻔해요."

"그것도 물론 잘 알고요."

"너무 잘났어요."

"매력 포인트가 아주 줄줄 넘치죠, 내가."

"부담스러울 만큼 너무 잘나서 처음엔 많이 망설여졌는데."

"그런데요?"

주거니 받거니 장난스럽게 이어지던 대화가 잠시 멈췄다. 진욱이 돌아보자 가인이 싱긋이 입매를 끌어 올렸다. 미소에 자신감이 깃들었다. 전에 어땠냐 하는 건 중요하지 않았다. 그녀가 지금 가지고 있는 생각과 감정이 중요했다. 진욱은 그녀의 표정에서 이미 답을 들었다. 하지만 꼭 그녀의 입을 통해 듣기를 원했다. 서로가 동등하다는 말을 그녀가 해 줬으면 했다.

"나도 대한민국 국민의 일원으로서 해야 할 일을 당당히 잘 해내고 있거든요. 제가 이래 봬도 배달 쪽으로는 짱 먹는 사람입니다."

가인이 턱을 곧추세우고 살짝 뻐기는 듯이 말했다. 나 엄청 잘난 여자야 모드로 자화자찬하는 가인에게 진욱이 엄지를 척 들어 보였다.

"와우. 역시 내가 보는 눈이 탁월하다니까. 짱 먹는 여자랑 사귀다니."

"그러게요. 나도 내가 이렇게 잘난 여자인 줄 예전에는 미처 몰랐네요."

"예뻐요."

"네. 알아요."

"이런, 뻔뻔한 건 안 닮았으면 했지만 이미 늦은 것 같네."

"응. 늦었어요."

자신의 말이 무척 뻔뻔하다는 것도 가인 스스로 인정했다.

비록 과한 면이 없지 않아 있었지만 이렇게 하지 않으면 그의 옆에 당당하게 서 있을 수 없을 것 같았다. 그래서 가인은 조금쯤 뻔뻔해지기로 했다. 그와 사귀는 동안에는 동등한 위치에서 같은 눈높이를 맞추며 서로 주고받는 사랑을 하고 싶었다.

"좋네. 아주 좋아."

그가 말처럼 기분 좋게 신호를 받고 멈춰 섰던 차를 다시 출발시켰다.

"그래서 지금 우리 어디 가는 거예요?"

"좋은 곳?"

매끄럽게 끌어 올린 입매가 마치 가인을 유혹하는 것 같았다. 그 유혹에 못 이긴 척 빠져들고 싶은 충동이 가인의 마음속에서 꿈틀거렸다. 자신이 그런 생각을 했다는 것이 한편으로는 놀랍기도 했다. 연애라는 것에 대해서, 누군가를 만나고 사랑하는 것에 대해서 전혀 관심도 없던 가인이었다. 그랬는데 비호감으로 첫인상을 남긴 남자와 이렇게 사랑을 하게 되다니. 사랑은 참 모순적인 것 같다. 어디로 튈지 예상할 수 없는 변수투성이인 것도 같고. 도무지 마음을 종잡을 수가 없다.

어떻게 알았겠어. 내가 이 사람을 좋아하게 되고 사귀게 될 거라고.

진욱을 가만히 바라보던 가인의 머릿속에 문득 의문 하나가 떠올랐다.

"그런데 검찰청에 들어가 봐야 하지 않아요?"

재판이 끝나자마자 나온 길이었다. 저번에도 그렇고 가인이 찾아간 날은 진욱이 검찰청으로 곧바로 들어가지 않았다. 그게 혹여 자신 때문에 일부러 그러는 건 아닌가 싶어 은근히 걱정이 되었다. 처음은 점심시간 때라 그렇다 치고, 오늘은 5시가 조금 넘은 시각이라 점심도 퇴근도 아닌 애매한 시간이었다. 그럼에도 진욱은 가인을 보자마자 모든 짐을 다른 사람에게 맡기고 그녀와 함께 법원을 나왔다. 갑자기 그래도 되나 하는 생각이 들어 물은 것이다.

"왜요. 나중에 문책당할까 봐?"

"혼나요?"

"에이, 설마요."

"아직 퇴근 시간 아니잖아요. 말도 없이 나왔는데 아무 말 안 해요?"

보통의 직장인들은 근무 시간에 자유롭지 못한 것 같았다. 가인이야 어디에 소속되어 있는 것이 아니라 퀵 전화가 오면 움직이는 일이라 대체적으로 시간의 구애를 받지는 않았다. 그래서 이렇게 시간을 빼는 일도 쉬웠다. 하지만 진욱의 경우는 자신과 다르지 않을까 하는 생각이 지금 들었던 것이다. 자신이 그의 일에 방해가 되었다면 이건 상당히 큰 문제였다.

"나름 유능한 검사라서 업무를 효율적으로 처리하거든. 이 정도 시간 빼는 건 괜찮아요. 원래가 외부로 나가는 일도 많은 터라, 뭐라고 혼내는 사람은 없답니다."

"정말이요?"

"믿어요. 나 책임감도 사명감도 뛰어난 사람이니까."

"응. 믿을게요."

그제야 안심이 되는 듯 가인이 고개를 끄덕이며 편한 얼굴이 되었다. 진욱의 말은 사실이었다. 재판 때문에 다른 건들은 내일 이후로 미뤄 둔 상태였다. 가인이 오지 않았더라도 급한 건은 하나도 없단 뜻이었다. 오늘 시간을 빼서 처리할 일이 많아졌다 해도 상관없었다. 진욱의 성격상 밤을 새서라도 자신이 해야 할 일은 다 처리할 테니까.

"데이트해 본 적 있어요?"

한강 위를 지나며 그가 물었다. 수면 위로 쏟아진 햇살이 보석처럼 아름답게 반짝이고 있었다. 창을 내려 그 풍경을 두 눈에 담으며 가인이 답했다.

"아뇨. 먹고사느라 바빠서 그런 건 생각도 안 했어요."

"여기서 포인트는 생각도 한 했단 거죠? 못 한 게 아니라 안 한 거."

그녀가 하는 말의 의도를 그는 제대로 간파하고 있었다. 타인에 의해 자신의 인생이 정해지는 게 아니라 모든 건 자신의 의지대로 살아가는 거라는 가인의 뜻을 그가 잘 캐치해 냈다. 가인의 입가에 미소가 머금어졌다. 창밖으로 손을 내밀었다. 바람에 실려 온 강의 기운이 그녀의 손가락 사이를 스치고 지나갔다.

"날 선택한 것도 본인 선택이었고."

혼잣말 같은 진욱의 나직한 말에 가인의 미소가 짙어졌다. 어쩌다 보니 운명이 그렇게 흘러갔다. 자꾸만 엮이게 되고 눈에 들어오기 시작하고 머릿속에서 맴돌고, 그러다가 어느새 마음 한편에 자리를 잡아 버렸다. 그런 게 사랑인가 보다 했다. 누군가를 가슴에 품는다는 게 사랑이라는 걸 깨달아 버렸다.

"선택받은 남자라. 기분 완전 좋은데."

낮게 휘파람을 불며 그가 환한 미소를 머금었다. 그의 휘파람 소리가 가인의 귓속으로 스며들어 심장을 간질거렸다. 바람도 햇살도 눈에 보이는 풍경도 그와 함께하는 이 순간의 모든 것들이 다 아름다워 보였다. 오토바이를 타고 자주 달리던 길이었다. 하지만 그때와는 비교도 할 수 없을 만큼 지금이 훨씬 좋았다.

"도착."

차를 멈춰 세운 진욱이 목적지에 도착했음을 알렸다. 가인이 고개를 돌려 주변을 살폈다. 한강을 둘러싼 서울의 풍경이 한눈에 내려다보이는 언덕이었다. 인가도 없지만 그렇다고 높은 산이나 공원도 아니었다.

"내려요."

안전벨트를 풀고 운전석 문을 열며 진욱이 말했다. 차에서 내린 가인의 눈앞에 제법 넓은 잔디밭이 펼쳐졌다. 뜻밖의 풍경이었다. 가인이 주변을 휘둘러보며 감탄에 빠져 있을 때 진욱은 차 트렁크에서 뭔가를 꺼내고 있었다.

"그게 뭐예요?"

진욱이 적당한 장소를 찾아 들고 있던 것을 펼쳤다.

"보시다시피 돗자리 대용으로 깐 담요?"

"담요를 차에 싣고 다녀요?"

"텐트도 있어요. 1인용이라 작지만."

담요 위에 자리를 잡고 앉은 진욱이 옆자리를 손바닥으로 팡팡 두드렸다. 가인이 웃으며 그의 옆에 가서 앉았다.

"1인용 텐트는 어디에 써요?"

"가끔 머리 식히고 싶을 때 드라이브하다가 이렇게 괜찮은 장소를 발견하면 캠핑 아닌 캠핑을 하기도 하거든요. 편하게 쉬기 딱이죠."

"안 그렇게 보이는데, 상당히 낭만적이네요."

의외라는 듯 가인이 말하자 진욱이 피식 웃으며 그녀의 어깨와 머리를 감싸 갑자기 아래로 끌어 내렸다. 놀랄 틈도 없이 가인이 눕혀졌다. 진욱의 다리를 베개처럼 베고 누운 채였다. 그녀가 눈을 말똥거리며 머리 위 그를 올려다보았다. 진욱이 가인의 머리를 부드럽게 살살 쓸어내렸다. 그의 따스한 눈길과 손길에 가인의 마음이 두근두근 두방망이질을 치기 시작했다.

"그렇게 보였을 텐데? 낭만파라고 딱 쓰여 있지 않나? 로맨티스트는 아니더라도."

틀렸다. 가인이 보기에 그는 낭만파라기보단 로맨티스트에 가까웠다. 아니다. 낭만파 로맨티스트인가? 예전이야 어쨌든 지금의 그는 가인에게만은 세상 제일가는 사랑꾼이었다.

"으아."

자신의 생각이 얼마나 닭살 돋는 말인가를 깨달은 가인이 손가락을 오므리며 몸을 떨었다. 그러다 진욱과 시선이 마주쳤다. 비식이 웃는 입매가 뭔가를 알고 있는 듯했다. 혹여 자신의 머릿속을 훤히 꿰뚫어 본 건 아닌가 하는 의심이 들 정도로 그의 표정이 의미심장했다.

"왜요?"

가인이 조심스럽게 물었다. 그가 말없이 그녀의 얼굴을 그윽하게 바라보았다. 그 눈빛에 가인의 볼이 발그레하게 물들었다. 진욱의 입술이 그녀의 이마 위로 살포시 내려앉았다. 이마에 닿은 입술이 작게 달싹였다.

"예뻐서."

그의 입술이 멀어졌다. 하지만 그 촉감과 여운은 그대로 가인의 이마 위에 남아 있었다. 말똥거리던 가인의 눈동자가 갈피를 잡지 못하고 이리저리 굴러다녔다. 맞닿은 두 손이 부끄러운 그녀의 마음을 담아 꼼지락거렸다. 그 손을 진욱이 제 손으로 감싸며 손가락을 만지작거렸다. 그에 시선 둘 곳을 찾지 못해 방황하던 가인의 눈동자가 그의 두 눈을 담아내며 멈췄다.

가인이 잡히지 않은 손을 뻗어 그의 앞 머리카락을 손끝으로 만지작거렸다. 포마드 스타일로 단정하게 빗어 넘긴 머리카락의 일부가 그녀의 손길에 무방비하게 헝클어졌다. 머리끝으로 옮겨졌던 그녀의 시선이 다시 그의 눈동자를 찾아 그 안에 머물렀다. 그의 입술이 보기 좋은 매혹을 담아내며 끝을 말아 올렸다. 가인의 손이 머리카락을 떠나 그 입술 위로 사뿐히 미끄러져 내렸다.

"신기해."

작게 읊조리는 가인의 목소리가 바람에 실려 허공으로 흩어졌다. 낮과 밤의 경계 어디쯤에 머문 시간이 노을을 불러들이고 있었다. 그들이 자리한 공간 위 하늘로 서서히 마법처럼 신비롭게 노을이 밀려들었다.

입술의 주름 하나하나를 느끼기라도 하려는 듯 그녀의 손길이 섬세하게 진욱의 입술을 어루만졌다. 은은히 주고받는 눈길이 야릇했다. 진욱의 아랫입술을 문지르며 가인이 제 입술을 달싹였다.

"어떻게 신체 중 이 부위만 닿았는데 그렇게 온몸이 달아

오르고 짜릿해질 수 있는 거지?"

혼잣말처럼 속살거린 말에 진욱의 미소가 짙어졌다. 그의 숨결이 가인의 손끝을 간질거리며 흩어졌다. 그녀의 손이 그의 볼을 스치고 지나 귀로 옮겨졌다. 부드럽게 귀를 잡아당기자 그의 얼굴이 아래로 내려왔다. 가인이 가까워진 그의 입술에 가볍게 입술을 겹쳤다.

남자 속눈썹이 어쩜 저렇게 길고 풍성할까. 꼭 인형 눈썹처럼. 가인이 마음속으로만 생각하고 차마 입으로 말하지 못한 그 예쁜 속눈썹이 살포시 내려앉으며 그의 눈동자를 감추었다. 두근두근 가슴이 설레어 눈을 감지 못했다. 취한 듯 그의 눈을 바라보며 그의 입술을 탐했다.

모든 것이 환상적이었다. 살아온 인생을 통틀어 이렇게 행복한 적이 없었다. 그 행복을 이 남자, 강진욱이 느끼게 해주었다.

당신을 만나지 못했다면 난 여전히 삭막하고 무의미한 삶을 살아가고 있을 테지. 나와는 다른 세상에 대해 무관심으로 일관하면서 하루하루를 생계만 생각하며 살았을 거야. 행복이란 게 뭔지. 사랑이라는 걸 사람들이 왜 그렇게 소중하게 생각하는지 전혀 알지 못한 채로 무의미하게 주어진 시간들을 보냈을 거야.

고맙고 감사해. 당신이란 사람이 내 눈 앞에 나타나 나를 자극했던 것도, 그저 한 번 마주쳤던 인연으로 아무런 조건 없이 나를 도와준 것도, 먼저 손을 내밀어 준 것까지 모두.

 가인이 달콤한 입맞춤에 말로 다 전하지 못한 자신의 마음을 담아냈다. 그녀의 입술이 천천히 멀어졌다. 귀를 어루만지던 손길도 거둬졌다. 감겼던 진욱의 눈이 떠지며 그녀를 담아냈다. 그가 제게서 멀어지고 있는 그녀의 손을 붙잡았다.

 "아무래도……."

 그의 목소리가 잠긴 듯 나직하게 깔려 나왔다. 말간 가인의 눈을 그윽하게 내려다보며 그가 입술을 달싹였다.

 "편하게 쉬긴 그른 것 같은데."

 잡힌 그녀의 손목을 진욱이 자신의 등 뒤로 올려놓아 주었다. 그러곤 누워 있던 그녀의 몸을 안아 올렸다. 순식간에 베고 있던 진욱의 다리 위에 가인이 올라탄 것처럼 되었다. 어리둥절한 표정으로 그를 돌아보는 가인의 볼을 진욱이 커다란 손으로 감싸 제게로 시선을 고정시켰다.

 그가 고개를 틀었다. 가까워지는 그의 입술에 가인의 심장이 고동치기 시작했다. 그의 입술이 아슬아슬한 간격을 두고 멈췄다. 가인의 가슴이 크게 부풀었다가 내려앉기를 반복했다. 묘한 긴장감 때문이었다. 모든 게 그의 말 때문이었다. 편하게 쉬지 못할 무언가가 뭘 뜻하는지 저도 모르게 야릇한 상상을 하느라 그녀의 머릿속이 복잡하게 얽혀들었다.

 "해도 되나?"

진욱이 물었다. 그답지 않게 살짝 목소리가 긴장으로 떨리고 있었다. 가인의 허락을 기다리는 듯 그의 입술이 짙은 숨을 흘려 내며 그대로 멈춰 있었다. 꿀꺽. 마른침을 삼킨 건 가인이었다. 그녀도 긴장을 하긴 마찬가지였다. 그가 묻고 자신이 답해야 하는 것이 무엇인지 알기에 그런 것이다.

"네."

가인이 작게 고개를 끄덕였다. 환한 미소를 머금고 호선을 그리며 올라가는 진욱의 입술을 따라 가인의 입가에도 미소가 번졌다. 그가 가인의 입술을 머금어 삼켰다. 달콤하고 감미로운 키스가 이어졌다.

진욱이 가인을 감싸 안아 바닥에 조심스럽게 눕혔다. 달빛이 은은하게 둘의 모습을 비췄다. 가인이 달뜬 숨을 흘려 내며 진욱이 받아 삼켰다. 뜨겁게 서로를 탐닉하는 키스가 둘의 몸을 달궈 놓았다. 서로를 어루만지는 손길이 신중하고 부드러웠다.

"하아."

그가 입술을 놓아주자 가인이 벅찬 숨을 토해 냈다. 자신의 몸 위에서 느껴지는 무게감이 진욱이란 것이 그녀의 심장을 계속 뛰게 만들었다. 그가 가만가만 가인의 머리를 어루만졌다. 열기를 품은 그녀의 볼이 깨물어 주고 싶을 만큼 예쁘게 물들어 있었다. 그 볼을 깨무는 대신 진욱은 입맞춤을 했다.

복사꽃처럼 화사한 볼 위에, 앙증맞게 솟은 콧등에, 어여

쁘게 자신을 담아내는 눈 위에, 반듯한 이마 위에 그의 입술이 사랑을 담아 내려앉았다.

지그시 눈을 맞추며 그가 다정하게 속삭였다.

"허락받았으니까, 다음에 더 아늑하고 좋은 곳에서 아주 많이 사랑해 줄게요."

바람이 살랑살랑 그의 몸 위를 스치고 지났다. 가인이 손을 뻗어 그의 목을 휘감아 제게로 당겼다. 그의 뜨겁고 설렘 가득한 심장박동이 가인의 가슴 위로 고스란히 전해졌다. 진욱이 자신을 얼마나 소중하게 아껴 주고 있는지 잘 알 수 있었다. 그래서 가인의 가슴이 벅차올랐다. 이런 사랑을 받아도 될까? 이런 사람을 자신이 독차지해도 될까? 잠깐의 고민은 따스한 그의 포옹에 말끔히 사라졌다.

"나도, 그럴게요."

그녀의 수줍은 용기에 진욱이 낮은 웃음을 터트렸다. 가인이 고개를 뒤로 물려 그를 빤히 응시했다. 가인이 눈으로 왜 웃는 거냐고 물었다. 그가 한쪽 눈을 찡긋하며 장난스럽게 말했다.

"낚였다."

"…뭐가요?"

"나한테 방금 가인 씨가 낚인 거라고요."

"네?"

"자, 약속."

그가 가인의 눈앞에 새끼손가락을 내밀었다. 의아해하면서도 가인이 그의 손가락에 제 손가락을 걸었다. 그가 신나게 걸린 손가락을 흔들어 보였다.

"기대되네. 어떻게 사랑해 줄 건지. 아주, 많이, 뜨겁게, 후끈한 밤 기대해도 되죠?"

진욱이 강조한 아주, 많이, 뜨겁게, 후끈한 밤에 대해 가인이 머릿속에 떠올렸다. 그녀의 얼굴이 단박에 홍시처럼 물들었다. 하지만 약속을 물릴 생각은 없는 듯했다.

"까짓거, 못 할 건 없죠."

경험은 전무했지만 닥치면 뭐든 성실하게 할 자신이 있었다.

"섹스가 뭐 별건가?"

혼잣말을 중얼거리며 가인이 스스로를 세뇌시켰다. 맞걸린 새끼손가락은 잊은 듯 그녀가 주먹을 불끈 쥐었다. 그 결연한 모습에 진욱의 미소가 점점 더 흡족함을 품으며 짙어졌다.

"대체 이렇게 사랑스러운 여잘 왜 그동안 아무도 몰라봤지?"

진욱의 말에 가인이 턱을 곤추세우며 당당하게 말했다.

"원래 원석은 쉽게 빛을 발하지 못하는 법이거든요. 그걸 발견한 사람이 잘 가공을 해야 완벽한 보석으로 거듭나는 거죠."

"그 말은 내가 엄청나게 값진 보석을 제대로 알아보는 눈을 가졌다는 뜻인가요?"

"물론이죠. 그건 제가 보장합니다."

"와아, 왕 뻔뻔."

"애인한테 물들어서 그래요. 제 애인이 정말 엄청난 뻔뻔이거든요."

마치 애인 흉을 보듯 낮게 속삭이는 가인을 사랑스럽게 바라보다가 진욱이 그녀를 덮치듯 와락 끌어안아 입술을 머금었다. 강력한 키스를 퍼부은 후에 그녀의 입술 위에서 그가 웃음 섞인 목소리로 읊조렸다.

"미치겠다. 당신, 너무 귀여워서."

진욱이 다시 가인의 입술을 취했다. 깊게 그녀의 입 안을 헤집었다가 달래듯 부드럽게 입술을 혀로 핥았다가, 숨이 막힐 듯 강렬하게 입술을 탐했다. 타액으로 번들거리는 입술을 누가 먼저랄 것도 없이 머금고 머금었다.

귀엽다니. 평소에 그녀와 일로 엮여 있던 사람들이 들었다면 경악을 금치 못했을 말이었다. 가인은 시크하고 보이시한 외모에 매사가 딱딱 부러지는, 때로는 냉정하다 싶을 정도로 차가운 성격의 소유자였다. 은주를 제외하고는 그녀가 웃는 것을 본 사람이 거의 없을 정도였다.

그런 그녀가 이 남자, 강진욱 앞에서는 무장해제를 당한 듯 웃고 울고 설레어하고 있었다. 사랑에 빠진 여자의 얼굴을 하고 그를 바라보고 있었다. 그녀가 사랑이라는 마법에 속수무책으로 당해 버렸다. 뭐가 이렇게 고약한 마법이 다 있는지. 사랑은 그녀의 인생과 가치관을 송두리째 바꿔 놓고 있었다.

사랑이 그녀의 발아래 그림자처럼 매달려 있었다. 영원히 떠나지 않을 것처럼. 마치 한 몸인 것처럼 그렇게.

"어디요?"

"NJ백화점 대표이사 집무실. 퀵 요금은 거기서 바로 받아 오면 돼."

서류 봉투를 받아 든 가인이 고개를 끄덕이며 퀵서비스 사무실을 나왔다. 보통은 콜만으로 물건을 받고 배달했다. 이번엔 누가 퀵 사무실에 직접 물건을 맡긴 경우였다. 사무실 소속 배달원들도 있을 텐데 정 사장이 가인을 불러들였다. 배달해야 하는 곳이 백화점 대표이사의 집무실이라니 꽤 중요한 물건인가 싶었다. 보통 그런 곳엔 비서실이 따로 있으니 거기에 맡기면 그만이었다.

별스럽지 않게 생각하며 NJ백화점을 향해 가인이 오토바이를 몰았다. NJ백화점은 NJ그룹이 운영하는 계열사 중 하나였다. 국내 유통산업의 상위 1퍼센트에 속하는 꽤 탄탄한 기업이기도 했다. 그런 곳을 가인은 손님으로는 단 한 번도 가 본 적이 없었다. 그 앞을 지나다닌 것이 전부일 정도로 백화점과 가인은 거리가 멀었다.

"퀵 배송으로 내부 구경을 하게 될 줄이야."

주차장에 오토바이를 세우고 서류를 챙겨 든 가인이 엘리베이터로 걸어갔다. 평일임에도 고객이 많은 듯 엘리베이터를 기다리는 사람들이 꽤 있었다. 사람들의 뒤쪽에 선 가인이 대표이사 집무실이 있는 층을 확인하기 위해 내부 안내도를 확인했다.

"대표이사실 표기가 없는데?"

총 16층 중에서 15층까지는 상세한 안내가 되어 있는데 16층만 비어 있었다. 14층에서 15층이 사무실로 쓰였다.

"16층인가?"

가인이 고심을 하는 사이 엘리베이터가 도착했다. 내리고 타는 사람들에 섞여 가인도 엘리베이터에 올랐다. 버튼을 누르려던 가인이 손을 멈칫거렸다. 16층을 누를 수 있는 버튼이 없었다. 할 수 없이 15층을 누르고 뒤로 물러섰다. 그녀가 제일 마지막에 내려야 하니 가장 안쪽으로 자리를 옮겼다.

15층에서 내리는 사람은 가인 혼자뿐이었다. 16층으로 가려면 계단을 이용해야 할 것 같았다. 그녀가 비상구를 찾아 두리번거렸다. 마침 지나가는 사람이 있어 그녀가 붙잡고 물었다.

"저기 뭣 좀 여쭤 보려고요."

"예."

"대표이사 집무실은 어떻게 갈 수 있습니까?"

"무슨 일로?"

남자가 가인을 아래위로 훑어 내렸다. 별다른 뜻이 있어서 그런 건 아닌 듯 지극히 사무적인 눈빛이었다. 아무래도 다른 곳도 아닌 대표이사 집무실을 찾는다고 하니 일단은 무슨 용무인지 살피는 눈치였다.

"퀵 배달 왔는데 안내판에 나와 있질 않더라고요."

"아. 아래에서 올라가는 건 대표이사님 전용밖에 없고요. 이 옆으로 돌아가시면 올라가는 엘리베이터가 따로 있어요. 아니면 이쪽에 비상구로 가셔도 되고요."

"감사합니다."

친절하게 설명을 해 주고 남자가 지나가자 가인이 비상구로 발길을 옮겼다. 한 층인데 엘리베이터를 타기도 뭣해서 그냥 걸어 올라가기로 한 것이다.

계단을 올라가자 입구부터 잘 꾸며진 실내가 눈에 들어왔다. 바닥은 대리석이었고 벽면에 그림 액자가 걸려 있었다. 곳곳에 화분이 놓여 있거나 인테리어용 장식품도 있었다. 확실히 대표이사실은 다르구나 생각하며 가인이 비서실이 있는 곳으로 걸어갔다.

따로 문이 없어 그냥 안으로 들어서 꾸뻑 인사를 했다.

"실례합니다."

그녀의 등장에 자리에 앉아 있던 비서 둘이 고개를 돌렸다.

"무슨 일로 오셨어요?"

여비서가 힐끔 쳐다보며 물었다. 가인이 들고 있던 서류 봉투를 여비서 앞으로 가지고 갔다.

"퀵 배달 왔습니다."

서류 봉투를 받아 든 여비서가 겉에 적힌 내용을 확인하려는 듯 이리저리 살폈다. 그러다 미간을 찌푸리며 가인을 쳐다봤다.

"어디서 보낸 건가요?"

"그건 저도 잘 모릅니다. NJ백화점 대표이사실로 가지고 가면 배달료 주실 거라는 것만 전해 들었습니다."

"발신처도 불분명한 걸 저희가 어떻게 받죠? 그리고 배달료를 여기서 지불한다고 했다고요?"

"네."

뭔가 이상하게 돌아가고 있었다. 그냥 물건만 전해 주고 배달료만 받아 오면 되는 간단한 일이라더니 받는 사람들의 태도나 말투로 봐선 일이 꼬인 것 같았다. 괜히 발품만 팔고 말았나 보다.

"무슨 일이야?"

대표이사실에서 나오던 중년의 남자가 인상을 찌푸리고 있는 여비서의 곁으로 다가오며 물었다. 남자의 엄한 표정에 여비서가 냉큼 얼굴을 펴고 상냥하게 말했다.

"퀵 배송을 왔다는데 발송처도 안 적혀 있고 내용물도 알 수가 없어서요. 아무래도 배달을 잘못 온 것 같아요."

가인이 뭔가를 잘못 알고 배달을 한 것 같다는 투로 여비서가 말했다. 애초에 보내는 사람이 아무런 메모를 남기지 않은 게 문제였다. 가인은 그저 정 사장이 시키는 대로 물건을 목적지까지 배달한 것밖에 없었다. 보아하니 이쪽에선 아무런 언질도 받지 못한 모양인데, 이런 식이면 배달료는 받지 못할 게 뻔했다.

남자가 여비서에게서 서류 봉투를 받아 들었다. 여비서처럼 이리저리 살피던 남자가 가인을 돌아봤다. 여비서가 한심하다는 시선으로 그녀를 쳐다봤다. 배달 오류나 사고야 있을 수 있는 일이었다. 누군가의 실수 때문에 일어나는 일이긴 했으나 이번 일은 가인의 실수는 아니었다. 여비서의 눈빛이 가인의 기분을 상하게 했지만 겉으로 내색하지는 않았다.

"직접 가지고 오신 거 맞습니까?"

남자가 가인에게 물었다. 가인이 고개를 끄덕이며 답했다.

"네."

"잠깐만 기다려 주시겠습니까?"

정중하게 말하는 남자를 가만히 보다 가인이 수긍의 의미로 다시 고개를 끄덕였다.

"네. 그러죠."

대표이사에게 직접 확인을 하려는 듯 남자가 서류를 들고 집무실 앞으로 걸어갔다. 노크를 하고 잠시 후 안으로 사라진 남자가 돌아올 때까지 가인은 여비서의 의문 가득한 눈빛을 대신 받아야 했다. 가타부타 설명도 없이 기다려 달라고 한 건 남자였다. 의문에 대한 답도 남자에게 해야 옳았다. 가인을 뚫어지게 쳐다본다고 해서 나올 답은 없었다.

 가인은 여비서의 시선을 외면한 채 남자가 나오기를 기다렸다. 여비서의 태도로 보아 남자가 비서실의 가장 위에 있는 사람인 듯했다.

 찰칵. 문이 열리는 소리가 들리고 남자가 나왔다. 그가 곧장 가인에게로 다가왔다. 여비서의 관심도 둘에게 쏠려 있었다. 어떻게 일이 돌아가는지 궁금한 모양이었다.

 "들어가 보시겠습니까?"

 "네?"

 갑작스럽게 가인에게 남자가 대표이사실로 들어가 볼 것을 권했다. 의아해 반문하는 가인에게 남자가 미소를 지어 보이며 팔을 뻗어 대표이사실을 가리켰다.

 "기다리고 계십니다."

 "저를요?"

 "네."

 왜요? 라는 말이 목구멍까지 나왔다. 남자의 단호한 표정에 가인은 자신이 꼭 대표이사실로 들어가야 한다는 것을 알아챘다. 왜인지는 들어가 보면 알 수 있겠지.

가인이 발을 움직여 남자가 안내하는 대로 대표이사실 앞으로 걸어갔다. 그런 가인을 여비서가 놀란 눈으로 응시했다. 무슨 영문인지 몰라 무척 궁금해하는 눈치였다. 그건 가인도 마찬가지였다. 서류 봉투만 전달하고 배달료만 받아 나가면 되는 간단한 일에서 왜 대표이사실까지 들어가야 하는 것으로 바뀐 건지 알 수가 없었다.

"사장님, 서가인 씨 모셔 왔습니다."

등 뒤에서 들린 남자의 말에 가인이 놀라 돌아봤다. 가인은 자신의 이름을 말한 적이 없었다. 그런데 남자가 이름을 알고 있었다. 그리고 안에 있는 인물 또한 그런 것 같았다. 정중히 고개를 숙인 남자가 문을 닫고 사라졌다.

"그렇게 놀란 토끼 눈 하고 서 있지 말고 이쪽으로 와서 앉아요."

이어 들려온 목소리에 가인의 미간이 꿈틀거렸다. 익히 들어 알고 있는 목소리였다. 중년 여성의 고상한 목소리에 가인의 시선이 안쪽으로 옮겨졌다. 소파에 앉아 자신을 바라보고 있는 사람은 진욱의 모친인 조 여사였다. 가인의 눈이 믿을 수 없다는 듯 움찔거렸다.

"이리 오라니까."

"네."

재차 손짓으로 부르는지라 가인이 순순히 조 여사가 권한 대각선 방향의 자리에 가서 앉았다. 얌전히 두 손을 공손히 모으고 있는 가인을 보고 조 여사가 흡족한 미소를 지었다.

"여기 차 좀 가져오지."

인터폰을 통해 차를 가져오라 말하곤 뒤늦게 가인의 의견을 물었다.

"차 마실 시간은 되죠?"

시간이 없다고 대차게 일어나 나갈 수도 없는 일이었다.

"네."

테이블 위로 가인의 시선이 내려앉았다. 조 여사의 앞에 자신이 가지고 온 서류 봉투와 새하얀 A4 용지가 놓여 있었다. 그것들을 확인한 가인의 시선이 조 여사에게로 옮겨 갔다. 처음부터 가인을 불러들일 요량으로 그녀를 지정해 배달을 시킨 것이다. 그것을 알아챈 가인이 조 여사를 직시했다. 마주한 조 여사의 입가에 보일 듯 말 듯 모호한 미소가 떠올랐다.

"그냥 전화로 부르셔도 됐을 텐데요. 괜한 수고를 하셨네요."

이미 가인의 휴대폰 번호를 알고 있는 조 여사였다. 괜히 번거롭게 일을 벌였다. 보자고 했으면 왔을 텐데 왜 이런 식으로 가인을 불렀을까. 그에 대한 답을 조 여사가 했다.

"나야 그러고 싶었지. 그런데 혹시 알아? 내 전화 안 받을 수도 있고, 아예 스팸 처리로 차단했을 수도 있잖아."

"제가 왜 그럴 거라 생각하시죠?"

가인은 그럴 이유가 전혀 없었다. 조 여사가 진욱의 모친이라 대하기가 조금 부담스러울 수는 있지만 그렇다고 피해 다닐 필요는 없었다. 진욱이 만나지 말아야 할 사람이고, 그를 위해 가인에게 위해를 가하려 했다면 조 여사가 벌써 무슨 수를 썼을 거라고 가인은 생각했다. 그리고 그녀가 본 조 여사는 대책 없이 함부로 행동할 사람은 아니었다. 적어도 아들에게 미움을 받을 행동은 하지 않으리라는 걸 느낌으로 알 수 있었다.

"별다른 이유는 없고, 가인 씨를 불러들일 좀 더 확실한 방법을 쓴 것뿐이에요."

아들이 걸려서 그렇다는 말은 꺼내지 않았다. 충분히 유추 가능했지만 가인도 더 이상 그에 대해 묻지 않았다. 어쨌거나, 중요한 사실은 가인을 만나고 싶어 했던 조 여사의 뜻대로 그녀가 조 여사 앞에 앉아 있다는 것이었으니까.

차를 들고 온 여비서가 동태를 살피려는 듯 분주하게 시선을 움직였다. 하지만 그녀가 나갈 때까지 그 누구도 입을 열지 않았다. 실망한 눈빛으로 여비서가 집무실을 나간 후 조 여사가 찻잔을 들어 올리며 말했다.

"험한 일을 하던데."

차를 우아하게 한 모금 머금는 조 여사를 가만히 바라보며 가인이 차분하게 입을 열었다.

"막노동을 하는 것도 아닌데, 고작 오토바이 모는 걸 힘든 일이라고 볼 순 없지 않을까요?"

찻잔에 가린 조 여사의 입술이 조금 더 말려 올라갔다. 조 여사가 찻잔을 내렸다. 그리고 직설적인 눈빛으로 가인을 응시했다. 그 눈빛을 가인이 담담하게 받아 냈다.

진욱과 사귀기로 하면서 어떠한 일이 있어도 절대 낙심하거나 초라해지지 않겠다고 다짐했었다. 조 여사가 무슨 생각으로 거대한 NJ백화점의 대표이사실에 자신을 불렀는지는 말하지 않아도 알 것 같았다. 일단은 기를 죽여 보자는 심산인 듯했다. 하지만 가인은 남의 재산에 크게 기죽어 본 적이 없었다. 전혀 그런 것이 부럽지 않아서였다. 그녀가 살아가는 데에는 자신이 벌어들이는 수입만으로도 충분했기 때문이다.

"여자가 하기에는 힘든 일인 것 맞지 않아?"

은근히 말을 놓으며 동의를 강요하듯 조 여사가 집요하게 가인의 시선을 파고들었다. 가인의 입가에 여유로운 미소가 자리했다. 그를 본 조 여사의 미간이 미미하게 꿈틀거렸다.

"남녀가 해야 할 일이 따로 있다고 생각하시는 고리타분한 분은 아니라고 생각됩니다. 적어도 한 기업의 대표로 계시는 분의 사고방식은 개방적이어야 하지 않겠습니까?"

오히려 가인이 반문하고 있었다. 그런 고리타분한 사고방식으로 어떻게 기업의 대표를 하고 있는 것이냐고.

"훗."

조 여사가 낮게 헛웃음을 터트렸다.

"내가 한 방 먹은 건가?"

혼잣말처럼 나직하게 중얼거린 조 여사가 아직 손도 대지 않은 가인의 찻잔을 내려다보았다. 접대를 위해 내온 차를 마시지 않는다는 건 상대방에게 호의를 가지고 있지 않다는 뜻이기도 했다. 같이 차를 마시기 싫다는 의미로 비쳐지기도 했다.

가인이 따라 시선을 내렸다가 찻잔을 들어 올렸다. 조 여사가 어떤 시선으로 찻잔을 보고 있는지 알아채서였다. 전혀 그런 의도는 아니었다는 듯 가인이 찻잔을 입으로 가져가 차를 머금었다.

"본인의 앞가림은 스스로 할 수 있으니 신경 쓰지 말라는 뜻으로 받아들여야겠지?"

방금 나눴던 대화에 대해 조 여사가 되짚어 말했다. 까칠하게 받아들이면 그런 뜻이긴 했지만, 다른 의미로 해석하면 가인이 한 말은 피해를 입히거나 달리 짐이 될 생각이 없으니 크게 신경 쓰지 않아도 된다는 의미가 담겨 있었다. 가인은 흔히들 말하는 신데렐라가 될 생각은 추호도 없었다. 그리고 아직 진욱과 먼 미래에 대해 이야기를 나눈 적도 없었다. 그들에게는 지금의 감정이 제일 중요했다.

"그건 그렇고, 내가 그쪽을 부른 이유는 진욱이 때문인데······."

이름을 알면서도 굳이 그쪽이라고 지칭한 것은 그녀를 자극해 떠볼 요량인 것 같았다. 부르는 호칭이 어떻든 가인은 상관없었다. 상대가 부르고 싶은 대로 부르면 그뿐이다. 그쪽이란 말은 가인이 들어 본 말 중에 그래도 양반 축에 속했다. 야, 너, 거기. 심지어 그녀를 남자로 생각한 사람들은 이 새끼라는 말도 서슴지 않고 했었다. 그런 것도 무심히 받아 넘기는 가인이었다. 일부러 의도해 한 말이라도 그쪽이란 호칭에 가인이 크게 신경을 쓰지 않는 건 당연한 일이었다. 그런 환경을 겪어 보지 못한 고상한 부인에게는 상상 못할 일일지 모르지만, 가인이 사는 세계에선 흔한 일이었다.

그보다 가인이 신경 쓰이는 건 진욱이 거론되었다는 것이다. 진욱에 대해 가인에게 무슨 말을 하려고 부른 것일까? 사귀지 말라고? 떨어지라고? 그건 지금 당장 불가능한 일이라는 걸 조 여사도 이미 진욱을 만나 알고 있을 터였다. 가인에게 말해 본들 소용없는 일이었다. 그녀도 그가 진절머리 나게 싫어지지 않는 이상 자신의 의지가 아닌 타인의 의지로 헤어지지는 않을 테니까.

"봤으니까 알겠지만 우리 모자 사이가 그렇게 살갑지가 못해요."

가인은 아무 말도 없이 그저 조 여사가 하는 말에 귀를 기울였다. 자신이 하는 말을 끝까지 들어 줄 생각으로 바라보는 가인의 태도가 조 여사의 마음을 조금쯤 흡족하게 했다.

"가인 씨가 우리 둘 사이에 가교 역할을 좀 해 줬으면 하는데."

본론은 바로 저것이었다. 처음 봤을 때부터 느꼈던 외사랑의 느낌이 딱 들어맞았다. 진욱은 어떤 이유에선지 그의 모친과 거리를 두고 있었고, 조 여사는 그런 진욱과 가까워지고 싶어 안달을 하는 게 눈에 훤히 보였다. 다른 건 몰라도 눈치 하나는 빠른 가인이었다. 둘 사이에 흐르는 묘한 기류를 눈치채지 못할 리 없었다.

"두 분의 문제는 두 분이 해결하시는 게 맞다고 생각되는데요."

가인과 마주한 처음으로 조 여사의 미간이 찌푸려졌다. 자신이 하는 말을 제법 잘 알아듣는 터라 넌지시 부탁하는 말도 잘 들어주리라 생각했었다. 그런데 아니었다. 자신의 아들 진욱처럼 딱 선을 그어 버렸다. 자신이 관여해선 안 될 문제라는 듯 가인이 단칼에 조 여사의 부탁을 거절했다.

"기분이 나쁘셨다고 해도 어쩔 수 없어요. 아드님 성격에 대해선 어머님 되시는 분이 더 잘 아실 테니까요. 남의 말 듣고 움직이는 스타일 아니잖아요. 남의 감정을 사랑이라는 명분으로 함부로 움직이려 하는 것만큼 어리석은 짓도 없다고 생각해요."

"그래서, 내가 어떻게 해야 한다는 거지?"

조 여사의 불편한 심기가 말투에 고스란히 담겼다. 차가워진 조 여사의 말투에도 가인은 담담하게 답했다.

"마음이 움직이도록 노력하셔야죠. 아마 아드님이 원하는 게 뭔지 어머니는 잘 알고 계시리라 생각해요. 아들이니까. 진욱 씨가 무수히 많은 말과 눈빛으로 말해 왔을 테니까. 그걸 묵인하셨겠죠. 모른 척, 알아듣지 못한 척. 자존심이 걸린 일이었을까요? 그래서 쉽게 하지 못했을지도 모르죠. 하지만 관계 개선을 위해서 본인이 먼저 바뀌는 수밖에 없다고 생각해요. 제가 드릴 수 있는 말은 여기까지예요. 대표님의 심기를 불편하게 했다면 죄송합니다. 하지만 꼭 필요한 말이었다고 생각합니다."

한 치의 망설임도 없이 차분하게 자신의 생각을 말하는 가인이 기가 막히면서도 한편으로는 저래서 진욱이 좋아하게 됐나 보다 이해가 갔다. 예의는 지키되 힘에 함부로 굴복당하지는 않는다. 자신의 신념이나 일에 자부심도 있고 당당하기까지 했다. 어쩐지 조 여사 눈에 가인이 빛나는 원석처럼 보였다.

'녀석, 사람 알아보는 눈은 탁월하구나.'

아라나 다른 사람들이 오해하는 것 중 하나가 조 여사가 사리사욕에 눈이 멀어 자신의 아들을 내세워 권력을 손에 쥐려 한다는 것이었다. 그래서 진욱의 짝으로 법조계 종사자를 들이려 한다고 소문이 나돌기도 했었다. 그중에서도 아라처럼 정치계와 밀접한 관련이 있는 집안을 더 좋아한다는 말도 겸해졌었다.

 속내를 알 수 없는 능구렁이 같은 여자라고 수군거리는 소리도 다 듣고 있었다. 모른 척할 뿐이지 조 여사는 누가 무슨 말을 하고 있는지 다 꿰고 있었다.

 조 여사가 며느리로 맞고 싶은 조건의 여자는 딱 하나였다. 진욱의 마음을 좌지우지할 수 있는 진정으로 사랑하는 여자.

 자신이 조건에 맞춰 결혼을 한 터라 행복하지 못한 탓도 있었고, 가인의 말처럼 아들 진욱에 대해 조 여사가 잘 알기에 진심으로 사랑하지 않으면 결혼도 여자를 사귀는 일도 하지 않을 것을 알아서였다. 그가 진심으로 사랑하고 아끼는 여자의 말이라면 어떤 것이라도 들을 거라 생각했다. 그래서 그 여자만 잘 구슬리면 멀어진 모자의 사이를 이어 줄 수 있을 거라고 여겼다.

 조 여사는 자신이 가장 중요한 사실을 간과하고 있었다는 걸 지금에서야 깨달았다. 자신의 아들이 선택한 여자가 만만치 않을 거라는 걸. 진욱이 선택한 만큼 그 못지않게 똑 부러지는 성격일 거라는 걸 전혀 예상하지 못했다.

"하아."

 짙은 한숨이 조 여사의 입술 밖으로 밀려 나왔다.

 찻잔을 내려놓은 가인이 자리에서 일어났다. 조 여사는 더이상 가인을 보지도 붙잡지도 않았다. 낙심한 듯한 조 여사의 얼굴을 내려다보던 가인이 자리를 뜨기 전 마지막으로 한

마디를 덧붙였다.

"아직 서로 사랑하고 계시잖아요. 늦지 않았으니까, 조금만 용기를 내셨으면 해요. 그럼."

가인이 문을 열고 나가는 소리를 들었다. 조 여사가 닫힌 문으로 뒤늦게 시선을 던지며 혼잣말을 중얼거렸다.

"용기라······."

그게 생각처럼 쉽지 않았다. 오랫동안 습관처럼 굳어 버린 아집과 도도한 자존심이 그녀의 마음을 굳게 닫아 버렸다. 사과라는 것이 입 밖으로 쉬이 나오는 것이 아니었다.

더군다나 자신의 실수를 털어놓고 부모의 죽음에 대해 진심 어린 사과를 해야 할 대상이, 오래도록 마음에서 내쳐 놓고 차갑게 마음의 벽을 쌓아 놓았던 언니의 아들이라는 게 자꾸만 그녀의 마음을 흔들리게 했다.

"아들보다 중요한 일일까, 내 자존심이?"

그렇지 않다고 생각은 하지만 역시 결심을 하기는 힘들었다. 그 오랜 마음의 벽에 가인이 실금을 그어 놓았다. 점점 벌어져 마침내 무너져 버릴 아주 작은 시초를 만들어 놓은 것이다.

진욱이 은주와 함께 나오라고 연락을 해 왔다. 가인의 룸메이트이자 오랜 친구인 은주와 제대로 인사를 나누고 싶다고 했다. 친구에게 애인을 소개하는 일이 이렇게 떨리는 일일 거라고는 전혀 생각하지 못했다. 진욱과 첫 대면인 은주보다 가인이 더 설레어하고 있었다. 마치 가족을 처음 인사시키는 것처럼 가슴이 두방망이질 쳤다.

"어떤 옷 입고 갈까?"

은주가 옷장을 열어 단정한 옷이 좋을 것 같다며 가인에게 골라 달라고 했다. 하지만 가인은 여자 옷에 대해 잘 알지 못했다. 즐겨 입는 스타일이 청바지에 티인 그녀에게는 너무 어려운 선택이었다.

이마를 긁적이며 저보다 더 고심하는 가인의 모습에 은주가 피식하고 웃었다.

"내가 문제가 아니라 이쪽이 더 문제네."

오늘도 늘 입던 티와 청바지를 걸친 가인을 보고는 은주가 쯧쯧 하고 혀를 찼다. 옷장에 걸린 옷 중 무난한 원피스를 골라 입은 은주가 가인의 팔에 팔짱을 끼고 서둘러 집을 나섰다.

"아직 약속 시간 되려면 한참 남았어."

늦은 오후에나 저녁을 겸해 만나기로 했다는 걸 가인이 다시 한번 상기시켜 주었다. 하지만 가인을 끌고 가는 은주의 손길은 막무가내였다. 지금 꼭 나가서 해야 할 일이 있다고 했다.

은주가 가인을 데려간 곳은 옷가게가 즐비한 명동이었다. 젊음의 열기가 후끈한 그곳에서 오고 가는 여자들의 패션을 눈에 담은 은주가 가게 중 하나로 가인과 함께 들어섰다.

입구에서 이용료를 지불하고 안으로 들어섰다. 실내를 둘러본 가인의 눈이 휘둥그레졌다. 넓은 1층 안에 헤어와 메이크업, 의상을 모두 할 수 있는 것들이 갖춰져 있었다. 전에 조 여사가 불러서 갔던 뷰티샬롱이 생각났다. 앉아 있는 것조차 부담스럽게 느껴지던 그곳과는 달리 왁자지껄한 소음이 들리는 이곳이 훨씬 괜찮아 보였다.

"자, 자, 이 언니한테 모든 걸 맡기고 넌 그냥 해 주는 대로 얌전히 있으면 돼."

"뭘 하려고."

은주가 입술에 검지를 세로로 세워 쉿 소리를 냈다. 그러곤 다짜고짜 가인을 끌고 가 의자에 앉혔다. 메이크업 용품이 놓여 있는 화장대였다. 은주가 뭘 하려는지 알아차린 가인이 고개를 저으며 자리에서 일어나려 했다. 그를 저지시키며 은주가 인상을 팍 썼다.

"사람이 말이야, 데이트에도 예의가 있어야지. 만날 그런 맨얼굴에 우중충한 옷만 입고 나가서야 되겠어? 한 번쯤은 예쁘게 꾸며서 나가 주는 센스도 발휘하고 해야지."

"이상할 거야. 나 한 번도 화장해 본 적 없잖아."

"과하게만 안 하면 전혀 이상할 거 없어. 모르니? 한 듯 안 한 듯 자연스러운 생얼 메이크업. 이 언니가 또 그런 거에 일가견이 있잖니. 딱 맡겨만 봐."

은주의 말처럼 그녀의 화장은 과하지 않았다. 청순해 보이기까지 한 은주의 얼굴은 장장 한 시간에 걸쳐서 공을 들여한 것이었다. 자연스러운 내추럴함을 강조하며 은주가 가인의 얼굴에 화장을 하기 시작했다. 케세라 세라. 될 대로 되라는 식으로 가인이 포기 선언을 했다.

겉으로는 한숨을 푹푹 내쉬며 이런 거 싫다고 말했지만 속으로는 은근히 설레기도 했다. 진욱에게 예뻐 보이고 싶었다. 어떻게 해야 할지 몰라 하지 못한 것이다. 자신이 어설프게 손을 댔다간 자칫 더 엉망이 될 수도 있어서였다. 그렇다고 미용실과 메이크업 아티스트를 동원해 꾸미는 건 오버고 사치였다. 그냥 평소 그대로가 가장 좋은 거라고 스스로를 설득했지만 가끔 지나치는 여자들의 외형을 살피곤 했다. 내가 저런 모습이면 어떨까 하고 말이다.

"눈 감아야지."

눈 화장을 위해 감은 눈을 가인은 화장을 다 하기 전까지 뜨지 않았다. 차마 볼 수가 없었다. 자신의 모습이 어떻게 변했을지 보는 게 두렵기도 하고 떨리기도 해서였다.

"다 됐어. 눈 떠 봐."

하는 김에 머리 손질까지 간단하게 끝낸 은주가 가인의 어깨를 톡톡 두드리며 눈을 떠 보라고 했다. 천천히 눈꺼풀을 끌어 올린 가인이 거울 속에 비친 자신의 모습을 확인했다. 깜빡깜빡. 가인의 눈이 감겼다가 떠졌다. 크게 달라진 건 없었다. 다만, 약간 귀여워졌다고 느껴졌다. 미묘하게 달라진 자신의 모습이 가인도 마음에 들었다. 사르르 가인의 입가에 미소가 번졌다.

"괜찮지?"

"응."

"자, 그럼 이번에 의상 교체를 해 볼까? 스탠 답."

은주가 장난스럽게 박수를 쳤다. 그에 가인이 군말 없이 자리에서 일어났다. 은주가 골라 준 옷을 탈의실에서 가인이 갈아입고 나오면 같이 거울을 보고 평가를 내렸다. 화려한 무늬의 원피스는 가인과 어울리지 않았다. 단색의 파스텔 톤으로 은은하고 단조로운 원피스가 괜찮았다.

쇄골이 살짝 보이는 원형의 네크라인에 허리 아래로 살포시 퍼지는 에이라인의 원피스가 마음에 들었다. 둘 다 콜을 외치며 그것으로 낙찰했다. 원피스에 맞춰 굽이 높지 않은 구두를 신고 매장을 나섰다. 그렇게 시간을 보내고 나오니 약속 시간에 얼추 가까워져 있었다.

Rrrrr.

때를 맞춰서 가인의 휴대폰이 울렸다. 진욱이었다. 가인의 입가에 절로 미소가 번졌다.

"네."

-어디?

"여기 명동이요."

-데리러 갈까?

듣고 있던 은주가 손을 내저었다. 가인이 고개를 끄덕이며 진욱에게 말했다.

"아니에요. 저희도 곧장 약속 장소로 갈 테니까 그리로 오세요."

-그래요. 그럼. 거기서 봐.

전화를 끊고 가인이 은주를 돌아봤다. 은주가 실실 웃으며 가인의 팔에 팔짱을 꼈다.

"천천히 걸어 들어가면서 네 모습 바라볼 수 있게 해야지. 차에 타 버리면 제대로 못 보여 주잖아."

"뭘 또 그렇게까지."

쑥스러워하는 가인의 엉덩이를 은주가 제 엉덩이로 툭 장난스럽게 쳤다. 눈이 마주치자 둘이 배시시 웃었다. 첫 만남도 아니고 소개팅을 나가는 것도 아닌데 묘하게 마음이 설레었다. 정작 진욱을 처음 대면하는 은주는 담담한 것 같았다.

큰일을 겪은 사람답지 않게 은주는 씩씩하고 활달하게 생활하고 있었다. 가끔 가인이 밤잠을 설치는 것과 달리 은주는 겉으로 보기엔 아무렇지 않은 것 같았다. 워낙에 험한 경우를 많이 당해 봐서 그렇다고 말은 하지만 가인은 알고 있었다. 그 누구에게도 기대지 않고 혼자서 살아가야 하기에 스스로를 단련시키고 있다는 걸. 그 속에는 가인에게 짐이 되고 싶지 않은 마음도 깃들어 있었다. 가인이 신경 쓰지 않게 그녀 앞에서 더 환하게 웃으며 밝게 생활하고 있었다.

그를 가인도 잘 알고 있었다. 하지만 은주의 뜻을 존중해 그녀에게 맞춰 모른 척해 주고 있었다. 서로의 마음을 가장 잘 알기에 가능한 일이었다.

"가서 놀라게 해 주자."

"놀랄까?"

"당연하지? 지금 얼마나 예쁜데. 누구 작품인지 완전 예술이다. 예술."

은주의 능청스런 너스레에 가인이 웃음을 터트렸다. 따라 은주도 깔깔거리며 웃었다. 약속 장소는 둘이 있는 곳에서 그리 멀지 않았다. 택시를 타고 이동하면 5분도 안 돼 도착할 수 있었다.

레스토랑에 먼저 도착한 진욱이 예약한 자리를 확인하고 가서 착석했다. 웨이터에게 다른 손님이 오면 주문을 하겠다고 말하고 돌려보냈다. 아직 시간이 남았기에 휴대폰을 꺼내 메일을 확인했다.

"저쪽입니다."

얼마 지나지 않아 웨이터가 자신이 앉은 자리를 가리키며 안내하는 소리가 들렸다. 진욱이 휴대폰을 끄고 주머니에 넣으며 고개를 들었다. 그가 자신에게로 다가오는 두 여자에게 시선을 두었다. 사르르 그의 입가에 미소가 번졌다. 사랑스러움으로 무장한 수줍은 여인이 사뿐사뿐 자신을 향해 걸어오고 있었다.

진욱은 자리를 박차고 일어나 당장에 그녀에게 달려가 끌어안고 싶은 것을 꾹 눌러 참았다. 나란히 걸어오고 있는 은주를 첫 대면하는 자리에서 그런 결례를 범할 수는 없어서였다.

가인을 바라보는 진욱의 두 눈에 사랑이 가득 들어차는 것을 발견한 은주가 배시시 웃으며 가인의 옆구리를 툭 쳤다. 가인이 돌아보자 은주가 그녀의 귀에 대고 속삭였다.

"눈에 하트가 뿅뿅이다, 네 애인."

"무슨."

말도 안 되는 소리를 하느냐며 고개를 저었지만 가인의 눈에도 선명하게 보였다. 자신을 향한 진욱의 사랑스러운 시선이.

"먼저 도착했네요?"

"한 5분쯤? 일찍 왔네요?"

"저희도 약속 시간에서 5분 정도 빨랐나 봐요."

들뜬 마음을 감추려는 듯 두 사람이 가볍게 말을 주고받았다. 서로를 향한 눈빛에 달콤함이 묻어났다.

"흠흠."

계속 두면 언제 자기를 소개시켜 줄지 몰라서 은주가 헛기침으로 자신의 존재를 되새겨 주었다. 그제야 두 사람의 시선이 잊고 있었던 은주에게로 쏠렸다.

"안녕하세요. 하은주라고 합니다."

은주가 다소곳이 고개를 숙여 인사했다.

"강진욱입니다."

진욱도 마주 인사를 하며 사람 좋은 미소를 지어 보였다. 자신이 두 사람을 소개시켜 줘야 하는데 타이밍을 놓친 가인이 민망한 듯 목을 긁적였다. 그 손을 진욱이 부드럽게 감싸 잡으며 자리로 이끌었다.

"앉을까요?"

진욱과 나란히 앉은 가인이 맞은편에 자연스럽게 자리를 잡고 앉는 은주를 보며 묘한 기분을 느꼈다. 자신의 자리가 은주의 옆이 아닌 진욱의 옆이라는 게 뭔가 어색했다. 이렇게 셋이 같이한 게 처음이라 그런 건지도 몰랐다. 하지만 자꾸만 은주가 신경 쓰였다. 오늘따라 은주가 더 외롭고 쓸쓸해 보여 화기애애한 분위기 속에서도 가인은 맘 놓고 웃을 수가 없었다. 생각보다 가인의 마음속 은주의 자리가 많이 컸던 모양이다.

"왜, 음식이 입에 안 맞아요?"

잘 먹지 못하는 가인이 걱정스러웠던지 진욱이 다정하게 물었다. 가인이 엷은 미소를 지어 보이며 고개를 저었다.

"아니요. 맛있어요."

웃는 얼굴이 어쩐지 서글퍼 보였다. 진욱이 고개 숙여 스테이크를 쓰는 가인의 얼굴을 가만히 바라보았다. 그 모습을 맞은편의 은주도 지켜보았다. 그녀의 입에서 짙은 한숨이 흘러나왔다. 가인이 지금 느끼고 있는 심경이 어떤 건지 알 것 같아서였다.

"우리 가인이 잘 좀 부탁드립니다."

은주가 테이블 위에 있던 장식용 꽃을 뽑아 진욱에게 건네며 말했다. 꽃과 은주를 번갈아 보며 진욱이 흔쾌히 그것을 받아 들며 고개를 끄덕였다.

"여부가 있겠습니까. 아주 잘 보살피고 많이 사랑하겠습니다."

"으음, 이제야 홀가분하게 떠날 수 있겠네요. 믿음이 팍팍 가는데요? 연애 한 번 안 하기에 맹탕인가 싶었더니. 우리 가인이 남자 보는 눈이 탁월한데요? 완전 퍼펙트."

"칭찬 감사합니다."

은주의 칭찬을 진욱이 넙죽 받아 삼켰다. 둘 사이에 가인이 다급하게 끼어들었다.

"떠나다니? 무슨 말이야?"

처음 듣는 말이었다. 장난으로 하는 말일 수도 있었지만 뉘앙스로 봤을 때 진심인 것 같았다. 가인이 미간을 좁히며 아니라고 말하라는 듯 은주를 보며 고개를 저었다. 은주가 그런 가인을 부드럽게 마주 바라보며 테이블 위에 올려진 그녀의 손을 잡았다.

"나 독립하려고."

"독립이라니? 갑자기 왜?"

"갑자기는 아니고. 오래전부터 생각했던 건데, 이런저런 일도 있고 해서 자꾸 미뤄졌었어."

"그동안 한 번도 그런 얘기 없었잖아."

가인의 눈시울이 붉어졌다. 떨리는 가인의 목소리에 비해 은주는 비교적 담담했다. 은주가 밝은 목소리로 그동안 계획해 왔던 자신의 생각을 가인에게 말해 주었다.

"널 혼자 두기가 그래서 계속 미뤄 왔던 거야. 사실은 나 여기 말고 다른 곳에서 새롭게 인생을 시작하고 싶었어. 원래 내 꿈이 간호사였거든. 가정 형편 때문에, 그리고 네가 알다시피 쓸데없이 동생 뒷바라지하느라고 돈만 벌고 아무것도 못 했잖아. 이제 그렇게 안 살려고. 나도 내 꿈 제대로 한번 펼쳐 보려고. 나 응원해 줄 거지?"

"여기서, 내 옆에서 해도 되잖아."

"네 옆에 있으면, 너도 알다시피 내가 자꾸 널 의지하게 돼. 홀로서기부터 제대로 해 보고 싶어. 너 나보다 더 외로움 많이 타잖아. 혼자 있는 거 싫어해서 나 없을 때 집에 잘 안 있고 그동안 계속 밖으로 돌면서 일만 했잖아. 이젠 그러지 않아도 되니까, 네 옆에 믿음직한 사람이 있으니까, 더는 외롭지 않을 거 아니까, 믿고 내가 하고 싶었던 거 해 보려는 거야."

또르르. 가인의 볼을 타고 눈물방울이 흘러내렸다. 그렇게도 강인해 보이던 가인이 흐느껴 울고 있었다. 은주는 그녀에게 세상에 단 하나 남은 가족과도 같은 존재였다. 은주의 말을 이해하면서도 쉽게 그렇게 하라는 말이 나오지 않는 이유도 그 때문이었다. 가족을 또 잃게 되는 것 같아서 마음이 너무 아팠다.

"나 영영 사라지는 거 아니야. 우리에겐 이 시대 최고의 통신 수단인 휴대폰이란 게 있잖아? 영상통화 가능하지, 언제든 시간 나면 만날 수 있는 전국 일인 생활권에 살고 있는데 뭐가 문제야? 나 보고 싶으면 콜해. 전화하면 바로 달려가 줄 테니까."

은주가 가인의 마음을 달래려 오버스럽게 말했다. 그에 가인이 피식 웃으며 고개를 끄덕였다. 이렇게까지 말하는데 더 이상 은주를 붙잡을 수는 없었다. 꿈을 향해 달려가겠다는 은주에게 힘이 되어 줘야 하지 않을까. 그동안 고생만 했는데. 모진 일도 겪었는데. 이제 은주도 행복해질 차례였다.

"가라. 가. 안 잡을 테니까, 맘 편하게 가고 싶은 곳으로 가."

"와아, 또 이렇게 자리 깔아 주니까 이상하게 가기 싫어지네. 가지 말까?"

"비행기 표는 제가 끊어 드리겠습니다."

불쑥 끼어든 진욱의 손에 들린 카드로 둘의 시선이 쏠렸다. 풋 하고 은주가 먼저 웃음을 터트렸다. 이어 가인도 웃고 말았다.

"사랑하면 닮는다더니, 애인이란 사람이 더하네. 아주 해외로 보내실 작정인가 봐요? 나 보내고 둘이 뭐 하려고?"

"작정하고 뜨거운 밤 보내려고요."

은주의 농담에 진욱이 웃으며 답했다. 그 대답이 농담은 아닌 것 같아 은주가 의미심장한 눈빛으로 둘을 보며 턱을 쏠었다.

"이거 분위기가 오늘 당장 집 비워 줘야 할 것 같은데요?"

"집은 됐고, 가인 씨만 빌려 주시면 됩니다."

진욱의 말에 은주와 가인의 눈이 동그래졌다. 가인의 볼이 발그레졌다. 수줍음에 고개를 숙이는 가인을 보며 은주가 배시시 웃었다. 가인도 은근히 바라고 있는 눈치였다.

"그러죠. 오늘 밤은 제가 양보해 드릴게요."

은주가 카드를 들고 있는 진욱의 손을 슬쩍 밀며 은밀한 말투로 속삭였다.

"비행기 표는 됐으니까, 이걸로 뜨거운 밤 보내시는 데 쓰세요."

매끄럽게 입술을 끌어 올린 진욱이 카드를 가인의 손에 쥐여 주며 그녀의 어깨를 부드럽게 감싸 안았다.

"오늘 밤은 가인 씨한테 맡겨 보려고요."

가인이 진욱을 돌아보자 그가 한쪽 눈을 찡긋거렸다.

"전에 킵해 둔 게 있거든요."

장난스러운 진욱의 말에 가인의 귓불이 붉게 달아올랐다. 그런 둘을 은주가 흐뭇하게 바라보았다. 두 사람은 어쩐지 쉽게 헤어질 것 같지 않았다. 진욱에게 믿고 가인을 맡겨도 될 것 같아 은주의 마음이 한결 편해졌다.

7. 마주 바라보기

 시원한 바람이 몸을 빠르게 스쳐 지나가는 것이 좋았다. 온몸으로 바람을 느끼며 가르고 달리는 기분은 다른 것으로는 채워질 수 없는 부분이었다. 가인이 오토바이의 속도를 높였다. 해변 도로를 그녀의 오토바이가 스피드하게 달려 나갔다.
 -그래서 어디로 간다고?
 블루투스 이어폰을 통해 진욱의 목소리가 들려왔다. 가인의 입가에 엷은 미소가 머금어졌다.
 "인천이요! 은주가 맛있는 회 사 준대요."
 -하아. 그래서 지금 회 먹으려고 오토바이를 몰고 거기까지 가겠다는 거야?

"응. 거의 다 왔어요."

-서가인, 너.

"끊어요. 나 운전에 집중해야 돼."

진욱의 잔소리가 이어질 걸 알고 가인이 휴대폰 연결을 끊었다. 혼자서 안절부절못하며 뛰고 있을 진욱을 생각하며 가인이 웃음을 머금었다.

어제 아침 은주에게서 전화가 왔다. 근무하는 보건소에 괜찮은 남자가 있는데 요즘 그 남자가 자신에게 작업을 걸어온다고 했다. 어떤지 가인에게 한번 봐 달라고 해서 내려가는 길이었다. 데이트 신청을 하기에 친구가 내려온다고 하니까 회를 사 주겠다며 같이 만나자고 했단다. 친구까지 밥을 사겠다는 걸 보면 확실하게 은주에게 마음이 있는 것 같았다. 좋은 사람이었으면 좋겠다는 기대감을 안고 가인이 서울에서 인천까지 한달음에 내달렸다.

은주가 있는 곳은 인천에서도 조금 더 들어간 바닷가와 근접한 섬, 영종도였다. 육지를 자유롭게 오갈 수 있는 해상 다리가 연결되어 있어서 이동은 순조로웠다.

"가인아!"

약속한 장소로 은주가 미리 나와 있었다. 훈남 외모에 착해 보이는 남자가 은주의 뒤에 서 있었다. 발랄하게 손을 흔드는 은주를 귀엽게 바라보다가 가까이 다가서는 가인과 눈이 마주치자 남자가 가볍게 고개를 숙여 보였다. 가인도 고개를 숙이며 인사를 대신했다.

"얼굴 좋아 보인다?"

은주가 코앞으로 다가온 가인의 얼굴을 빤히 쳐다보곤 장난스럽게 말했다. 가인이 은주의 옆구리를 쿡 찌르며 능청스럽게 말을 받아쳤다.

"피차일반인데? 아주 혈색이 좋아지셨어?"

"와아, 서가인 안 본 사이에 말이 더 능글맞아졌어. 애인한테 물들었지?"

"원래가 사랑하면 닮는 거라며."

"이봐. 아니라고 부정하지도 않아요."

"됐고. 정식으로 소개해 줘야지."

둘이서 오랜만에 만나 얘기를 나누느라 뒤에 멀뚱히 선 남자를 챙기지 못했다. 반가움에 남자의 존재를 잊어버린 은주가 가인의 말에 아차 하며 뒤를 돌아봤다. 남자가 사람 좋은 미소를 지어 보이며 둘을 마주했다.

"이쪽은 제 오랜 절친인 서가인이고, 저쪽은 나랑 같이 일하는 김경준 씨."

"만나서 반갑습니다. 은주 씨한테 말씀 많이 들었습니다."

"처음 뵙겠습니다. 서가인입니다."

둘이 정중하게 인사를 주고받는 모습이 괜히 어색하고 쑥스러웠던지 은주가 서둘러 둘 사이로 끼어들었다.

"가요. 일단 자리에 앉아서 맛난 거 먹으면서 도란도란 편하게 얘기해요."

"그럴까요?"

은주의 말이라면 뭐든 괜찮다는 듯 경준이 웃으며 동의했다. 두 사람의 모습이 보기 좋아 가인의 입가에도 절로 미소가 머금어졌다. 이제 막 사랑을 시작한 사람들답게 풋풋한 설렘의 기운이 물씬 느껴졌다.

해산물을 파는 포장마차에 자리를 잡고 앉았다. 소주를 시켜 세 사람이 나눠 마시며 이런저런 이야기를 했다. 분위기는 화기애애했다. 경준은 사람을 편안하게 해 주는 사람인 것 같았다. 부담스럽지 않을 정도로 궁금한 것을 묻고 필요 없는 말을 굳이 하지 않았다. 내내 은주를 살피며 그녀에게 필요한 것들을 챙겨 주었다. 그런 모습이 가인에게는 더없이 좋아 보였다.

"같이 근무하시면 남자 간호사?"

넌지시 묻자 슬그머니 경준의 눈치를 살핀 은주가 엷은 미소를 띠며 입을 열었다.

"의사야. 보건소에 전출 왔다가 아예 상주하기로 했대. 여기가 너무 좋아서."

"와아, 젊은 분이 그런 결심을 하기 쉽지 않으셨을 텐데 대단하시네요."

진심이었다. 대부분의 젊은 의사들은 열악한 환경에서 근무하는 걸 꺼려한다고 들었다. 더군다나 보건소는 더 오지 않으려고 한다는 말을 들은 것 같았다. 그런데 다른 곳으로 갈 수도 있는 상황임에도 불구하고 자신이 맡아 하겠다고 주저앉았다는 건 상당한 용기와 사명감이 필요한 일이라고 가인은 생각했다.

"아닙니다. 그런 결심을 하도록 만들어 준 사람이 더 대단한 거죠."

경준이 곁에 앉은 은주를 따스한 시선으로 바라보았다. 은주는 모른 척 입을 벌리기 시작한 조개를 집게로 이리저리 살피고 있었다. 너무 과분한 사람이라 선뜻 용기가 나지 않는다던 은주의 말이 무슨 뜻인지 알 것 같았다.

가인도 그랬다. 처음 진욱에게 호감을 느끼고 이성으로 생각하기 시작한 시점에 아주 많이 흔들렸고 갈등했다. 이 사람에게 내가 과연 어울리는 사람인가 하면서.

충분히 고민할 만한 일이었다. 쉽게 결정할 수 있는 일도 아니었다. 옆에서 뭐라 훈수를 둘 수 있는 것도 아니었다. 본인들이 결심하고 결정할 일이었다.

가인은 두 사람을 보며 이미 결론이 나 있음을 직감했다. 자신을 불러 내린 은주나, 은주의 친구를 만나 밥을 사겠다고 용기 내어 나선 경준이나 서로에게 깊은 존재감으로 자리하고 있음을 느낄 수 있었다.

"우리 집에서 자고 갈래?"

포장마차를 나서며 은주가 말했다. 술을 두 잔 정도 마셔서 오토바이를 몰고 가는 건 불가능했다. 하룻밤을 보내고 술을 깬 뒤에 가는 게 좋겠다는 생각에 물은 것이다. 경준이 그렇게 하는 게 좋겠다고 말하며 은주와 가인에게 데려다주겠다고 했다.

"전 밤바람 좀 쐬고 좀 있다가 들어갈게요. 두 분이서 따로 데이트 조금 더 하세요."

가인이 성큼성큼 뒷걸음질을 치며 둘에게서 멀어졌다.

"아니야. 그러지 않아도 돼."

은주가 얼굴을 붉히며 고개를 저었다. 가인에게 오라고 손을 까닥였지만 가인은 점점 더 멀어졌다.

"오랜만에 바닷가 왔는데 나도 좀 낭만도 느껴 보고 고독도 즐겨 보고 그러자. 여기 선녀바위 해수욕장에 비밀 해변도 있다며. 내가 다 알아보고 왔으니까 방해하지 마."

오히려 가인이 방해받기 싫다며 뒤를 돌아 힘차게 손을 흔들었다. 저렇게 완고하게 말하는데 끌고 갈 수도 없고. 조금만 혼자 있게 둬야겠다고 생각한 은주가 가인에게 들릴 수 있게 큰 목소리로 말했다.

"너무 오래 밖에 있으면 감기 걸려! 우리 집 알지? 들어올 때 전화하고!"

가인이 손으로 오케이 표시를 했다. 그를 보고서야 은주가 한숨을 푹 내쉬며 경준을 돌아봤다. 경준이 포근한 미소를 지어 보이며 자신의 차를 가리켰다.

"우리도 드라이브라도 하고 헤어질까요?"

"그럴까요?"

나중 일은 나중에 생각하기. 좋은 건 좋은 대로 후회하지 않게 즐기며 살자고 은주는 서울을 떠나며 결심했었다.

처음 진욱의 직업이 검사라는 말을 들었을 때 솔직히 은주는 가인을 측은하게 생각했다. 저러다가 버려지면 어쩌나 하는 터무니없는 생각 때문이었다. 진욱과 만나 그가 가인을 바라보는 눈빛과 가인이 그를 보는 시선을 보고 알았다. 둘은 지금 이 순간의 감정에 충실하게 살아가고 있다는 걸. 사랑할 때는 사랑 이외의 것은 생각하지 않는 것이 좋다. 다른 것이 끼어들면 사랑이 불행해질 수도 있으니까.

죽음의 문턱을 두 번이나 넘었었던 은주였다. 한 번 사는 인생이고 언제 죽을지 모르는 삶이었다. 못 먹어도 고! 일단은 부딪쳐 보고 안 되면 더 열심히 부대끼고, 그렇게 해서 꼭 원하는 삶을 살아볼 거라고 은주는 다짐했다.

그 처음이 가인을 떠나 홀로서기를 하는 것이었고, 지금 완벽하게 그것을 이뤄 냈다. 그리고 다음은 이 사람, 김경준. 조건 없이 오롯이 하은주라는 사람을 사랑해 주는 사람을 같은 시선으로 바라봐 주는 것이었다.

"친구가 돗자리까지 깔아 줬는데 그냥 보내면 안 되지."

혼잣말을 중얼거리며 은주가 앞서 걷던 경준을 쫓아 그의 차로 다가갔다. 경준이 열어 준 보조석에 올라타며 은주가 스치듯 가볍게 그의 볼에 입을 맞췄다.

"고마워요."

아무 일도 없었던 것처럼 시치미를 뚝 떼고 차에 오른 은주를 흐뭇하게 바라보며 경준이 조심스럽게 차 문을 닫고 운전석으로 걸어갔다. 그동안 은주는 휴대폰을 꺼내 진욱에게 문자를 보냈다.

[선녀바위 해수욕장의 비밀 해변으로 간다네요. 뭐하러 갈까나. 우리 가인이 혼자서?]

가인이 가겠다고 한 장소와 그녀가 혼자일 거라는 힌트까지 줬으니 뒷일은 진욱이 알아서 할 터였다. 오늘은 가인도 은주도 행복한 밤을 보낼 수 있지 않을까. 운전석에 앉아 벨트를 매는 경준을 은주가 흡족하게 바라보았다.

생각보다 도보로 선녀바위 해수욕장으로 가는 건 꽤 멀었다. 은주와 일찍 헤어진 터라 아직 9시가 조금 안 됐다. 그나마 해변을 찾는 사람들의 발길이 제법 있어서 다행이었다. 밤바람을 맞으며 30분 넘게 걸었더니 술기운이 감돌던 얼굴도 어느새 차갑게 식어 있었다.

"따뜻한 커피 한잔 마셨으면 참 좋겠다."

혼잣말을 중얼거리며 가인이 모래사장 위로 발을 내렸다. 캠핑족들이 즐겨 찾는다는 해수욕장 근처 비밀 해변을 찾아 가인이 두리번거렸다. 캠핑을 즐기는 진욱이 좋아할 만한 장소인지 한번 둘러볼 생각이었다.

가끔 일에 지친 그가 홀로 드라이브를 하며 적당한 장소에 텐트를 치고 캠핑을 한다는 말을 들은 후로는 늘 그런 장소를 눈여겨보며 찾게 되었다. 그에게도 혼자만의 휴식 시간이 필요할 것 같았다. 범죄자들을 상대하고 법의 심판대 위에 세우는 일이 얼마나 힘든 일일지 상상만으로도 진저리가 쳐졌다. 그가 늘 밝은 표정으로 웃고 있지만 속은 그렇지 않을 거라고 가인은 생각했다.

"저긴가?"

캠핑을 많이 하고 있을 거라고 생각했는데 의외로 텐트를 치고 있는 사람들은 많지 않았다. 분위기가 어떤지 살펴볼 겸 가인이 텐트가 있는 곳으로 걸어 들어갔다. 두어 개의 텐트를 지나 안쪽에 떨어져 있는 텐트를 멀찍이서 바라보았다.

깊숙이 몸을 뉠 수 있는 의자 두 개와 간이 테이블 위에 올려진 김이 모락모락 피어오르는 커피 잔이 가인의 시야에 들어왔다. 그녀가 무언가에 끌리듯 그곳으로 한 발 한 발 다가갔다. 가까이 다가가자 은은한 커피 향이 그녀를 유혹했다. 텐트 끝머리에서 딸랑거리는 청아한 방울 소리가 운치를 더했다.

"왜 이렇게 늦었어?"

테이블 가까이 다가갔을 때 누군가 텐트 뒤쪽에서 걸어 나오며 말했다. 익숙한 목소리에 가인의 눈이 동그랗게 커졌다.

"빨리 와 앉아. 커피 다 식겠다."

진욱이 커피 잔에 커피를 더 따르며 의자를 턱짓으로 가리켰다. 반가움에 가인이 저도 모르게 아랫입술을 살짝 깨물었다. 그녀가 성큼성큼 달려가 그를 와락 껴안았다. 진욱의 입가에 미소가 번졌다.

"음, 좋다. 내 남자 향기."

"커피 마시고 싶어서 아부 떠는 거 다 아니까 그냥 앉으세요."

"들켰네."

진욱의 농담에 동조하며 가인이 혀를 날름 내밀었다. 그러면서도 뒤에서 껴안은 팔은 풀지 않았다. 그녀가 진욱의 너른 등에 한쪽 볼을 기대며 가만히 눈을 감았다. 따스하고 포근한 등이었다. 언제 기대도 똑같은 느낌일 것 같은 그런 등이었다.

"춥지 않았어?"

그가 몸을 돌려 가인을 품에 안았다. 그러다 귀를 만지곤 미간을 살짝 찌푸렸다. 가인의 귓불이 얼음장 같았다.

"시원하고 좋던데? 지금 딱 추워지려던 참인데, 진욱 씨가 짠 하고 나타났지. 적절한 타이밍이었어."

"애인을 보온용으로 쓰겠다는 말처럼 들린다?"

"그대의 체온으로 날 따스하게 물들여 준다며 그보다 좋은 건 없으리오."

"와우, 닭살."

"으, 빙닭 되겠다."

자기가 말해 놓고 가인이 진욱보다 더 진저리를 쳤다. 자신을 지그시 내려다보는 진욱의 눈길을 가인이 사랑스러움으로 마주했다. 그가 그녀의 얼굴을 잡고 이마와 콧등, 볼과 입술에 폭풍같이 입맞춤을 했다. 그러곤 그녀를 꽉 끌어안고 몸을 흔들었다.

"보고 싶어 죽는 줄 알았네."

"누가 들으면 엄청 오래 떨어져 있었다고 생각하겠네. 우리 겨우 하루 반나절 못 만났거든요."

"오늘 여기서 하룻밤 자고 올라오면 이틀 되는 거였어."

"그러네. 하마터면 이틀이나 못 볼 뻔했네."

진욱이 일부러 미간을 찌푸리며 심각하게 말하자, 그에 보조를 맞춰 가인도 큰일 날 뻔했다는 듯 호들갑을 떨며 능청스럽게 말했다. 동그랗게 떠진 가인의 눈을 보며 진욱이 피식 웃었다. 가인도 따라 웃으며 눈을 초승달 모양으로 휘었다.

"커피 식겠다. 이것부터 마시고 더 따져 보자고."

테이블 위에 놓인 커피 잔 중 하나를 진욱이 가인에게 건네주었다. 커피 잔을 받아 든 가인이 호호 바람을 불며 따뜻한 커피를 한 모금 마셨다. 찬 기운이 가시는 듯 몸에 온기가 번지는 게 느껴졌다.

"앉아."

제 몫의 커피 잔을 들어 의자에 앉으며 진욱이 말했다. 가인이 진욱의 의자와 다른 의자를 번갈아 보다가 자리에 앉았다.

"뭐지?"

자신의 몸 뒤에서 진욱이 말하는 소리가 가인의 귓속으로 스며들었다. 가인이 기분 좋게 커피를 홀짝이며 어깨를 으쓱했다. 그에 진욱이 피식 웃으며 고개를 설레설레 흔들었다. 그의 한쪽 팔이 가인의 배를 감싸 끌어안았다.

진욱의 다리 위에 올라앉아 등과 다리, 배로 그를 느끼며 가인이 커피를 머금었다. 바닷바람이 좋았다. 안쪽에 자리를 잡은 덕에 찬 기운이 가신 시원함만 남은 바람이 살랑살랑 그들의 주변을 맴돌았다.

"텐트 봤어?"

"음. 전에 거랑 다른 것 같던데, 새로 샀어요?"

가인이 뒤를 돌아 텐트를 살피며 물었다. 그가 보여 줬던 1인용 텐트보다 조금 더 커 보였다.

"2인용으로 새로 구입했지. 둘이서 캠핑하려고."

"힐링용이잖아요. 나 있으면 방해되지 않아요?"

가인의 물음에 그가 답 없이 그녀의 입술에 입을 맞췄다. 사르르 미소가 번진 입술에 깃든 행복을 감추지 못하고 가인이 고개를 갸웃했다. 무슨 의미냐는 뜻이었다.

"당신이 내겐 가장 좋은 힐링 요소거든. 어디든 당신만 있으면 괜찮아."

빈 커피 잔을 바닥에 내려놓고 가인이 그의 목에 팔을 휘감았다. 그도 커피 잔을 툭 바닥에 던졌다. 진욱이 가인을 번쩍 안아 올려 자리에서 일어섰다. 그윽하게 내리뜬 시선이 야릇했다. 동의를 구하듯 그가 텐트를 고갯짓으로 가리켰다. 그러자 가인이 냉큼 고개를 끄덕였다. 미소를 띤 진욱의 입술을 가인이 제 입술로 가뒀다.

키득거리는 낮은 웃음소리가 그의 입술 사이로 흘러나왔다. 그 웃음을 가인이 말끔히 집어삼켰다. 능숙하게 진욱의 입술을 머금은 가인이 손을 위로 올려 그의 뒤 머리카락 사이를 파고들었다. 부드러운 머리카락의 감촉을 음미하며 가인이 고개를 틀어 조금 더 깊게 그의 입술을 탐했다.

"하아."

가인의 뜨거운 숨결이 그의 입술을 헤집고 목구멍 너머로 스며들었다. 달콤하게 그녀의 숨결을 삼킨 진욱의 혀와 혀를 옭아매 뿌리가 얼얼할 만큼 강렬하게 빨아들였다. 타액의 질척이는 촉감과 소리가 귀와 입술을 음험하게 물들였다.

그가 가인의 재킷을 벗겼다. 그녀의 손가락이 목을 타고 내려와 그의 셔츠 단추를 풀었다. 슈트 재킷 대신 카디건을 걸치고 있던 진욱이 스스로 카디건을 벗어 던졌다. 뜨거운 숨결이 진욱의 열린 셔츠의 벌어진 틈 사이로 내려앉았다.

가인의 티를 밀어 올려 뇌쇄적인 쇄골 위에 진욱이 입술을 지그시 눌렀다. 그녀가 고개를 뒤로 젖혀 티를 벗기기 쉽게 도와주었다. 그의 입술이 가인의 가녀린 목을 타고 오르며 열꽃 같은 키스마크를 남겼다.

셔츠가 그녀의 티 위로 떨어졌다. 그녀의 바지를 벗기다가 가인이 뒤로 나동그라지자 까르르 웃음이 터져 나왔다. 진욱이 가인의 몸 위로 조심스럽게 몸을 겹쳤다. 오르락내리락거리며 긴장을 풀려 애쓰는 그녀의 가슴 위에 진욱이 가만히 입술을 눌렀다. 심장의 떨림이 고스란히 입술로 전해졌다.

"오래오래 아끼며 사랑할게."

진욱이 그녀의 심장 위에 뜨거운 고백을 속삭였다. 가느다란 팔로 가인이 진욱을 안았다. 그녀가 그의 귓가에 나직하게 속살거렸다.

"응. 나도 그럴게요."

은은한 달빛이 내리비치는 바닷가 비밀의 해변에서 둘의 사랑이 짙게 물들어 갔다. 뜨겁고 아름다운 밤이 새벽을 향해 달려가고 있었다. 어슴푸레 새벽이 밝아 올 때까지 텐트 안의 열기는 식을 줄 몰랐다.

"후우."

 짙은 한숨을 내쉬며 가인이 NJ백화점 대표이사실로 들어섰다. 그녀의 손엔 흰 봉투가 들려 있었다. 그녀의 등장에 여비서 둘이 벌떡 자리에서 일어섰다. 가인이 둘을 향해 고개를 숙여 보이자 마주 허리를 굽혀 인사를 했다.

"비서실장님은요?"

"잠시 자리 비우셨어요."

 가인의 질문에 여비서가 즉시 답했다. 가인이 어깨 아래로 내려오는 머리를 헝클이며 입바람을 불었다. 그녀의 시선이 굳게 닫힌 대표이사 집무실의 문으로 향했다. 흰 봉투를 불끈 거머쥔 가인이 성큼성큼 문으로 걸어갔다. 비서실장이 있었다면 그에게 이것을 맡기고 돌아갔을 것이다. 하지만 그는 이미 낌새를 눈치채고 어딘가로 사라지고 없었다.

 저번에도 이런 일이 있어서 대표이사 집무실에는 들어가지도 않고 비서실장에게 떠넘기고 돌아갔었다. 그 뒤에 무슨 일이 있었는지 모르지만, 이제는 가인이 올 것을 미리 알고 비서실장이 번번이 비서실을 비우곤 했다.

 똑똑. 가인이 직접 문을 노크하고 안으로 들어가는 것을 여비서 둘이 조용히 지켜봤다. 처음에 가인이 찾아왔을 때는 그저 퀵서비스를 하는 사람이라고만 생각했었다. 하지만 아니었다. 그녀는 사장님의 하나뿐인 아들인 강진욱 검사의 애인이었다. 얼마 못 가 찢어질 거라는 생각은 오판이었다.

둘은 결혼 날짜까지 잡았고, 사장인 조 여사가 가인과 은근히 신경전 아닌 신경전을 펼치고 있었다. 그 신경전이 그녀가 못마땅해서가 아니라 한 번이라도 더 보고 싶어 자꾸 불러서 그런다는 걸 여비서들은 뒤늦게 깨달았다.

어떤 때는 하루에 세 번 이상 가인이 대표이사실에 오기도 했다. 그녀의 손에는 '본인 직접 전달 요망'이라는 요구 사항이 적힌 서류 봉투가 들려 있었다.

"퀵 배달 왔습니다."

대표이사 집무실로 들어선 가인이 허리를 숙여 인사하며 곧장 테이블로 걸어갔다. 테이블 위에 봉투를 올려 두고 갈 요량이었다. 그런 가인의 속내를 뻔히 알고 있는 조 여사가 가인을 향해 손을 들어 테이블로 다가가는 것을 저지시켰다.

"잠깐."

"저 엄청 바쁜 사람입니다."

"이 뒤에 일거리도 전부 여기로 오는 걸 텐데. 수고롭게 왔다 갔다 하지 말고 나랑 얘기 좀 하지 그러니?"

"어머니."

"한결 듣기 좋구나. 고객님이라는 호칭보다는."

조 여사가 책상을 돌아 나와 응접 테이블의 소파에 앉았다. 가인도 할 수 없이 소파로 걸어가 앉았다. 그녀가 들고 있던 봉투를 테이블 위에 올려 조 여사 앞으로 밀었다.

"이건 너 줄 거야."

조 여사가 봉투를 다시 가인의 앞으로 내밀었다. 봉투를 힐끔 내려다본 가인이 조 여사를 응시하며 물었다.

"뒤에도 똑같은 게 있다고 하셨는데, 이게 뭔가요?"

"돈 봉투."

돈이 들었다는 말에 가인의 미간이 꿈틀거렸다. 그녀가 봉투를 들어 올려 형광등 불빛에 비춰 보았다. 그 모습을 보는 조 여사의 입술에 보일 듯 말 듯 미소가 머물렀다.

"이제 와서 헤어지라고요?"

"그러면 영원히 너랑 못 볼 텐데?"

"안 보고 싶으셔서 주시는 거 아닌가요?"

시크한 가인의 말에 조 여사의 미소가 짙어졌다. 가인은 진욱보다 어떨 때는 더 시니컬했다. 그래서 때로는 여자인 가인이 아들같이 느껴지고 든든하기도 했다. 아닌 듯 은근히 자신을 챙겨 주는 것도 가인이었다. 가끔씩 외롭다고 생각할 때면 어떻게 알고 전화를 해서 이러쿵저러쿵 주절주절 쓸데없는 말을 늘어놓곤 했다. 그게 또 이상하게 위로가 되었다. 그러다 보니 어느 순간부터 진욱보다 가인을 더 의지하고 찾게 되었다.

뻔히 알면서도 이렇게 봉투를 들고 찾아오는 것도 그랬다. 귀찮고 힘들다 하면서도 꾸역꾸역 배달은 해 주고 있었다. 집무실 안으로 들어오지 않는 날은 밖에서 소리가 들리게 크게 말을 하고 가곤 했다. 잔정이 무섭다더니 그 말이 딱이었다. 이제는 진욱이 아니라 가인이 없으면 못 살 것 같았다.

"곁에 꼭 붙들어 매 두려고 주는 뇌물이야."

가인이 봉투를 내려 두고 조 여사를 올곧게 응시했다. 마주 바라보는 조 여사의 눈빛이 따스했다.

"얼마나 주시려고 봉투를 그렇게 많이 준비하셨어요."

퀵 사무실에 들렀을 때 본 봉투를 떠올리며 가인이 말했다. 한꺼번에 다 가져올까 생각도 했지만 시간별로 배달해야 된다는 말에 고개를 절레절레 흔들며 나온 길이었다. 아니나 다를까 그대로 곧장 갔으면 영락없이 시간마다 다시 와야 할 판이었다. 그나마 자리에 앉아 조 여사의 말을 들어주어 그것은 면할 수 있을 듯했다. 남은 봉투는 죄다 가인에게 줄 거라고 하니 배달은 하지 않아도 될 것이다.

"혼수 제대로 해 오라고."

"혼수요?"

"우리 집안이 어떤 집안인데. 그냥 빈손으로 덜렁 올 생각은 아니겠지?"

"그럴 생각이었는데요. 진욱 씨가 아무것도 없어도 된다고 해서요."

당당하게 말하는 가인을 빤히 쳐다보다 조 여사가 헛웃음을 터트렸다. 부창부수라더니, 딱 그 꼴이었다.

결혼 날짜를 잡겠다고 가인을 집에 데려와 소개시키면서 진욱이 엄포를 놓듯이 말했었다. 둘이 살 거니까 다른 건 바라지 말라고. 돈도 많고 필요한 물건도 없을 만큼 두루 갖추고 사시니 그걸로 된 거 아니냐고. 기가 막혔지만 달리 할 말은 없었다. 틀린 말은 아니었기에.

"난 받아야겠어."

"흐음, 어떤 걸 받고 싶은데요?"

"이것저것."

"구체적으로 말씀해 주시면 좋겠는데요, 어머니."

"그건 가면서 얘기하자꾸나."

조 여사가 자리에서 일어났다. 가인이 따라 일어서며 의아해 고개를 갸웃거렸다. 문으로 걸어가는 조 여사를 뒤쫓으며 가인이 물었다.

"어딜 가시는데요?"

"혼수 준비하러."

"네?"

"내가 오늘은 네 일일 친정엄마 노릇 좀 하려고."

문을 열기 전 조 여사가 가인을 돌아보며 말했다. 그러면서 가인의 앞으로 손을 내밀었다. 멀뚱히 그 손을 내려다보던 가인이 조심스럽게 손을 내밀자 조 여사가 덥석 붙잡았다.

"내가 네 시모 취향을 잘 알거든. 같이 가서 구경도 하고 물건도 사고 하자꾸나."

문을 열고 당당히 걸어 나가는 조 여사의 손에 이끌려 가인도 집무실을 나섰다. 언제 나타났는지 비서실장이 흐뭇한 미소를 지어 보이며 둘을 배웅했다.

 골이 아파 왔다. 오늘 하루는 또 온전히 조 여사에게 바쳐야 할 것 같았다. 사무실을 나설 때 어쩐지 정 사장의 표정이 밝다 했었다. 그녀의 일당보다 많은 돈을 주고 가인을 빼돌린 것이 틀림없었다.

 "아후, 내가 그 영감을 그냥."

 혼잣소리를 중얼거리며 정 사장을 씹어 대는 가인의 목소리를 들으며 조 여사가 흡족하게 웃었다.

 처음으로 가인과 함께 쇼핑을 나온 조 여사의 기분이 무척 좋아 보였다. 아들 하나 있는 것도 냉담하게 거리를 두고 자주 만나 주지 않는 터라 자식 복이 없다 넋두리를 하며 홀로 술을 홀짝이던 그녀였다.

 딸 있는 엄마들이 그렇게 부러울 수가 없었다. 하지만 그녀의 성격상 티를 내거나 직접적으로 말을 하진 않았다. 속으로만 그렇게 생각하며 한숨을 삼켰다. 그랬던 그녀에게 딸 같은 며느리가 생기게 되었다. 살가운 성격은 아니었지만, 겉보기와 달리 가끔 보이는 다정한 면이 꽤 매력적이었다.

 "그런데요, 어머니."

 가구 매장을 둘러보던 가인이 조 여사를 나직하게 불렀다. 조 여사가 말해 보라는 듯 고개를 끄덕였다. 그녀가 조 여사에게 바짝 붙어 귀에 속삭였다.

 "왜 NJ백화점 안에서 쇼핑을 하세요?"

대표이사 집무실에서 나온 조 여사가 가인을 데려간 곳은 백화점 내의 업체들이었다. 이곳저곳 층층마다 들러 매장에 들어가 물건을 구경했다. 매장의 직원들이 전부 그녀와 조 여사를 보고 인사를 하며 조심조심 몰래 소곤거렸다.

그 모습들을 매번 다른 매장에 들를 때마다 똑같이 경험하다 가인이 정말 궁금해 물었다. 왜 사람들의 시선을 받아 가며 굳이 자기 백화점에서 물건을 고르고 있는 건지.

"엉뚱한 데 돈 쓸 필요 없잖니. 내 백화점에서 돈 주고 물건 사면 업체 좋고 백화점도 이득이고. 안 그래?"

"여기서 고를 거라면 같이 다닐 필요는 없을 것 같은데요."

가인의 말에 조 여사가 짙은 미소를 머금었다.

"자랑해야 하는데 혼자서 다닐 수는 없잖아?"

"무슨 자랑이요?"

"내 딸 같은 며느리."

몸을 돌려 가인을 마주 보며 조 여사가 싱긋이 미소 지었다. 가인이 이마를 긁적이며 괜스레 시선을 다른 곳에 두었다. 그녀를 스쳐 지나며 입구로 나가는 조 여사를 가인이 급히 뒤쫓았다.

"어머니, 그거 엄청 무서운 말인 거 아세요?"

일부러 몸을 으스스 떨며 말하는 가인 때문에 조 여사의 미소가 더 짙어졌다.

"세상에 딸 같은 며느리는 절대 없다던데요."

"하긴 그렇긴 하지."

조 여사가 순순히 수긍했다. 다음 매장으로 들어서며 조 여사가 뒷말을 이었다.

"넌 아들 같은 며느리니까."

먼저 안으로 들어서는 조 여사를 가인이 멍하니 바라봤다. 그러다 이내 조 여사의 말에 수긍하며 고개를 끄덕였다. 자신이 다른 집의 딸들처럼 살갑지 않다는 건 가인도 인정을 했다. 확실히 성격은 아들 같은 면이 없지 않아 있었다.

하지만, 진욱에게만은 달랐다. 세상 그 어떤 여자보다 더 귀엽고 사랑스러웠다. 사랑과 효도는 다른 거니까, 똑같은 모습일 수 없는 게 당연하지 않을까?

"안 돼요, 어머니. 그건 정말 아닙니다."

아직 겨울도 되지 않은 데다 가인이 극히 싫어하는 모피 코트를 사려는 조 여사를 가인이 급하게 말렸다. 한동안 조 여사는 가인에게 모피가 얼마나 잔인한 것인지에 대해 귀에 딱지가 앉도록 설교를 들어야만 했다. 앞으로는 모피의 모 자도 꺼내지 말아야겠다고 생각할 만큼 가인의 설득력은 남달랐다.

쇼핑에 별다른 재미를 느끼지 못하는 가인에게 백화점을 몇 시간째 돌아다닌다는 것은 엄청난 곤욕이었다. 그에 반해 조 여사는 지치지도 않는지 가인에게 입힐 옷들을 고른다며 의류 매장의 매니저들에게 지시를 내리고 있었다.

가인은 VVIP 피팅룸에서 조용히 빠져나와 바로 옆에 붙어 있는 라운지로 향했다. 그녀가 들어서자 직원들이 반갑게 인사를 했다. 마음 같아서는 이곳에도 들어오기 싫었으나 멀리 갈 수 없어서 할 수 없이 들어간 것이었다.

"차는 어떤 걸로 드릴까요?"

"커피 주시겠어요?"

"네. 바로 준비해 드리겠습니다."

"감사합니다."

라운지 직원이 커피를 가지러 가자 가인이 손으로 얼굴을 문지르며 한숨을 푹 내쉬었다. 왜 여자들이 결혼 준비를 하다가 진이 빠진다는지 알 것 같았다. 직원이 조용히 내려놓은 커피를 마실 생각도 하지 않고 가인이 가만히 눈을 감고 휴식을 취하고 있었다.

"뭐야? 여긴 수질 관리 안 해?"

누군가의 격양된 목소리에 가인이 눈을 가리고 있던 손을 거둬 냈다. 빛이 눈을 자극했다. 눈이 익숙해지기를 기다리는데 여자의 목소리가 가까이에서 들려왔다.

"여기가 아무나 들락날락거리는 곳인가? 왜 이런 여자가 여기 있느냐고 묻잖아요, 지금."

"그분은 VVIP 고객이십니다, 손님."

여직원이 가인을 대신해 말했다. 백화점 대표이사의 손님이니 VVIP이기는 했다. 직원의 말에 여자가 어이가 없다는 듯 헛웃음을 터트렸다.

"기막혀. 이 여자가 무슨 일 하는지나 알고 그런 말을 해요? 퀵서비스 배달원이야. 이런 데 드나들 레벨이 아니라고."

어떻게 자신의 직업을 저렇게 잘 아나 싶었다. 빛에 눈이 익숙해지자 시야가 맑아졌다. 그녀가 자신의 앞에 도도하게 서서 소리를 지르고 있는 여자를 올려다보았다. 어딘가 낯이 익었다.

"아."

가인의 입에서 낮은 탄성이 터져 나왔다. 언젠가 본 적이 있는 진욱의 후배 검사였다. 그와 검찰청 앞에서 만나 같이 차로 이동하는 길에 마주쳤었는데 그때도 눈빛이 좋지 않았다. 퀵서비스를 한다는 건 어떻게 알았다 치고, 아무리 그래도 선배와 사귀는 사람인데 저런 식으로 말하는 건 좀 심하지 않나 하는 생각이 들었다.

그녀의 생각을 무참히 짓밟듯 아라가 다시 히스테릭하게 말했다.

"게다가 꽃뱀 기질도 다분해서 분에 넘치는 남자한테 꼬리까지 치는 여자라고. 분수도 모르고 나댄다 싶더니, 하아. 여기까지 넘봐?"

앙칼진 아라의 목소리로 비아냥거림에 속된 삿대질까지.

가인은 마치 자신과는 상관이 없는 다른 사람 이야기인 듯 듣고 보았다. 가인의 그런 태도가 아라의 화를 더 돋웠다. 여직원들이 어쩔 줄 몰라 하며 주변을 휘둘러보며 안전부절못하자 가인이 자리에서 일어났다. 그녀는 아라 쪽은 쳐다보지도 않고 여직원들에게 상냥한 미소를 지어 보였다.

"잘 마셨어요."
"예. 감사합니다."

가인의 인사에 여직원이 고개를 숙이며 마주 인사를 건넸다. 그런 가인을 본 아라의 머리꼭지가 홱 돌아가 버렸다. 안 그래도 요즘 진욱을 보면 화가 나 미칠 지경이었다. 자신과는 업무적인 일이 아니면 말도 섞지 않는 진욱이었다. 곧 헤어질 거라 생각했던 가인과는 계속 알콩달콩 만남을 이어 가고 있었다. 결혼하면 닭살 부부는 따 놓은 당상이라는 말까지 나돌고 있었다.

그에 안 그래도 울화가 치밀던 차였다. 기분 전환 겸 백화점 쇼핑이나 하자고 연수원 동기와 함께 나온 길이었다. 자신의 기분 좀 맞춰 달라고 데리고 나온 동기조차 가인을 보더니 눈인사를 건네는 등 강진욱 검사 와이프 될 사람 아니냐는 말까지 서슴없이 내뱉었다.

"분수 좀 알고 삽시다."

아라가 나름의 품위는 지키려는 듯 화를 억누르며 가인에게 말했다. 가인이 걸어 나가던 발걸음을 돌렸다. 그녀의 입가에는 여유로운 미소가 자리하고 있었다. 그를 본 아라가 분한 듯 아랫입술을 꽉 깨물었다.

파르르 떨리는 아라의 손을 보며 가인이 고개를 갸웃 기울였다. 대체 왜 저렇게까지 자신을 싫어하는 것인지 이해를 할 수가 없었다. 같은 학교, 같은 직장의 선배였다. 그러면 오히려 잘 보이려 해야 하는 건 아닌지. 그것도 아니라면 사이라도 돈독하게, 친근하게 지내려 해야 하는 게 아닌지. 가인의 눈엔 아라의 행동이 몹시도 의아하게 보였다.

"검사님, 혹시 제가 무슨 실수라도 한 게 있습니까?"

가인이 정확히 아라에게 검사님이라는 호칭을 덧붙였다. 그녀의 사회적 지위를 고려해 존중해 주고 말을 조심해서 해야 하지 않겠느냐는 경고를 하기 위해서였다. 하지만 아라의 분노는 쉽게 사그라지지 않았다. 가인이 담담하고 차분하게 나올수록 아라의 화는 커져 갔다.

"여기 라운지에 올 자격이 있다고 생각해요? 당신 같은 사람이?"

아라가 비웃음을 입술에 걸치고 가인을 향해 쏘아붙였다. 그만한 자격이 자신에게 없는 건지, 있는 건지 가인이 가만히 턱을 어루만지며 곰곰이 생각에 빠졌다. 그 모습마저도 아라에겐 짜증이 치밀게 만들었다.

"나가요, 당장!"

어서 여기서 가인을 몰아내야만 직성이 풀릴 것 같았다. 이곳 라운지는 진욱의 모친이 대표이사로 있는 백화점에 속해 있는 곳이었다. 가인이 그 누구의 저지도 받지 않고 보잘것없는 옷을 입은 채로 당당하게 앉아 있는 것이 너무 불쾌했다. 자신이 꼭 진욱의 여자이고 이곳 대표의 며느리라도 되는 것처럼 행동하는 게 싫었다.

"왜 라운지가 이렇게 소란스럽지?"

아라의 뒤쪽에서 조 여사가 걸어 나오며 미간을 찌푸렸다. 교양 없이 VVIP라운지에서 목청을 높이는 게 못마땅해서였다. 조 여사의 목소리를 알아챈 아라가 즉시 얼굴과 목소리를 바꿨다. 그녀가 간드러지는 목소리로 조 여사를 향해 인사하며 친근한 척 눈웃음을 쳤다.

"어머, 어머니. 여기 계셨어요? 그동안 잘 지내셨죠? 제가 일이 너무 바빠서 자주 찾아뵙지 못했어요. 죄송해요."

"왜 그렇게 난리를 친 거니?"

살가운 인사를 받는 둥 마는 둥 조 여사가 물었다. 그런 조 여사의 팔에 다정하게 팔짱을 끼려는 듯 아라가 가까이 다가서며 가인을 흘겼다. 가인이 별 반응을 보이지 않고 아라가 하는 것을 말없이 지켜보았다. 억지로 교태를 부리려는 듯 조 여사에게 아양을 떨어 대는 게 영 가인의 취향은 아니었다. 저 사람과는 절대 친해질 일은 없겠구나 하고 가인이 속으로 생각했다.

조 여사가 자신의 팔에 매달리려는 아라를 차갑게 내쳤다.

갑작스러운 거부에 아라가 당황한 듯 어색한 웃음을 흘렸다. 아라의 미간이 당혹스럽게 꿈틀거렸다. 그를 외면하며 조 여사가 가인에게 손을 내밀었다.

"옷 입어 봐야지?"

"어머니."

조 여사의 말에 놀라 그녀를 부른 건 아라였다. 왜 다정한 목소리로 가인에게 말을 걸며 손을 내미는지 이해를 할 수 없다는 눈빛이었다. 자신이 아는 조 여사는 절대로 가인을 며느리로 받아들일 사람이 아니었다. 가진 것 하나 없는 천애 고아였다. 자신의 아들에게 들러붙은 꽃뱀 같은 여자였다. 그런 여자를 어떻게 저렇게 살갑게 대할 수 있는지.

"아 참, 너 이거 못 받았겠구나."

조 여사가 뒤쪽을 향해 손을 까닥이자 누군가 재빨리 뜻을 알아듣고 봉투 하나를 들고 왔다. 건네받은 봉투를 조 여사가 아라의 앞에 내밀었다. 아라가 그것을 받아 들어 안의 내용물을 꺼내 확인했다. 그녀의 눈동자가 믿을 수 없다는 듯 불안하게 흔들렸다.

"내 아들이 결혼을 한다는구나. 저기 저 아이와 말이다."

조 여사가 준 것은 진욱의 청첩장이었다. 아직 사람들에게는 나눠 주지 않은 것이었다. 간소하게 하고 싶은 진욱과 하나뿐인 아들의 결혼식을 성대하게 하고 싶은 조 여사의 의견이 조율되지 않아 미루고 있던 것이었다. 그 첫 청첩장을 아이러니하게도 아라가 받게 되었다.

"어머니……."

"그 어머니 소리도 이제 그만뒀으면 좋겠구나. 내 며느리가 듣기 싫을 것 같으니."

냉정하게 시선을 거둔 조 여사가 가인을 향해 손을 내밀었다. 가인의 시선이 아라의 파들거리는 손에 들린 청첩장에 머물렀다가 떨어졌다. 조 여사의 시선도 아라의 손에 닿았다.

"이건 내가 다시 가져가는 게 좋겠구나. 그리고 최 검사는 진욱이랑 가인이 결혼식에는 오지 않는 게 좋을 것 같은데."

조 여사가 아라의 손에서 청첩장을 거둬 갔다. 아라의 눈시울이 붉어졌다. 그녀가 아랫입술을 깨물며 부들부들 떨고 있었다. 조 여사의 곁으로 다가온 가인이 엄지를 척 들어 보였다.

"와우."

짧은 감탄사로 모든 것을 대변하는 가인 때문에 조 여사의 얼굴에도 웃음이 머물렀다. 아라가 가인을 업신여기며 함부로 대하는 걸 보니 피가 거꾸로 솟는 기분이었다. 자신도 하찮고 보잘것없다 여기는 사람들에겐 참 야멸치게 대했었다. 그런데 남이, 그것도 자신에게 소중한 사람을 그리 대하는 것을 보니 울화가 치밀었다. 더 모질게 해 주고 싶었는데 나름은 자신의 회사인지라 이미지 생각도 하며 교양을 지키려

애쓴 것이었다. 그것을 가인이 알아주는 듯해서 조 여사의 기분이 좋아졌다. 앞으로는 누구든 함부로 대하면 안 되겠다는 걸 가인을 통해 다시 한번 느꼈다.

"오 마이 갓."

조 여사와 기분 좋게 들어선 가인이 줄지어 늘어선 옷들을 보고 신을 찾으며 뒤로 돌아서 나오려 했다. 그런 가인을 조 여사가 뒤에서 끌어안아 안으로 이끌었다.

"이 정도는 양보해야지? 안 그래? 딸? 내가 악당도 물리쳐 줬는데."

가인은 차라리 악당과 마주치는 것이 더 낫다고 속으로 생각했다.

※

다른 건 다 양보해도 결혼식만큼은 양보할 수 없다는 조 여사의 간곡하고 끈질긴 설득에 진욱과 가인이 두 손 두 발을 다 들고 말았다. 성대함의 끝을 보는 것 같은 매우 피곤하고 버거운 결혼식을 마치고 마침내 둘만 남겨졌다.

호텔로 들어서자마자 가인이 침대로 쓰러졌다. 진욱도 그 옆에 함께 누웠다.

"나 손 하나 까딱 못 할 것 같은데, 어쩌죠?"

가인이 침대 위에서 꿈틀거리며 말했다. 진욱이 쿡쿡 낮은 웃음을 터트렸다. 피곤해 죽을 것 같다는 사람이 어느새 그의 품을 파고들고 있었다. 진욱이 그녀에게 팔베개를 해 주다 미간을 찌푸렸다.

"따가워."

"머리에 핀이 많아서 그래요."

"뽑아야겠는데."

"응."

그렇게 답하고는 가인이 가만히 그의 품에서 눈을 감았다. 할 수 없이 진욱이 하나씩 머리에 꽂혀 있던 핀을 뽑아냈다. 핀을 한 곳에 모아 두고 반쯤 상체를 일으킨 진욱이 가인에게 속삭이듯 말했다.

"씻겨 줄까?"

"으응."

반쯤 잠에 취한 듯 가인이 고개를 끄덕이며 나른하게 답했다. 진욱이 몸을 일으켜 재킷을 벗어 의자 위에 걸쳐 두었다. 그러곤 셔츠의 단추를 풀어 소매를 걷어 올렸다. 욕실로 들어간 진욱이 물을 틀어 욕조에 받았다. 적당한 온도가 될 때까지 손을 넣어 맞추다가 밖으로 나왔다.

가인에게 다가선 진욱이 그녀의 등 쪽으로 손을 돌려 원피스의 지퍼를 내렸다. 둥근 어깨와 예쁜 굴곡의 등 라인이 진욱의 시야에 들어왔다. 그가 가인의 몸에서 원피스를 완전히 벗겨 냈다. 속옷까지 제거한 후에도 가인은 좀체 잠에서 빠져나오지 못했다.

소중한 아이를 다루듯 그가 조심스럽게 가인을 욕실로 안고 들어갔다. 욕조에 적당하게 물이 받아졌다. 물을 끄고 그녀를 욕조 안에 내려놓았다. 따스한 물의 온기가 몸에 퍼지자 노곤함이 풀리는지 가인이 나른한 숨결을 토해 냈다.

"흐으음."

가인이 혹여 편한 잠을 자지 못할까 봐 씻겨 주려 한 것이다. 지금은 잠에서 깨어난다 해도 곧 개운한 몸으로 다시 잠들 수 있을 것이다. 거품을 낸 타월로 몸을 씻기고 머리도 안아 감겨 주었다. 정성스런 진욱의 손길에 가인이 만족스러운 미소를 머금었다.

"좋다."

"만족스럽다니 다행입니다."

진욱이 가인을 안아 올리며 목욕 가운으로 그녀의 몸을 감쌌다. 행여나 추울까 봐 그런 것이다. 가인을 침대로 옮겨 이불까지 덮어 주고는 그제야 자신의 몸을 씻기 위해 욕실로 들어갔다. 샤워를 마치고 나온 진욱이 그 자리에 멈춰 침대를 올려다보았다. 가인이 모로 누워 눈을 야릇하게 떠올리고 그를 지켜보고 있었다.

"이런, 생각지 못한 나체쇼를 하게 됐네."

옷을 하나도 입지 않고 나온 길이었다. 미처 자신의 속옷과 가운은 챙겨 들어가지 못한 탓이었다. 아무도 보는 사람이 없을 텐데 어때 하는 심경으로 그대로 나왔다가 가인과 눈이 마주친 것이다.

가인이 감상하듯 그의 몸을 위에서 아래로 천천히 훑어 내렸다. 진욱이 장단을 맞춰 앞뒤로 돌아 주며 좀 더 자세히 볼 수 있게 했다.

"감상평은?"

싱긋이 웃으며 진욱이 묻는 말에 가인이 어깨를 으쓱했다. 그에 진욱의 미간이 살짝 찌푸려졌다.

"이건 무슨 반응이지?"

"보기만 해선 어떤 가치를 가졌는지 제대로 판단할 수 없으니까."

"그럼?"

그의 한쪽 눈썹이 의미심장하게 치켜 올라갔다. 가인이 이불을 들췄다. 가운 사이로 매끈한 허벅지 아래 다리가 보였다. 그녀가 가운의 끈을 스르륵 풀었다. 그에 진욱이 한 발 다가섰다. 그녀가 가운을 들추며 유혹의 눈길을 보내자 진욱이 한달음에 달려가 가인을 덮쳤다.

"화끈한데?"

"첫날밤이잖아요?"

"피곤해 죽을 것 같다더니."

"그렇다고 신랑을 독수공방하게 만들 수는 없죠."

"뭔가 바뀐 거 같은데? 독수공방은 아내에게 해당되는 거 아닌가?"

"시대가 바뀌면 말도 바뀌어야죠."

"다 필요 없을 것 같은데. 그런 말 쓸 것 없이 오늘 밤은 아주 불타오를 것 같으니까."

그가 가인의 입술을 집어삼키며 그녀의 봉긋하고 탐스러운 가슴을 커다란 손안에 가두었다. 가인의 젖은 머리카락 사이로 진욱의 손가락이 파고들었다. 부드럽게 애무하듯 그녀의 머리카락을 어루만졌다. 촉촉한 감촉에 야릇함이 더해졌다.

다리와 다리가 얽히고 몸과 몸이 맞닿았다. 뜨겁게 서로를 탐닉하며 둘의 몸이 섞여들었다. 피곤함은 어느덧 둘의 열정적이고 격렬한 섹스에 서서히 자취를 감췄다.

그의 중심이 가인의 몸을 파고들어 혼연일체를 이루었다. 서로가 완벽하게 다른 세상에 살고 있다고 생각했던 둘이었다. 엮일 일도 만날 일도 없는 그런 세상 속에 존재했던 둘이 운명처럼 서로에게 끌려 만남을 이어 갔다.

각자의 세상에서 차갑게 식어 가던 심장이 서로를 만나 하나가 된 듯 달콤하게 뛰어 댔다. 영원히 멈추지 않을 것처럼, 서로를 담아내며 뛰고 또 뛰었다.

황홀한 밤이 깊어 갔다. 부부가 되어 맞이한 첫날밤이 새벽을 향해 미친 듯이 내달렸다. 아침이 영영 오지 않기를 바라는 것처럼 그들은 사랑의 열정을 만끽하는 데에만 집중했다.

"딸 둘만 낳자."

"아들 하나."

"싫어 그건. 나같이 매정한 놈이면 어쩌려고."

"알긴 아나 봐요? 자기가 부모한테 매정한 거?"

"나름의 가슴 아픈 사연이 있거든."

"풀지 못할 사연은 없어요. 시간은 뒤로 가기가 안 돼요. 있을 때 잘하죠, 우리."

"흐음, 자기 하는 거 봐서."

"와아, 진욱 씨 어머니거든요? 내가 왜 잘해야 하죠?"

"내가 공처가가 될 거거든. 당신이 좋아하는 건 뭐든 다 할 예정인데."

"그런데요?"

"지금부터가 당신 과제야."

"응? 무슨 과제?"

"날 공처가로 만드는 거."

엎치락뒤치락 신혼의 열정적인 초야가 그렇게 흘러가고 있었다.

사랑하는 누군가가 있다면 망설이지 말고 직진. 후회 없는 사랑을 이 생엔 반드시 그렇게 될 수 있기를.

-The end-

작가 후기

시리즈의 끝이 드디어 완성되었습니다.

〈스물, 심장이 사랑할 시간〉으로부터 시작한 글이 다섯 번째 작품으로 이어져 〈Two Heaven (또 다른 세상, 하나의 심장)〉으로 끝을 맺었습니다.

때로는 이 소설의 주인공이 저 소설 속 주연이 되기도 하고. 저에게는 참 재미있고 행복한 작업이었습니다. 저마다의 이야기를 풀어내며 즐거움을 주던 주인공들에게 이제는 안녕을 고해야 할 때라는 게 믿기지 않습니다.

하지만 이 끝이 영원한 끝은 아니라는 걸 압니다. 그들은 책 속에서 알콩달콩 여전히 그들만의 이야기를 그려 내며 살아가고 있을 테니까요.

저는 또 다른 이야기를 만들어 가며 간혹 그들을 떠올릴 테지요.

여러분도 그들의 이야기에 동참해 주시리라 믿습니다. 책을 읽는 동안 그들과 함께 기쁘고, 행복하고, 때론 슬펐다가 해피엔딩에 박수를 쳐 주기를 바라 봅니다.

매 작품마다 힘이 되어 주시고 도움 주시는 마야&마루 여러분, 감사합니다.

나의 사랑하는 가족, 늘 고마워.

책을 읽어 주시고 함께해 주시는 모든 분들에게 언제나 행복한 일들만 가득하기를.

겨울의 초입에서
화연 윤희수